소설 논개 3

소설 논개 · 3

초판 1쇄 인쇄 2017년 9월 15일 초판 1쇄 발행 2017년 9월 21일
지 은 이 김지연
펴 낸 이 노용제
출판기획 김우현
펴 낸 곳 정은출판 출판신고 2004년 10월 27일 제301-2011-008호
주소 (04558) 서울특별시 중구 창경궁로1길 29 (3F)
전화 02-2272-8807 팩스 02-2277-1350
이메일 rossjw@hanmail.net 공급처 정은출판 (02)2272-9280

ISBN 978-89-5824-341-0 (04810)
ISBN 978-89-5824-338-0 (세트)

이 도서의 국립중앙도서관 출판예정도서목록(CIP)은 서지정보유통지원시스템 홈페이지(http://seoji.nl.go.kr)와 국가자료공동목록시스템(http://www.nl.go.kr/kolisnet)에서 이용하실 수 있습니다.(CIP제어번호:CIP2017023796)

소설 논개

김지연 장편소설

3

정은출판

차례

작가의 말

'소설 논개'를 펴내면서 새삼 '오만'과 '겸손'에 대해 생각을 해 본다. 이 작품의 출간을 전후하여 나름 예의와 겸손을 병행하며 살아왔다고 생각했던 지난 삶이 온전히 그러하지 못했음을 깨달았던 때문이다.

이 작품은 1997년 1월부터 1998년 12월까지 2년간 국제신문에 연재했던 장편소설이다. 당시 대기업에서 국제신문을 운영하던 때라 원고료도 고액으로 받아 작품이 독자를 흡입하듯 끌어가야 한다는 부담감에 긴장했다.

노력했던 만큼 독자들의 반응이 나쁘지 않았다.

따라서 편집국의 요구로 1년의 계약 기간이 2년으로 연장되었다.

탈고할 2년 말경이 가까워오자 국제신문사 출판국에서 바로 출간 준비를 해야 되지 않겠냐는 편집국 책임자의 권유가 있었다. 그런데, 필자는 한마디로 거절했다. 심층 바닥에 엉켜 있던 원천적 욕망이 혓바닥을 휘두르며 의리나 상식을 벗어나 솟구쳤던 것이다.

당시 작가들 사이에 신문사 출판국에서 소설을 출간하면 원인을 알 수 없지만 아무리 광고를 쳐도 책이 팔리지 않는다는 '징크스'가 있었다. 그래서 광고 잘 쳐 주는 출판사에서 대박을 한 번 터트리겠다는 욕심으로 단칼에 거절했던 것이, 또한 중견 출판사 P사장의 계약 요구도 웃으며 외면했던 것이, 작가 생활 50년 동안 가장 후회되는 실수로, 자초한 상처가 되었다.

그 후, 연재가 끝나고 책으로 출간하려면 언제나 그러하듯 독자를 의식하며 썼던 글을 수정과 퇴고를 거듭하여 정리하는 과정을 갖게 되는데, 그 과정이 수월하지 않았다. 우선 매회 잘라 놓은 신문의 연재 원고 네 권 분량을 워드 작업하여 다시 저자가 퇴고 작업으로 들어가야 하는데, 그럴 시간이 여의치 않았다.

당시는 육필 원고 중심이어서 워드 작업은 전문가에게 맡겼던 것이지만 차일피일 지연되고, 필자도 이어지는 타지 원고 청탁 우선 해결과 사는 일 처리에 급급하다 보니 그 작업에만 집중 전력할 시간이 생기지 않았다. 그런저런 이유로 연재 끝난 후 약 20년 만에야, 디지털 문화와 영상 매체로 사회가 급변하여 소설책이 팔리지 않고 책을 읽지 않는 최악의 시기에 연재 당시 그대로의 원고를, 드디어 3권으로 묶는다. 연재 끝난 직후 해당 신문사 출판국에서 출간하고 여유 있을 때 '리바이벌'하면 될 것을, '오만'과 욕심으로 20년 세월을 삼켜 먹고 소설 위기의 시기에 비로소 묶어 내는 것이다.

필자는 짧지 않은 세월을 살아오면서 이렇듯 뒷북치는 어리석은 행위를 곧잘 저지른다.

'논개'는 사적史的 기록이 없다.

이 작품을 집필하기 전에 이미 나와 있는 기존의 논개 관련 작품을 섭렵하고, 논개와 관계있는 지역인 진주晉州와 장수長水 등 현장을 찾아 종합 취재에 나섰다.

관계 작품으로는 월탄 박종화朴鍾和 선생의 장편 '임진왜란' 속의 논개편과 정비석鄭飛石 선생의 '명기열전' 속의 논개, 그리고 전병순田炳淳 선생의 논개 작품을 읽었다. 공통점은 논개가 촉석루에서 승전한 왜군들과 춤을 추다가 그중 한 왜장을 유혹하여 의암에서 함께 강물에 투신하였다는 부분뿐이었다. 기타 논개의 출신과 성장 과정, 은애한 이성의 대상이며 사건 등의 내용은 각각 동일하지 않았다.

다음은 역사적인 기록을 관계 기관에서 찾아보았다. 결론은, 논개에 관계되는 기록은 조선대의 유몽인이 《어우야담於于野談》 효열편에 '논개는 진주의 관기이다. 임진왜란 진주성 2차 싸움에서 성이 함락되고 백성들이 모두 죽자 논개는 왜장을 껴안고 강물에 익사했다.'는 내용뿐이고, 그때로부터 100년 후 나온《호남절의록》에 논개가 장수 출신이라는 기록이 있음을 알 수 있었다.

또한 부산 경성대학교에서 펴낸 논개에 대한 집중적 연구서에서도 논개에 대한 사적史的인 기록이 없음을 전제했고, 작가 명은 불확실하지만 당시 '논개는 없다'라는 제목의 중편소설도 있었다.

이조실록 기록은 아니지만 '논개가 진주의 관기였다'고 기술한 유몽인은 진주성이 함락된 직후에 '무군사撫軍司'의 관원이 되어 세자 광해군光海君을 따라 삼남三南의 각지를 편력하며 진주성 대란 후 진주에서 떠도는 구전口傳을 듣고《어우야담》에 기록한 것이었으니, 시대적으로 보아 허위 사실은 아닐 것이었다.

그때로부터 1백년 후에 나온, 논개가 '장수' 출신이고 최경회의 연인이었다는《호남절의록》 기록은 전쟁이 끝나고도 1세기가 지난 후의 기술이니 어떤 근거에서 이루어진 것인지 그것까지는 취재하지 못했다. 다만 해당 지역의 문화 관계 인물을 만나 논개의 태생에서 최경회 의병장과의 관계 등 일치되지 아니한 부분을 집중 취재했더니, "허허…, 역사란 만들어지는 것이란 걸 선생은 모르시오?" 했던 말은 떠오른다.

어떻든 장수 지역에서는 논개를 최경회 의병장의 연인 혹은 후실이라 하여 관에서 '논개 부인님'이라 호칭하고, 진주 지역에서는 관의 기생이라 하여 그냥 '논개'라 호칭했다. 당시의 윤리나 도덕 제도로 보아 천한 기생이 왜장을 껴안고 순절했기에 나라에서 그 애국충정과 가상함에 논개의 사당을 지어 주고 기렸지 않았나 싶기는 하다. 어떻든 그 시대의 역사歷史적인 사실적 기록이 없으므로 지금까지 '기생'이다 '부인'이다 호칭이 상충되고 있다.

이 두 지역의 주장이 한때는 날카롭게 대치된 때도 있었다.

따라서 작품의 제호를 《소설 논개》라 이름 붙인 데는 두 지역의 첨예함과 무관하다고는 볼 수 없다. 이미 작고하셨지만 소설가 정한숙鄭漢淑 선생이 어느 주간지에 논개를 연재할 때, 작품 속의 논개가 진주성 1차 싸움에서 장렬하게 싸우다 사망한 김시민 장군과 은애를 하는 것으로 엮었다가 사실이 아니라는 이유로 해당 신문 '불매' 운동과 '연재 중단'의 곤욕을 겪기도 했기 때문이다.

또, 1910년경 장지연張志淵이 조선시대 중인 이하 하층민들의 전기를 모아 편찬한 열전인 《일사유사逸士遺事》에는 논개가 현감 황진의 연인으로 기록되어 있기도 하다.

진주성 함락 후 구전에 의해 유몽인이 썼고, 나라에서 사당을 지어 제사도 지냈고, 논개의 초상화도 모셔져 있긴 하지만, 어쨌든 임진왜란 당시의 실록에 기록이 없는, 4백여 년 전의 실전과 실화를 그 누가 눈에 본 듯 소상하게 입증할 수 있겠는가.

구전이나 설화에 의했다 해도 '논개'라는 여인이 왜장을 껴안고 남강물에 투신했음은 사실이고, 천민인 기생이 훌륭한 순국殉國을 했기에 널리 구전되었을 것이라 헤아려 의기義妓 '논개'를 나름 당시를 유추하며 소설화시키기로 했던 것이다. 그러나 임진왜란 부분은 당연히 실제 상황의 기록들을 참고로 했다.

천형의 형벌이듯 글 귀신 붙잡고 살아온 삶 50년. 마치 이때를 기다려 20년을 파묻어 두었다가 꺼낸 것처럼 흙도 제대로 털지 못하고 세상에 내놓는다. 완벽하지 못해 회한투성이인 인생처럼.

독자들의 일독을 바라 마지않는다.

2017년 5월

김지연

9
전란의 조짐

전란의 조짐

음력 2월 중순께가 되면서 날씨는 봄기운이 완연해졌다. 왜침倭侵의 기운은 나날이 사람들의 마음을 옥죄어 들게 했으나, 날씨는 아랑곳없이 계절의 향기를 만들어 내고 있었다. 겨우내 움츠렸던 아이들은 동네 마당이나 큰길 골목길 할 것 없이 소리치며 뛰어놀았고, 어른들은 아이들에게 깡충깡충 뛰거나 힘차게 달리면 배가 꺼지고 짚신도 닳으니 각시 걸음 걷듯이 조용조용 놀라고 소리를 쳤다. 어른들은 마음을 잡지 못해 서성거렸다. 왜침이 있을 것이란 소문은 방방곡곡에 퍼져 있고, 관병과 의병들의 몸놀림이 예전 같지 않음은 분명한 것 같았으나, 몇 달간의 소문에 비해 왜병의 징후가 나타날 해안 부근은 폭풍 전야처럼 여전히 조용했다. 그 적막함이 사람들의 마음을 나날이 서서히 조여들게도 했다. 춘궁기는 눈앞에 다가오고 있고 농사지을 준비는 해야 하는데, 마음이 안정되지 않아 우왕좌왕 방황하며 일손을 잡지 못하는 사람들이 적지 않았다. 그러나 대부분의 사람들은 내일 전쟁이 일어난다 해도 씨앗은 뿌려 놓아야 열매를 거둘 것 아니냐며 얼음이 풀린 땅을 쟁기로 갈아엎기 시작했고, 또한 혹독한 춘궁기와 전쟁이 발발했을 경우를 대비해서 비상식량을 마련하기 위해 산으로 칡을 캐러 가는 사람들도 많았다.

옥봉동 언덕 위 기와집의 일상에도 변화가 적지 않았다. 의병들의 본거지와 연락처로 개방되어 있는 사랑채는 그들의 이용이 나날이 조금씩 늘어나는 한편 머무는 기간은 짧아졌다. 그렇게 생각해서인지 사랑채를 드나드는 그들의 표정이 긴장되고 몸짓이 빨라지고 기숙하는 날짜가 눈에 띄게 짧아진 것 같았다. 동기童妓들의 교습도 한자 공부와 붓글씨와 가무 일색이던 것이, 봄부터 의원을 초빙하여 약 처방과 간병도 배우고, 신체 단련, 돌 나르기, 활쏘기 훈련도 곁들여져서 활기를 띠었다. 아이들은 글 읽기나 붓글씨 쓰기, 가무 공부보다 간병하는 법이나 돌 나르기, 활쏘기 등을 놀이하듯 더 즐거워했고, 논개는 그런 아이들에게 나라가 무엇이며 애국하는 길이 무엇인가를 가르쳤다.

기와집의 변화는 거기서 그치지 않았다. 지리산 속의 매분이 아들 넷을 데리고 행랑채로 들어와 기거를 시작했기 때문이다. 그들 식구가 기와집으로 들어온 날은 2월 열사흗날 저물녘이었다. 연년생인 금돌 은돌 옥돌이와 아직 돌도 되지 않은 쇠돌이를 안고 업고 걸리어 와서, 매분은 대문 밖에서부터 머리를 산발하고 "아이고 아이고" 통곡을 하면서 기와집 안으로 들어섰다. 안방 어머니의 사망을 애통해하며 자식 도리를 하는 모습이었으나, 장례식 때도 불참했던 이가 해가 바뀌어서야 뜬금없이 찾아와 요란스레 구는 행동에 집안 식구들은 적잖이 당황스러워했다. 고인은 기생의 장례 풍속에 따라 사십구재로 이미 탈상을 한 지 오래였고, 또한 기와집 출신의 어느 기녀도 매분처럼 머리를 산발하고 통곡하며 들어서는 사람은 없었기 때문이다. 아이들도 큰 소리로 울어 젖히는 제 엄마를 흘끔흘끔 쳐다보면서 손등으로 눈두덩을 비비며 울어 댔다. 그러나 정작 눈물 콧물을 흘리며 진짜로 우는 사람은, 제 엄마와 형들의 느닷없는 커다란 울음소리에 놀라 자지러진, 매분의 등짝에 업힌 쇠돌이뿐이었다. 매분도 집 안이 울리도록 통곡을 하긴 했지만 기실 눈물 한 방울 흘리지 않았고, 아이들은 매분의 눈치만 끊임없이 살피면서 앙앙 소리와 함께 눈을 비비기만 했던 것이다.

논개는 대청마루 바른쪽 벽면에 차려진 고인의 빈소 앞으로 매분을 안내했다. 명월 어머니가 사십구재 이후에 빈소를 거두어도 좋다고 했으나, 논개는 그대로 둔 채 설매의 영정을 모셔 놓고 여태껏 매일 향을 피우며 초하루와 보름에는 정성스레 메를 올려 왔었다. 최소한 일주기까지는 이렇게 예를 다할 생각이었다.

매분이 빈소 앞에 고꾸라지듯이 엎드려 두 손바닥으로 마룻바닥을 탕탕 쳤다.

"어머니, 어머니. 큰딸자식 이제사 왔습니다요! 먹고사는 게 뭔지 어머니 돌아가셨다는 부음을 받고도 못 와 뵙고 이제사 왔습니다요. 어머니, 맏자식이라는 것이 무엇입니까요. 부모 다음가는 자리인데도 인제사 뵈러 왔으니 이 어인 불효입니까요. 하지만 어머니, 이제부터는 이 맏자식이 잘 모시겠습니다요! 어머니, 어머니."

등짝의 쇠돌이는, 엎드린 채 마룻바닥을 탕탕 치는 제 엄마의 몸짓에 더욱 자지러지게 울어 젖혔다.

"매분 성님, 그만하셔요. 쇠돌이가 많이 놀라네요."

논개는 매분의 어깨를 안아 일으켰다. 매분이 못 이긴 듯 아이를 둘러맨 포대기의 띠를 집어 코를 힝 푸는 시늉을 했다. 실제 매분은 눈가에 물기조차 없었고 코를 풀 때도 콧속이 아닌 목 안에서 소리가 터졌다. 매분의 울음소리가 멈추자 아이들이 동시에 뚝 소리를 멈추었다. 네 살짜리 옥돌이가 제 엄마를 쳐다보면서 "옴마, 인자 고만 울어도 돼나?" 했다. 그러자 매분이 입 닫으라는 듯 무서운 눈초리로 옥돌이를 쏘아보았다.

"그래그래, 됐다! 이제 그만들 울어라."

논개가 옥돌이에게 상냥한 음성으로 대답해 주고는, 초희와 월향이에게 아이들을 우물가로 데려가서 손을 씻게 하고 방으로 데려가 한과를 좀 갖다주라고 이른다. 아이들이 금방 입을 방긋 벌리고 눈동자를 반짝이며 초희와 월향이를 쳐다보았다. 과자를 주라는 논개의 말에 세 아이가 동시에 소리가 나도록 침을 꼴깍 삼켰다.

"성님, 방으로 들어가십시다요. 작년 사십구재 때는 그래도 성님이 오실 줄 알고 많이 기다렸지요. 아이들 때문에 바쁘셨던 모양이에요."

논개는 매분을 안방으로 안내했다. 설매가 사망한 지 여덟 달 만에야 나타나서 그나마 눈물 한 방울 보이지 않는 매분이 뭔가 종전과는 좀 다르다는 느낌이었으나 내색하지는 않았다. 안방에 들어가자 매분은 등짝의 쇠돌이를 내려 가슴에 안고 젖을 물렸다.

"성님, 쇠돌이 정말 많이 컸네요! 첫돌이 얼마 남지 않았지요?"

논개가 쇠돌이의 볼을 만져 보며 말했다.

아이에게 젖을 물린 매분이 논개의 물음에는 대답 없이 논개를 가만히 바라보았다.

"논개야."

"말씀하세요."

"너 혼자 그동안 고생했다. 이제, 내가 이 집의 맏딸 노릇을 제대로 할 테니, 너는 활이나 쏘고 아이들 교습만 맡으려무나."

"무슨 말씀입니까? 성님은 지리산에 성님의 집이 있고 애들 아버지도 계신데, 어찌 이 집 일을 맡으시겠다는 것인지요?"

논개가 의아한 낯빛을 지으며, 삶에 지쳐 있는 몰골의 매분을 마주본다. 뒤늦게 나타나 산발의 통곡에 아이들마저 거짓 울도록 하는 매분이 옛날의 그녀 같지 않아 의아한 마음인데, 거기에다 뚱딴지같이 느닷없이 맏자식 노릇을 하겠다는 것이 논개는 이해가 되지 않았다.

그런데 매분이 뜻밖의 말을 했다.

"논개야, 내 이제사 말이다만, 금돌이 아부지가 벼랑에서 석청石淸을 따다가 실족하여 떨어져 죽었단다. 나도 실은 땅꾼으로부터 그 엄청난 사실을 전해 들었단다. 아이들은 저 아부지가 꿀을 따러 산에 들어가서 아직도 돌아오지 않은 것으로만 알고들 있지. 그러니 불시에 혼자 된 내가 사냥을 할 줄 아나, 약초를 캘 줄 아나, 산속에서 아이들과 도무지 살아갈 수가 없더라구. 애들 아버지가 죽지 않았어도 어머니가 돌아가셨으면 맏이인 내가 너희들을 거두면서 큰자식 노릇을 해야 되는데, 차라리 이참에 내가 이 집으로 들어와서 늦게나마 돌아가신 어머니께 맏자식 노릇 하며 너희들을 돌보는 것이 도리이겠다 싶어서 이렇게 왔단다. 그러니 이제는 안방 열쇠, 장롱 열쇠, 고방 열쇠 등 일체를 나한테 다 맡기고, 너는 좋아하는 활이나 쏘고 아이들 교습만 시키려무나."

매분은 말을 하면서도 논개를 똑바로 쳐다보지 못했다. 논개는 애들 아버지가 죽었다는 매분의 말에 신빙성이 없음을 느꼈지만, 열쇠를 자기에게 맡기라는 부분에서는 사람의 탐욕이 이런 건가 싶어 답답하고 허망한 기분이 들었다. 하지만 일단은 짐짓 긍정하여 슬픈 낯빛을 짓는다.

"불시에 가시다니, 안됐군요. 그런데 성님, 금돌이 아버지 시체를 직접 보았습니까?"

논개가 매분을 가만히 응시하며 물어보았다.

매분의 눈빛이 흔들렸다.

"그, 그야, 당연히 보았지."

"무덤을 어디에다 만들었는지요?"

"떠, 떨어진 자리에 그냥 묻었제."

"정말 안됐어요, 성님. 어떻게 위로를 드려야 할지…. 아이들은 어리고, 고생이 많으시겠어요! 금지, 옥매 성님들은 이 소식을 모르겠군요? 그 성님들이 지리산에 다녀가신 게 작년 가을이었던가요?"

"아니야. 작년에는 오지 않았고, 금년에는 왔다 간 지 대엿새밖에 되지 않았어."

"대엿새밖에 안 되었어요? 가을에는 단풍놀이에 송이버섯을 딴다고들 간다지만, 이월에 어인 일로들 가셨지요? 조문하러들 가셨나 보지요?"

"엉? 응, 그래…."

논개는 몇 마디 주고받은 대화로 금돌이 아버지가 사망하지 않았음을 직감했고, 매분이 이렇듯 갑자기 나타난 것은 금지와 옥매의 계략에 의한 부추김 때문임을 짐작할 수 있었다. 그러나 그녀는 자신의 느낌을 겉으로 내색하지는 않았다.

"성님. 우리 집 일은 어머니의 유언대로 제가 알아서 하고 있습니다. 조금도 걱정 마세요. 그리고 금돌이 아버지 돌아가시고, 성님 혼자 아이들 돌보기 힘드시면 쇠돌이를 낳았던 방에서 기거하세요. 대신 성님도 주방일과 간단한 집안일들은 거드셔야 합니다. 성님에다 애들까지 다섯 식구가 불어나는 데다가, 이제는 집에 풍류객을 들이거나 주연회를 갖지 않기 때문에 따로 수입이 없고 오로지 어머니 모아 두신 재산만 곶감 빼먹듯 쓰고 있어서 말입니다. 벌어들이는 것은 없고 먹는 입만 많으면 재물은 금방 거덜이 날 테니, 아끼지 않을 수가 없기 때문이지요. 성님네 다섯 식구가 이 집에 묵게 되면, 울산댁을 내보내는 것으로 입과 새경을 덜려고 합니다. 무슨 얘기인지 성님이 잘 아실 것입니다."

매분이 어이가 없다는 표정과 분노가 범벅된 낯빛으로 논개를 쏘아보았다.

"논개야, 네가 맏성님인 나에게 어찌 이리 말할 수가 있단 말이냐? 나더러 아이들을 데리고 행랑채에 머무르라 이 말이냐? 아니 행랑채에 묵으면서 밥값으로 부엌 종년 노릇을 하라 이 말이냐? 너나 나나 어머니 친자식 아닌 것은 분명한데, 너는 뭣이라서 안방 차지하고 나는 어린 새끼들 데리고 종년이나 머슴들이 기거하는 행랑채에 살아야 하느냐 말이다. 아주 기가 꽉 막히는구나."

매분의 얼굴이 벌겋게 달아올랐다.

"이 집 재산이 네 것이더냐? 그라고, 벌이가 따로 없어도 이 집 전답이 얼마나 많은데, 소작인들이 가져오는 곡물로도 손가락 꼼짝 안 하고 수백 명은 먹고 살 수도 있을 텐데, 입이 많으면 재물이 금방 거덜난다고? 논개야, 우리 한번 따져 보자. 아무리 어머니가 너에게 재물을 맡겼다 하더라도, 내가 이 집 맏딸이 아니더냐. 네가 아닌 내가 이 집 재물과 열쇠들을 관리해야 되는 게 당연지사가 아니더냐?"

매분은 생각할수록 분한 듯 얼굴과 목덜미와 손등까지 빨개졌다. 그녀의 가슴에서 젖을 빨던 쇠돌이가 제 엄마의 얼굴을 쳐다보며 불안한 눈빛이 되었다.

논개는 조금도 흥분하지 않았다. 매분이 넘치게 과장된 몸짓으로 대문간에 들어서던 순간부터 왠지 순수해 보이지 않던 예감이 적중하고 있다고 생각했다.

"그래요, 성님. 엄밀히 한번 따져 볼까요? 성님 말씀대로 이 집 재산은 제 것도 성님 것도 아닙니다. 그러나 저는 이 재산을 좋은 일에 써 달라는 어머니의 유지를 받아 유산 관리를 맡고 있어요. 그야말로 나라에 유익한 좋은 일에 재물을 사용하려고 노력하고 있다고요. 두 번째로 따질 일은, 성님이나 저나 이 집 혈육이 아니니 맏딸 막내딸 순서를 따질 수도 없지만, 그렇다 치더라도 성님은 출가외인이시지요. 그나마 맏딸이라고 주장할 사람은 지금 평양에 계시는 소향素香 성님이시지요. 기와집 출신 스무 명 중 그 성님이 가장 먼저 이 집에 들어왔고 제일 연장자니까요. 성님! 금지, 옥매 성님이 착한 매분이 성님을 어떻게 부추겼는지 모르지만, 성님은 제가 어머니의 큰 뜻을 펼칠 수 있도록 협조하여 주십시오. 거듭 말씀드리지만, 여기 계실 생각이시면 행랑채에 기거하세요. 아이들이 안채에 머물러서는 안 되는 이유를 형님이 더 잘 아시지 않습니까? 쇠돌이를 낳은 그 방은 넓고 햇살도 잘 들어 성님이 아이들과 함께 지내시기 좋을 것입니다."

논개의 말은 길었으나 시종 차분하고 부드러웠다.

"소향 성님이 기와집에 제일 먼저 들어왔다고는 하지만, 어머니와 마지막으로 함께 살았던 사람들은 나와 향녀, 금지, 옥매, 너 그리고 초희와 월향이뿐이 아니더냐. 그리고 그 중에선 내가 맏딸이 아니더냐. 나와 금지, 옥매에게만 재산을 좀 갈라 주어도 네가 손해 볼 것은 없지 않느냐 이 말이다."

매분의 목소리에 힘이 빠지면서 애원조가 되었다.

논개가 고개를 저었다.

"성님, 그렇게는 못합니다. 그것은 어머니의 뜻이 아니기 때문입니다. 야속하다고만 생각하지 마십시오."

"논개야, 너 정말…."

그때 초희와 월향이가 금돌, 은돌, 옥돌이를 앞세운 채 한과 그릇을 들고 안방으로 우르르 들어왔다. 과자 그릇이 방 가운데 놓이자 아이 셋이 벌떼처럼 달려들어 찬합에 가득 담겨 있던 한과를 순식간에 다 먹어 버렸다. 그러고도 많이 모자라는 듯 손가락을 입에 물고 초희와 월향이를 번갈아 쳐다보았다. 초희가 고개를 흔들었다.

"금돌아, 너희들 잘못하는구나! 어머니와 이모께 잡숴 보시라 권하지도 않고 너희들끼리 다 먹어 버리면 쓰겠느냐. 다음부터는 어른이신 어머니가 먼저 잡순 후에 너희들이 먹어야 한다. 알겠느냐?"

논개가 맏이인 금돌이를 보며 그렇게 말했다.

그러자 아이들이 미처 대답을 하기도 전에 매분이 발끈하여 논개를 쏘아보았다.

"그만해라. 대여섯 살짜리가 무얼 안다고, 잘난 한과 한 움큼 집어 주고 훈계를 하는 거냐?"

"성님. 아이들 교육은 세 살 적부터 시킨다 하지 않습니까. 잘난 한과라니요? 그릇 넘치게 내온 것을 한 움큼이라니요? 개떡 한 쪽도 어른부터 공경토록 하는 것이 도리 아니던가요?"

어른들이 무슨 말을 하고 있든 간에 아이들은 많이 심심한 모양이었다. 문갑 위의 붓통과 붓대, 사방탁자 위의 도자기를 한 손으로 들어 올려 그 속을 들여다보기도 하고, 아랫목의 아홉 폭짜리 수병繡屛에 털썩 등을 기대거나 손가락으로 수놓아진 색실을 집어 보기도 하고, 삼층 장롱의 쇠통을 흔들흔들 잡아당기기도 하면서 방 안을 돌아치기 시작했다.

"얌전히들 앉았거라. 너희 어머니가 교육을 시키지 않으니, 내가 너희들을 좀 가르쳐야겠다. 방 안의 물건들에 함부로 손을 대는 것이 아니다. 너희들이 갖고 노는 놀잇감들이 아니기 때문이야!"

논개가 언성을 높였다. 네 살배기 옥돌이가 고려청자를 집어 들었을 때, 혹시나 떨어뜨려 깰까 봐 십년감수하듯 마음을 졸였던 탓인지 안도의 한숨과 함께 절로 소리가 높아졌던 것이다.

"너도 참 유별나다! 그러지 않으면 아이들이라 하더냐. 내 자식 교육은 내가 시킨다. 네가 뭔데 내 자식들에게 자꾸 언성을 높이느냐?"

"성님, 참말로 왜 이러시는 거요? 자꾸 이러시면 성님네 식구와 우리는 한집에 살지 못합니다. 행랑채서 아이들 데리고 살겠으면, 낼 아침부터 성님이 곧장 부엌간으로 나가 일하시고, 대신 아이들 교육은 내가 맡습니다. 오늘은 이미 늦었으니 예서 하루 묵으시고, 제 말대로 하실 거면 당장 낼부터 그리하시고, 제 의견이 성님 마음에 들지 않으면 내일 아이들 데리고 떠나세요. 공짜로 다섯 식구 그냥 먹일 수는 없습니다. 초희야, 넉근 아재한테 행랑채 큰방에다 군불을 지펴 주십사 하고, 섭냄이 아지매한테는 거기에다 저녁상 차리라고 말씀드려라. 그리고 월향이는 아이들을 행랑채로 데려가거라. 성님도 행랑채로 가십시오. 지금은 성님하고 아무런 말도 나누고 싶지 않습니다."

매분은 쇠돌이를 안고 행랑채로 나가지 않을 수가 없었다. 섭냄이가 논개의 지시대로 그들의 저녁밥을 행랑채의 큰방으로 갖다 놓았기 때문이다. 아이들이 밥상을 따라 우르르 행랑채로 몰려가는데, 매분이 혼자 안방에서 버티고 앉았을 수는 없었던 것이다.

논개는 매분이 심히 섭섭해할 것을 알고 있었지만 매정스럽게 해 둘 필요가 있다는 생각을 했다. 매분을 조종하는 사람이 금지와 옥매만이 아니라 그녀의 남편일 수도 있다는 예감 때문이었다. 남편이 석청을 따다가 벼랑에서 떨어져 죽었고 무덤까지 만들었다고 했으니 금방이야 그가 기와집에 모습을 드러내지는 않겠지만, 논개로서는 남자가 죽지 않았다는 직감이 들었고, 그렇다면 그들에게 재산 분배는 불가하다는 냉정한 입장을 처음부터 분명히 하기 위해서였다.

매분의 남편이 사망하지 않았다는 논개의 직감은, 그들 식구가 행랑채에 머문 지 사흘째 되는 날 아이들에 의해 사실로 밝혀지고 말았다. 사랑채와 행랑채가 마주하는 뜰에서 놀던 아이들이 저희들끼리 다투다가 은돌이가 "아부지한테 일러 준다." 하자, 금돌이가 동생의 머리를 쥐어박으면서 "옴마가 멀쿠더노? 아부지는 꿀 따다가 산삐랑에서 널쪄 죽은 기라꼬, 논개 이모가 물으모 그리 말하라 안 쿠더나. 한 번만 더 아부지한테 일러 준다 카모 니 내한테 맞아 죽는대이." 했다. 그러자 네 살배기 옥돌이가 "엉가 때리지 마라. 와 안 죽은 아부지를 죽었다 카노?" 하며 울음을 터뜨렸다. 정작 쥐어박힌 은돌이는 금돌이의 말을 알아들은 듯 가만히 있었다.

논개는 초희와 함께 사랑채의 방문들을 활짝 열어 놓고 청소를 하다가 아이들의 소리를 듣고는 입가로 빙긋 미소를 흘렸다. 남편이 죽었다면서도 슬픈 기색이라고는 찾아볼 수가 없었고 또한 어물쩍거리던 매분의 태도로 미루어 그녀가 거짓말을 하고 있음을 진작에 직감했었지만, 막상 사실로 밝혀지고 나니 논개의 기분은 쓰디썼다. 논개는 마당으로 내려서서 아이들 가까이로 다가갔다.

"금돌아. 금지, 옥매 이모들이랑 골짝에서 가재도 잡았더냐?"

논개가 아이들을 둘러보며 대뜸 금지와 옥매, 가재 이야기를 꺼냈다.

아이들이 단박에 얼굴 가득 웃음꽃을 피우며 대답했다.

"까재 마이 잡았어예! 이모들은 겁을 내서 까재 몬 잡고, 울 아부지가 다 잡았어예!"

은돌이가 두 팔을 쳐들고 둥그렇게 그려 보이면서 말하자, 금돌이가 그러는 은돌이를 가시눈을 하고 노려보았다. 그러자 은돌이가 찔끔 목을 움츠리면서 "울 아부지는 죽었는데, 그래도 까재는 마이 잡았어예." 했다.

논개는 웃음을 머금은 얼굴로 고개를 끄덕여 주고는 서둘러 그 자리를 피했다. 매분의 남편과 금지, 옥매가 모두 한통속으로 이 집 재물을 뽑아낼 일을 꾸미고 있다는 확신감이 의심할 여지없이 온몸으로 느껴지자 순간 얼굴이 굳어지려 했던 것이다.

매분은 행랑채로 몸은 옮겼으나 논개의 말대로 따르지는 않았다. 부엌일도 다른 집안일도 손 하나 까딱하지 않았다. 몸이 아프다는 핑계로 행랑채에 틀어박혀 뒷간 볼일이 아니면 아예 문밖으로 나오지도 않았다. 어디가 어떻게 아프냐고 의원을 불러 주겠다 해도 마음병일 뿐이니 간섭 말라고 했다. 그러면서도 들여놓는 세끼 밥은 밥풀 한 알 남김없이 다 먹었고 반찬도 그릇그릇 깨끗이 비워 냈다. 아픈 사람의 먹새가 전혀 아니었다.

논개는, 매분이 재물을 덩어리로 뚝 떼어 주기를 기다리며 무언의 시위로 꾀병을 앓고 있다고 생각했다. 매분이 며칠 동안 밥만 받아먹고 집안일은 하지 않자, 논개는 울산댁과 섭냄이에게 '이레째 되는 날 저녁까지만 밥상을 행랑채로 가져다주고, 여드레째부터는 매분을 부억간에 나와 일을 하게 시키고, 밥도 대청에서 다른 식구들과 함께 먹게 하라'고 일렀다.

그런데, 매분이 기와집으로 들어온 지 엿새째 되는 날 한낮에 금지와 옥매가 새침한 표정들을 하고 집 안으로 들어섰다. 뭔가 작정을 하고 나선 사람들처럼 얼굴 표정과 몸짓에 날이 서 있었다. 그녀들은 매분이 누워 있는 행랑채의 큰방 문을 열어 보고는, 대뜸 논개에게 삿대질을 했다. 두 사람이 한 몸이듯 동시에 "큰성님한테 이게 무슨 배은망덕한 대접이냐?"며 언성을 높였다.

그녀들을 맞이하기 위해 행랑채로 나서던 논개는 느닷없는 거친 삿대질에 뒷걸음질을 쳤다.

"성님들, 도대체 왜 이러는 거요?"

"몰라서 물어? 남편 잃고 찾아온 만성님을 주인으로 모시지는 못할망정 행랑채에 처박아 두어? 그라고, 뭐가 어째? 일을 해야 밥을 준다고? 만성님에게 밥값을 하라 캤다고? 네가 이 집 주인이더냐? 네가 주인이라면 우리는 더 주인이다. 이제 더는 못 참겠다. 열쇠 묶음을 내놓아라. 이제 이 집은 큰성님과 우리가 관리하겠다. 어서 열쇠를 내놓아라."

논개는 내심 경악했다. 말은 필요 없고 완력으로 쌈질이라도 해서 열쇠 묶음을 뺏겠다는 것이 그녀들의 뜻임을 파악했기 때문이다. 금지와 옥매가 대문 안에 들어서자마자 곧장 행랑채의 큰방 문을 열어 보았고, 또한 매분과 말 나눌 틈도 없었는데 밥값 운운의 내용을 알고 있었던 것으로 미루어, 누군가 집 안에서 벌어지고 있는 일들을 밖으로 물어내고 있는 게 틀림없었다. 논개는 섭냄이와 함께 마당에 나와 서 있는 울산댁을 한 번 흘낏 보았다. 울산댁이 얼른 논개의 시선을 피해 버렸다. 논개는 나름대로 상황을 파악하고는 그녀들의 삿대질하는 손을 바른팔로 천천히 뿌리치면서 버텨 선다.

"도대체, 이게 무슨 행패들이요?"

"행패라니? 우리는 우리 몫을 찾으려고 한다. 좋게 말로 할 때 어서 열쇠 묶음 내놔!"

금지가 팔소매를 걷어붙이자 옥매도 바른팔의 소맷자락을 척척 걷어 올렸다. 마치 금방이라도 논개의 머리채를 휘어잡거나 쓰러뜨릴 것처럼 눈꼬리와 어깨에 힘을 넣고 논개 주변을 서성거렸다. 그때 행랑채의 큰방 문이 열리면서 매분이 뿌연 얼굴로 쇠돌이를 안고 밖으로 나왔다. 며칠간 꼼짝 않고 먹고 자고 놀고 배설만 해서인지 매분의 얼굴은 살이 오른 듯 통통해 보였다. 그녀는 서슬 퍼런 금지, 옥매 앞에 허탈스런 표정으로 서 있는 논개를 보면서 "이제사 쥔 만나는구나. 안됐다!" 하고 빈정거렸다.

"하아."

논개는 얼굴에 싸늘한 조소를 흘리면서 신음을 뱉어 낸다. 그리고 마주 선 그녀들을 한 사람씩 째려본다.

"당신들은 관에서 수청 드는 관기가 아니라 대낮 강도들이구먼? 기생 노릇은 아니하고 남의 집에 와서 소매 걷어붙이고 열쇠를 내놓으라 협박하니 말씀이야. 내가 뭣 땜에 강도들에게 열쇠를 내주겠어? 그렇지 않아? 될 만한 일을 요구해야지. 나를 의리도 쓸개도 자존심도 없는 등신으로 알았다면 큰코다치지. 자, 덤벼 보라구! 세 년 아니라 열 년이라도 끄떡없으니까."

논개는 한순간에 존칭을 빼고 막말을 구사하는 자신에 스스로도 놀란다. 태백산 영마루의 산적 두목이나 되는 것처럼 겉저고리를 홱 벗어 던지고 양다리를 앙버티고 서서, 두 손을 허리에 찌른 채 눈에 쌍심지를 켠다. 그러고는 평소엔 미처 몰랐던 자신의 결기에 속으로 다시금 적잖이 놀란다.

매분과 금지, 옥매가 입을 따악 벌렸다.

"너, 너, 지금 뭐라고 했냐? 세 년이라고 했냐? 우리를 강도라고 했냐? 세, 세상에, 이년이 환장을 했나베. 야, 이년아. 네가, 네년이 이 집 주인이더냐? 당찮은 소리 마라. 주막에서 굴러먹다 꼽추한테 붙잡혀서 팔려 온 똥개 뼉다구 같은 년이, 네가 언제부터 이 집 주인이냐 말이다. 야, 이년아. 뭐가 어째?"

금지가 주먹으로 논개의 턱을 후려치려는 듯 삿대질하던 바른팔을 순식간에 휘둘렀다. 논개가 잽싸게 금지의 팔목을 붙들었다. 붙잡은 팔목을 휘어잡고 비틀자, 금지가 자지러지는 비명을 내질렀다. 논개는 금지의 팔을 비틀어 붙잡은 채 힘주어 떠밀어 버린다. 금지가 비칠거리다가 땅바닥에 세게 엉덩방아를 찧었다.

"그래, 나는 주막에서 구정물통에 손 넣고 살던 똥개 뼉다구 같은 년이다마는, 네년은 무어냐? 똥돼지 뼉다구 같은 년이냐? 똥걸레 같은 년이냐? 왜, 죄 없는 사람을 건드려? 나야 버젓한 이 집 주인이지. 어머니로부터 상속을 받았으니까 말이야! 관기라는 네년은 아직 그것도 몰랐더냐? 이 집 주인이 누군지 사또 앞에 나가서 한번 따져 볼까나? 이 보시요들, 그러는 게 아니야. 죽지도 않은 사람 죽었다고 거짓말로 짜고, 남의 재산 빼앗으려고 공갈 협박 치는 네년들, 몽땅 옥살이시켜 버릴 수 있어. 그 죄를 어찌 다 받으려고 발광들을 하느냐 말이야!"

금지, 옥매와 매분이 억장이 무너지고 말문이 막히는 듯 입을 벌린 채 서로의 얼굴을 쳐다보았다. 순간, 마당에 나뒹굴었던 금지가 튀어 오르듯 번개같이 일어나 논개의 머리채를 휘어잡았다. 이어서 옥매와 매분도 머리채가 잡힌 논개에게 달려들었다. 그러자 섭냄이가 잡년들이 사람 죽인다고 소리치고는 등에 업힌 은금이를 급히 풀어 마당 한 구석에 내려놓고 함께 뒤엉켰다. 마당은 온통 울음바다가 되었다. 구석에 혼자 놓인 은금이와 울산댁이 안고 있던 쇠돌이가 자지러지듯 울어 대고, 금돌이 은돌이 옥돌이와 초희 월향이는 발을 동동 구르며 울어 젖혔다. 금지의 손아귀에 머리채가 잡힌 논개에게 옥매와 매분의 주먹질 발길질이 소나기 쏟아지듯 퍼부어지고, 섭냄이는 그런 그들을 논개로부터 떼어 내려고 안간힘을 썼다.

"이 잡년들이 사람 쥑이네에!"

섭냄이가 옥매의 허리를 붙잡고 떼어 내려 악을 쓰다가 땅바닥에 나동그라지는 찰나 매분이 논개에게 들이받혀 코를 싸안고 주저앉았다. 이어 금지와 옥매가 연달아 복부와 무릎께를 두 손으로 움켜잡고 비틀거렸다. 금지에게 머리채를 잡혀 한껏 불리한 자세에 놓였던 논개가 온 힘을 다해 머리로 들이받고 거친 발길질과 주먹질로 세 여자를 차례대로 나동그라지게 했던 것이다.

논개가 허리를 펴고는 너덜거리는 머리털을 모아 매만져 갈무리하면서 벼락같이 호통을 친다.

"못된 인간들. 한 어머니 사랑 밑에 자매로 자랐다는 것들이 어머니의 유지도 모르고, 우애도 저버리고, 재물에만 눈이 어두워서 셋이 작당을 하고 달려들어? 세 년 아니라 열 년이라도 좋으니까 또 내 머리끄댕이 잡아 봐라. 네년들 머리털 다 뽑아 버리고 발목댕이를 뿌러뜨려서 이 집에서 네 발로 기어 나가게 해 줄 테니."

그러나 누구도 다시 덤벼들 기세가 아니었다. 금지는 호되게 복부를 차인 듯 땅바닥에 널브러진 채 이를 악물고 끙끙거렸고, 매분은 상기된 얼굴을 하늘로 쳐든 채 월향이가 건네 준 수건으로 코피를 닦아 냈다. 옥매도 두 손으로 무릎께를 싸안고 신음을 내뱉고 있었다.

아이들의 울음소리가 그치지 않았다. 금돌이 은돌이 옥돌이가 매분을 둘러싼 채 "옴마, 마이 아푸나? 우리 고마 집에 가자. 아부지한테 가자." 하면서 울어 댔다. 그런 와중에도 매분은 아버지한테 가자는 은돌이의 머리를 쥐어박았다.

"울음들 뚝 그쳐!"

논개가 집 안이 쩌렁 울리도록 고함을 질렀다. 고함 소리에 놀란 듯

젖먹이들인 쇠돌이와 은금이의 울음소리는 더욱 높아지고, 다른 아이들은 슬금슬금 서로 눈치를 봐 가며 울음을 멈추었다. 논개는 성큼성큼 금지 앞으로 다가가, 복부를 잡고 웅크린 채 옆으로 누워 있는 금지의 저고리 깃을 움켜잡고 한 손으로 그녀를 들어올린다. 금지의 얼굴이 새하얘졌다.

"말해 봐라. 지금도 강도질할 생각이냐? 좋은 일에 써 달라는 어머니의 유지를 끝까지 짓밟아 버리겠다는 것이냐?"

금지는 얼굴이 사색이면서도 대답은 하지 않았다. 논개보다 두 살이나 더 먹은 처지에다 비슷한 키의 그녀에게 들어올려졌다는 것이 수치스럽고 모멸스러운 모양으로 공중에서 발버둥질만 해 댔다.

"대답 않는 걸 보니 강도질을 하겠다는 뜻인가 본데, 그럼 할 수 없지. 네년을 이대로 대문 밖 언덕 아래로 내던질 수밖에."

논개가 금지의 멱살을 더 위로 치켜 조이면서 두어 걸음 대문께로 내디뎠다.

"아, 안 해. 안 할게."

금지가 목이 졸려 끅끅 잦혀지는 음성으로 떠듬거렸다. 논개가 입귀로 냉소를 흘리면서 그녀를 땅바닥에 내려놓는다. 그녀가 비칠거렸다.

"네 입으로 다시는 강도질 안 하겠다 했으니 믿어 보겠다만, 그러나 약조를 깨고 또다시 일을 벌일 경우에는 관아에 알려서 너희들 모두 옥살이를 시키겠어. 관기의 체면을 저버리고 공모하여 도둑질을 하려 했으니, 너희들은 몇 배의 벌을 받는 수모를 겪을 거야."

논개는 금지에게 못을 박듯 그 말을 남기고, 무릎께를 싸안고 신음을 내뱉으며 땅바닥에 퍼질러 앉아 있는 옥매 가까이로 다가갔다. 논개보다 한 살 더 먹은 그녀가 지레 겁을 먹고 악을 쓰듯 먼저 소리를 내질렀다.

"가까이 오지 마! 무릎뼈가 금이 간 것 같단 말이다. 재산 달란 소리

안 하모 될 꺼 아이가."

"자알 생각했어. 못난 짓거리 한 번만 더 했다가는 네년 무릎뼈 완전히 뿌러질 줄 알어. 그리고 매분 성님, 내일 아침 일찍 아이들 데리고 떠나시오. 이 집 친딸도 맏딸도 아닌 사람이, 더구나 출가외인이 멀쩡하게 살아 있는 남편을 죽었다고 거짓말하고, 뱃속에 탐욕밖에 없는 두 년과 작당하여 이 집 재산을 빼앗고 주인 노릇 하겠다고 설쳤으니, 그 죄가 얼마나 큰 줄 아시오? 올망졸망한 자식들 생각해서, 옥살이시킬 것을 그냥 돌아가게 해 줄 것이니 낼 아침에 당장 떠나시오."

논개가 옥매에 이어, 양쪽 콧구멍에 솜을 박고 있는 매분을 향해 소리쳤다.

매분이 고개를 끄덕끄덕 주억거렸다.

논개는 다시 울산댁을 향해 고개를 돌렸다.

"울산댁 아지매. 이 여자들 모두 행랑채로 뫼셔 가서 상처 부위에 찬물 찜질이라도 해 주고 돌려보내소. 그라고 아지매. 이 집 일을 밖으로 물어내 조잘대는 짓은 이제 그만두시오. 한솥밥 끓여서 함께 먹는 아지매가 그리하면 세상에 내가 누구를 믿고 일을 시키겠소. 안 그렇소?"

울산댁이 얼굴을 붉히며 고개를 옆으로 비끼다가 아래로 떨구었다.

논개는 매분과 금지와 옥매를 다시 한 번 고루 둘러보면서 차분하게 가라앉은 음성으로 매듭짓듯 말한다.

"다치게들 해서 미안하오! 다짜고짜 재산 내놓으라며 삿대질에 주먹질에 머리채를 감아쥐니, 어느 년이 당하고만 있겠소. 엉뚱한 수작만 벌이지 않으면, 이 집은 언제든지 당신들의 친정 곳이라는 거 잊지 마시오."

논개는 그 말을 끝으로 몸을 돌려 안채로 향하는 중문을 넘어섰다. 이게 무슨 꼴불견인가 싶었다. 설매의 품 안에서 연년생 터울로 성님 아우님 하며 대여섯 해를 얼크러져 살아온 불쌍하고 외로운 여자들이,

남의 집 재산을 놓고 "갈라 묵자.", "안 갈라 묵겠다." 하며 머리끄덩이 휘어잡고 발길질과 주먹질로 싸우는 모습을 어린아이들에게 보여 주다니, 수치스럽기 짝이 없는 노릇으로 한탄이 절로 터졌다.

그날, 금지와 옥매는 해가 진 후에야 사람들의 눈을 피해 끙끙거리며 관아로 돌아갔다. 매분은 다음 날 이른 새벽에 아이들 네 명을 데리고 슬그머니 떠나 버렸다. 기와집에 들어온 지 이레째 되는 날에, 결국 욕심을 채우지 못하고 험한 꼴만 당하고는 빈손으로 돌아간 것이다. 논개는 섭냄이로부터 그들이 떠난 것을 들었을 뿐이었다.

"가다가 새끼들하고 먹으라고 주먹밥 한 보퉁이 만들어 줬다."

"잘했다. 식구들이 많으니 그 성님한테는 곡식을 좀 줄 수도 있는데. 이번에는 때가 아니지만…."

논개는 혼잣말처럼 중얼거렸다.

매분이나 금지나 옥매나 사람들이 미운 것은 아니었다. 근본적으로 천성이 나쁜 사람들도 아니었다. 안방 장롱에 가득 찬 엽전이나 패물, 고방 속의 곡물들을 조금씩 나누어 줄 수도 있었다. 그러나 그네들에게의 작은 분배는 기와집 출신 스무 명의 모든 기녀들에게 분배해 주어야 하는 빌미를 만드는 것이었고, 그렇게 재산을 흩트리면 설매의 뜻을 펼칠 수 없게 되는 것이었다. 물론 좋은 일에 쓰라는 안방 어머니의 뜻이 구체적으로 조목조목 표현된 것은 아니었지만, 그러나 논개는 그 말의 뜻을 나라를 위하는 일에 사용하라는 것으로 미루어 짐작했다. 그것은 설매의 유지이기도 했지만, 바로 논개 자신의 뜻이며 바람이기도 했기 때문이다.

논개는 집안 단속에 지금보다 몇 배 더 유념해야 할 것이라는 생각을 갖는다. 소기의 목적을 이루기는커녕 참패를 당하듯 발길에 채이고 주먹으로 얻어맞고 돌아간 그녀들이 쉽게 체념을 할 것 같지 않았던 것이다. 필히 보복을 하려 할 것이란 예감이 들었고, 어쩌면 관기인 그녀들이 관졸들을 회유하여 엉뚱한 트집으로 물리적 제재를 가해 올 수도 있기 때문이었다.

"논개야! 니 우짠다꼬 그리 기운이 쎄노? 발로 우찌 차고 주먹으로 우찌 때릿길래, 그 여자들이 배때기를 쥐고 다리를 쩔룩쩔룩 절고 가나 말이다! 하기사 니는 옛날부터 힘이 장사기는 했제마는. 서당 머시마들도 니만 보모 도망을 쳤은께, 히히."

섭냄이가 혼잣말을 해 놓고 키들키들 웃었다. 사랑채 앞마당에서의 한바탕 쌈질이 신명나고 통쾌하게 생각되었던 모양이다.

"이제부터는 넉근이 아재랑 집 잘 지켜야 한다. 대문 단속, 고방 문단속, 안방 문단속도 철저히 하고."

"극정 말거라. 넉근이 아재는 논개 니가 여자들한테 당하모 가마이 안 있을라 캤는데, 니가 그런 여자들 열 명이 있어도 거뜬히 이길 꺼 같더라믄서 쎄를 내둘러샀더라! 그란데 울산댁이는 '그라는 기 아인데.' 카믄서 온제나 니를 좋게 말 안 하는 기라. 고방에서 곡식이 썩는데도 니가 욕심이 많아서 움키쥐고만 있다 쿠믄서…."

"울산댁도 재물에 마음이 있어서 그러는 기다."

"기가 맥히네. 부엌데기 할망구가 지가 와 이 집 재산에 눈독을 들인다 말이고?"

"그렇게 욕하지 마라. 없는 것이 다르지 사람은 원래 다 똑같은 기라. 어쨌거나 울산댁 듣는 데서는 속맘을 드러내지 마라. 넉근 아재한테도 그렇고."

"내는 무신 말이든지 니한테 해가 된다 싶으모 말 안 한다. 내는 니 엄시는 몬 사는 거, 니도 안디 아이가!"

한바탕 소동이 지나가고 둘은 모처럼 서로 마주 보며 웃었다. 분수는 모자라도 속정이 깊고 자신을 무한히 믿어 주는 섭냄이가, 논개는 속으로 더없이 고마웠다.

*

어느덧 2월말이었다.

논개는 강동찬 의병장이 떠난 이후, 의기회 회원들을 두 번이나 더 소집하여 선학산 활터에서 훈련을 가졌다. 대모代母 격인 명월 어미가 논개 못지않게 훈련에 관심을 가져 주어 논개는 큰 의지가 되었고, 회원들은 나라의 위기에 그들 나름대로 작은 힘이 되어야 한다는 사명감으로 임하여 훈련은 매번 알차게 치러졌다.

그뿐만 아니라 논개는, 진주 남쪽의 망진산 활터와 인근 지역 남산 활터의 지원 요청에 곡물을 보내 주었고, 사랑채에 머물면서 진주 의병소와의 연락에 부심하는 순천 지역 의병장에게도 얼마간의 엽전을 지원했다. 의병들이 운영하는 망진산 활터와 남산 활터는 의기회에서 매년 봄마다 일정액을 지원하는 곳이었지만, 올해에는 잦은 훈련과 병기 구입 등으로 더 적극적인 지원이 필요하다는 그들의 요청에 논개는 개인 자격으로 활터당 곡물 다섯 가마씩, 열 가마를 더 부조했던 것이다.

사랑채에서 사흘을 묵은 순천 지역의 의병장은 논개를 극찬했다. 진주의 기녀들이 의롭고 풍류를 안다는 소문이 전국에 파다하다 말하면서, 그런데 바로 논개와 의기회의 의로운 일들이 그 소문의 근원임을 이날 비로소 알았다고 했다. 전국에 산재한 대부분의 의병 부대는 그곳을 주관하는 의병장의 재력이나 관심 정도에 따라 실제 운영이 어렵기도 하고, 더러는 관의 핍박도 받기 때문에 위축되어 있으며, 자신도 십여 명의 의병을 거느리고 있지만 먹는 것을 해결하는 일조차도 사정이 만만치 않다고 했다. 논개는 정욱鄭旭이라고 자신을 소개한 온화한 인상의 그 의병장에게 곡물 다섯 가마를 구입할 수 있을 만큼의 엽전을 지원해 주었다. 그는 흥감스러워하며 백성들의 기대에 어긋나지 않는 의병을 양성할 것이라고 역설했다.

논개는 호남 지역의 의병장인 그에게 전라 좌수사 이순신李舜臣 장군이 만든다는 '귀선龜船' 이야기를 듣고 싶었으나, 그가 시간이 여유롭지 않은 듯 보여 얼른 말을 꺼내지 못했다. 이순신 장군에 관한 이야기는 기와집을 출입하는 여러 의병들과 강동찬에게서도 수차 들은 적이 있는데, 세상에 그 어른처럼 청렴결백하고 강직하며 지혜로운 이는 없다고들 하나같이 입을 모아 칭송했다. 시문詩文을 잘 짓고, 활쏘기가 매우 비범한 선사善射이고, 무엇보다도 성정이 의로워 바르지 아니한 일은 절대로 하지 않아 그 청렴함과 강직함으로 남들의 모함도 많이 받고 벼슬자리에서 물러나기도 수차례여서 출세가 늦어진 어른이라고 했다. 강동찬은 그를 가리켜 몇백 년에 한 명 날까 말까 한 어른으로 지략과 용맹이 아무도 따를 수 없는 분이며, 자기가 가장 흠모하고 존경하는 분이라고 했었다. 논개는, 강동찬이 흠모하는 어른이라는 사실만으로도 더욱 그 어른을 공경했고, 특히나 활솜씨가 버들가지에 매달린 버들잎을 쏘아 맞히는 신궁의 경지라니 절로 경탄과 감탄이 우러나왔다.

논개는 정욱 의병장을 가만히 마주 바라보았다.

"순천 하면 전라 좌수사 이, 순 자, 신 자 어르신이 떠오릅니다. 전라 좌도의 해안은 그 어른이 계시고 용맹스런 수군水軍과 의병들이 계셔서 백성들이 많은 의지가 되겠어요."

논개는 정욱 의병장이 그녀의 눈길을 받자, 한참 머뭇거리던 속엣말을 어렵사리 꺼내 본다.

그가 놀라는 표정을 지었다.

"전라 좌수사 어른을 아십니까?"

서른도 중반을 넘겼을 것 같은 중년이면서도 그는 논개에게 깍듯이 존대를 했다. 나이가 많지 않아도 일단 상투를 올린 반가班家의 사내들은 기녀인 논개에게 '하게' 또는 '그러게' 식의 반말을 건네는 것이 예사였지만, 그는 그리하지 않았다.

"말씀을 낮추십시오. 저는 어르신에 비해 나이가 많이 아래입니다. 제가 좌수사 어른을 한 번도 뵌 적은 없지만, 진정 존경을 받으실 만한 분이라는 소문은 익히 들어서 알고 있습니다."

"옳습니다. 참으로 훌륭하신 분입니다! 바르지 아니한 길은 절대로 가시지 않는 분입니다. 비범하신 분이지요! 우리 전라좌도 지역은 그 분이 수사水使로 오신 후로 희망과 생기가 넘치고 있습니다."

논개는 그가 그야말로 갑자기 생기를 얻은 듯 얼굴에 화색이 도는 것을 보고는, 갈 길이 바쁜 사람이라 묻기가 조심스럽던 마음이 스러지고 그제야 안심이 된다.

그는 정좌하고서 이 수사의 내력을 상세히 들려주었다. 자못 정중하고 진지한 표정이었다.

"그 어른은 한양 건천동 덕수 이씨德水李氏 집안에서 사 형제 중에 셋째 아드님으로 태어나셨지요. 어릴 때부터 글도 잘 읽고 글씨도 잘 쓰고 시문을 잘 지으면서도 틈틈이 병서를 읽으셨다고 합니다. 서당 아이들과 놀이를 하면, 진을 치고 말을 달리고 활을 쏘고 칼춤을 추는 흉내를 내며 언제나 대장 노릇을 했고, 어려서도 불의를 싫어하고 옳은 일만 좇으셨다고 합니다. 서른두 살에 무과에 급제하여 함경도 동구비보의 권관權管으로 첫 벼슬길에 오르셨다 합니다. 이후 훈련원 봉사奉事, 충청도 절도사의 군관軍官, 흥양현 발포鉢浦의 수군 만호水軍萬戶가 되었다가, 다시 좌천되어 미관말직인 훈련원 봉사, 함경도 절도사의 군관, 건원보의 권관, 훈련원 참군叅軍이 되었는데, 이때 부친상을 당하여 삼년상을 치르고 다시 마흔두 살에 사복시 주부主簿로 관직에 복귀하셨지요. 곧이어 유성룡 선생의 천거로 조산보 만호로 특진해 다시 변방으로 나갔다가 이듬해에는 녹둔도 둔전관屯田官을 겸하셨는데, 그때

여진족이 침입하자 어른께서 적을 격퇴하고 납치되었던 백성들을 구하셨지만, 안타깝게도 조정에서는 우리 군사와 백성들과 군마가 입은 피해의 책임을 물어 공에게 백의종군을 명했지요. 그러나 그 어른께서는 여진을 급습하는 보복전에서 공을 세워 곧 명예를 회복하셨습니다. 잠시 아산으로 낙향하셨다가 다시 전라도 순찰사의 군관으로 관직에 돌아와 조방장助防將을 거쳐 이어서 무신武臣 겸 선전관宣傳官이 되었다가 다시 정읍 현감縣監을 지내셨지요. 그러다 마흔여섯에 비로소 유성룡 선생의 천거로 나라에서 어른을 정삼품 당상관 품계인 절충장군折衝將軍에 가자加資하여 먼저 평안도 고사리진 병마첨사兵馬僉使에, 다시 만포진의 병마첨사에 임명하였는데, 아주 파격적인 승배陞拜였지요. 그런데 이게 무슨 변입니까 글쎄, 두 번 모두 간관들이 들고일어나 무산되고 말았으니, 다시 정읍 현감으로 주저앉게 되신 것이지요. 그런데, 작년 신묘년 2월에 어른은 다시 정읍 현감에서 진도 군수郡守로, 이어 가리포 첨사僉使로 영을 받았다가 부임을 준비하는 동안 또다시 전라좌수사全羅左水使의 영을 받으신 것입니다. 십수 년을 미관말직에서 수난과 우여곡절이 깊었던 것은, 불의를 범치 않으려는 그 어른을 시기하고 모함하는 상관들이 많았기 때문이지요."

정욱 의병장은 전라 좌수사의 벼슬 이력을 마치 공부한 사람처럼 줄줄이 꿰고 있었다. 논개는 놀라움을 금치 못하면서 어찌 그리 소상하게 그 어른의 전력을 잘 알고 있으며 또 그 어른을 직접 뵌 적이 있느냐고 물어본다.

"정도를 지키며 살아가는 것이 얼마나 어려운가를 그분의 기구한 삶을 보면서 깨달았던 것입니다. 그래서 유별한 존경과 관심으로 그분을 지켜보았던 것입니다. 먼빛으로 어른을 뵌 적은 있습니다만 가까이서 뵌 적은 없습니다. 한 번 뵌 것도 전라좌도 수군절도사의 도임 행차 때 장터에서 다른 사람들의 어깨너머로 우러러뵌 것뿐입니다. 그분은 풍채가 우선 대장의 틀이셨습니다. 키가 훤칠하니 크시고 몸이 건장하셨고, 봉鳳의 눈에 살갗은 희고 맑고, 인자한 표정인 듯싶으면서 위풍이 늠름하신 분이셨습니다."

"저도 그런 말씀들을 많이 들었습니다. 의병장님의 세세한 말씀에 그 어른의 모습이 눈에 보이듯 그려지는군요! 그 어르신께서 귀선을 만드신다는 말씀을 들었습니다. 왜적의 조총을 맞아도 끄떡없는 단단한 철갑선을요."

"그렇습니다. 어르신은 전라 좌수영에 도임하셔서 순천 본관 사또가 들여 준 기생 수청을 마다하시고, 곧바로 좌수영의 문서책을 가져오라 하셨습니다. 가장 먼저 좌수영 직속의 배와 휘하 각 읍邑과 진鎭의 배가 얼마나 되는지를 알아보시려 한 것이었지요. 문서책에는 전선戰船이 열아홉 척, 병선兵船이 열아홉 척, 척후와 연락을 맡는 사후선伺候船이 마흔한 척으로 모두 합해도 팔십 척이 아니 되고, 그나마 전쟁에 필요한 배는 서른여덟 척밖에 되지 않았다 합니다. 어르신은 왜적이 침범할 경우 가장 중요한 위치인 전라좌도에 실제 싸울 수 있는 배가 마흔 척도 되지 않음에 경악을 금치 못하시고, 문서에 적혀 있는 배가 그대로 현장에 있는지 일일이 확인을 했다는 것입니다. 그런데 문서상의 배 숫자가 실제와 차이가 있고, 그나마 포구에 정박해 있는 배들도 거의 썩고 상하여 실제로 전투에 사용할 수 있는 배는 불과 몇 척밖에 되지 않았다 합니다. 다음 날부터 어르신은 좌수영 직속의 배들과 휘하 각 읍과 진의 모든 배들을 보수하고 더 만드는 작업을 벌이기 시작했던 것입니다. 이에 백성들이 태평성대에 뭐하러 전선과 병선을 고치고 다시 만들고 하냐고 투덜대자, 어르신은 일 년 안에 왜적이 반드시 침범할 것이므로 준비해야 한다고 말씀하셨다는 것입니다. 그뿐만 아니라 어르신은 또 다른 문부文簿를 가져오게 하여 좌수영 휘하 장졸의 숫자를 확인했는데, 선장船將을 비롯하여 사수射手, 포수砲手, 닻잡이, 노군櫓軍 등 오천여 명이 적혀 있었다는 것입니다. 그런데 실제 군사 수는 문서상의 십분지 일인 오백 명이 될까 말까 하다는 것을 확인하고는 또 한 번 대경실색하셨다고 합니다."

논개는 무엇보다도 전라좌도 수군절도사인 이순신 어른이 창제한다는 귀선에 관한 소식을 먼저 듣고 싶었던 것이지만, 정욱 의병장은 그 어른이 수영水營으로 도임하던 때의 어려운 상황부터 소상하게 설명했다. 그의 설명이 길어지자 한숨 돌리게 하려는 뜻으로 논개는 그의 앞에 놓인 소반 위의 찻잔에 노르께한 곡물 달인 차를 따르며 조심스럽게 물었다.

"가장 요충지인데도 싸울 수 있는 배는 몇 척 되지 않고, 장졸도 소수여서 좌수사 어르신이 난감하셨겠네요. 그래서 귀선을 만들 생각도 하시고 군사도 증원하여 훈련을 열심히 시키고 계시겠군요?"

"그렇습니다. 지금 전라좌도는 순천의 본영本營은 말할 것도 없고 전 지역이 활기에 넘쳐 있습니다. 병선과 전선을 만들고 고치는 일뿐만 아니라, 좌수영 앞바다에 돌과 철쇄鐵鎖를 가로질러 왜선倭船을 부딪쳐 침몰시키려는 방비책도 세우면서, 관내의 선장船匠이며 목수木手며 석수石手며 대장장이까지 전부 불러들여 배를 만들고 돌을 쪼고 쇠를 끓이는 대단한 역사가 이루어지고 있는 것입니다. 그리고 작년 유월부터 두세 달의 연구 끝에 설계를 끝내고 철갑선인 귀선을 만들기 시작하여 지금은 거의 완성 단계에 이르러 있는 것입니다."

"나무가 아닌 철로 만들어 화살도 조총도 뚫지 못하도록 한 거북이 모양의 철갑선이라니, 왜적을 무찌르는 데 큰 효력이 있을 것 같군요! 그런데, 배 전체를 철로 만드는 것은 아니겠지요? 무거워서 물에 뜰 수가 없을 테니까요."

"물론이겠지요. 이제 마무리 단계이니 아직 실전을 치러 보지는 않았지만, 그러나 들은 소문으로는 배의 덮개에 철갑을 둘러 활과 총과 돌을 맞아도 끄떡없고, 배 안이 보이지 않게 만들어 그 속에 병사와 무기를 충분히 감출 수 있고, 물결을 가르는 속도가 일반 병선과 비교할 수 없을 만큼 빠르고, 노 젓기가 편하여 나아가고 물러남을 뜻대로 할 수 있는 우수한 전함이라 들었습니다. 그뿐만 아니라, 배의 외부에 칼과 송곳을 박아 적이 배에 올라와 덤비려 들다가는 찔려 죽게 되어 있고, 또한 뱃머리의 용두龍頭와 좌우측면으로는 대포를 쏠 수 있게 했다는 것입니다. 그러나 뭐니 뭐니 해도 귀선의 장점은, 적선敵船이 바다에 구름떼처럼 몰려들어도 그 속을 종횡무진 마음대로 드나들며 좌충우돌하여 끝내 승전을 올리도록 만들어지고 있다는 것입니다."

"그 어르신은 진정 지혜롭고 영민하신 분인가 봐요! 어찌 그런 만능의 배를 만드실 생각을 다 하시고, 또 그 뜻을 곧바로 실천에 옮기시니 말이지요. 그런 엄청난 일은 재정이 따라 주어야 활발하게 이루어질 수 있을 텐데, 나라에서 적극 협조하고 있는 모양이지요? 전에 없던 완벽한 전함을 처음 만드는 것이니까요."

"귀선이 만들어지는 것이 처음은 아니라고 합니다. 귀선에 관한 기록이 태종 임금 때에도 있었다고 하는데, 아마 어르신이 적을 물리칠 궁리 끝에 그 사실을 떠올렸는지도 모르지요. 왜구의 침해가 잦았던 고려 말기와 조선 초에 귀선이 제조되었다고는 하지만, 그러나 쇠비늘로 덮개를 씌운 철갑선은 아마 세상에 처음이겠지요."

그는 잠시 말을 중단하고 곡물 달인 차를 마셨다.

"재정은 그다지 어렵지 않은 것으로 알고 있습니다. 어르신이 워낙 지혜가 뛰어나신 분이라 본영 마당에 작은 물웅덩이를 만들어 살아 있는 거북이를 집어넣고 몇 달을 그 생태를 살피면서 치밀하게 연구 설계한 후에 임금님께 장계狀啓를 올려 나라의 지원을 받았던 것이지요. 이달 초에는 귀선을 만드는 데 사용할 범포帆布 스물아홉 필이 본영에 도착되었다는 소식을 들었습니다."

"그 어르신에 대한 말씀을 전해 듣는 것만으로도 든든한 마음 이를 데가 없습니다. 왜적은 섬사람들이라 바다와 친숙하고 병선이나 전선 등이 발달하여 해전에 강할 것이라 생각되어 많이 걱정했거든요."

"그것은 우리 모든 백성들의 걱정이었지요. 그런데 어느 대신은, 수군을 늘리고 병선을 수리 정비하고 더 만들고 새로이 귀선을 만드는 역사는 국력을 소모하는 일이므로, 오히려 육지에서 싸울 수 있는 장졸을 더 양성하자고 임금님께 고하기도 했던 것이지요. 그러나 그것이 얼마나 옹졸한 생각이고 비열하고 겁먹은 행위이며, 내 땅과 바다를 적에게 그냥 고스란히 내주는 것인지를 몰라서 하는 소리지요. 나라의 대신이라는 자가 그런 판단을 하고 있으니 나라꼴이 한심스런 것입니다."

"하지만, 그렇게 절망적이지는 않은 것 같습니다요. 좌수사 어르신 같은 분도 계시고, 의병장님 같은 의병들도 많고, 임금님께서도 상황 판단을 제대로 하신 것 아닙니까. 전국에서 유일하게 왜적을 막아 낼 방책을 세우고 있는 전라좌도의 백성들은 정말 마음 든든하겠어요. 저도 나라를 걱정하는 백성의 한 사람으로서 나랏일에 혼신을 다하시는 좌수사 어르신을 존경하고 도움을 드리고자 백미白米 백 섬 값의 엽전을 그 어른께 지원하면 어떨까 생각을 해 봅니다만…."

정욱 의병장의 눈이 화등잔만 하게 벌어졌다. 잠시 말문이 막히는 듯 입을 열지 못했다. 그보다도 그 말이 진담인지가 분명치 않은 듯 논개를 바라보기만 했다.

논개가 미소를 머금으면서 다시 말했다.

"일개 아녀자가 외람되고 방자하다고 느끼실지 모르겠습니다만, 나라가 있고 백성이 있다는 마음에서 조심스럽게 말씀드려 본 것입니다."

논개는 이렇듯 가볍지 아니한 일을 왜 강동찬 의병장에게 먼저 의논

해 보지도 않고, 사랑채에 스쳐 묵어가는 정욱 의병장에게 말을 꺼냈을까 자문해 본다. 그 이유는, 전라좌도가 곡창이기도 하거니와 왜적이 바닷길로 한양을 침공한다면 반드시 거쳐 가야만 하는 관문이요, 우리로서는 그곳이 뚫리면 도성을 적에게 그냥 내주게 되는 수비의 핵심 요충지라는 생각이 들었기 때문이다. 또 무엇보다도 그곳 절도사 이순신 어른의 청렴함과 지혜와 용맹성에 절로 감동이 되어서였다. 나라를 지키려고 몸과 마음을 다 바쳐 애쓰는 그 어른의 모습이 든든하고 흐뭇하고 더불어 가슴을 울렸기 때문이다. 그러나 보다 현실적인 이유는, 정욱 의병장이 바로 그 좌수사 어른이 방비하는 전라좌도 순천 지역에서 왔기 때문일 것이었다.

"훌륭한 생각이십니다! 정말 경탄스럽고 돋보입니다. 하지만 좀 더 생각을 보류해 보심이 어떨까 싶군요. 그 어르신 하시는 일은 나라에서 직접 지원하므로 재정에 큰 어려움은 없을 것이기 때문이지요."

정욱 의병장은 정중하고 긴장된 표정을 시종한 채, 뜻은 훌륭하지만 나라의 지원이 있으니 아직은 개인이 굳이 나서지 않아도 될 것이라 했다. 차후에라도 필요가 생기면 지원할 수 있을 것이고, 또 지금처럼 운영에 어려움을 겪는 곳곳의 의병 훈련장에 지원하는 것도 나라를 위하기는 마찬가지라는 말도 덧붙였다.

"방정스런 말인지는 모르겠지만, 나라가 왠지 풍전등화와 같은 느낌인데도, 관이나 주변의 백성들은 너무나 대비가 안일한 것 같아 안타까워서 그럽니다. 의병들이 운영하는 몇 군데의 활터 외에는, 제일 먼저 대책을 세워야 할 지역 관영들이 다들 두 손 접고 앉아 있는 것만 같은데, 오로지 홀로 방비책을 강구하시는 그 어르신이 너무나 고맙고 감사하여 무조건 돕고 싶은 마음이 솟구쳐서 드린 말씀입니다. 그러나 의병장님의 말씀을 듣고 보니 제가 감정만 앞세우지 않았나 싶군요. 좀 더 생각해 보겠습니다."

실제 그녀의 내심에는 진주 관아의 무심해 보이는 태도가 마음에 걸려 있었던 것이다. 성벽을 새로이 축성한다든가 고친다든가 병기를 손질한다든가 관졸들을 훈련시킨다든가 무엇이든 위기 상황에 대처하는 징후가 아무리 살펴보아도 전혀 보이지 않아 안타까웠던 것이다.

정욱 의병장은 자신의 말뜻을 빠르게 파악하고 시원스럽게 응답하는 논개에게서 상황에 대한 인식과 판단이 정확하고 민첩함을 느낀다. 그는 혼자 고개를 끄덕이면서 웃음을 머금었다.

"진주 지역은 의기회와 부인 같은 분이 계셔서 실로 믿음직스러워 보입니다! 여러 의병들이 부인 이야기를 많이 했습니다."

"과찬의 말씀이십니다. 아무려면 아녀자들의 힘이 용감한 남자만큼 하겠습니까. 부디 의병장님께서 나라를 구하는 데 앞장서 주시오소서."

그날 정욱 의병장은 함께 왔던 다른 의병 한 명과 순천으로 떠났고, 논개는 새삼 집 안을 돌며 어느 한 곳 허술함이 없는지 살피기 시작했다. 아흔아홉 칸의 정승 집은 아니지만, 안채 사랑채 행랑채가 있는 널따란 집 안 어느 구석에 빈틈이 있을지도 모른다는 생각에서였다. 나라의 방비 역사가 우선되어야 하겠지만, 그것은 개개 백성들의 철저한 방비가 바탕이 되어야 더 탄탄해질 수 있겠기에 더욱 유심히 살폈다. 삼백여 평의 집터 가장자리로 높다랗게 둘러쳐진 돌담장은 어느 한 곳 허술하지 않았다. 사랑채와 안채의 뜰에서 물이 흘러나가는 작은 구멍조차 안쪽에서 돌을 막아 쥐새끼 한 마리 들어올 수 없게 되어 있고, 행랑채에 붙은 대문턱 옆의 물구멍도 청명한 날은 항시 막아 놓아 미물들의 침입조차 허락하지 않도록 되어 있었다.

논개는 이런 정도의 방벽이, 무기를 앞세운 외세의 침략에 맞서 나라와 가정을 지키는 데 무슨 도움이 되랴 싶어 쓴웃음이 머금어지기도 했지만, 이내 그런 약한 생각을 떨치려 고개를 흔들었다. 설령 커다란 효과가 없다손 치더라도, 무방비의 방만한 자세는 집이나 나라를 고스란히 왜놈들에게 갖다 바치는 비열함이나 다름없다는 생각이 들었기 때문이다.

그녀는 고방 쪽으로 몸을 돌렸다. 덕산댁 사건 이후로 고방 열쇠를 철저하게 챙기고 있기에 벽을 허물지 않는 한 고방 안으로 침입할 수는 없었지만, 그녀는 먼저 주변을 샅샅이 살펴본 후에 열쇠로 문을 열고 안으로 들어갔다. 그리고 천장까지 높다랗게 쌓여 있는 곡물 가마니와 섬들을 올려다본다. 사뭇 뿌듯한 가슴이 되면서도 한편으로는 눈앞의 재물들이 엄청난 무게로 머리와 어깨를 짓눌러 왔다. 논개는 소리 없는 한숨을 뱉어 내면서 곡물의 선도를 살펴본다. 처마 아래쪽과 바닥 쪽으로 나 있는 통풍구들로 공기가 드나들어 고방 안에 가득 찬 곡물들은 아무 이상이 없었다. 고방 안을 드나들 수 있는 사람은 논개 자기밖에 없었지만, 그녀는 새삼 커다란 항아리들의 뚜껑을 열어 내용물을 거듭 확인해 보고 이어서 한쪽으로 그득히 쌓여 있는 곡물 가마니의 숫자와 형태도 세세히 눈에 익혀 둔다. 그러면서 논개는, 산더미 같은 눈앞의 곡물들이 필히 나라를 구하는 일에 보람되게 쓰이도록 하겠다는 마음을 재차 다진다.

논개는 고방 문을 잠그고 밖으로 나왔다. 집 안은 적요했다. 사랑채에 묵던 정욱 의병장 일행이 떠난 후라 이날따라 더욱 고요하게 느껴졌다. 안채의 건넌방에는 초희와 월향이가 붓글씨를 쓰고 있을 것이고, 섭냄이는 뒷방에서 은금이를 품고 있을 것이며, 울산댁은 부엌간에서 점심 준비를 할 것이고, 넉근 애비는 장터에 나가 아직 돌아오지 않았을 것이다.

울산댁은 덕산댁이 있을 때는 밤에 주연회가 있거나 자기 집에 일이 없는 경우에만 와서 일을 도왔지만, 덕산댁이 나간 후로는 이틀에 한 번씩 와서 일해 주기로 논개와 약조가 되었음에도 그녀는 그것을 제대로 지키지 않았었다. 이틀에 한 번이 아니라 연속적으로 매일 오기도 하다가, 연달아 며칠을 예고 없이 빠지기도 했었다. 그러다가 이즈음은, 좀 더 정확히는 논개와 매분 일당과의 쌈질이 있은 이후부터 그녀는 거의 매일 기와집에 와서 부엌일에 열성을 보이는 것처럼 굴었다. 그녀를 향한 논개의 표정이 예전 같지 않았기 때문인 듯했다.

다음 날은 삼월 초하루로 동기들이 교습을 받으러 몰려올 것이고, 이어 오후에는 안채에서 임진년壬辰年 의기회의 첫 총회가 열릴 것이었다. 그래서일까, 논개는 이날의 유별한 고요함을 즐기듯 담장 가로 피어 있는 자목련의 우아하고 풍정 있는 모습을 쳐다보면서 미소를 머금는다. 연초록의 새순을 한껏 돋워내려는 듯 바람결에 흔들리는 화단의 화초들도 정겨운 눈빛으로 둘러본다.

막 안채 마루로 오르려 할 때였다. 뒷방의 은금이가 자지러지게 울음을 터뜨리는 소리가 들려왔다. 불에 덴 듯 아이의 울음소리가 유난스럽다 했는데, 아이가 눈물 가득한 눈으로 사방을 두리번거리며 뒷방에서 뒤뚱뒤뚱 걷다 기다 하며 마루로 나왔다.

"앙앙. 엄마아, 엄마아."

아이가 숨넘어가게 제 어미를 찾았다. 그런데 한시도 아이를 자기 가까이서 떼어 놓지 않는 섭냄이가 아이가 울고 있는데도 나타나지 않았다. 논개는 일단 은금이부터 안아 준다. 눈물 콧물 범벅이 되어 울어젖히던 아이가 금세 울음을 뚝 그쳤다.

"그래그래, 착하지. 네 어민 너를 두고 어디 갔다니?"

초희와 월향이가 진작부터 방문을 열고 내다보고 있다가 논개의 혼잣말에 둘 다 고개를 흔들었다. 순간 논개는 머리를 스치는 이상한 예감에 잠시 숨을 삼키고는, 아이를 초희에게 안기고 다시 마당으로 내려서 사랑채로 나갔다. 섭냄이가 집을 나갔을 것이란 생각은 하지 않았다. 그렇다고 울산댁이 부엌에 있고 딱히 별일도 없는데 아이를 재워 놓고 주방에 나갔을 리도 없다고 생각했다. 물론 뒤란의 손바닥만 한 텃밭을 일구러 갔을 수도 있고, 뒷간에 갔을 수도 있었다. 그러나 논개는 긴장된 낯빛으로 안채와 사랑채의 뜰을 지나 행랑채의 마구간 옆에 붙어 있는 작은방 쪽으로 다가갔다. 넉근 애비가 기와집에서 잠을 자는 경우에 기거하는 방이었다. 그가 장터에 나가서 아직 돌아오지 않았을 것이라 짐작했지만, 아까 자신이 정욱 의병장과 대화를 나누고 있었을 때 돌아왔을지도 모른다는 생각과 함께 불현듯 섭냄이가 그 방에 있을 것이라는 확신감이 솟구쳤던 것이다.

행랑채의 작은방 앞에는 넉근 애비의 해진 짚신만이 내던져지듯 아무렇게나 놓여 있었다. 방문 앞으로 바싹 다가선 논개는 자신의 예감이 틀리지 않음을 확인하면서 이상한 낌새에 입술을 반쯤 열고 경악한다. 방 안에서 섭냄이의 징징거리며 숨을 잦히는 신음 소리와 넉근 애비의 헐떡이는 숨소리가 얼크러져 흘러나왔던 것이다. 논개는 얼마 전부터 넉근 애비를 바라보는 섭냄이의 눈빛과 그를 감싸고도는 말투와 또한 섭냄이를 향한 넉근 애비의 벙글거리던 눈길들로 둘이 예사 사이가 아닌 것 같다는 느낌을 받았었는데, 그것이 여지없이 실증된 셈이었다.

그러나 논개는 자신의 예감이 실제로 맞아떨어진 현장을 목도하자, 진정 예사롭지 아니한 일이 눈앞에 벌어졌다는 낭패감으로 걱정이 태산같이 밀려들었다. 넉근 애비는 큰아들 넉근이를 비롯하여 그 밑으로 아들 세근이 두근이와 한순이란 딸 하나까지 자식이 넷이나 되는 유부남이고, 아이들의 어미는 성깔이 사납기로 옥봉동에서 이름난 아낙이었던 것이다. 지난 일 년 동안 시골 동네를 전전하며 끼니를 때우기 위해 아무에게나 몸을 굴렸던 섭냄이로서는 자기를 탐하려는 넉근 애비에게 별스런 감정이나 욕심 없이도 상관할 수 있다고 짐작이 되었지만, 그러나 넉근 어미에게는 청천벽력 같은 엄청난 사건일 것이기 때문에 논개의 염려는 더욱 깊었다. 방 안에서는 욕망의 절정으로 치닫는 듯한 자웅의 범벅된 음향이 짐승 울음처럼 점점 소란스러워지고, 논개는 그 기성을 누군가 들을세라 사방을 둘러보면서 또한 방문 쪽을 노려보면서 천천히 뒤로 물러섰다.

'세상에, 벌건 대낮에…. 철이 안 든 것인가 간덩이가 큰 것인가? 어쩌자고, 집 안에 식구들이 다 있는데…. 이 일을 장차 어쩌면 좋단 말인고?'

논개는 속으로 혀를 차며 중얼거렸다. 그리고 사랑채서 행랑채로 넘어가는 작은 중문中門을 닫으면서 집 안에서 혹여 울산댁이나 아이들이 행랑채로 나올까 봐 걱정을 하며 살핀다. 그때 행랑채 작은방의 문고리 벗기는 소리가 났다. 방문 고리를 안으로 걸어 잠그고 있었던 것 같았다. 논개는 얼른 중문 뒤로 몸을 숨겼다. 머리가 흐트러진 섭냄이가 조심조심 방문을 열고 나오더니 들고 있던 짚신을 쪽마루 아래로 떨어뜨리고는 서둘러 발에 꿰었다. 어째 축담에 넉근 애비의 짚신만 구르고 있다 싶었는데, 섭냄이의 신발은 방 안에 들여놓았던 모양이다. 비녀를 찌른 머리만 흐트러진 것이 아니고 옷고름도 미처 매지 못한 채 밖으로 나온 섭냄이는 두 손으로 머리를 손질하랴 옷고름을 매랴 허둥지둥 덤벙거리며 중문께로 달려왔다. 논개가 말없이 섭냄이 앞을 막아서면서 그녀의 팔을 낚아챘다.

"노, 노, 논개야. 니, 니 온제부터 여게 있었더노?"

섭냄이가 털썩 주저앉을 듯 화들짝 놀라면서 말을 더듬거렸다. 논개는 대답 없이 섭냄이를 사랑채의 빈방으로 거칠게 끌고 들어갔다.

"이 가시나야, 니 우짤라꼬 넉근이 애비하고 붙었노? 니가 정신이 있는 가시나가, 없는 가시나가? 세상에 허연 대낮에, 온 집안 식구가 다 있는데 간띠가 올매나 크모…. 넉근이 오매가 우떤 여잔지, 니 알기나 하나?"

논개는 소리를 죽여 그러나 험악한 얼굴로 섭냄이에게 삿대질을 했다. 섭냄이가 고개를 옆으로 꺾듯 수그리고 논개의 눈치를 살피면서 배시시 웃었다. 볼이 빨갛게 달아 있었다.

"논개야. 니, 니가 그것을 우찌 알았더노? 넉근이 아재가 말이다, 자꾸만 보채싸서…."

"야가, 말하는 것 보래이. 제정신이 아니네. 언제부터 그랬노?"

"세, 세 번밖에 안 한 기라."

"나, 여러 말 안 한다. 식구들이 더 알기 전에, 오늘부터 딱 끊어라. 그렇지 않으모 니는 이 집에 못 산다."

논개는 매정스럽다 싶을 만큼 잘라 말한다.

섭냄이는 입을 벌린 채 논개를 쳐다보기만 했다.

"내 말, 무슨 뜻인지 모리겠나? 넉근이 에미가 시퍼렇게 살아 있고 자슥들이 넷이나 있는 사내랑 붙어서 우쩌겠다는 거냐 말이다. 넉근이 에미가 가만히 보고 있을 여자가 아이다. 니를 반 죽여 놓을 끼다. 그뿐인 줄 아나? 니 때문에 기와집 소문도 더럽게 나고, 그래서 돌아가신 어머니 뜻도, 내 뜻도 다 그르치게 된단 말이다. 무슨 말인지 알겠나?"

"넉근이 아재가, 또 보채문 우짜제?"

"이 답답한 가시나야. 사내들이 보챈다고 니 몸을 작부같이 굴릴 끼가? 딱 끊어라! 몬 끊겠으모, 니도 넉근 애비도 이 집 나가야 한다."

"아재가, 내한테 참 잘해 준다. 아재가 이 세상에 나만큼 더 좋은 여자가 움따 쿠는 기라. 너무나 다정시리 잘해 준께 나도 고마 그런 아재가 좋은 기라."

논개의 눈치를 시종 흘끔흘끔 살피면서 더듬더듬 말하는 섭냄이의 눈에 눈물이 고여 들었다. 논개는 심히 어처구니없는 심정으로 "하아." 하고 짧은 비명 같은 한숨을 뱉어 낸다.

"기가 막히는구나. 그래서 넉근 애비랑 계속 상하고 살 생각이란 말이가?"

"아인 기라. 니가 하지 말라 쿠모 안 할 끼다. 나는, 니 엄시는, 몬 산께네."

섭냄이가 기어이 후드득 눈물을 떨구었다.

"천치같이 울기는 와 우노? 니 신세가 불쌍해서 그라나? 섭냄아! 쪼깨마 더 있어 봐라. 은금이 좀 더 키우고 니 몸도 튼실해지모, 오데 재가할 홀애비 자리 한번 알아볼 텐께. 넉근 애비가 니 말마따나 자꾸 보채도 이제부터는 절대로 안 된다! 내하고 약조하제?"

섭냄이가 고개를 크게 끄덕거렸다.

"머리 한 번 더 손질하고 얼렁 안채에 가 봐라. 은금이가 깨어나서 울어샀는 거를 초희가 업고 있다."

섭냄이는 은금이란 말에 정신이 번쩍 드는 듯 고개를 쳐들더니 황급히 안채 쪽으로 뛰어들어갔다. 논개는 허둥지둥 달려가는 그녀의 뒷모습을 바라보면서 자식에 대한 어미의 본능적인 밑정을 확인한다. 혈육에 대한 끈끈하고 원천적인 정의 고리는 이 세상 그 무엇보다 우선된다는 것을 새삼 느끼면서, 논개는 섭냄이에 대한 안도감을 갖기도 한다. 그러나 후드득 눈물을 떨구던 모습에서 그녀가 넉근 애비를 가슴에 담고 있음을 알 수 있었고, 그 사실은 논개의 마음을 아프게 했다. 하지만 무엇보다도 현실적이고 물리적인 더 큰 화를 막아야 한다는 생각에는 변함이 없었다.

자기도 처자식이 있으면서 애 딸린 남의 여자를 욕심내는 추저분한 인간을 곧바로 만나고 싶은 생각은 추호도 없었지만, 논개는 행랑채의 작은방 가까이로 다가갔다. 화근을 미리 막아 없애기 위해서였다. 헛기침으로 인기척을 먼저 냈다. 그리고 음성을 돋우어 넉근 애비를 부른다.

"넉근 아재, 나 좀 봅시다."

반응은 금방 있었다. 방 안에서 넉근 애비의 놀라는 듯한 음성이 흘러나오고 부스럭거리는 소리가 들렸다. 곧이어 충혈된 눈에 누런 이를 드러낸 넉근 애비가 급하게 다리에 꿰느라 그랬는지 무명 바지를 뒤집어 입은 채 씨익 웃으면서 문밖으로 나왔다. 방사房事 후에 한숨 눈을 붙이려 했던 모양으로 눈 가장자리가 졸음에 겨워 게슴츠레했다.

"장에 갔다 왔으면 다녀왔다고 말을 해야, 사 온 물건을 볼 것 아니오."

논개의 목소리가 쨍했다. 눈앞 넉근 애비의 얼굴이 이날따라 심히 역하게 느껴져서 그녀는 눈길을 옆으로 비껴 버린다.

"사랑채에 의병 손님하고 기시길래, 물건은 정짓간 울산댁한테 부어 놓고 고만 깜박 잠이 들었구마이."

넉근 애비가 뒷머리를 긁적거리면서 떠듬떠듬 말했다.

논개가 비꼈던 얼굴을 똑바로 쳐들고 넉근 애비를 쏘아보았다.

"아재요, 내 단도직입적으로 말하겠는데, 은금이 오매 건드리지 말아요. 아재가, 금쪽같은 자식 넷을 낳은 넉근이 오매를 소박하고 은금이 오매를 들어앉힐 거요? 아니면, 섭냄이를 첩으로 삼을 거요? 나잇살 먹은 어른이 우쩐다꼬 불쌍한 은금이 오매를 건드린단 말이요? 아재가 또다시 섭냄이를 건드리모 할 수 없는 기라요. 우리 집 일을 아재한테는 더 맡기지 않을 기요."

넉근 애비는 논개가 섭냄이와의 일을 알고 있음에 당황스런 낯빛을 감추지 못했지만, 차츰 쑥스럽고 민망스런 표정이 되면서 히죽히죽 벙긋거리기만 했다. 머리를 긁적거리고 눈길을 땅바닥으로 깔다가 사방을 두리번거리기도 했다.

"왜 아무 말이 없는 겁니까? 이리도 훤한 대낮에 짝도 아닌 사람들이 어찌 그리도 간이 크단 말입니까! 식구들이 보고 동네에 소문이 나고 넉근이 오매가 알아도 괜찮다는 겁니까? 말 좀 해 보소!"

논개는 넉근 애비를 질책하면서도 일면 중문께로 울산댁이 불쑥 나타나지 않을까 조심한다.

그는 넉근 어미가 이 사실을 알아도 좋으냐는 논개의 말에 소스라치듯 고개를 쳐들고 흔들었다.

"다시는, 더 이런 일이 엄슬 것이구마. 너, 넉근이 오매가 알아서는 아, 안 되제. 인제는, 저, 절대로 안 할 것이구마."

"이런 일 절대로 더 없을 것이라는 넉근 아부지 약조, 철석같이 믿겠어요. 사내 일언이 중천금이라는 말, 양반에게만 해당되는 게 아니라는 거 알아야 해요. 그리고 오늘 밤부터는 여기서 잠자지 말고 매일 아재 집으로 가서 자고 새벽에 오도록 해요. 일이 아무리 많고 밤늦게 끝이 나더라도 집으로 꼭 가도록 해요."

"그, 그라지 머…."

넉근 애비가 여전히 머리를 긁적거리고 히죽대며 중얼거렸다.

논개는 더 이상 말하지 않고 치맛귀를 잡아채면서 홱 돌아서 걸었다. 그녀의 얼굴과 몸짓에 찬바람이 쌩쌩 돌았다. 넉근 애비는 그런 논개의 뒷모습을 바라보면서 고개를 설레설레 흔들었다.

*

3월이 되자 날씨는 완연한 봄기운으로 화창했다. 진주 근방의 비봉산, 망진산, 선학산에는 산벚꽃과 진달래가 이미 만개하여 이제는 지려 하고, 늦게 피는 철쭉이 뒤를 이어 온 산이 초록 바탕에 울긋불긋 수가 놓인 듯 아름다웠다. 남강 변 뒤벼리의 바위 벼랑에는 기묘하게 엎드린 짙푸른 소나무와 늦게 핀 진달래의 핏빛 색깔이 선명하게 어우러져 보는 이의 감탄을 자아냈다. 뒤벼리를 돌아 나간 끝자락에 펼쳐진 큰 들과 작은 들에는 씨를 뿌리는 농부들의 몸짓이 여유로워 보이고, 길가의 샛노란 민들레꽃 위로는 고운 무늬의 호랑나비가 훨훨 춤을 추었다.

그런데 금년 봄따라 봄나들이 일행이 많아졌다. 성안의 부잣집 도령들과 양반 자제들이 말을 타고 기생과 노복들을 거느리고 산으로 들판으로 나가는가 하면 남강에는 뱃놀이꾼들이 많아졌다. 밭에 씨를 뿌리던 농부들이 멀리 장구를 치며 지나가는 놀이패 일행들을 쏘아보면서 한숨을 토해 낸다.

"이 씨를 뿌려서 거둘 수 있을랑가도 모르는 판인데, 저 잘난 인간들은 봄놀이 지랄에 혼꾸녕이 나갔구먼. 때가 어느 땐데, 하필이모 올봄에는 지랄시리 놀이꾼들이 많은지 모르겄어. 참말로 지랄도 풍년일세."

"큰일이 생길라 쿠모, 벨일이 다 일어나는 기라."

씨를 뿌리던 두 농부가 허리를 펴고 서서 강 쪽으로 봄놀이를 나가는 일행들을 바라보며 이죽거렸다.

"세상 물정 모르기야 어리숙한 우리 농부밖에는 더 엄슬 것 같은데, 돈 있고 세도 있는 집 종자들이 저리도 모릴까. 왜놈이 안 온다는 김성일의 말이 맞다꼬 저렇기 지랄을 떠는 것일까?"

키가 작고 몸집이 앙바틈한 농부가 목청을 돋우어 가래침을 뱉어 내면서 말했다.

그러자 바로 옆의 키가 크고 몸집이 야윈 다른 농부가 말을 받았다.

"아인 기라. 저것들이 왜놈이 쳐들어올 것을 더 잘 알기 땜에 저러는 걸 끼라."

"그거는 또 무신 소리고? 전쟁이 난다는 것을 아는 종자들이 저 지랄을 하겄나?"

"어차피 전쟁이 날 끼니께, 다 죽고 망하기 전에 실컨 묵고 마시고 질탕하게 놀아 보자는 기 아이겄나."

"그것도 말은 되네. 카지마는 그거는 하루만 살고 말자는 심뽀제. 지도 죽고 나라도 망할 꺼를 먼첨 알고, 쌔이 망하고 시퍼서 지랄 떠는 거하고 똑같제. 쯔쯔."

키가 작은 농부가 혀를 끌끌 차면서 다시 가래침을 뱉어 냈다.

옆의 키 큰 농부가 밭고랑에 털썩 퍼질러 앉으면서 말을 받는다.

"난리가 날라 카모 벨 요사시런 일들이 다 일어난다 쿠더마는, 그 말이 틀리지 않은 기라! 올봄에 유벨시리 놀이패들이 득실거리는 것도 그런 징조겠지마는, 귀신들이 그런 징후를 먼저 보인다 카는 기라."

"고거는 또 무신 씨나락 까묵는 소리고?"

"요새 말이다, 삼경 이슥한 밤이 되모 뒤비리 처니꼴 묏동 속에서 곡소리가 난다는 말 몬 들었나? 처니가 절통한 울음소리로 '우찌할꼬, 우찌할꼬.' 넋두리를 섞어서 울어 댄다는 기야."

"히안쿠나! 뒤비리 처니꼴 귀신은 밤중만 되모 물가로 내리와서 토닥토닥 피 묻은 서답을 빤다 쿠더마는, 그거는 또 무신 소리고? 가랭이에 찰 서답이 다 떨어졌던가배. '우찌할꼬, 우찌할꼬.' 씨부리쌈서 울거러."

키 작은 농부가 입귀로 웃음을 흘리면서 빈정거렸다. 그러자 귀신 이야기를 꺼냈던 키 큰 남자도 웃었다.

"오데 서답이 떨어져서 통곡했겠는가. 나라가 위기에 처했다고 걱정하는 거겠제. 그거뿐이 아인 기라. 진주 명기 설매가 빠져 죽은 그 히도리 쏘에서도 보름달 밤만 되모 길다란 또랑물 같은 은빛 물기둥이 하늘로 치솟는다 카더라. 우떤 날은 그 물기둥 속에 설매 기생이 수심이 가득 찬 얼굴로 서 있기도 한다는 기라!"

"참말로 새 뒤비져서 날라가는 소리 다 듣겠네. 누가 그 귀신들을 봤다 쿠더나? 그라모 설매 귀신도 나라 걱정해서 수심이 가득 찬 얼굴로 물기둥 안에 서 있었단 말인가배. 말을 지어내도 잘도 지었네. 그나저나 설매 후계자라는 기생이 참말로 선녀같이 잘생겼다 쿠데! 논개라 카던가, 그런 여자 한번 품어 봤으모 죽어도 한이 엄껐다."

앙바틈한 농부가 탄식이 섞인 말을 지절거리면서 씨앗이 담긴 바가지를 내려놓고 밭두렁에 퍼질러 앉았다.

키 큰 농부가 키 작은 농부의 말이 가당찮다는 듯이 얼굴에 비웃음을 담고 대꾸했다.

"쯧쯧. 땅이나 파묵는 농사꾼이 욕심도 크다. 금떵어리에 쌀 섬을 바리바리 실어 가 바라. 눈 하나 까딱하는가. 논개는 이름만 기생이제 여기저기 몸 굴리는 천것이 아니고 무술 잘하는 헌헌여장부에 품격 있는 부인이라 쿠더라. 머리 얹어 준 총각 이벵장이 첫 서방인데, 그 이벵장도 보통 사람은 아니라 카더라꼬. 끼리끼리 잘난 사람들끼리 배필이 된 기제."

"지 아무리 잘나도 기생은 기생이제, 벨 수 있는가. 그 이벵장은 첨에 죽은 설매 기둥서방이었다 쿠던데, 올매나 잘난 사내모 모녀를 다 잡아묵었겄어. 그런 일이 기생 바닥 아니모 우찌 있을 수 있겄나."

"그 이벵장은 논개의 은인이고 궁술 스승이라 논개가 이 세상에 더없이 은애한다는 기라! 뭣보다 죽은 설매가 그 이벵장한테 논개를 맡긴 거라 카더라꼬."

"우째 자네는 논개에 대해서 모르는 기 욺노? 논개 말을 하믄서 눈빛이 빤짝빤짝하네. 논개를 사모했던가배? 혼자서 말이여."

"그랴. 짝사랑혔어! 만석지기 부자도 권세가도 거들떠보지 않는, 그런 잘생긴 여장부를 진주 사내들치고 흠모하지 않은 사람이 있겄는가?"

키 큰 농부는 몽롱한 눈빛으로 말끝에 기다란 한숨을 달았다.

"귀신 씨나락 까묵는 소리 고만하고 얼렁 씨나 뿌리자꼬. 설매 귀신 말하다가 우짠 기생 입질로 땅이 꺼지는 한숨이냐 말이여."

키 작은 농부는 밭두렁에 놓았던 씨앗 바가지를 집어 들고 먼저 일어나서 씨를 뿌리기 시작했다. 키 큰 농부도 한 손으로 이마를 훔치고는 씨앗 그릇을 집어 들었다.

"그랴. 나라에 큰일이 생길라고 물귀신 처니 귀신들이 먼저 징조를 보인다는 말을 하다가 옆길로 샜구나! 그란데 귀신뿐이 아이고, 뒤벼리 포구나무 팽나무 도깨비들도 요새는 밤마다 극성을 부리샀는다 카더라꼬!"

"또 시작이가? 참말로 자네는 아는 것도 많네. 이러다가 해 지겄어. 얼렁 씨를 뿌리믄서 말혀 봐. 빗자리 도깨비가 또 술 묵은 사람한테 장난쳤다 카더나?"

키 큰 농부가 벌건 잇몸을 드러내며 웃었다.

"닷새 전 일인 기라! 쑥골의 강 초시 영감이 장에 갔다가 주막에서 탁배기 두어 단지 마시고 뒤벼리 포구나무 밑을 지나가는데, 오데서 나타났는지 이쁜 색시 하나가 영감 앞에서 머리에 노란 꽃을 달고 허리를 비비 꼬면서 교태를 부렸다는 기라. 몽롱하게 취한 이 영감님이 고마 황홀해서 색시를 안고 뒹굴믄서 상도 했다는 기라!"

키 큰 농부가 키들키들 웃고는 다시 말을 이었다.

"그라고 색시를 껴안고 그대로 잤다는 기라. 그란데 자다가 너무 추버서 눈을 떠 봤더니, 젤 먼저 눈에 뵈는 기 연초록 포구나무 이파리새로 찰랑찰랑 쏟아져 들어오는 노란 햇살이었던 기라. 영감이 놀래서 벌떡 일어나 자기 모양새를 살피본께네, 글씨 바지를 홀랑 벗고는 노란 민들레꽃 한 송이가 꽂혀 있는 마당 빗자리 하나를 사타리에 끼고 있더라는 기야. 자지는 얼어서 토란알맨키로 오그라들어 있고, 사타리 허연 살갗은 빗자루 댓살에 긁히서 거시 지렁이 기어간 자리맨키로 줄이 쫙쫙 가 있었다는 기라."

키 작은 농부가 씨앗을 뿌리다 말고 키 큰 농부를 돌아보면서 입을 쩍 벌리고 커다랗게 웃어 댔다.

"으하하. 그란께네, 자지를 대빗자리 꼬챙이 새로 밤새도록 쑤셔 넣었구마이. 세상에, 올매나 아팠을꼬? 하기사 술이 떡으로 취해서 아픈

줄도 몰랐겠구마이! 하하하. 그란께네, 색시가 노란 꽃을 머리에 꽂았다는 거는 민들레꽃 하나가 빗자리 끝에 끼여 있은 기 그리 보였구나. 맴이 허약하모 그런 헛것이 보인다 쿠던데, 강 초시 그 영감이 뭣이 아시버서 그리 당했을꼬이?"

밭에 씨를 뿌리면서 이야기를 하자던 키 작은 농부는 언제 그랬냐는 듯 또다시 밭고랑에 퍼질러 앉으면서, 낯빛으로 키 큰 농부의 다음 이야기를 재촉한다. 그러나 키 큰 농부는 더 할 말이 없는 듯 성큼성큼 밭두렁을 건너가 밭귀때기에 묻혀 있는 오줌독에다 바지춤을 풀고 시원스럽게 오줌을 내깔겼다. 키 작은 농부가 키 큰 농부의 그런 뒷모습을 바라보면서, "히히. 기생 얘기, 상하는 얘기에 좆이 꼴렸구만." 했다. 그러나 퍼질러 앉은 채 이죽거리던 그도 이내 벌떡 일어나 오줌독으로 뛰어가더니 키 큰 농부보다 더 센 오줌발을 냅다 내질렀다.

그런데 이날 농부들의 말을 뒷받침이라도 하듯, 남강 물돌이 소沼의 은빛 물기둥을 보았다는 사람들이 한둘이 아니고, 처녀골만이 아니라 곳곳에서 무덤들이 밤만 되면 짐승 울음 같은 땅 울음소리를 내는 것을 들은 사람들도 많다고 했다. 명석골의 뒷말댁이는 장에 나가 남새를 팔고 빈 함지를 이고 뒤벼리 포구나무 아래를 지나다가, 별안간 건장한 사내 둘이 앞뒤로 조여들며 겁탈을 하려 들어 그냥 옆의 강물로 뛰어들었는데, 나무 함지가 배가 되어 그것을 타고 살아났다는 소문도 있었다. 하지만 다음 날, 그 포구나무 아래에는 도깨비가 건장한 사내로 변신해 장난을 쳤을 만한 큰 빗자루나 바지랑대나 절굿공이 같은 물건은 없었고, 뒷말댁이 머리에 얹었던 똬리만 물가의 돌 틈에 걸려 있었다고 했다.

그뿐만이 아니었다. 충청도 어느 고을에서는 머리가 두 개 달린 송아지가 태어났는가 하면 고양이가 개 새끼를 낳았다고도 하고, 전라도 어느 두메산골의 냇가에서는 사람 키의 배나 되는 잉어가 잡혔다고도 했다. 또한 이해 봄따라 집지킴이업구렁이들이 곧잘 집 밖으로 나와 토담 위에 길게 뻗어 누워 해바라기를 하거나, 장독 뚜껑 위나 부엌의 살강 위에 나와 둘둘 똬리를 틀고 있다고도 했다. 사람 키의 배나 되는 거대한 잉어는 영물인 듯싶어 다시 냇가에 놓아주었고, 지붕 속을 벗어난 집지킴이에게는 주인들이 손을 모아 싹싹 비비면서 집으로 어서 들어가시라고 절을 한다고들 했다. 집지킴이가 집을 나가면 그 집이 망한다는 말이 전해 오기 때문이었다. 노인들은 이런 괴이한 일들이 나라가 망할 징조라고 말하는가 하면, 몇몇 사람들은 옛날에도 가끔 생기던 일이니 특별한 징후로 볼 필요는 없다고도 했다.

논개는 물돌이 소에 물기둥이 서고 설매가 나타난다는 소문을 들은 후로 매일 밤 자정에 남강에 나가 그곳을 유심히 지켜보았다. 그러나 바람이 불던 밤에도, 달이 휘영청 밝던 밤에도, 비가 내리던 밤에도, 그곳에 은빛 물기둥은 서지 않았고 단지 물결만 출렁거렸다. 물론 설매의 모습도 나타나지 않았다.

그럴 즈음 누군가의 입에서 이제 난리가 터질 시기가 목전에 닿아 있다는 소문이 흘러나왔고, 발 없는 말은 전국 방방곡곡으로 퍼져 나갔다. 도요토미 히데요시가 조선을 치기 위해 전선戰船과 조총鳥銃을 산더미처럼 만들어 놓고, 지금 군사를 한곳으로 모으고 있다는 구체적인 소문까지 나돌았다. 또한 누군가 목격이라도 하고 온 것처럼 대마도 주변으로 왜적의 전선들이 개미 떼처럼 들러붙어 출전 명령이 떨어지기만을 기다리고 있다고도 했다. 그런가 하면 지난 2월에는 적장 중의 한 명이 대마도의 종의지宗義智와 의논하여 마지막으로 다시 한 번 사신을 부산에 보내와 '조선 국왕을 2월 중으로 일본에 입조入朝케 하고, 이제 곧 일본이 명나라를 치러 가니 곱게 길을 내어 줄 것'을 요구했다가 거절을 당했다고도 했다. 결국 그 요구가 마지막 통첩으로 얼마 안 있어 조선은 왜놈의 더러운 발길 아래 필히 짓밟히게 되고 말 것이라 했다. 삼삼오오 모여 앉은 자리마다 곧 전쟁이 일어날 것이라는 얘기들을 나누었고, 사람들은 누구라 할 것 없이 모두 불안한 얼굴을 감추지 못했다. 주막집에는 술타령하는 사람들이 자리를 메웠고, 장터에서는 사소한 일들로 사람들의 다툼질이 잦아졌다. 또한 남의 곡식과 피륙을 훔쳐 가는 도둑들이 많아지는가 하면, 높고 험준한 고개마다 산적 떼들이 횡행하여 행인들의 금품을 빼앗는 일도 많아졌다. 그런가 하면, 다가오는 보릿고개와 전쟁에 대비하여 이해에는 유독 산에 가서 송기*를 벗기고 칡뿌리를 캐어 비상식량을 준비하는 사람들도 예년에 비해 급증했다. 아이들도 산과 들판과 강을 누비며 쑥과 산나물을 뜯어 삶아 말리기도 하고 물고기를 잡아 염장하여 말리기도 했다.

논개는 3월에 접어들면서부터 의기회 모임과 훈련의 강도를 더욱 높였고, 동기들의 교습도 붓글씨나 가무는 제쳐 두고 체력 단련과 활쏘기, 창던지기, 돌팔매질 등의 훈련으로 일관해 오고 있었다. 남강 활터와 모래사장, 비봉산 후면의 중턱과 기와집 뒤의 언덕을 훈련장으로 이용했다. 모래 자루 안고 달리기와 말타기 연습도 시켰다. 상처 부위에 짓찧은 약쑥을 붙이고 무명천으로 동여매는 응급 처치법과 간단한 약 처방법도 가르쳤다. 방 안에서 서예나 소리, 가야금, 거문고, 장구를 배우는 공부보다 거칠고 힘든 야외 교습이었지만, 아이들은 하나같이 재미있어 했다. 활도 창도 아이들에게는 부담스런 무기였지만, 한창 뛰놀기 좋아하는 어린 소녀들은 외려 놀이처럼 즐거워했다. 의기회 회원이 아닌 안방 어미들은 그런 훈련들이 기생이 되는 데 무슨 소용에 닿느냐며 불만을 말하는 쪽도 있었지만, 그러나 누구도 아이들을 불참시키지는 않았다.

중순에 접어들면서 사흘 연이어 비가 내렸다. 센 빗줄기는 아니었으

* 송기(松肌) : 소나무의 속껍질로, 쌀가루와 함께 섞어서 떡이나 죽을 만들어 먹었다.

나 추적추적 그치지 않고 내려서 사람들은 어인 때아닌 장맛비냐고 걱정했다. 그것도 난리를 앞둔 이변이라고 말하는 사람들도 있었다. 그러나 사흘을 꼬박 비를 뿌리던 하늘은 나흘째 아침에는 거짓말처럼 청명하게 개었다. 수목이며 집들이며 오가는 사람들까지 말끔히 씻어 낸 듯 깨끗하고 찬란하게 쏟아지는 햇살이 밝다기보다 차라리 투명했다. 논개는 이날 아침, 뜰에 선 채 두 팔을 활짝 벌려 신선한 공기를 맘껏 들이마신다. 몸이 날아갈 것처럼 가볍고 기분이 상쾌했다. 한껏 물을 머금어 윤기가 자르르 흐르는 화단의 화초들이 논개를 반기듯 미풍에 흔들렸다.

논개는 남장을 단정히 하고 말에 올라 관아로 향했다. 오랫동안 생각해 오던 일을 실천하기 위해서였다. 행동으로 옮기기에는 조심스런 일이었지만 더 지체할 수 없다는 초조감으로 그녀는 자리를 털고 일어선 것이다. 그녀가 목사牧使를 만나는 일은 크게 어렵지 않았다. 작년부터 관영에서 활쏘기 대회가 있을 때마다 논개는 거의 매번 초청을 받았었고, 또한 목사가 그녀에게 관기가 될 것을 수차례 권유해 왔음을 알고 있는 관졸들이 논개를 어렵지 않게 목사 앞으로 안내했다.

언제나 얼굴이 창백하여 병색으로 보이는 목사가 놀란 표정으로 논개를 바라보았다. 관영에 편사회가 있어 초청한 것도 아닌데 제 스스로 찾아온 논개가 반갑고 의아스러운 듯, 큰절로 예를 올리는 그녀를 한동안 바라보기만 했다. 그러다 논개가 절을 끝내고 무릎을 꿇고 앉자 목사가 부드러운 음성으로 입을 열었다.

"어쩐 일이더냐? 네가 나를 다 만나자고 했다니."

"아뢰고 싶은 말씀이 있어 감히 찾아왔습니다."

"네가 나한테 할 말이 있다, 이 말이냐? 그래, 무슨 말이더냐?"

논개는 잠시 숨을 몰아쉬면서 정중하면서도 차분히 가라앉은 음성으로 입을 열었다.

"백성을 다스리시는 목사 어르신 안전에 소녀가 외람되고 방자스런 말씀을 올리는 것이 아닌가 싶어 심히 저어되옵니다. 다름이 아니옵고, 왜적을 물리치기 위한 방비 역사防備役事에 소녀의 힘이 조금이나마 보탬이 되었으면 해서이옵니다."

목사의 얼굴에 서서히 웃음이 거두어졌다.

"네가 지금, 왜적이 쳐들어온다고 했느냐? 왜침이 있을 것이라고 누가 말을 하더냐?"

논개는 병색 가득한 목사의 반응이 의외여서 속으로 긴장한다. 나라 전체가 전쟁이 일어날 것이라는 조짐들로 들썩거린다고 그녀는 생각하고 있었는데, 목사는 어인 느닷없는 전쟁 이야기냐고 반문해 왔기 때문이다.

"백성들은 온통 곧 왜놈들이 쳐들어올 것이라고 수군거리며 인심이 어지럽고 흉흉합니다. 따라서 관영에서는 성을 개축하고 군사 훈련과 무기 구입이나 손질 등으로 금전 지출이 엄청날 것이라 헤아려졌사옵니다."

"그래서, 네가 관영의 침략 방비 역사에 엽전을 지원하겠다, 이 말이더냐?"

"그러하옵니다."

"그으래? 네 생각이 참으로 기특하고 가상하구나! 그런데 왜침이 없을 것으로 여겨 축성이나 군사 훈련 등을 않는다면, 너는 어찌하겠느냐?"

"진주목을 다스리는 관영에서 그런 무방비의 경우는 결코 없을 것이라 사료되옵니다. 왜침이 없을 것이란 목사 어르신의 말씀은 소녀, 농으로 받아들이겠습니다. 전라 좌수사 이순신 어른은 왜침에 대비하여 활과 총을 쏘아도 끄떡없을 철갑 귀선을 제조하고 계신다 하옵고, 백성들은 지금 비상식량을 준비하느라 혈안이 되어 있사온데, 왜침이 없을 것이란 말씀은 소녀로서는 의외이옵니다."

목사가 얼굴에 웃음을 흘렸다.

"너는 마치 전쟁이 일어나기를 기다리는 사람 같구나!"

"어찌 그런 생각을 갖겠습니까. 전쟁이 발발하면 국토가 만신창이가 되고 생명이 풍전등촉의 위기에 처할 터인데 어느 누가 그런 불상사를 원하겠습니까? 과하신 말씀이시옵니다."

"오, 그으래? 그렇지. 전쟁이 일어나서는 절대로 안 되지. 그런데 논개야. 내가 궁금한 것은, 방비 역사가 없더라도 네가 엽전을 관영에 지원할 수가 있겠는가를 묻는 것이다."

"진주 백성을 보호해 주시는 목사 어르신께 감히 말씀 올리옵니다. 관영은 백성을 보호해야 할 막중한 책임이 있다고 생각합니다. 아직 방비책이 강구되지 않고 있다면, 지금이라도 늦지 않다고 사료되옵니다."

병색으로 창백하던 목사의 얼굴이 붉게 노기를 띠며 굳어졌다.

"허허, 고얀지고. 네가 지금 감히 나에게 방비 역사를 하라고 지시하는 것이냐?"

"천부당만부당한 말씀이시옵니다! 소녀 무슨 자격으로 감히 어르신께 지시를 하겠사옵니까. 백성의 소원이라 들어 주시오소서."

목사의 표정이 잠시 혼란에 빠진 듯 복잡해졌다. 말을 끊고 이맛살을 찌푸리며 눈길을 논개의 얼굴에서 거두고 헛기침을 했다. 짧은 순간의 표정 변화였으나 그녀는 그가 자기의 고언을 심히 불편해하는 것이라 생각했다.

"어쨌거나 네 태도는 심히 불손하구나. 내가 마치 아무런 방비책을 강구하지 않고 있다고 질책하는 것처럼 들리니 말이다. 어느 관영이 백성을 지킬 방비를 소홀히 하겠느냐. 그리고 내가 언제 너에게 왜침이 없을 것이라 단정 지어 말했더냐. 그러나 확실치 않은 일을 사실인

양 판단해서 순진한 백성들의 마음을 어지럽게 한다면 그것도 작은 죄가 아니니라."

목사의 음성은 복잡한 표정과는 달리 근엄했다.

"목사 어르신의 심기를 불편케 해 드릴 생각은 추호도 없었사옵니다. 하오나 지금까지 왜인들의 수작으로 보아서 침략을 해 온다는 것은 명약관화한 일이라 백성들은 믿고 있사옵니다. 설령, 왜침이 없다손 치더라도 차제에 모든 무기를 정비하고 군사를 훈련시켜 둔다면 유비무환이 될 것으로 사료되어 감히 말씀을 올린 것이옵니다."

그때였다. 진작부터 동헌 마루의 목사 옆에 앉아 있던, 얼굴이 희고 준수하게 생긴 남자가 논개의 모습을 시종 눈여겨보는 듯하더니 입을 열었다.

"네 이름이, 논개라고 했더냐? 너는 아직 목사 어르신의 질문에 답을 올리지 않았느니라. 어르신은, 지금 당장 방비 역사를 하지 않더라도 장차의 일을 위해 네가 엽전을 내어놓을 수 있겠느냐 물으셨던 것이니라."

논개는 얼굴을 들어 그 남자를 잠시 바라보았다. 작년 봄 이후 관영에 편사 대회가 있을 때마다 자주 드나들었어도 한 번도 보지 못했던 인물이었다. 희고 준수한 얼굴에 온화함을 풍기는 인상이었지만 논개를 내려다보는 눈길에는 위엄이 서려 있었다.

"그렇게는 못하옵니다. 들리는 소문에 의하면, 곳곳의 목牧과 현縣 등의 관영에서 왜적의 침입에 대비하여 방비책에 골몰하고들 있고, 그 자금이 달리어 어렵다는 말을 들었사옵니다. 그래서 여기 진주도 그럴 것이라 짐작하여 안타까운 마음으로 달려왔을 뿐이옵니다. 저도 당장의 역사가 아니고서는 여분의 자금 비축을 위해 지원을 할 만큼 넉넉지는 않사옵니다."

"그렇다면, 지금 당장 방비 역사를 하지 않고 있는 곳에는, 서푼이라도 지원하지 않겠다, 이 말이더냐?"

"그러하옵니다."

논개는 담담한 낯빛으로 또렷하게 대답했다. 자신의 태도가 그들에게 얼마나 방자스럽게 비칠 것인지는 이미 각오한 바였다. 그뿐 아니라 자신의 저의가 드러나고 그것이 목사의 자존심을 건드려 벌을 받을 수 있음도 또한 각오한 터였다. 그러나 목사가 자극을 받아 당장이라도 적극적인 방비책을 세우게 된다면, 그것이 바로 논개가 목적하는 것이었다. 논개의 예상대로, 병색이 짙은 목사의 얼굴은 분노와 허탈감으로 붉어졌고, 옆에 앉은 남자가 다시 말을 이었다. 그의 얼굴에는 잠시 미소 같은 것이 어렸다.

"그러니까 네 말을 달리 표현하면, 지금이라도 바로 관영에서 방비 역사를 한다면 지원을 하겠노라는 말이 아니더냐?"

"그러하옵니다."

그때 목사가 분노를 터트렸다.

"무엄하도다. 일개 기녀 주제에 감히 여기가 어디라고 찾아와 수령을 능멸하듯 하는가? 이보시오, 판관. 이 발칙한 아이와 긴말하실 것 없소. 끌어내어 벌을 주도록 해야겠소."

그러나 판관判官이라 불린 그 남자는 말을 멈추지 않았다.

"네가 만약 이 고을의 수령이라면, 어떻게 방비 역사를 하겠느냐?"

"우선 백성들의 불안한 마음을 차분히 진정시키고, 다음으로 병졸들을 훈련시키겠습니다. 또한 흙과 돌이 빠져나간 허술한 성벽을 개축하겠으며, 모든 무기의 점검과 보충은 물론 성안에 기름과 돌과 땔감을 한껏 준비해 놓겠습니다."

"기름과 돌과 땔감이라니, 무엇에 쓰려고 그러는고?"

"최악의 경우 성벽을 기어오르는 적에게 돌을 던지고 끓는 기름을 쏟아붓기 위해서입니다."

판관이라 불리는 남자가 논개를 가만히 바라보았다. 그러다 다시 입을 열었다.

"너는 일개 기녀지만, 전쟁이 일어나면 앞장서 싸울 수도 있겠구나?"

"나라가 있고 백성이 있다고 생각하옵니다. 나라에서 필요로 한다면 주저 없이 나가서 싸울 용의가 있사옵니다."

"나라를 생각하는 네 충정이 가상하구나! 목사 어르신께서 너에게 언짢아하신 까닭은, 어르신께서 다 알아서 하시는 일을 네가 콩 놓아라 팥 놓아라 감히 말씀 올리는 것 같아 그러신 것이니 섭섭해 말거라. 그리고 너에게 지원을 부탁할 상황이 되면 연락을 할 것이니, 오늘은 이만 돌아가도록 하거라."

"예, 어르신."

논개는 판관의 부드러운 음성에 명치께가 찡해 옴을 느끼면서 다소곳한 자세로 일어나 목사와 판관에게 절을 올리고 관영을 벗어났다. 그녀는 자신의 행동을 조금도 후회하지 않았다. 목사가 병약한 탓인지 나라에 변이 생긴다고 백성들이 온통 불안해하는데도 축성하는 모습도 병졸 훈련도 없어, 방비 역사에 엽전을 지원하겠다는 뜻을 앞에 내세우고 한편으로는 목사의 안일을 흔들어 깨우고 싶은 목적을 바닥에 깔고 찾아갔던 것인데, 적잖이 효과가 있었다는 확신감이 들었기 때문이다.

'그분이 판관이시라 했던가? 처음 보는 분이셨어. 목사님보다 훨씬 온건하고 지혜로운 판단력을 가진 분이셨어.'

논개는 집으로 돌아오는 길에 혼자 속으로 중얼거렸다.

그 판관은 김시민金時敏 장수였다. 그는 명종 9년甲寅, 1554년에 충청도 목천木川에서 출생한 무신으로 본관은 안동, 자는 면오勉吾였다. 선조 11년戊寅, 1578년에 무과에 급제하여 관직에 진출했으며, 선조 16년癸未, 1583년에 여진족 니탕개尼湯介가 두만강을 넘어 쳐들어오자 도순찰사 정언신鄭彦信의 막하 장수로 출정하여 공을 세우고 군기시軍器寺 판관이 되었다. 그러나 군비 증강과 훈련 강화에 관한 새로운 계획을 조정에 올렸으나 채택되지 않자 스스로 자리에서 물러났다가, 선조 24년辛卯, 1591년에 그는 진주 판관으로 천거되어 부임하였다.

논개는 김시민 판관에 대한 자초지종을 알아본 후로는 진주성의 방비나 방위에 대해 한결 안도감이 들었고, 실제 논개가 목사를 찾기 이전부터 김시민 판관이 목사에게 보다 적극적인 방비책을 세워야 함을 역설하였다는 것도 알게 되었다. 따라서 그에 대한 신뢰감은 더욱 돈독해졌다. 어찌되었든 논개의 목사 면담 이후로, 진주성이 전체적으로 개수되고 관졸들의 훈련이 더한층 강화되고 있었다. 목사가 논개로부터 자극을 받았든 김시민 판관의 주장에 힘이 실려 관철이 되었든 간에, 논개로서는 더없이 반가운 소식이라 한껏 미소를 머금었다. 그리고 지원이 필요할 때 연락을 하겠다던 판관의 말을 믿고 그녀는 소식이 오기를 기다리고 있었다.

실제 그녀에게 있어 설매가 남긴 유산은 커다란 힘이면서 그녀를 옥죄는 족쇄이기도 했다. 나라를 구하는 큰일에 사용되어야 한다는 생각은 강박적으로 그녀의 머리를 짓눌렀고, 주변 인물들의 재물에 대한 집요한 관심과 탐욕이 표출될 때마다 그 생각은 더욱 굳센 쇠고리로 머릿속을 파고드는 것처럼 느껴졌다. 논개는 설매의 재물이 하루속히 좋은 일에 쓰이기를 바랐고, 그런 연유로 전라 좌수사인 이순신 장군의 귀선 제조와 진주 목사의 왜침 방비 역사에 적극적으로 지원을 하고 싶었던 것이다. 결국 논개의 내면 깊숙한 곳에는, 기와집 고방과 안방에 가득한 재물의 굴레에서 어서 벗어나고 싶은 간절한 염원이 자리하고 있었던 것이다. 그러나 그 일에도 따로 때가 있는 듯 당장 그녀의 뜻대로 되지는 않았다.

논개는 재물에 대한 자신의 마음가짐을 달리해야 할 필요성을 절감했다. 일단은 마음을 느긋하고 여유 있게 갖고, 전쟁이 발발할 경우에 더욱 유용하게 쓰일 수 있는 기회가 올 것으로 생각하고 기다려야 했다. 하지만 전쟁이 일어나면 오히려 제대로 사용되지도 못하고 탈취당할 우려도 있다는 생각에 논개의 걱정과 조바심이 아주 사라진 것은 아니었다.

*

논개는 관영을 다녀온 지 며칠 안 되어 남장을 하고 새벽부터 말을 몰아 진주목 안의 걸인 소굴들을 찾아 나섰다. 드러내지는 않았으나 평소에 생각하고 있었던 일을 실천해 보기 위해서였다. 비봉산과 망진산 골짜기의 움막이나 산굴, 비를 피할 수 있는 다리 아래의 걸인 집거지集居地를 찾아다니면서 그들을 밖으로 불러냈다. 그리고 그들에게 밥을 실컷 먹여 줄 것이니 무슨 일이든 시키는 대로 하겠느냐고 물어보았다. 다리를 절룩거리거나 장님이거나 벙어리인 장애 걸인들과 사지가 멀쩡한 젊은 걸인들이, 느닷없이 찾아와 소리를 높이는 논개를 멀뚱멀뚱 쳐다보았다. 도대체 무슨 말인지 알 수 없다는 낯빛들로 말 위의 논개를 쳐다보며 자기들끼리 얼굴을 마주 보고 키들거리기도 했다.

"무조건 내가 시키는 대로만 하면 밥도 주고 옷도 준다. 어찌하겠는가?"

논개는 사내처럼 위엄기 있는 음성으로 거듭 소리를 높였다.

그러자 다리를 절룩거리는 늙은 걸인이 두어 개 남은 앞 이빨을 드러내고 약간의 의심을 담아 말했다.

"나으리. 무, 무신 일인데예? 우리는 사람 쥑이는 일 같은 거는 몬 합니더."

그러자 다른 걸인들도 손가락을 갈퀴처럼 펴서 수세미처럼 헝클어진 머리를 긁적이면서, "하모 하모, 글코말고. 아무리 걸뱅이로 살지만 사람 죽이는 일은 몬 하제." 했다.

"개 대가리만 한 돌을 하루 열 개씩 주워 와서 던지기 연습만 하면 된다. 생각이 있는 사람들은 내일 아침 진시辰時까지 옥봉 둑 밑 모랫벌로 돌을 갖고 와라. 그러면 내가 주먹밥을 갖고 나가서 여러분들이 주워 온 돌하고 바꾼다. 알겠는가?"

논개는 그날 움막과 산굴, 다리 아래의 거지 소굴마다 다니면서 그렇게 말하고 기와집으로 돌아왔다.

어느 지역이나 비슷한 사정이었지만 몇 해 흉년을 겪으면서 곳곳마다 걸인들이 많이 생겨났다. 이들 중에는 백정이나 농사꾼 출신도 있고 종살이를 하다 도망쳐 나온 비복들도 많았다. 자식들을 종노릇시키느니 차라리 빌어먹는다며 식구 전부가 걸인으로 떠돌아다니는 경우도 있었다. 반대로 그래도 배는 곯지 말고 살라며 어린 자식을 노비로 팔아 버린 부모들도 있었다. 어쨌거나 걸인 무리는 남자들의 숫자가 단연코 많았고, 개중에 젊고 신체 건장한 이들도 있었지만 대부분은 불구거나 열악한 영양과 환경으로 말미암아 심신이 미약한 경우가 많았다. 이들은 하루 세끼 중 한 끼 정도는 구걸로 배를 채우고, 남의 논밭에서 잘 익은 벼나 보리를 잘라도 먹고, 칡뿌리를 캐 먹거나 산나물을 뜯어도 먹고, 개울에서 물고기나 미꾸라지를 잡아먹는 등 겨우겨우 주린 배를 채우면서 고단한 삶을 이어 가고 있었다. 그러나 그들 중에는 가끔 재인才人들도 있어 퉁소를 불거나 각설이 타령으로 풍각쟁이 노릇을 하면서 밥을 빌어먹는 사람들도 있고, 자신의 신체 조건을 앞세워 곱사등이는 곱사춤을, 외다리는 학춤을 추면서 동정을 구하는 이들도 있었다. 그들은 대체로 이곳저곳을 유랑하는 속성이 있었지만, 진주 지역의 걸인들은 진주 인심이 다른 지역보다 좋은 편인지 한곳에서 집거하는 무리들이 적지 않았다. 논개가 걸식으로 연명하는 이들을 활성화하여 최악의 경우 왜침을 막아 내는 일에 참여시킬 생각을 떠올린 것은, 바로 그들이 사시사철 진주 지역에서 집거하고 있기 때문이었다.

놀랍게도 다음 날 아침 옥봉 둑 아래에는 백여 명의 걸인들이 개 대가리만 한 돌을 한 아름씩 안고 모여들고 있었다. 논개가 어제 찾아다닌 대여섯 곳 거지 소굴들의 걸인 수는 어림잡아 사오십 명 정도였지만, 하루 사이에 자기들끼리 소문이 퍼졌던 것인지 진주 바닥의 걸인이란 자들은 다 모여든 것 같았다.

논개는 울산댁과 섭냄이를 시켜 두 개의 커다란 가마솥에 밥을 가득 지어 간간하게 소금을 섞어 주먹밥을 만들게 한 후, 넉근 애비에게 지게를 지워 앞세우고 섭냄이와 울산댁을 데리고 시간 맞춰 모래벌판으로 나갔다. 논개가 예상했던 숫자보다 밥을 배나 넉넉히 짓는다고는 했지만, 혹시나 모자라진 않을까 살짝 염려가 되기도 했다. 그러나 솥 바닥에 눌어붙은 누룽지까지 모두 긁어서 챙겼기에 크게 걱정하지 않아도 될 것 같았다. 논개 일행이 둑 아래로 내려서자 걸인들이 벌떼처럼 그녀 앞으로 모여들었다. 그리고 저마다 앞다투어 안고 있던 돌들을 내밀었다. 그녀는 우선 그들에게 줄을 서도록 했다. 그리고 모래가 두두룩한 곳을 정하여 차례로 그곳에 돌을 쏟게 하고, 김이 모락모락 오르는 주먹밥 한 덩이씩을 그들이 내미는 소쿠리나 바가지에 담아 주었다. 그런데 줄을 서 본 적이 없는 그들은 처음에는 줄을 서는 척하다가 금세 우르르 몰려와 아무렇게나 돌을 쏟아 놓고는 서로 먼저 밥을 달라고 시커먼 손들을 뻗쳤다.

"줄을 서야 밥을 준다. 그리고 밥을 받은 사람들은 그것을 먹은 후에 여기 이 돌들로 돌팔매질을 몇 번씩 하고 돌아간다. 알겠는가?"

논개의 목소리가 쨍하게 울렸다.

주먹밥을 받은 걸인들이 저들끼리 마주 보며 킬킬 웃었다. 멀쩡하게 잘생긴 저 나으리가 불쌍하게도 머리가 살짝 돌지 않았느냐고 주절거리기도 했다. 이른 아침부터 개 머리통만 한 돌을 열 개씩 주워 오게 하더니, 그것을 봉긋한 모래 더미 위에 쏟아 놓게 하고는, 밥 한 덩이씩을 나눠 주며 먹고 나서 일없이 돌이나 몇 번 던져 보고 돌아가라 하니, 아무래도 제정신이 아닌 것 같다고 여기저기서 쑤군거리는 것이었다.

"나으리, 이러키요?"

돼지코를 가진 사내 하나가 입을 귀밑까지 찢어 히죽거리면서 돌 한 개를 주워 바로 한 발짝 코앞에 살짝 던지고는 그녀를 쳐다보았다. 걸인들이 일시에 와 웃음을 터트렸다. 논개가 말에서 훌쩍 뛰어내렸다. 걸인들의 웃음이 스르르 멈추어졌다. 그녀는 큼직한 돌 한 개를 집어 정면을 향해 힘껏 던졌다. 그 돌은 툭 소리를 내며 모래밭 위의 나무토막에 정확하게 맞았다.

"이렇게 힘껏 던진다. 저 앞에 왜놈들이 성벽을 기어오른다 생각하고, 우리의 원수 왜놈들을 향해 힘껏 던진다. 알겠나? 그리고 내일도 오늘만큼 돌을 주워 오고 다섯 번 이상 던지기를 하고, 다시 이 자리에 돌을 모아 놓으면 또 밥을 준다. 그렇게 한 달을 하면 밥만이 아니라 옷도 주고 곡물도 준다. 알겠는가?"

걸인들의 조소 섞인 키들거림이 어느새 사라지고 모두들 사뭇 진지한 표정이 되었다. '왜놈'이란 논개의 외침에, 그들은 이 짓거리가 정신 나간 사람의 미친 짓은 아닌 것 같다는 생각을 하게 된 모양이었다.

다리를 절룩이는 늙은 걸인이 상체를 흔들거리며 한 발짝 앞으로 나서 입을 열었다.

"나으리. 우리가 지금 애놈 박살 내는 짓 하는 깁니꺼?"

그러자 좀 전에 논개를 놀리듯 했던 돼지코 걸인이 "이 돌멩이로 왜놈을 죽이라, 이 말이구마! 그란데, 왜놈이 오데 있십니꺼? 갑재기 왜놈이 하늘에서 떨어집니까요? 왜놈을 이 눈으로 봐야, 이 돌멩이로 죽이든지 말든지 하재요." 했다.

걸인들이 저마다 다시 고갯짓들을 하면서, 역시 이 짓거리가 정상은 아닌 것 같다는 눈빛들을 주고받았다.

논개는 그들이 나라 안팎의 사정을 전혀 알지 못하고 있을 수도 있다고 생각하고, 그들이 알아듣기 쉽도록 간단하게 현금의 시국을 설명한다.

"여러분 중에는 이미 들어서 알고 있는 사람도 있을 것이다. 간단히 말하자면, 왜국이 명나라를 치러 갈 테니 우리 조선에게 길을 내놓으라고 했다. 당연히 그럴 수 없다고 하자, 왜놈들이 조선을 치겠다고 했다. 그래서 조선의 모든 백성들은 왜놈들의 침략을 막기 위해 지금 방비를 서두르고 있다. 여러분들도 바로 이 나라 조선의 백성이 아니더냐! 또 백성은 국본國本이니 나라의 주인이 아니더냐! 나라의 주인으로서 우리가 나라를 구하는 그 일에 함께 나서야 한다는 것이다. 나라가 있고 백성이 있는 것이 아니겠느냐! 나라가 있어야 집도 있고 밥도 있는 것 아니겠느냐!"

그들은 히죽거리면서 서로의 얼굴을 다시 마주 보았다. 대놓고 홀대받는 그들에게 이 나라 주인인 조선의 백성이라 칭한 것이 넘쳤거나 거슬렸을 수도 있겠다는 논개의 짐작대로, 돼지코 걸인이 빈정거림과 쓰디쓴 자조를 얼굴에 떡으로 깔고 논개를 쳐다보았다.

"나으리, 우리 겉은 백정놈 걸뱅이덜도 이 나라 주인이라 캤습니꺼? 우리는 개돼지만큼도 대접을 못 받는 천하디천한 인종덜인데, 이 나라가 위급한께네 나가서 싸우라 캤습니꺼? 나으리 겉은 양반네덜은 안전한 데로 도망가서 숨고, 포리 목숨보다 못한 우리보고 몸띠로 성을 만들어 앞장서서 돌 떤지다가 왜놈덜한테 죽으라, 이 말입니꺼? 양반놈덜 방패막이가 되라, 이 말 아입니꺼? 몬 합니더."

그는 말을 할수록 점점 기가 솟구치고 열불이 오르는지 얼굴이 벌게졌다. 목청을 돋우어 가래침을 끌어 올려 모래 바닥에 퉤 뱉고는 몸을 홱 돌려 버렸다. 그러자 수많은 걸인들이 논개의 얼굴을 흘금흘금 살피더니, 진작에 두 팔을 거칠게 휘저으며 성큼성큼 앞서가는 돼지코 사내를 따라 이내 하나둘 돌아가기 시작했다. 다리를 절룩이는 늙은 걸인들만 당장 어떻게 할지 결정하지 못한 채 엉거주춤 그 자리에 서 있었다.

논개가 다시 음성을 높였다.

"나도 양반은 아니다! 나는 기생 논개다! 그러나 이 나라 백성으로서 목숨을 다해 나라를 지켜야 한다고 생각한다. 걸인이면 어떻고 기생이면 어떤가. 사람은 모두 천금 만금 억만금보다 더 소중하고, 너 나 할 것 없이 동등하다! 우리는, 우리를 낳아 준 이 땅, 우리가 발을 딛고 사는 우리의 모체인 이 땅을, 왜놈들에게 빼기지 말아야 한다. 그렇게 하는 것이 우리 모두가 살아남는 유일한 길이다. 한 번뿐인 내 인생을 왜놈 종노릇이나 하다가 그놈들 손에 죽어서는 안 된다는 말이다. 갈 테면 가거라. 그러나 나와 뜻을 같이하는 백성은 남아라. 매일 돌을 주워 와서 돌팔매질 연습을 한다면, 우리는 백성으로서 본분을 다하고 이 땅도 지키고 사람대접도 받는다. 그뿐만 아니라 하루 한 끼 밥도 보장 받는다."

논개는 어차피 밝혀질 자신의 신분을 앞당겨 스스로 터트렸다. 그것도 모두들 들으라고 일부러 한껏 목청을 높여 소리를 질렀다. 자신도 똑같이 천대받는 신분임을 알려 저들로부터 일말의 동질감을 불러일으키기 위함이었다.

돌아서 가던 걸인들 전원이 일시에 방향을 돌렸다. 양반집 서방님같이 훤칠하게 잘생긴 청년이 여자라니, 그것도 진주 바닥에 짜르르 소문난 기생 논개라니 싶은 모양이었다. 논개에 대해 잘 알지 못하는 걸인들이 대부분이었지만, 주막집 구걸을 단골로 하고 있는 일부 패거리들은 논개의 이야기를 들어 알고 있는지 입을 쩍 벌리는 무리들도 없지 않았다. 모두가 하나같이 심히 놀라는 낯빛들이었다. 몇몇 건장한 사내 걸인들은 갑자기 음흉한 웃음들을 흘리면서 킬킬거렸다.

"당신들이나 여기 서 있는 본인이나 때를 잘못 타고나 천대받는 백정과 걸인과 기생이 되었지만, 우리가 못난 사람들이 아니라는 것을 여러분들은 스스로 잘 알 것이다. 긴말 안 한다. 우리가 사람대접을 받으려면, 우리는 조선의 훌륭한 백성으로서 이 나라를 지켜야 하는 것이다! 거듭 말한다. 내 말에 통감하고 사람으로 살고자 하면, 지금 바로 돌팔매질 연습을 한다. 아무도 없는가?"

놀라운 일이 일어났다. 다리를 절룩이던 늙은 걸인이 넘어질 듯 뒤뚱거리면서 돌무더기에서 돌멩이 한 개를 집어 좀 전 논개가 던지던 방향으로 힘껏 던졌다. 그러나 불편한 몸으로 팔에 힘을 과하게 쏟은 듯 노인은 그만 돌을 던진 방향으로 고꾸라지고 말았다. 여느 때 같으면 깔깔거리며 웃어 댈 걸인들이 몇몇 아이들을 제외하고는 웃지 않았다. 수염이 귀밑까지 뻗은 털북숭이에 배불뚝이인 사내 하나가 앞사람을 제치고 나와 쓰러진 영감을 부축하여 일으켰다. 그러고는 아무 말 없이 돌을 주워 팔매질을 시작했다. 노인이 마저 못 던진 돌을 대신 던져 주기라도 하듯 두 개 세 개 팔을 바꾸어 가면서 연달아 던졌다. 구경하고 섰던 걸인들이 하나둘 앞으로 나서면서 돌을 던지기 시작했다. 돼지코 사내도 민망함과 쑥스러움이 범벅이 된 것 같은 이지러진 낯빛을 하고는 돌을 집어던졌다. 마치 성이 난 듯 행동이 성급하고 거칠었다. 돌을 던지는 걸인 수가 점점 늘어난다 싶더니 나중에는 재미있는 놀이라도 벌이듯 벙글대며 다투어 경쟁하듯 던지기 시작했다. 그들이 안고 와서 쏟아 놓았던 돌무더기는 금방 바닥이 나고 말았다.

"이제는 던진 돌을 다시 주워 한군데다 모아 놓고 해산한다. 내일도 오늘과 마찬가지로 돌을 주워 와서 던지기 연습을 하고 주먹밥을 받아

간다. 이 일은, 조선의 당당한 백성으로서 나라를 지키는 일도 되고 내 몸 건강을 위한 일도 된다. 무위도식의 삶은 자유로울지는 모르지만 내 건강과 정신을 좀먹는다는 사실을 알아야 한다."

논개는 다시 한 번 소리치고는 섭냄이와 울산댁에게 긁어 온 마른 누룽지도 골고루 나누어 주도록 했다. 그러나 누룽지는 태부족이었다. 아이들과 노인들 위주로만 나누어 주는 것으로 그릇을 비웠다. 걸인들은 논개의 지시대로 자신이 던졌던 돌을 한곳에 모아 놓고 돌아들 갔다. 몇몇 사내 걸인들은 연신 고개를 돌려 논개를 흘끔흘끔 살피면서 벙글대는 입귀를 다물지 못하고 모래사장을 벗어났다.

논개는 회심의 미소를 지었다. 자신의 뜻대로 일이 풀려 나간다고 생각했기 때문이다. 그러나 다음 날도 그들이 계속 참여해 줄 것인지, 지속성이 있을 것인지는 아직 확신이 서지 않았다. 그들에게 자신의 신분을 너무 빨리 알려 버렸다는 느낌도 없지는 않았지만, 그러나 드러내 밝힘으로써 그들에게 같은 천민이라는 동지 의식을 불러일으켰고, 어쩌면 그것이 그들의 참여를 이끌어 내는 계기가 되었다는 생각에 앞으로의 일에 어느 정도 자신감이 생기기도 했다.

"참말로, 세상에 니도 참 벨난 아다. 머 땜에 이런 엉뚱한 짓을 하노? 가난은 나랏님도 몬 구한다 쿠는 긴데, 니 온제꺼지 걸뱅이들 밥 멕일라 카노? 니 아무리 저 걸뱅이들한테 정성을 써 봐라. 저 사람들 앙물안 하모 다행인 기라. 귀신하고 잡귀 붙은 걸뱅이하고는 도와주믄 해꾸지한다는 소리 몬 들어 봤나?"

섭냄이가 멀어져 가는 걸인들의 뒷모습을 바라보면서 고개를 흔들고 혀를 끌끌 찼다.

울산댁도 섭냄이의 말을 거들어 "내사 멀 알까마는, 은금이 옴마 말대로 씰데엄는 짓인 기라." 했다.

그러자 넉근 애비가 딱하다는 듯 섭냄이와 울산댁을 돌아보면서,

"쯧쯧. 우리 안방 애기씨 큰 뜻을 몰라보구선…. 남자도 못 내는 큰 생각으로 일을 벌이는 것인디…." 했다.

섭냄이가 녁근 애비의 말을 받으려고 하다가 논개가 고개를 들자 말을 삼켜 버린다. 논개는 웃음을 머금고는 모두들 걱정해 줘서 고맙다며, 실제 적지 않은 일을 벌여 놓았으니 쓸데없는 일이 되지 않도록 도와 달라고 부탁한다.

*

다음 날 아침, 논개는 긴장된 마음으로 말을 몰아 남강 둑 밑의 모래밭으로 나갔다. 어저께의 분위기로 미루어 이날 아침에도 걸인들이 돌을 주워 올 것이라는 믿음도 없지 않았지만, 그러나 자유분방한 그들의 생활 습관 때문에 밤사이에 마음이 어떻게 변했을지는 또 모르는 일이어서 긴장이 되었던 것이다. 하지만 한편으로 믿는 구석이 있었다. 그들에게는 배를 채워야 한다는 생리적인 절실한 문제가 눈앞에 걸려 있다는 점이었다.

논개의 예상은 어긋나지 않았다. 남강 변 옥봉 둑 아래의 모래밭에는 어저께보다 훨씬 더 많은 걸인들이 돌을 안고 서 있거나 바닥에 쏟아 놓고 퍼질러 앉아 있었던 것이다. 그들은 논개 일행이 나타나자 앞다투어 몰려들었다.

"오매! 세상에! 이러다가 조선 땅 걸뱅이들이 다 몰리오겄네. 떼거지로 말이다."

이죽거리는 섭냄이를 논개가 고개를 돌려 쏘아보았다.

"온냐 온냐, 알았다. 내 주디 다물께."

논개의 험악한 눈빛에 섭냄이가 목을 움츠리며 더듬거렸다.

이날은 첫날보다 주먹밥을 좀 더 여유 있게 뭉쳐 나갔다. 된장에 박은 무장아찌도 한 조각씩 돌아가게끔 잘게 토막을 내어 곁들였다. 우선 그들이 주워 온 돌과 주먹밥을 바꾸었다. 첫날과 마찬가지로 걸인들은 벌떼같이 몰려들어 밥함지를 둘러쌌다. 논개는 나누어 주던 주먹밥을 잠시 중지시키고, 손짓과 고갯짓과 호령으로 그들을 줄 서게 했다. 그들은 엉거주춤 줄을 만들기 시작했다. 줄을 서고 남의 말을 고분고분 듣는 일이 몸에 배지 않아선지, 그들은 많이 쑥스럽고 어색한 듯 어깨를 건들건들하거나 목을 앞으로 쑥 뽑아 보기도 하면서 털레털레 줄을 섰다. 제대로 된 줄을 짓고 나서야 그들은 주먹밥을 받을 수 있었다. 그들은 아침 공복의 허기를 주먹밥으로 채운 후 어제처럼 돌팔매질 연습을 했다. 모두들 표정이 어저께보다 눈에 띄게 밝아져 있었다. 돼지코 걸인과 털북숭이 걸인도 보였고, 다리를 절룩이는 노인은 논개에게 웃음으로 먼저 알은체를 했다.

그런데 이날은 또 다른 눈에 띄는 사내도 있었는데, 그는 자기의 패거리인 듯싶은 열댓 명의 남자 걸인들을 대동하고 있었다. 그 사내는 키가 크고, 눈썹이 살진 송충이 몸통처럼 짙고, 눈꼬리가 심하게 위로 찢어져 인상이 매서웠다. 그는 다른 걸인들처럼 동냥 밥그릇을 들고 있지 않았다. 옷차림은 낡았으나 저고리 위에 짐승 가죽으로 만든 조끼 같은 것을 걸쳤고, 얼굴과 목과 손이 여느 걸인들처럼 시커먼 땟자국이 더께를 이루고 있지는 않았다. 그는 첫날인 어저께는 참가하지 않았지만 미리 전해 들은 말이 있었는지 다른 사람들처럼 돌을 안고 와서 논개 앞에 부려 놓았다. 섭냄이가 그에게 주먹밥을 내밀자 바로 뒤에 섰던 젊은 걸인 하나가 불쑥 앞으로 나서면서 동냥 그릇을 뻗쳤다. 키 큰 사내의 밥을 대신 받았던 것이다. 키 큰 사내는 당연한 일인 양 비켜서더니 쌓여 있는 돌을 집어 들어 팔매질을 시작했다. 놀랍게도 그의 팔매질은 힘이 있었고 조준이 정확했다. 돌을 잡고 팔을 휘두르는 자세가 처음 해 보는 솜씨가 아니었고, 자신감과 당당함이 몸에 배어 있었다. 논개는 순간적으로 그가 활이나 창을 다룰 수도 있을 것이란 생각이 들었다. 그것을 확인해 보고도 싶었다. 그러나 너무 성급한 듯싶어 이날은 그를 지켜보기만 하는 것으로 지나가기로 했다. 그는 여유로운 동작으로 열대여섯 개의 돌을 던지고는 무리들 속에서 벗어났다. 그러자 그의 주먹밥을 대신 받았던 걸인을 비롯하여 열댓 명의 걸인들이 그를 뒤따라 움직일 낌새를 보였다. 그러자 그가 멈추어 섰다. 그는 자기를 따르는 걸인들이 돌을 건네고 밥덩이를 받고 다시 돌팔매질 연습을 하는 것으로 각자 제 몫을 다하기를 기다렸다. 그는 별로 말도 없고 부산스러움도 없이 눈빛만으로 무리를 통솔했다. 수하의 모든 걸인이 돌팔매질을 마치자 그는 자기 무리를 이끌고 모래사장을 가로질러 유유히 멀어져 갔다.

논개는 걸인이면서도 걸인 같지 아니한 반듯한 자존심을 지닌 그 사내가 장차 걸인들의 두령이 될 것임을 예감했다. 돼지코나 털북숭이 걸인도 나름대로 제 무리를 이끌고 있었기에 당장에 서로가 쉽사리 어울려 들 것 같지는 않았지만, 논개는 마음속으로 그들을 점찍어 두었다. 언제까지 자신이 그들을 지휘할 수는 없기 때문이었다.

이날은 기이할 정도로 누구도 일언반구의 질문이나 빈정거림이 없었다. 뭔가 말이 있을 것 같은 돼지코나 털북숭이나 절름발이 영감조차도 벙어리가 된 듯 한마디도 하지 않았다. 논개는 속으로, 그들의 그런 무언의 행동이 바로 자신의 뜻을 수긍하고 따른다는 것으로 받아들이고는 혼자 고개를 끄덕였다.

논개의 예상은 어긋나지 않았다. 그들은 다음 날에도 어김없이 진시辰時에 돌을 안고 나타났고, 스스로 알아서들 줄을 섰으며, 돌을 쏟아 놓고 주먹밥을 받아서 먹고는 바로 돌팔매질을 하기에 이르렀다. 누구의 지시를 받을 필요도 눈치를 볼 것도 없이 알아서들 척척 움직였다. 단 두 차례 경험의 결과로 보기에는 너무나 질서 있고 능란해서 논개는 절로 미소를 머금었다.

사흘째인 이날, 모여든 걸인들의 숫자가 전날보다 조금은 줄어든 듯했으나 여전히 백 명은 넘는 것 같았고, 돼지코와 털북숭이와 눈꼬리가 치켜 올라간 키 큰 사내도 모두 나와 있었다. 다만 다리를 절룩이는 노인은 이날 보이지 않았다. 논개는 세 사내를 앞으로 불러내 각자 자신의 패거리들을 모으라고 했다. 그러자 걸인들은 돼지코와 털북숭이와 키 큰 사내 주변으로 수저 없이 각각 흩어져 모였고, 뒤쪽에 따로 흩어져 서 있는 걸인들은 늙고 병든 아녀자 여섯과 외팔이 사내와 곱사등이 노인 등 여덟 사람뿐이었다. 이들은 어느 무리에도 소속되지 않은 걸인들이었다.

"세 사람은 모두 자기들 무리의 대장이 된다. 앞으로는 들고 온 돌의 숫자를 확인하고, 반드시 돌팔매질 연습을 하도록 여기 이 대장들이 책임을 진다. 알겠는가?"

돼지코와 털북숭이는 "야아." 하고 대답했으나, 키 큰 사내는 대답을 하지 않았다. 그렇다고 이의를 제기한다거나 거부 반응을 보이지도 않았다.

그런데, 논개가 걸인들에게 밥을 주고 돌팔매질 훈련을 시키고 있다는 소문이 진주목 안에 좌악 펴져 나갔다. 이른 아침부터 옥봉 둑에는 구경꾼들이 모여들기 시작했다. 자기 집 문밖에 동냥 오는 한두 명의 걸인들이야 자주 보았고 명절 때는 대여섯 명 정도가 동네 마당에서 각설이 타령을 하는 것을 보기도 했지만, 한꺼번에 백여 명의 걸인 무리를 본 적은 없었던지 구경꾼들의 눈빛은 흥미로움으로 반짝거렸다. 특히 돌을 안고 와서 쏟아 놓고 주먹밥을 받아먹고 돌팔매질을 하는 걸인들의 모습이 신기한지 사람들은 둑 위에서 삼삼오오 짝을 지어 시시덕거렸다. 그뿐만 아니라 그들 무리 속에서 말을 타고 지휘하는 남자 복장의 논개를 손가락질해 가며 자기들끼리 수군거리거나 키들거리기도 했다.

“히히, 완전히 미친 굿판이구마이. 도대체 논개라는 저 기생은 참말로 벨난 여자란께. 의기횐가 동기횐가 기생 모임을 만들어서 기생년들한테 바지를 입혀설랑 활을 쏘고 창을 던지고 돌팔매질을 하도록 시킨다더니, 그걸로도 성에 안 차 인자는 걸뱅이들한테도 돌팔매질을 시킨다? 저러다 다음에는 도적 떼들까지 끌어들이는 거 아이가? 기생에다 걸뱅이와 도적 떼라? 하하, 기똥차게 찰떡궁합이네!”

농부들인 듯도 싶고 장돌뱅이 옷차림 같기도 한 네댓 명의 사내들이 둑 아래의 논개와 걸인 무리를 내려다보면서 재미있어 했다.

“걸뱅이나 기생이나 처묵고 자고 놀고 할 일이 없은께 저 지랄인 기라. 그기 아이모, 논개가 즈그 집 고방에서 곡식이 썩어 난께네 고거 엄쌜라꼬 지랄 떠는 기고. 세상이 망할라 쿤께 벨 요망한 기 굿을 떠는 기라. 걸뱅이 처멕일 곡식 있으모 우리들한테나 좀 퍼 주제.”

또 한 사내가 혀를 차면서 앞 남자의 말을 받았다. 둑 아래의 논개와 걸인들이 듣든 말든 개의치 않는 듯 그 남자는 예사롭게 목청을 높이고 있었다.

“그래도 논개는 생각이 깊고 영민한 여자라 카던데. 무신 생각이 있어서 저럴 끼라.”

“기생년이 생각이 있으모 올매나 있겄노. 쏙이 있는 년이 저런 인간 말종 걸뱅이들을 다 모아 놓고 저 지랄을 떨겄나?”

사내는 논개와 걸인들에 대한 심사가 편치 못한 듯 시종 욕지거리를 해 댔다.

논개는 구경꾼 사내들의 소리가 듣기에 심히 껄끄럽기도 하고, 혹여 걸인들에게 상처가 될 수도 있을 것 같아 마음을 졸였다. 그러다 그녀는 말 위에 앉은 채 고개를 쳐들어 둑 위의 사내들을 노려보았다.

“조것 보래이. 째리본다. 니가 보믄 우짤래?”

욕지거리를 내뱉던 사내가 손가락질과 함께 턱을 치켜들고 논개를 놀렸다. 그러자 옆의 사내들이 소리 내어 웃어 젖혔다.

그때 키 큰 걸인 사내가 성큼성큼 둑 위로 걸어 올라갔다. 온갖 사람들에게 학대받고 천시당하는 일이야 이골이 난 그들이지만, 둑 위 사내들의 면전 멸시가 더 듣고 있기 힘든 모양이다. 논개도 말을 몰아 둑 위로 올라갔다. 키 큰 걸인 사내가 다짜고짜 좀 전까지 욕지거리를 주절거리던 장돌뱅이 차림 사내의 멱살을 잡고 들어올렸다.

"야, 이 썩어질 노무 자슥아. 니가 지금 우리를, 벌거지만도 몬한 인간 말종 걸뱅이라 캤나? 오데 벌거지만큼도 몬한 인간 말종 맛 좀 봐라."

키 큰 사내가 한 손으로 장돌뱅이의 멱살을 거칠게 움켜잡고 공중으로 번쩍 들어올렸다가 둑 아래로 패대기를 쳐 버렸다. 순식간에 일어난 일이었다. 장돌뱅이 사내가 비명을 내지르며 모래밭에 나동그라지고, 옆에 섰던 다른 네댓 명의 구경꾼 사내들이 뒷걸음질을 치며 기가 막힌 표정들을 하고 키 큰 사내를 쳐다보았다.

"와 쳐다보노, 이 자슥들아. 네놈들도 맛 좀 볼 끼가? 야, 이 자슥들아. 어미 뱃속에서 태어날 때부터 기생이고 걸뱅인 줄 아나? 니놈들도 흉년 들어 묵을 꺼 움써지모 바가지 차는 걸뱅이 되는 기라. 와? 벌거지들이 꾸물꾸물 노는 거 같아서 재밌나? 니놈들 눈깔에 사람겉이 안 보이는 걸뱅이가 돌 떤지기 하는 기 그리도 재밌나 말이다? 가마이 있거라. 자알 됐다. 왜놈들 대가리 말고 니놈들 대가리부터 오늘 박살 내뿌리야겄다."

키 큰 사내가 널따란 어깨를 웅크리고 위협하듯 그들 주변을 빙빙 돌며 이죽거렸다. 때맞추어 둑 아래의 걸인들이 돌을 집어 들고 둑 위로 뛰어 올라왔다. 그러자 위협을 당하던 사내들뿐만 아니라 구경하던 다른 사람들까지도 모두 줄행랑을 치기 시작했다.

"히히, 조 자슥들. 쳐 줘이 뿌리자고."

몇몇 걸인들이 도망가는 구경꾼들을 향해 돌을 던질 기세를 보였다.

"돌을 던지면 안 된다. 우리가 돌을 던져야 할 상대는 저 어리석은 백성이 아니라 왜놈들이다."

논개가 사방이 쩌렁쩌렁 울리도록 큰소리를 쳤다.

걸인들은 돌멩이를 쳐들었던 손을 슬그머니 내렸다. 그리고 줄행랑을 치는 사람들의 뒷모습을 향해 박장대소를 하며 으쓱거렸다. 맨날 당하고만 살다가 처음으로 호기를 부려 보니 속이 시원한 모양이었다.

"으헤헤, 으헤헤, 으하하하."

소년 걸인들은 선 자리에서 팔짝팔짝 뛰기도 했다. 그렇게 재미있고 좋을 수가 없다는 듯 어떤 소년은 둑 위에서 데굴데굴 구르기까지 했다. 논개는 구경꾼들이 혼비백산하여 허겁지겁 도망치는 걸 보면서 기절할 만큼 좋아하는 걸인들의 속마음이 헤아려져 가슴이 뻐근해졌다. 밥술깨나 먹는 사람들로부터 천시당하고만 살아온 그들이 자신들을 학대하던 이들을 처음으로 도망치게 했다는 사실이 논개에게도 적잖은 감동으로 다가왔던 것이다. 그들이 갖는 오늘의 이 자신감이 그들을 새롭게 일깨울 것이라는 기대 때문이었다.

"식칼 성님 만세! 식칼 성님 만세!"

그들은 키 큰 사내를 그렇게 부르면서 그의 허리와 기다란 다리를 붙안고 펄쩍펄쩍 뛰면서 환호했다.

논개는 식칼에게 들려 둑 아래로 내던져진 장돌뱅이 사내가 둑 밑으로 바싹 붙어 엉금엉금 기어 몰래 달아나는 것을 보고 그의 뒤를 쫓았다. 사내가 내동댕이쳐진 곳이 모래사장이어서 다행히 그는 상처를 입은 것 같지는 않았다. 논개는 그가 도망치는 둑 밑 가장자리로 말을 몰아 앞을 막아섰다. 사내가 당황하는 낯빛이었으나 짐짓 목에 힘을 주려 애를 쓰며 벌떡 일어났다.

"길을 비켜라. 천한 쌍것들이 이리 행패를 부리고도 온전할 꺼 같으냐?"

사내가 그래도 목줄띠에 힘을 주고 말했다.

논개는 싱긋 웃으면서 말에서 훌쩍 뛰어내렸다. 그리고 사내 앞으로 성큼성큼 다가가 오른손 주먹으로 사내의 뺨을 호되게 후려쳤다. 사내가 반사적으로 뺨을 손바닥으로 감싸면서 비틀거렸다. 사내의 얼굴이 백지장처럼 하얗게 질리면서 일그러졌다.

"네가, 나를 일러 기생년이 지랄 떤다고 했더냐? 아가리 찢어졌다고 나오는 대로 지껄여도 되는 거야? 이봐, 사람은 근본이 다 똑같은 거야. 사람은 천하고 귀한 것이 따로 없고, 다 같이 억만금보다 더 소중한 거야! 이 못난 중생아. 그래, 잘났다는 네가 못났다는 걸인의 한주먹에 들려서 이렇게 패대기쳐지고, 천한 쌍것이라는 기생한테 뺨따귀를 얻어맞아? 기가 막히지? 자, 이제 네가 나를 칠 차례다. 어디, 힘껏 덤벼 봐!"

논개가 두 팔을 활짝 벌리면서 앞가슴을 쓰윽 내밀었다. 그러나 사내는 뺨만 싸쥔 채 꿈쩍도 하지 않았다. 생이빨 두어 개가 뜨끈한 핏물과 함께 입 안에서 구르고 있었기 때문이다.

"왜? 천한 기생년에다 연약한 여자라 어디 손댈 데가 없느냐? 그렇다면 그만두어라. 그러나 다시는 아가리 찢어졌다고 나오는 대로 함부로 지껄이지 마라. 여기 있는 이 사람들은 너와 다름없는 이 나라 백성들로, 그래도 장차 이 나라를 지키겠다는 뜻을 품은 사람들이다. 알겠느냐?"

논개가 버럭 소리를 내질렀다.

사내는 여전히 두 손으로 뺨을 감싸 쥔 채 고통스런 낯빛으로 고개를 주억거렸다.

"가 봐. 집에 가거든 이빨 쏟아 내서 지붕 위에 올려라. 그라고, 소금

물로 입 안 씻어 내고 누워서 안정을 취해. 네 주둥이질 값으로 오늘은 생이빨 두세 개 정도로 끝냈다마는, 돌아가서 딴 수작 벌이거나 허튼 소리 또 지껄이고 다니면, 네놈 이빨 몽땅 다 뽑혀질 줄 알아라."

그 말을 끝으로 논개가 버티고 섰던 다리를 풀고 길을 비키자 그는 쏜살같이 달아나 버렸다. 둑 위에서 모래밭으로 내려와 논개의 뒤쪽에 둘러서 있던 걸인들이 또 한바탕 폭소를 터트렸다. 그리고 논개를 쳐다보며 쿡쿡 웃었다. 얼핏 보면 비웃음 같았으나 그녀에게 호의를 보이는 웃음임을 논개는 알고 있었다. 갑자기 그들과 친해진 것 같은 느낌이었다. 식칼이라는 키 큰 사내도 돼지코도 털북숭이도 모두 논개를 바라보며 웃었다. 논개는 말 등에 오르면서 싱긋 웃었다.

"자, 흩어진 돌을 한곳으로 모으고 오늘은 해산한다. 그러나 이곳에서 돌팔매질 연습을 할 사람은 얼마든지 더 해도 좋다. 창던지기와 활쏘기를 해 보고 싶은 사람이 있으면, 그것은 내가 준비를 해 줄 수 있다. 활도 창도 구해 줄 수 있고, 하루 종일 훈련을 적극적으로 받는 사람은 저녁밥도 준다. 그러나 어떤 훈련을 했는지 그 결과는 그 자리에서 보여 줄 수 있어야 한다."

논개는 그 말을 끝으로 돌아섰다. 그리고 모래사장을 벗어났다. 자신이 너무 성급하게 걸인들을 몰아붙이고 있는 것이 아닌가 싶었다. 십수 년 혹은 짧지 않은 몇 년을 비럭질만 한 게으른 그들에게, 의병들이나 관졸들만큼의 훈련 수준을 기대하는 것은 무리일 수도 있다는 생각이 잠시 스쳤던 것이다. 그보다도 논개는, 장돌뱅이 차림의 사내에게 자신이 좀 심하게 대했다는 자책감이 스멀스멀 피어올라 얼굴이 굳어졌다. 나라를 구하겠다는 자신의 순수한 마음을 두고 '기생년이 지랄떤다'는 무지막지한 욕지거리를 하는 것에 극심한 모욕감을 느껴 그리 했던 것이지만, 이미 키 큰 걸인에게 패대기를 당한 사람을 생이빨까지 빠지도록 뺨을 후려친 것은 자신이 좀 지나쳤다는 생각이었다. 논개 자신이나 걸인들에게 닥칠 뒷일이 예사롭지 아니할 것이라는 예감도 들었다. 이빨 뽑힌 상해를 이유로 어떤 형태로든 보복을 해 올 것으로 헤아려졌던 것이다. 이제 진주목 안에 이날의 일은 좀 더 요란한 소문으로 퍼져 나갈 것이고, 나날이 구경꾼이 증가하게 될지도 모를 일이었다. 공연한 긁어 부스럼의 후과後果가 당장 다음 날부터 초래될 것이라는 생각에 논개는 기분이 편치 못했다.

그런데, 놀라운 일이 이후에도 줄곧 계속되었다. 구경꾼이 더 많아질 것이라던 논개의 예상은 전혀 들어맞지 않았고, 의병이나 병졸의 수준에 도무지 닿지 못할 것 같던 걸인들이 날이 갈수록 용맹스러워져서 그녀를 놀라게 했던 것이다. 이른 아침 진시辰時가 되면 옥봉동 방죽 근처에는 돌을 주워 오는 걸인들 외에 동네 강아지 한 마리도 얼씬거리지 않았다. 구경꾼 사내 하나가 걸인에게 패대기쳐지고 논개의 주먹에 생이빨이 뽑힌 그날 이후부터, 마치 옥봉 방죽 부근이 문둥이 소굴이라도 되는 듯 구경꾼의 씨가 말라 버린 것이다. 울산댁 말에 의하면, 사람들이 무서워서 아침나절에는 아예 방죽에 나갈 생각도 못하고, 행여 아이들이 멋모르고 그 근처에 가지 못하도록 단단히 단속들을 한다고 했다. 그뿐만 아니라, 논개가 진주 바닥 걸인들을 다 불러 모아 대장 노릇을 하며 돌을 모으고 훈련시키는 행위는 도적 떼 같은 패거리를 양성하는 수작일 수도 있으니, 관이 나서서 당장 근절시켜야 한다며 원성이 높다고도 했다.

논개는 소문이 잘못 나돌고 있음을 알았고 또한 그럴 거라 예상도 했었지만, 오해를 해소시키거나 진실을 알릴 묘안이 떠오르지 않아 애를 태웠다. 그러나 의외로 걸인들의 사기는 한결 높아졌다. 동네 사람들이 자기들을 두려워하여 기피하다는 사실이 걸인들에게는 자신감을 갖게 하는 특별한 계기가 되었던 것이다. 논개는 걸인들의 사기와 자신감이 반갑기도 했지만, 한편으로는 우울한 심정이 되기도 했다. 사람들이 자기들을 두려워하는 것을 보고 사람대접을 받는다고 생각하는 걸인들의 외롭고 한 서린 심정이 그녀에게 아픔으로 다가들었던 것이다.

논개는 그런 그들을 독려했다. 조선의 당당한 백성 대접을 받으려면 어떤 일이든 자기 몫을 해야 함을 강조하고, 그 실천으로 의병이 되는 길이 있음을 역설했다. 당신들이 하고자 들면 논개 자신이 뒤를 받치는 역할을 계속할 수도 있다고 했다. 당초에 논개의 생각은 걸인들을 의병의 경지에까지 끌어올릴 계획은 아니었다. 그들을 앞장세워 돌을 모으고 다급할 때 그들이 돌팔매질 정도는 할 수 있도록 기본 훈련을 시켜 놓는다는 것이 본래의 목적이었다. 그러나 그들의 사기가 날로 높아짐에 따라 논개는 활과 창을 구입할 생각까지 하게 되었고, 종일 훈련에 참여하는 이들에게는 더욱 구체적으로 지원할 작정이었다.

남강 물에 때에 전 얼굴을 씻고 눈빛을 반짝이면서 의병이 되겠다는 희망으로 적극적으로 참여하는 걸인들의 숫자가 많지는 않았다. 매일 아침 돌을 주워 와서 돌팔매질을 하고 밥을 얻어 가는 백여 명 중 적극파는 서른 명 정도에 불과했다. 하지만, 그래도 논개의 일은 엄청나게 많아진 셈이었다. 돌팔매질 연습은 돼지코와 털북숭이와 키 큰 사내에게 일임하다시피 했고, 논개는 서른 명의 적극파 걸인들의 활쏘기와 창던지기 연습을 직접 시범을 보여 가며 진두지휘했다.

그들에 대한 논개의 관심과 애정은 거기서 그치지 않았다. 논개는 훈련에 참여하는 백여 명의 걸인들 모두에게 무명옷 한 벌씩을 지급해 주었고, 적극파 삼십여 명에게는 두 벌씩을 지급했다. 날이 갈수록 그들의 면모는 눈에 띄게 깨끗해졌고 표정들이 한결 밝아졌다. 태어나서 한 번도 닦지 않았을 것 같은 싯누런 이빨을 보드라운 모래로 닦기도 하고, 손등에 덕지덕지 앉은 시커먼 땟자국도 돌로 벅벅 문질러 씻어 내기도 했다. 그러나 아무리 씻고 새 옷을 입혀도 쉽게 없어지지 않는 것은, 수시로 얼굴에 깔리는 비열한 웃음과 상대의 눈치를 보는 습성이었다. 어떤 사내는 새 옷은 밥을 빌어먹는 데 장해가 될 뿐이라며 돌팔매질 하러 오는 진시辰時에만 입고, 훈련을 마치고 돌아갈 때는 누더기 옷으로 다시 바꾸어 입는 진풍경을 보이기도 했다.

걸인들을 훈련시킨 지 열흘 정도가 지나면서 그들 사이에는 나름 질서와 체계가 잡혔다. 돌팔매질 솜씨도 늘었다. 그들이 아침마다 열 개씩 들고 온 돌들은 그새 작은 집채만큼이나 모였다. 그뿐만 아니라 논개가 그동안 날라 낸 밥 또한 그 돌무더기의 삼분지 일이 넘었으면 넘었지 그보다 적을 것 같지는 않았다.

섭냄이는 매일 아침저녁으로 몇 말씩의 가맛밥을 지으면서 논개의 눈치를 살폈다. 그리고 입속말로 투덜거렸다.

"가난은 나랏님도 구제 몬한다는데, 온제꺼정 이럴 것인고?"

논개는 섭냄이의 딱해하는 낯빛을 보면서, 그들에게 밥값은 하게 만들 테니까 걱정 말라고 앞질러서 말했다. 그러면서 그녀는 재물의 고리에 엉켜 있던 매듭이 서서히 풀려나가는 가벼운 기분을 느꼈다. 고방의 높다란 천장까지 닿아 있던 곡식 섬이 하나씩 헐어지면서, 비로소 물꼬를 찾은 것 같은 기분이 들었던 것이다. 그들을 무위도식의 삶에서 건져 올려 새 희망을 갖게 하고 제 몫의 삶을 챙기게 해 줄 수 있다면, 곳간 가득 쌓인 곡물의 쓰임으로 그만큼 적절한 용처도 없을 것 같았다. 논개는 곡식으로 혹은 엽전으로 무명필을 마련하기도 하고, 활과 화살, 창과 칼을 구입하는 데 보태기도 했다.

*

그러던 어느 날 아침이었다. 그날도 백여 명의 걸인들이 논개로부터 지급받은 흰 무명옷을 입고 열심히 돌팔매질을 하고 있었다. 돼지코와 털북숭이와 식칼은 각자 자기 패들을 격려하며 움직이는 물체를 맞히는 것으로 점수를 매기고 있었고, 각각의 무리로부터 조금 떨어진 곳에는 한 사람씩 날아오는 돌을 피해 옆으로 비켜선 채 과녁 삼아 모래 주머니를 달아맨 긴 장대를 이리저리 흔들고 있었다.

그런데, 구경꾼이라고는 강아지 한 마리 없는 둑 위에 갑자기 말 탄 병졸들이 대여섯 명 나타났다. 걸인들이 일시에 돌팔매질을 멈추었다. 모두들 표정이 긴장감으로 굳어졌다. '도적 떼, 반역패' 운운하는 소문이 실제 관아에까지 들어간 모양으로, 걸인들은 느닷없는 병졸들의 출현이 바로 자기들을 잡으러 온 것이라고 생각하는 것 같았다. 어떤 걸인은 슬그머니 뒷걸음질을 치면서 자신의 밥그릇을 챙기고 있었다. 도망치려는 것이었다. 돼지코가 밥그릇을 잡은 걸인의 손목을 지그시 밟았다.

곧 둑 위의 병졸들이 모래밭으로 내려오고 있었다. 대장인 듯싶은 풍채 좋은 사람이 앞장서고 네 명의 병졸이 말없이 뒤를 따르고 있었다. 논개가 말고삐를 채면서 그들 앞으로 나아가자 돼지코와 털북숭이와 식칼이 논개의 뒤에 섰다. 그들은 작은 집채만큼이나 쌓여 있는 돌무더기와, 걸인들의 주먹밥을 실어 온 수레와, 굳은 얼굴로 눈알을 굴리며 돌아가는 상황을 살피고 서 있는 걸인 무리들을 둘러보았다.

"어찌 오셨는지요?"

그들 앞에 마주 선 논개가 먼저 입을 열었다.

"네가 논개더냐?"

앞에 선 대장인 듯한 사람이 논개의 물음에 이어 반문했다. 의외로 목소리가 예상했던 것보다 날카롭지 않았다.

"그러하옵니다. 어르신은 뉘시오며 무슨 일로 오셨는지요?"

"우리가 무슨 일로 온 것 같으냐?"

"잘은 모르겠사오나 격려차 왕림하신 것으로 헤아려집니다."

"격려라고 했느냐? 무엇을 격려한단 말인가?"

"나라가 위난에 처하면 돌 한 개라도 던져서 적을 물리치려고 이렇듯 바닥 인생들이 모여 훈련을 하고 있으니, 나라에서 가상타고 격려해 주시지 않을까 하고 혼자 생각했습니다."

"위난이 일어난다고 누가 말하더냐?"

"세상이 다 알고 방비하는 일을 새삼 질문하시는 것 같습니다. 소인의 지나친 우려일지 모르오나 이제는 왜인이 쳐들어오고 아니 오고를 문제 삼을 시기는 아니라 사료되옵니다. 금명일 중에라도 왜적이 불쑥 이 땅에 들이닥칠 것 같은 위기감이 팽배한 마당에 어르신의 하문은 심히 저어되옵니다. 하지만 굳이 하문하셨으니 대답을 올리겠습니다. 일본에 통신사로 갔던 어른들이, 김성일 어른만 제외하고 한결같이 곧 왜침이 있을 것이라고 했습니다."

대장이 입가에 빙긋이 미소를 머금었다. 그러나 준엄한 음성으로 논개를 나무랐다.

"대답이 고얀지고. 나라가 위난에 처한다는 말은 너의 지나친 우려와 편견 탓일 수도 있는데, 네가 감히 어떻게 내 하문을 두고 저어 운운한단 말이냐? 세상 사람들의 생각이 모두 네 생각과 같을 수는 없지 않느냐?"

"소인이 방자했다면 넓은 아량으로 용서를 바라옵니다. 하오나 어르신은 진주 백성들의 생명과 재산을 보호하셔야 할 중책을 맡은 분이신데, 너무나 여유로우신 듯 느껴져서 제가 그만 결례를 저질렀습니다. 전쟁이 일어나지 않기를 간절히 원하시는 마음의 역설적 표현일 수도 있는 것을, 제가 미처 어르신의 깊은 심중을 헤아리지 못한 것 같습니다."

"허허. 너는 언변이 참으로 좋구나. 아직 스무 살도 안 찬 젊은이가 노련한 장년처럼 말을 하는구나. 그러나 내 심중을 과히 어긋나게 점치지는 않은 것 같으니 그 문제는 접어 두자. 진주 백성들이, 너희가 반역을 도모하고 있다고 관아에 고변해 왔다. 또 너희가 양민의 생니를 뽑고 아이들을 유괴하여 살상하고 있으니, 너희 무리를 해체하고 벌주라 청했느니라. 그것이 사실이더냐?"

그러자 논개 뒤에 선 걸인들 무리 속에서 웅성거리는 소리가 났다.

"너무나 엄청난 말씀을 하십니다! 어르신 보시기에 과연 반역이란 말을 갖다붙일 만한 무리인지 평가해 보십시오. 아이들을 유괴한다는 얘기 또한 당치도 않은 중상모략입니다. 먹고살기 힘들어 걸인이 된 것도 서러운데 아무리 약자라고 그리 옭아매시면 안 되지요. 소인이 구경꾼의 뺨을 쳐서 생이빨이 빠진 경우는 딱 한 번 있었습니다. 물론 그 이빨을 제 눈으로 보지는 못했습니다만 입을 벌리지 못하는 것이 그렇게 느껴졌습니다. 하오나 그 일은 그자가 걸인들과 저를 인간이 아닌 미물로 취급하여 극심한 모욕을 주었기 때문입니다."

논개는 얼굴을 새빨갛게 붉히면서 말했다. 자기와 걸인들에 대한 너무나 가당찮은 소문에 갑자기 열기가 확 솟구쳤던 것이다.

대장으로 뵈는 그도 논개의 말에 동감하는 듯 그 문제는 더 거론하지 않았다.

"낮에는 몇몇 사내들에게 정예 훈련도 시킨다고 들었느니라."

"그러합니다. 서른 명 정도가 장차 의병이나 관졸이 되고 싶다는 희망을 품고 활쏘기 창던지기 검술 등을 배우고 있습니다. 그러나 제대로 된 지도가 없어 진전이 잘 되지 않고 있습니다."

논개가 대답을 하다가 문득 대장의 음성이 귀에 익은 듯하여 유심히 보니, 그는 바로 얼마 전에 자신이 목사를 만나러 갔을 때 처음 보았던 판관 김시민 장군이었다. 그러나 논개는 일부러 알은체하지 않았다.

"저 돌무더기는 어찌할 생각이냐? 야산 자락의 잔돌들이 모두 이곳 강둑 밑에 쌓이면 홍수가 날 때 야산도 강도 다 문제가 생긴다는 사실을 모르느냐? 그리고 돌이 저렇게 많이 쌓였는데도 매일 열 개씩 들고 와야 밥을 준다니, 연유가 무엇이냐?"

"돌을 아직 충분히 모으지 못했기 때문이고, 돌팔매질도 아직 많이 미숙하기 때문이옵니다. 하오나 이 사람들에게 돌을 한곳에서만 줍거나 캐지 말라고 일러 왔습니다. 이왕이면 야산을 일궈 농사짓는 밭이나 길에서 주워 내라 했습니다. 물론 이 돌무더기가 여기에 그대로 있어서는 아니 된다는 것을 소인도 알고 있습니다. 돌이 있어야 할 장소로 장차 옮겨야 합니다."

판관의 눈가로 다시 웃음이 머금어졌다.

"돌이 있어야 할 장소가, 대체 어디란 말이냐?"

"어르신께서는 그 장소를 알고 계시옵니다. 바로 성안 성벽 아래이옵니다. 관아에서 우마차로 실어 가면 될 것이옵니다."

"결국, 네 말대로 풀이하자면, 저 돌무더기는 관영의 방위에 도움을 주고자 일부러 모았다는 말이로구나! 그러하냐?"

"바로 그러하옵니다!"

논개는 그가 자기의 생각을 이미 알고 찾아온 것으로 느껴졌다. 판관의 말대로 누군가 관아에 고변을 했다면 분명 그날 논개와 걸인들을 모욕하다 봉변을 당한 구경꾼들 중 하나였을 것이다. 진주 백성들이 당치도 않은 반역 운운하며 논개와 걸인들을 벌주라 청했다는 말도 실제 그랬는지 알 수는 없었지만, 설령 그들이 실제로 고변을 하고 처벌을 청원했다 해도 판관의 태도로 보아 그가 그것을 믿고 있는 것 같지는 않았다. 짐짓 위엄은 부렸어도 처음부터 부드럽고 잔잔했던 그의 음성과 표정에서 논개는 이미 그렇게 느끼고 있었던 것이다.

"알았노라. 백성들의 고변과는 다르게 네 뜻이나 행위가 오히려 가상타 생각되니, 저 돌은 내일부터 관영에서 우마차에 실어 성벽 아래로 옮겨 놓도록 지시하겠으니 그리 알거라."

논개는 잠시 그의 준수한 얼굴을 똑바로 쳐다보고는 비로소 말에서 내린다. 그리고 꼿꼿이 선 채 음성을 높여 감사를 표한다.

"소인의 의도를 바로 짚어 주시고, 또한 저희의 뜻을 거두어 주셔서 은혜가 각골난망이옵니다!"

논개가 인사말과 함께 말 위의 판관을 향해 사나이처럼 절을 올리자 그녀 뒤의 돼지코, 털북숭이, 식칼도 함께 절을 했다. 그러자 긴장한 채 그들 뒤에 서서 판관과 논개의 대화를 듣고 있던 백여 명의 걸인들이 일시에 두 팔을 하늘로 솟구치듯 뻗쳤다 내리며 판관과 그 일행에게 큰절을 했다. 백여 명이 일시에 몸을 던지듯 땅바닥에 머리를 박아 절을 하는 그 광경은 가히 장관이었다. 그 순간 논개는 자신과 걸인들의 마음이 하나로 동화되는 것을 느꼈고, 그 감동은 명치끝을 건드려 가슴을 찡하게 했다.

"어허! 내가 면구하구나! 너희들은 진정 어려운 상황에서도 나라를 위해 일익이 되고자 이리도 열심이거늘, 관에서 독려도 못하는 처지인데 오히려 절을 받다니 미안하구나. 듣거라. 너희들은 모름지기 논개 대장을 필두로 훌륭한 병졸이 되기를 바란다. 그러나 한 가지, 이웃의 백성들이 너희들 진의를 몰라 좋은 눈으로만 보고 있지 않다는 것을 유념하고, 공연한 오해를 사지 않도록 또한 이웃과 상충이 없도록 노력해야 할 것이다."

"유념하겠습니다."

논개와 걸인들이 한목소리로 크게 대답했다.

"가자."

판관이 말고삐를 채며 돌아서자 네 명의 병졸들이 뒤따랐다.

논개는 얼굴 가득 웃음을 머금고 돼지코와 털북숭이와 식칼의 손을 차례로 잡으면서 "참으로 잘 되었다."고 말했다. 사실 그들은 논개가 돌을 모으는 의도를 진작에 들어서 알고는 있었다. 그러나 돌무더기가 나날이 높이를 더하자 한편 걱정이 되었던지 자기들이 관아로 직접 돌을 옮겨 주면 되지 않겠느냐고 했었다. 논개는 그런 그들에게 기다려 보라고 했었다. 초가집 다섯 채만큼은 모아야 한다고 생각했던 논개로서는 일단 돌의 수량이 아직 미달이었고, 무엇보다도 그들이 직접 돌을 옮겨 가면 그야말로 반란을 일으키러 가는 무리로 보일 수도 있으니 조금만 더 기다려 보자고 했던 것인데, 뜻밖에도 이날 판관이 나타나 관아에서 직접 실어 가겠다고 했으니 자신들의 목적이 거의 이루어진 거나 다름이 없었다.

논개에게 처음으로 손을 잡힌 돼지코는 입술을 닫은 채 하늘로 쳐들린 코만 벌름거렸고, 털북숭이는 얼굴과 목덜미께의 드러나 보이는 살갗이 온통 발그레하게 달아올랐다. 식칼이란 별명을 가진 키 큰 사내는 논개가 그의 바른손을 잡자 커다란 왼손으로 논개의 손을 감싸 잡으면서 기다란 몸뚱이를 부르르 떨었다.

"관영에서 돌을 실어 가면 그것으로 우리의 오해는 절로 풀리게 되어 있지!"

논개가 식칼의 커다란 두 손 안에서 자기의 손을 빼내며 말했다.

"옳습니더예! 맞습니더예! 우리 대장님은 머리가 짱한 기라예! 면경보다도 더 영민하신 기라예!"

돼지코가 논개의 말을 그렇게 받았다. 논개에게 빈정거리던 처음의 그가 아니었다.

한편, 모래밭에서 강둑으로 올라선 김시민 판관은 가만히 고개를 끄덕였다. 관아의 목사를 찾아와 방비 역사를 지원코자 왔다면서 적극적이지 못한 관영의 태도를 자극하고 돌아가더니, 그길로 남들이 가까이하기조차 꺼리는 걸인들을 규합하여 마음대로 다루는 그녀가 진정 예사롭지 않게 보였던 것이다. 걸인들의 말끔한 차림새와 의욕이 솟구치던 몸짓과 형형하게 빛나던 안광을 떠올리면서 판관은 거듭 고개를 주억거렸다.

"삶의 의욕이 없는 천치 같은 걸인들을 사람으로 만들고 있었어. 아까운지고! 그 아이가 남자로 태어났더라면 천하를 잡을 수도 있는 인물이거늘…."

판관은 속으로 탄식하면서, 비록 여자지만 그런 백성이 진주목 안에 산다는 것이 참으로 행운이라 생각한다.

다음 날 진시辰時에 관영으로부터 소와 말이 끄는 수레가 다섯 대나 방죽 위에 나타났고, 걸인들은 소가 끌 수 있을 만큼의 돌을 수레에 실어 주었다. 그날 온종일 돌을 성벽 아래로 실어 날랐으나 끝을 내지 못했고, 사흘 만에야 그 일은 매듭이 지어졌다. 이로 인해 걸인들의 사기는 하늘을 뚫을 듯 높아졌다. 나라에서 자기들을 백성으로 대접한다는 확신감을 가졌던 것이다. 이 일이 있은 후, 그들의 훈련과 돌팔매질 연습에는 더욱 활기가 넘쳐났다.

논개는 은근히 목을 죄던 재물의 고리가 비로소 벗겨져 나감을 느끼면서 편안하고 흐뭇한 기분이 되었다. 일이 이렇듯 순리대로 풀려 나가는 것은 모두 저승에서 설매 어머니가 자신을 지켜 주고 있기 때문일 것이라 생각했다.

10

허수아비 강산

허수아비 강산

어느덧 임진년도 4월로 접어들었다.

논개는 이른 아침부터 저물녘까지 여유 있는 시간이 거의 없었다. 모래밭에 쌓아 놓은 돌무더기를 관영에서 성벽 아래로 실어 옮긴 이후로, 그간 걸인들을 모아 훈련을 시켜 온 논개의 행동은 반역의 도모가 아니라 나라를 위하는 의로운 일로 진주 바닥에 다시 알려졌고, 또한 훈련에 임하는 걸인들의 의욕도 한결 고조되었다. 서른 명 안팎이던 적극파정예파가 오십여 명으로 늘어나고, 방죽 아래의 모래밭에서는 온종일 걸인들의 돌팔매질과 창던지기 활쏘기 훈련이 이어졌다. 둑 위에는 이들의 훈련을 구경하는 사람들이 하나둘 다시 모여들기 시작했고, 뜻밖에도 열두서너 살 동네 아이들까지 걸인들과 합세하여 돌팔매질 연습을 하기에 이르렀다. 처음에 아이들은 자기가 던지는 돌이 얼마큼 멀리 날아가는가에만 신경을 쓰며 오로지 재미로 돌을 던졌지만, 차차 논개가 그들에게 목표물을 조준하여 던지는 법을 가르쳐 주었다.

논개가 걸인들 훈련에 집중하다 보니, 의기회와 동기들의 훈련은 다소간 소홀하게 되었고 집 안에 차분히 들앉아 있는 시간이 거의 없어졌다. 그리하여 그녀는 망진산 의병소에서 젊은 의병 한 사람을 초청하여 정예파의 훈련을 맡게 했다. 그리고 의기회와 동기회의 훈련은 남강 활터와 모래밭 등 그녀가 두루 살필 수 있는 가까운 곳에서 실시했다. 마치 진주 바닥에서 논개 혼자만 적을 물리칠 준비를 하는 것처럼 동분서주할 뿐, 실제 관영 쪽에서는 별다른 방비 역사가 이루어지지 않는 듯 잠잠했다.

때아닌 소나기가 새벽부터 뇌성벽력을 동반하여 퍼붓는 날이었다. 비가 내리는 날은 모든 훈련이 중지되었지만, 걸인들은 짚단 따위를 뒤집어쓰고 논개의 기와집으로 찾아들었다. 비가 오면 돌을 줍는 것도 돌팔매질도 못하지만, 밥을 얻어먹을 수가 없으니 배가 고파서 온 것이었다. 이날도 그들은 대문 밖에서부터 동네가 떠나가도록 논개를 불러 댔다.

"대장님, 대장님!"

그러자 섭냄이와 울산댁이 먼저 왈칵 인상을 찌푸리며 소리를 질렀고, 그녀들뿐만 아니라 초희와 월향이도 울상을 지으며 신경질적인 반응을 보였다. 처음 그들이 기와집으로 찾아와서 북새통을 떨며 밥을 얻어먹고 간 후의 난장판을 떠올리면, 모두들 기가 질리는 모양이었다. 처음 그들이 빗속을 뚫고 들이닥친 그날은 띄엄띄엄 육십여 명이 찾아왔었는데, 논개도 미처 예상을 못했던 일이라 일단 오는 대로 행랑채와 사랑채로 들어앉게 하고는 밥을 먹여 보냈었다. 그런데 그들이 떠난 후, 방방마다 차마 발을 들일 수 없을 정도로 진흙밭이 되어 있었고, 시커먼 이들이 방구석을 기어다녔으며, 행랑채의 뒷간 주변으로는 뒤를 닦은 지푸라기가 여기저기 널려 있고, 뒷간 안의 발을 딛는 곳에도 그들이 아무렇게나 내깔겨 놓은 대변으로 떡칠이 되어 있었던 것이다. 비가 쏟아지는 날 집에 찾아온 사람을 마당에서 비를 맞으며 밥을 먹게 할 수는 없었지만, 그들이 떠나고 난 뒤의 난장판 광경은 가히 기와집 식구들 모두를 대경실색케 했던 것이다.

대문의 놋쇠 요령 소리가 빗소리와 함께 계속 요란하게 흔들렸다.

"내는 모리겄소. 저 사람들 집 안에 또 들여놓으모 난 고마 나갈 끼요."

울산댁이 최후의 통첩처럼 온통 상을 찌푸리고 짜증을 내며 부엌으로 들어가 버리고, 섭냄이도 논개를 바라보며 고개를 설레설레 내저었다.

"성님, 성님. 저 사람들 집에 들어오지 못하게 하이소! 냄새나고 무섭고 너무 더러버예."

논개는 그런 그들을 돌아보면서 한숨을 토해 낸다. 그러고는 안채 마당을 지나고 사랑채를 지나 행랑채 앞으로 다가갔다. 넉근 애비도 행랑방 쪽마루에 얼굴을 찌푸리고 선 채 소란스런 대문간을 죽일 듯 노려보고 있다가 그녀가 나타나자 얼른 대문 앞으로 달려왔다. 논개는 말없이 대문의 빗장을 풀었다. 넉근 애비가 빗장을 푸는 그녀를 만류하려고 손을 뻗치다가 이내 체념하듯 멈춘다. 대문을 활짝 열자 열대여섯 명의 걸인들이 비를 그대로 맞고 떨며 서 있었다.

"대장님! 춥고 배가 고파서요."

다리를 절룩이는 노인과 외팔이 노인이 입술이 새파랗게 되어 상체를 부들부들 떨며 앞에 서 있고, 그 뒤로 얼굴이 빗물 땟물로 범벅이 된 열서너 명의 간절한 시선이 논개의 얼굴에 와서 박혔다.

"두 노인만 집 안으로 들어오고, 나머지 사람들은 돌을 주워 온다. 사람들이 염치가 있어야지, 세상에 공짜가 어디 있는가. 일을 하지 않으면 먹지도 말아야 하는 것이 세상 사는 원칙이다. 어서 집 뒤 언덕으로 올라간다. 그곳에 가면 돌은 지천이다."

논개는 스스로도 자신이 독하고 매섭다는 생각이 들었지만, 그 말을 끝으로 두 노인만 문 안으로 들어오게 하고 매몰차게 대문을 닫아 버린다. 밖은 조용했다. 눈칫밥 얻어먹는 친척 아이들이 주인어른에게 꾸중 듣고 난 후의 적막함처럼 숨소리도 들리지 않았다. 그러나 그들이 아무 소리 없이 그대로 비를 맞으며 집 뒤 언덕길로 오르는 것을 대문 틈으로 확인하면서, 논개는 그만 가슴이 찡해진다. 자기 앞에서는 유독 순하디순한 소처럼 저항해 볼 생각조차도 못하고 주린 배를 안고 말없이 돌을 주우러 올라가는 그들에 대한 연민이 가슴을 저몄던 것이다.

“노인들은 행랑채 아궁이에 불을 지피시오. 몸도 말리고 밥값도 하는 것이오.”

논개는 이어 넉근 애비에게 아랫동네에 내려가서 볏짚이 있으면 한 동 구해 오라고 한다. 이렇게 비 오는 날 웬 볏짚이냐며 넉근 애비가 강한 눈빛으로 반문해 왔다.

“새끼라도 꼬게 해서 이 사람들 밥값 하게 만들려고 그러요.”

“기냥 다른 데 가서 비럭질이나 하게 집 안에 들이놓지 않으모 될 낀데….”

넉근 애비가 혼잣말처럼 투덜거렸다.

“넉근 아재, 우리가 매일 아침 만나는 사람들을, 더욱이 예까지 찾아온 갈 곳 없는 사람들을, 억수같이 쏟아지는 이 빗속에 어디로 쫓는단 말이요?”

“저 대책 없는 사람들을 도대체 온제까지 거둘 껀지, 안방 애기씨도 생각 좀 하셔야 될 꺼구마. 가난은 나랏님도 못 구한다는디….”

넉근 애비는 그렇게 중얼거리면서 삿갓을 쓰고 밖으로 나갔다.

걸인들은 연이어 찾아왔다. 논개는 숫제 대문 밖에 선 채 먼저 왔던 걸인들과 마찬가지로 그들에게도 돌을 주워 오라 돌려보냈다. 그리고 그들이 주워 온 돌을 대문 옆의 공터에 모으게 했다. 비를 막을 삿갓도 도롱이도 없는 걸인들은 하나같이 온몸에 빗물이 줄줄 흘러내렸다. 논개는 돌을 주워 온 그들을 행랑채의 큰방으로 들어가게 하고 옷을 벗어 짜서 뜨끈뜨끈한 방바닥에 말리게 했다. 다행히 이날은 찾아온 걸인이 삼십여 명밖에 되지 않아 한방에 다 수용해도 자리가 비좁지는 않았다.

"저, 논개야. 울산댁이 진짜로 가 뿌맀다야. 아침저녁 걸뱅이들 밥해 주는 것도 귀찮아 죽겄는데, 집에꺼정 걸뱅이들 데꼬 들오는 거는 절대로 몬 참는다 카믄서…."

섭냄이가 부엌으로 들어서는 논개를 쳐다보며 말했다.

논개가 어깨의 힘살을 내리면서 중얼거린다.

"힘들었던 모양이구나. 그래서 새경을 더 주기로 했던 건데…. 할 수 없지. 다른 사람을 구해 봐야지."

"밥해서 소금으로 주먹밥 만드는 기야 벨로 힘들 끼 엄는데, 오늘맨키로 걸뱅이들이 집에 왔다 카모 씰고 딲고 털고 청소가 겁나는 기라. 그리고 울산댁이는 쫌 깰끔해서 걸뱅이들하고 한집에 있는 거조차 토액질이 난다 쿠더라."

섭냄이는 커다란 함지에다 가마솥의 밥을 퍼내면서 연신 논개의 눈치를 살폈다. 자기도 걸뱅이는 싫다는 말을 덧붙이고 싶었지만, 울산댁의 가출에도 담담한 표정인 그녀에게 더 이상 말을 뱉지 못한다.

논개는 섭냄이가 퍼내는 밥에 소금을 흩뿌려 주걱으로 섞고는 주먹밥을 만들기 시작했다. 그리고 된장을 풀어 끓인 시래깃국 한 솥을 들고 행랑채로 나가 삼십여 명의 걸인들에게 주먹밥 한 덩이와 국 한 그릇씩을 떠 주었다. 그들은 게눈 감추듯 순식간에 그것을 먹어 치웠다.

"여러분들이 돌을 주워 와서 반 밥값은 했지만, 옷이 마르는 동안 그냥 누워 자지 말고 쪽마루에 있는 짚을 들여와 새끼를 꼰다. 그리고 한 가지 더, 여러분들에게 할 말이 있다. 대소변에 관한 것이다. 인가가 없는 산야에서 일을 보아도 우리는 거름으로 쓰기 위해 밭에 묻어 둔 오줌독이나 거석때기 두른 대변 항아리에다 일을 본다. 여러분들은 지금까지 아무 곳에나 거리낌 없이 일을 보아 개밥이 되기는 했지만, 이제 그 습성을 버려야 한다. 이제부터는 조선의 백성답게 정해진 자리에다 배설을 하는 거다. 이것은 인간으로서 최소한의 자존심을 지키는 것으로 대단히 중요한 일이다. 무슨 말인지 알겠는가?"

논개는 그쯤으로 이야기를 마무리했다.

그들은 방 안이 떠나가라 "야아." 하고 대답을 하면서 저희들끼리 히죽히죽 웃어 댔다.

다행히 점심나절이 되자 빗발은 뚝 그치고, 거짓말같이 밝은 해가 온 세상을 눈부시게 했다. 빗발에 씻기고 물을 흠뻑 머금은 연초록 이파리들이 햇살에 싱그러움을 뽐내고, 집도 담장도 장독대도 황톳길을 지나는 우마차도 모두 씻은 듯이 깨끗해졌다.

"히히. 호랭이 장개가는 기라!"

뜨끈뜨끈한 방 안에서 옷을 말리며 새끼를 꼬고 있던 걸인들이 방문을 열고 누런 이를 드러내며 웃었다.

"호랭이 장개가는 비는 땡볕이 쨍쨍 내리쬐는 대낮에 장대 같은 빗줄기가 쫙쫙 퍼붓다가 딱 그치는 거를 말하는 기라. 이 비는 새복부터 내리서 점심참에 그쳤은께 암껏도 아인 기라."

논개가 때맞춰 행랑채로 나가 그들 앞에 섰다.

"모두들 옷을 입고 밖으로 나간다. 비는 그쳤지만 반나절밖에 남지 않았으니 정예파의 훈련도 오늘은 쉰다. 비 내린 후라 산나물 밭나물도 성큼 자랐을 것이고, 송기도 물이 흠뻑 올랐을 것이다. 세상에서 놀고먹는 사람만큼 염치없고 비열한 인간은 또 없다. 무엇이든 자기 스스로 노력해서 해결토록 해 본다. 알겠나?"

논개는 걸인들에게 말끝마다 알아들었는지를 확인한다.

걸인들이 우물쩍거리면서 마지못한 듯 "야." 하고 대답했다. 소리들이 선명치 못했다. 뜨끈한 방 안에서 새끼나 꼬면서 밥 한 끼를 더 벌고 싶었는데 대장의 뜻은 그렇지 않았기 때문이다.

외팔이 노인이 중얼거렸다.

"우리 묵을 꺼를 우리가 해 묵으모, 우리가 걸뱅이가 아이지예."

그러자 또 한 걸인이 입귀를 히죽거리면서 낮은 소리로 "요새는, 내가 걸뱅인지 아닌지 헷갈리서…." 했다.

그러자 또 한 명이 말을 받았다.

"맞어, 맞어야! 나도 그런 기라, 히히."

논개가 싸늘한 표정으로 그들의 말을 잘랐다.

"여러분들의 목적은 자립하는 것이다. 내 힘으로 걸뱅이의 허물을 벗어 내고 이제부터는 제대로 사람대접을 받는 깃이다. 알겠나?"

그들은 더 이상 중얼거림 없이 슬금슬금 옷을 주워 입기 시작했다. 그리고 꾸역꾸역 대문 밖으로 나갔다. 어깨를 축 늘어뜨리고 돌아서 나가는 걸인들의 옷에서 김이 피어오르고 있었다.

"논개야. 내가 울산댁 집에 한번 가 보까?"

칭얼거리는 은금이를 업은 섭냄이가, 걸인들의 뒷모습을 바라보고 서 있는 논개에게 말했다.

"가만히 놔두거라. 제 발로 걸어 들어올 테니까."

논개는 울산댁이 받는 새경이 적지 않음을 알고 있었다. 덕산댁 못지않게 물욕이 강한 그녀가 좋은 새경의 기와집 일을 결코 포기하지 않을 것이라 믿고 있었다.

논개의 예상은 어긋나지 않았다. 어스름이 깔리는 저물녘에 울산댁은 제 발로 다시 들어왔다. 집에 피치 못할 일이 있어 외출했었다며, 서슬 푸르던 아침과는 다른 낯빛으로 말했다. 논개는 그런 그녀에게 굳은 표정으로 다시는 이런 일이 없도록 유념하라며 못을 박듯 으름장을 놓았다.

그런데 바로 그 시각에, 걸인 대여섯 명이 대문에 매달린 놋쇠 요령을 거칠게 흔들었다.

"또, 또 왔어. 걸뱅이들이…."

대문간에 나갔다 들어온 섭냄이가 울상을 지으며 더듬거렸다.

울산댁이 섭냄이의 말에 반사적으로 고개를 옆으로 비꼈으나, 어떤 불만도 입으로 내뱉지는 못했다. 그러나 얼굴은 벌레를 씹은 듯이 일그러졌다.

그런데 대문을 열어 보니 놀랍게도 걸인들 대여섯이 나물을 뜯어 와서 안고 서 있었다. 그들은 아침에 비를 맞고 와서 돌을 줍고 새끼를 꼬는 값으로 주먹밥을 얻어먹은 후에, 비가 그치고 해가 나자 덜 마른 옷을 입고 산으로 들로 나물을 캐러 나갔던 걸인들 중 일부였다. 그들은 대문 안에다 밭나물 산나물 따위를 쏟아 놓고는, 대장의 말대로 놀지 않고 나물을 뜯어 왔으니 주먹밥과 맞바꾸자고 했다. 논개는 그들의 이러한 변화에 대견함을 느끼며 칭찬을 해 주었다. 멀쩡한 몸뚱이로 이렇게 자기 생계를 스스로 해결하는 것이라고 거듭 그들을 격려하면서 보리쌀 한 되씩을 고루 나누어 주었다. 하지만 그들은 곡식보다 주먹밥을 달라고 했다.

"주먹밥 한 덩이로 한 끼를 해결하는 것보다 이 곡식으로 나물죽을 만들면 두세 끼는 거뜬히 넘길 수 있다. 여기에다 논고둥이나 배추 뿌리, 미꾸라지를 넣어서 같이 끓이면 몸보신도 된다. 가만히 생각해 보면 내 스스로 지혜롭게 살 수 있는 방법은 얼마든지 있다. 무슨 말인지 알아듣겠나?"

그들은 어쩔 수 없다는 듯 머리를 긁적거리면서 "야아." 하고 대답했다.

논개는 그들이 뜯어 온 나물의 절반을 돌려주면서, 오늘은 이것으로 나물죽을 끓여 먹으라고 했다. 그러자 그들은 펄쩍 뛰듯이 손사래를 치고는, 다시 뜯으면 된다면서 서둘러 기와집을 벗어났다. 마치 쫓기듯 황망히 언덕길을 내려가는 그들을 바라보면서, 그녀는 걸인들이 이제 스스로 살길을 찾을 조짐을 보이기 시작한다는 생각이 들었다. 남의 집 비럭질로 연명하며 스스로는 손끝 하나 꼼짝하지 않는 무위도

식으로 삶을 영위하려 드는 그들에게, 그 행위의 비열함과 부끄러움을 일깨워 주려 했던 자신의 뜻이 비로소 효과를 내고 있다고 생각한 것이다. 그들의 마음속 밑바닥에 까맣게 마비된 채 묻혀 버린 자존심을 일깨워 주려던 자신의 뜻이 의외로 쉽게 이루어지고 있는 것 같아 그녀의 기분은 사뭇 고조되었다.

걸인들에 대한 그녀의 애정과 관심은 날이 갈수록 더해졌고, 돌팔매질이며 활쏘기 창던지기 등 그들의 훈련은 기본을 넘어설 정도로 실력과 기술이 날로 늘어 갔다. 그뿐만 아니라 그들의 삶에 대한 의욕도 눈에 띄게 높아졌다. 이른 아침의 돌팔매질과 훈련이 끝나면 그들은 거의가 산이나 들로 나가 먹을 것을 구했다. 야생의 자연에서 나물을 뜯고 물고기, 논고둥, 미꾸라지 등을 잡았고, 농부의 밭일을 도와주고 밥을 얻어먹기도 했다. 실로 놀라운 변화였다. 더 이상 예전같이 비열한 웃음을 흘리며 밥 좀 달라 굽실거리지 않았고 무엇이든 스스로 밥값을 하려 들었다. 이는 논개의 깨우침으로 촉발된 변화인 동시에 마비되었던 자존심의 회복이기도 했다.

그러던 어느 날 사경四更 무렵이었다. 논개는 온몸에 식은땀이 끈적끈적하게 솟는 느낌을 받으면서 깜짝 눈을 떴다. 눈앞에는 온통 캄캄한 어둠만이 펼쳐져 있을 뿐 사위는 무덤 속처럼 적막했다.

"꿈이었구나…."

논개는 일단 안도의 숨을 몰아쉬면서 가슴께의 이불을 가만히 걷어낸다. 답답한 마음에 이불조차 무겁게 느껴졌던 것이다.

"희한한 꿈이야. 마치, 터진 벌통 주변의 벌떼들 같았어."

논개는 혼잣말을 중얼거리며 생시처럼 선명한 좀 전의 꿈을 떠올린다.

남강 뒤벼리 어디쯤의 벼랑 같기도 하고, 한 번도 본 적은 없지만 들판보다 백배 천배 더 넓다는 물들판바다의 벼랑 같기도 했다. 천길 단

애로 인간의 무리들이 벌떼처럼 기어오르고 있었다. 논개는 벼랑 위에 서서 그들을 향해 기다란 장대를 사정없이 휘두르고 있었다. 아귀같이 위로 기어오르는 무리들을 장대로 마구 흩뜨려 놓거나 아래로 밀어 떨어트렸다. 그럴 때마다 그 무리들은 찢어지는 비명을 내질렀다. 논개는 이런 극적인 상황들이 긴장이 되면서도 너무나 흥미롭기도 하여 있는 힘껏 장대를 휘둘렀다. 그러나 개미집을 허물었을 때 처음에 우왕좌왕하던 개미들이 끝내는 막대기를 타고 기어오르는 것처럼, 그 인간 무리들도 떨어지지 않으려 죽을힘을 다해 논개의 장대에 들러붙었다. 기다란 장대의 끝자락까지 아등바등 전신을 뒤틀며 매달려서, 논개가 아무리 거칠게 장대를 흔들어도 도무지 떨어지지 않았다. 두 손으로 움켜잡은 장대가 거기 매달린 인간들의 무게를 이기지 못해 아래로 휘어졌다. 논개는 비로소 전신에 서늘한 찬물을 끼얹는 것 같은 긴장감과 불안감을 느끼기 시작했다. 위기감과 두려움이 복합된 최악의 감정이었다. 장대에 새까맣게 달라붙은 인간의 무리들이 기어이 벼랑 위로 올라와 그녀를 해치고 말 것 같았다. 두렵고 불안한 마음에 사로잡혀 그녀는 마지막 사력을 다해 장대를 휘둘렀다. 그러나 장대는 더 움직여지지 않았고, 그녀의 몸뚱이는 무게가 실린 장대 쪽으로 기울어지기 시작했다. 그뿐만 아니라 장대를 타고 올라온 인간 하나가 그것을 움켜잡고 있는 그녀의 팔목을 틀어쥐고 막 흙땅 위로 오르려 했다. 그 순간, 논개는 그 인간을 죽어라 냅다 걷어차 떨어뜨리고 장대를 두 손에서 놓아 버렸다. 그냥 손을 놓았다기보다 장대를 힘껏 바깥쪽으로 밀어 버렸다. 그러자 인간들이 촘촘히 들러붙은 장대가 공중에 붕 뜨더니 곡예를 하듯 서서히 곡선을 이루며 벼랑 아래로 떨어져 내렸다. 인간 무리들의 비명이 하늘을 찢어 놓을 것처럼 자지러지고, 그 소리에 그녀는 두 눈을 번쩍 뜬 것이다.

요상스런 꿈이라는 생각이 거듭 뇌리를 쳤다. 그러면서도 장대에 들러붙었던 생명체들이 과연 인간들이었는지 확신감도 없었다. 아무리 장대가 길고 굵은 것이라 해도 그렇듯 많은 인간들이 매달려 붙어 있을 수는 없다고 생각되었던 것이다. 어찌되었든 반가운 꿈은 아닌 것 같아 그녀는 수심에 빠져들었다.

*

논개가 괴이한 흉몽을 꾸다 깨어나 깊은 수심에 잠겨 있던 바로 그 날, 부산진釜山鎭에는 왜적의 배들이 까맣게 바다를 덮어 쳐들어오고 있었다. 선조 25년 임진년壬辰年, 1592년 4월 13일이었다. 왜의 관백 도요토미豊臣秀吉는 3월부터 전국에서 동원한 20여만 명의 왜병들을 번차례로 대마도에 집합시켰다가, 한 달 후인 이날 고니시 유키나가小西行長를 선봉장으로 삼아 1만8천여 명의 왜군을 태운 병선 7백여 척을 바다에 풀어 잠자고 있는 조선으로 쳐들어온 것이다.

도요토미는 '명나라를 치러 가는데 길을 내놓으라'는 형식적인 요구가 결렬되자 바로 조선을 침공하기 위한 준비에 돌입하였다. 도요토미 자신이 나고야에서 전군을 지휘할 계획을 세우고, 총 20여만 명의 대군을 9개 번대番隊로 나누어 편성하였다. 고니시가 주장主將을 맡은 제1번대는 1만8천여 명의 병력이었고, 제2번대는 주장 가토 기요마사加藤清正에 병력 2만2천여 명, 제3번대는 주장 구로다 나가마사黑田長政에 1만1천여 병력이었다. 이들 세 주장들은 도요토미의 심복 장수들로 일찍부터 도요토미를 따라 성을 공격하고 들판에서 싸우며 실전에서 온갖 전술을 연마해 온, 한마디로 전장에서 잔뼈가 굵은 불과 이삼십 대의 젊은 장수들이었다. 제4번대는 주장 모리 요시나리毛利吉成와 시마즈 요시히로島津義弘에 병력 1만4천여 명, 제5번대는 주장 후쿠시마 마사노리福島正則에 병력 2만5천여 명, 제6번대는 주장 고바야카와 다카

카게小早川隆景에 병력 1만5천여 명, 제7번대는 주장 모리 데루모토毛利輝元에 병력 3만여 명, 제8번대는 주장 우키다 히데이에宇喜多秀家에 병력 1만여 명, 제9번대는 주장 하시바 히데카쓰羽柴秀勝에 병력은 1만1천여 명이었다. 아홉 개의 번대로 나누어 편성된 이들 주력군 15만8천여 명은 육전陸戰을 위한 병력이었고, 그밖에 따로 구키 요시타카九鬼嘉隆와 도도 다카도라藤堂高虎가 이끄는 수군水軍 9천여 명이 바다에 전선을 띄워 해전에 대비하였으며, 이들 수륙전의 전투 병력 외에도 후방 경비와 지원을 맡은 수많은 병력까지 조선 출정 왜군의 총규모는 자그마치 20만 명이 넘었다.

고니시가 이끄는 제1번대는 4월 13일 오후 부산 절영도絶影島 앞바다에 임시로 정박해 대기하였고, 해가 진 뒤 고니시의 사위이자 대마도주인 소오 요시토시宗義智가 약간의 군사만 거느리고 상륙하여 부산진성釜山鎭城의 경비 상태를 정탐하였다. 그들은 성안의 방어 태세가 매우 엄중함을 확인하고 본대로 돌아가 선상에서 하룻밤을 보낸 후 다음 날인 14일 새벽에 일시에 기습으로 침략을 감행하였다.

이때 부산진 첨사僉使 정발鄭撥은 절영도에 사냥을 나갔다가 바다를 덮고 밀려오는 적선들을 발견하고 처음에는 무역선인 세견선으로 착각하였으나, 곧 적의 대규모 공격임을 직감하고 성으로 돌아와 군사와 백성들을 전원 소집하여 전투태세를 갖추고 성가퀴를 지켰다. 또한 아군의 전선이 적의 수중에 들어갈 것을 우려하여 모조리 구멍을 뚫어 가라앉히게 하고, 군사와 백성들의 두려움을 진정시키고자 악관樂官과 율객律客들을 불러 퉁소와 피리를 불게 하는 여유를 보였다.

적들은 안개가 자욱한 4월 14일 새벽에 우암牛岩 쪽으로 상륙한 후, 흙과 돌로 성 주변의 참호를 메우며 성벽에 접근하여 우세한 병력으로 성을 겹겹이 포위하였다. 적의 조총수들은 서문 밖 높다란 곳에 올라가 성안을 향해 총을 쏘아 성벽을 기어오르는 자기 군사들을 엄호하였고, 아군은 활을 쏘고 창으로 찔러 기어오르는 왜병들을 쓰러뜨리며 죽을 각오로 맞섰다. 적들은 서문 공략이 쉽지 않자 북쪽의 방비가 허술한 것을 틈타 마침내 북쪽 성벽을 넘어 성안으로 쏟아져 들어왔다. 성벽이 뚫리자 쌍방의 육탄전이 더욱 치열해졌고 성안은 아비규환의 수라장이 되고 말았다. 생전 처음 보는 조총의 위력 앞에 속수무책으로 사상자가 속출하였고 여기저기서 인마의 찢어지는 비명 소리가 진동했다. 이때 마침 첨사 정발의 막빈*으로 있던 이정헌李庭憲이 활과 칼로써 닥치는 대로 적을 쏘고 찔러 죽이니 일시에 아군의 사기가 높아져 밀려드는 적이 삽시간에 시체로 변하여 언덕을 이룬 듯했다. 그러나 적군은 시간이 지날수록 더욱 밀려들었고, 전세는 점차 적에게로 기울어졌다. 아군은 화살도 떨어지고 병사들의 시체도 점점 늘어나기 시작했다. 부녀자들까지 화살을 나르고 돌을 던지며 관민이 일심동체로 적과 맞서 싸웠으나, 군사의 수나 무기의 규모가 중과부적이었다.

이때 한 병사가, 흑색 갑옷 차림으로 분초를 다투며 적을 향해 화살을 날리고 있는 첨사 정발에게 다가가 "전세가 악화되기만 하니 잠시 성 밖으로 피신해 원병援兵을 기다림이 어떠하옵니까?" 청했다. 그러자 그는 두 눈을 부릅떠 병사를 돌아보며 "무슨 망발된 소리냐? 나는 대의를 위해 죽을 뿐이다. 어떻게 성을 내버리고 백성들을 저버리고 달아난단 말이냐? 대장부는 적을 앞에 두고 결사항전이 있을 뿐이다." 하고 소리쳤다. 그는 이어 "장수들은 들어라! 감히 성을 버리고자 하는 자는 먼저 내 칼을 받게 될 것이니 명심하라." 외쳤다. 그는 군령을 내리고 다시 화살을 뽑아 적병을 쓰러뜨렸다. 그의 얼굴은 굳은 결의로 경직되었고, 흑색 갑옷에는 살기가 등등했다. 장졸들이 상처를 동여매고 다시 일어나 죽을힘을 다해 맞섰다. 정발은 성 안팎을 가리지 않고 말을 타고 달리며 아군을 독려하고 적에게 화살을 날렸다. 그의 화살

* 막빈(幕賓) : 조선 시대에 감사, 병사, 수사 등을 보좌하던 무관 벼슬

은 백발백중이었다. 적들은 그가 나타나기만 하면 일단 몸을 피했다. 그러나 적군의 총알은 기어이 정발의 투구를 뚫고 끝내 머리를 명중시켰고, 선혈이 갑옷 아래로 흘러내리며 그는 장렬한 죽음을 맞고 말았다.

장수를 잃은 아군 병사들은 분기탱천하여 창검을 휘둘렀으나 전세는 급격히 적에게로 넘어갔다. 부산진성의 군사와 백성들은 인원과 무기의 열세에도 불구하고 사력을 다해 끝까지 맞서 싸웠으나, 결국 적의 조총 앞에 어처구니없이 쓰러지고 말았다. 첨사 정발이 분전 중에 사망하자 그의 애첩인 열여덟 살의 애향愛香은 그의 시체를 부둥켜안고 오열로 작별하고 다시 시신을 가지런히 수습한 후에 스스로 목을 찔러 자결하였고, 그의 노복인 용월龍月은 주인의 원수를 갚으려고 적과 싸우다가 끝내 죽음을 당했다.

첨사 정발이 순사하고 성문마저 부서지자 적병들은 성안으로 물밀 듯이 쳐들어왔고, 그들은 성안의 병사며 백성들뿐만 아니라 생명 있는 모든 것들을 닥치는 대로 도륙했다. 왜적을 지키는 요충이자 첫머리의 관문인 부산진성이 어처구니없게도 한나절 만에 왜군에게 함락되어 버린 것이었다. 피의 광풍이 휩쓸고 지나간 성안은 일순간 쥐 죽은 듯 적막했다. 처참하게 생명이 도륙된 죽음의 시간이었던 것이다. 적군들도 기진맥진하여 땅바닥에 아무렇게나 퍼질러 앉았고, 성의 망루望樓에는 주인 잃은 아군의 깃발만 홀로 속절없이 펄럭였으나 이 또한 곧 적의 깃발로 뒤바뀌고 말았다.

부산진 주변에는 다대포多大浦가 있고, 동래東萊가 있고, 또한 수군절도사가 주재하던 좌수영左水營이 있고, 병마절도사가 주재하던 울산 병영兵營이 있어서, 병사, 수사, 부사, 첨사, 우후, 만호 등이 수두룩했건만 어느 누구도 부산진성을 구하러 오지 않았다.

이때, 경상 좌수영의 좌수사 박홍朴泓은 부산진성이 함락된 소식을 듣고 마음이 불안하여 온몸을 바들바들 떨었다. 그는 곧 좌수영 안에 있는 모든 곡물과 병기들이 적의 손에 들어가지 못하게 창고마다 불을 지르고는 좌수영을 버리고 언양彦陽으로 가서 경상 좌병사慶尙左兵使 이각李珏과 진을 합하고 있다가, 두려움에 다시 경주慶州로 도망쳐서 조정에 장계를 올렸다. 그는 장계에서 '높이 올라가서 바라보매 부산진성에 붉은 기가 가득 차 있사온즉, 성이 분명히 적의 수중에 들어간 듯하옵니다.' 하였다. 그러나 박홍보다 먼저 조정에 장계를 올린 사람은 경상 우수사慶尙右水使 원균元均이었다. 고니시가 이끄는 왜군 제1번대가 대마도의 대포大浦에서 부산을 향해 직항하여 4월 13일 오후에는 이미 부산 앞바다에 쫙 깔렸는데, 그는 '금 4월 13일 신시申時에 90여 척으로 보이는 왜선이 경상좌도의 부산포를 향해 연속 진행 중'이라고 보고했다. 두 번째 보고로 그는 '왜선 150여 척이 해운대로부터 부산포를 향해 진행 중'이라고 했다. 또한 경상 우감사인 김수金睟는, 적이 이미 부산 전양前洋에 이르러 절영도 앞바다에 가박假泊하였는데, '금 13일에 왜선 400여 척이 부산포의 건너편에 와서 정박 중'이라고 조정에 알렸다. 또 경상 우병사慶尙右兵使로 부임하던 중 임란을 당한 김성일金誠一은 '적선은 400척에 불과하며 승선한 군사는 도합 1만여 명에 불과하다'고 보고하였다. 이렇듯 700여 척의 왜병선을, 아군 측에서는 장계를 올리는 관리에 따라 각각 90척, 150척, 400척이라 잘못 파악하였고, 그것도 이미 도달해 있는 적선을 부산포로 향하고 있다고 잘못 보고하였다.

부산진성을 함락한 왜적은 군사를 나누어 부산진 인근의 다대포와 서평포西平浦의 성을 에워싸고 공격하기 시작했다. 다대포는 부산포의 서남단에 위치한 곳으로 세종世宗 때에는 왜구의 출몰을 막기 위해 수군만호영을 설치하였고, 성종成宗 때에는 다대포진을 축성한 바 있는 중요한 군사 요충지였다. 그러나 다대포도 여느 포구와 마찬가지로 왜침 방비에는 만전을 기하지 못하고 있었다. 첨사인 윤흥신尹興信과 동생 흥제興悌가 의로운 몇백 명의 수군들과 죽음을 무릅쓰고 왜군과 접전을 벌였지만 역부족이었다. 첨사 윤흥신은 칼이 부러지고 화살이 다 할 때까지 적중 깊숙이 들어가서 싸웠으나 끝내 군사들과 함께 장렬한 죽음을 맞이했고, 따라서 다대포와 서평포는 부산진에 이어 너무 쉽게 적의 수중으로 들어가고 말았다.

왜적은 이렇듯 아군의 제1선을 하루 만에 점령하고 다음 날 동래를 향해 북상하기 시작했다. 동래로 향하는 길은 살기등등한 왜군의 무리들로 꽉 들어찼다. 그들의 기운은 흡사 포효하는 성난 파도처럼 거칠고 광폭했다. 동래로 가는 도중 좌수영에서의 한바탕 접전이 그들을 살인귀처럼 흥분시켰던 것이다. 좌수사 박홍이 곡물과 병기를 모두 불태우고 달아난 후, 의분을 참지 못하고 텅 빈 성에 숨어 적에 대비하던 군관 오억년吳億年과 군사 백여 명이 개미 떼처럼 성안으로 밀려드는 적군을 수없이 살상했기 때문이었다. 물론 오억년과 아군의 군사들은 몰살되다시피 했지만, 적군들의 피해도 적지 않았던 것이다. 그러나 적들이 흥분한 것은 새까맣게 불태워 버린 창고의 쌀 때문일 수도 있었다. 그들은 침략 전부터, 하루빨리 조선의 성을 쳐서 기름진 조선 쌀로 밥해 먹으리라 호언했었기 때문이다.

"죽일 놈들. 천금 같은 흰쌀을 불태워 버리다니, 으으으."

왜병들은 새까맣게 타 버린 곡물 창고를 들여다보면서 억울해했다.

4월 15일 새벽 묘시卯時에 제1진인 주력 부대가 부산진을 떠나 중간 지점에서 이렇듯 좌수영을 도륙하고, 진시辰時 무렵 동래성 주변에 닿았다. 그때 경상 좌병사 이각은 울산의 병영에 있었다. 그러다가 부산진이 함락되고 왜군이 동래로 향하고 있다는 급보를 받고 황급히 동래성으로 들어갔다. 그는 동래성에 닿자마자 먼저 와 있던 양산梁山 군수 조영규趙英珪에게 군사 수백 명을 거느리고 지금 당장 출전해서 적을 물리치라고 명령했다.

그러자 조영규는 성 남쪽으로 십 리 정도까지 군사를 이끌고 나갔다가 돌아와서는, "적의 병력은 수만 명인데 우리 군사는 수백이라 도저히 당할 도리가 없소이다." 하고 보고했다.

이 말을 들은 이각은 동래 부사 송상현에게 "부사는 이 성을 지키시오. 나는 북쪽의 소산역蘇山驛에서 진을 치겠소." 하고 돌아서 나가려 했다.

이때 그 자리에 함께 있던 양산 군수 조영규와 울산 군수 이언함李彦諴, 조방장 홍윤관洪允寬, 군관 송봉수宋鳳壽 등이 돌아서는 이각에게 "불덩이가 눈앞에 와 있는 동래성을 지키지 않고 어디로 간단 말이오?" 하며 그를 힐난했다.

특히 홍윤관은 이각의 소맷자락을 잡고, "소산이 동래성 앞에 있는 산이라면 모르되 성 후면에 멀리 떨어져 있는 산이거늘, 못 나가십니다요. 동래성을 우선 튼튼히 지킨 후에 가십시오." 했다.

그러자 이각은 홍윤관이 잡은 소맷자락을 뿌리치면서 병법을 모르는 무뢰한이라고 나무랐다.

"조방장이라는 자가 그래, 수성보다 유격전이 더 효율적인 병법인 줄을 모른단 말이냐? 어허, 딱한지고."

그는 혀까지 끌끌 차면서 군사를 이끌고 허겁지겁 성문 밖으로 나가 버렸다. 홍윤관이 그런 이각의 뒷모습을 바라보면서 가슴을 벌름거리며 흥분했다.

부사 송상현은 적들이 동래의 턱밑까지 닿았다는 급보를 받은 터라 여유가 없었다. 그는 군사들을 집합시켰다.

"듣거라. 왜병이 군사를 일으켜 이 나라를 침략했다. 동래부는 적군이 서울로 쳐들어가는 관문이자 요충지이다. 우리는 한 치의 땅도 왜놈들에게 내줘서는 아니 된다. 이 나라의 운명은 우리에게 달려 있느니, 제군들은 죽음으로 나라를 지키도록 하라."

그는 이미 국난을 맞아 죽음으로 나라를 수비할 결의를 다진 듯 표정이 비장했다. 이어 그는 조영규와 이언함에게 요소요소에 책임을 지워 군사를 배치케 하고, 싸움터의 첫머리인 남문南門은 자신이 직접 지켰다.

동래 부사 송상현宋象賢은 자는 덕구德求, 호는 천곡泉谷으로 여산 송씨였다. 그는 젊어서 과거에 급제하고 승문원 박사, 춘추관 기사관, 경성 판관, 사헌부 지평 등의 많은 벼슬을 거치고 임란 1년 전인 선조 24년 신묘년에 동래 부사로 부임해 왔었다. 그는 성격이 강직하고 의지가 굳센 데다 머리 회전이 빠르고 치밀했다. 주위 사람들은 그런 그를 가리켜 문관이면서 장군의 자질도 갖춘 유능한 인물이라고 평하기도 했다. 그는 동래 부사로 부임하면서 왜침이 있을 것을 예상한 듯 성벽을 개수하고, 병사들을 훈련시키고, 성 밖 사방에 못을 파고, 또한 성벽 둘레로 나무를 심어 밖에서 성안을 볼 수 없도록 대비했었다.

사시巳時에 이르러 적군은 성문 앞으로 다가섰고 서서히 성을 에워싸기 시작했다. 그들이 성을 에워싸기 직전에 수많은 동래 부민들이 두렵고 당황한 나머지 적을 피해 일제히 성안으로 몰려들어, 원래도 크지 않은 성이 군사와 백성들로 빼곡했다. 성 밖의 상황을 살피던 조방장 홍윤관은 사태가 틀림없이 아군 측이 패하게 될 것 같은 위기감을 느끼고 부사 송상현에게 조심스럽게 진언했다.

"북쪽의 소산蘇山이 험고險固하여 적이 물러날 수도 있사오니, 우리 군사가 모두 그곳으로 옮김이 어떠할는지요?"

먼저 이각이 달아났던 소산으로 군사를 옮기면 살아날 수도 있다는 조방장의 말에, 부사는 무섭게 그를 노려보며 준열히 꾸짖었다.

"성을 지켜서 죽지 않고 다른 곳에 가서 비록 살아난다 해도 조정이 우리를 용서하지 않을 것임을 어찌 모른단 말인가!"

홍윤관은 얼굴을 붉히면서 "그러하다면 저희는 공과 같이 죽을 따름이옵니다." 했다. 그러면서 내심으로 끝까지 부사 옆에서 사투하여 보국안민의 고혼孤魂이 될 것을 다짐했다.

시간이 흐를수록 적병은 더욱 많이 모여들어 성을 조여 왔다. 성벽 아래의 참호와 못은 거적때기와 돌 따위로 진작부터 메워져서 그들이 성벽 아래로 몸을 바싹 붙이는 데 아무런 장애가 없었다. 그런데 적들은 조총을 쏘며 서둘러 공격해 오지 않고, 수백 개의 붉은 기를 바람에 펄럭이면서 악머구리처럼 들끓고만 있었다.

아군 측에서도 바라와 꽹과리와 징을 치고 태평소를 불고, 성문 문루와 성첩*에는 청적황백흑의 오색 깃발을 창검과 함께 섞어 꽂아 군세의 강성함을 과시했다.

그러자 적군 측에서 군사 1백여 명이 남문 앞으로 다가와 패목牌木을 세우고 돌아갔다. 남문 누상에서 갑옷과 투구를 갖추고 의연히 앉아 이를 바라보던 부사는 군관 송봉수 등을 성문 밖으로 내보내어 그 패목을 가져오게 했다. 흰 패목에는 다음과 같이 쓰여 있었다.

> 戰則戰矣 不戰則假我道 전즉전의 부전즉가아도
>
> 싸우려면 싸우고, 아니면 우리에게 길을 내놔라.

이에 부사는 왜적들의 사특한 행위에 치를 떨었다. 명나라를 치러 간다는 명분을 앞세우고 조선 삼천리를 힘 안 들이고 집어삼키려는 그들의 간특하고 사악한 야욕에 치를 떨면서 그는 송판 널을 가져오라 했다. 그는 송판 널에다 '戰死易 假道難전사이 가도난'이라 회답을 써서 성벽 위에서 적진을 향해 던지게 했다. 싸워서 죽기는 쉬워도 길을 빌려주기는 어렵다는 뜻을 분명히 한 것이다.

---

* 성첩(城堞) : 성 위에 낮게 쌓은 담, 성가퀴와 같은 말

고니시와 소오 등 적장들은 성 밖으로 던져진 송판 널을 집어 읽어 본 후 조선 수장의 뜻을 확인하고 싸늘한 냉소를 흘린 뒤 갑자기 움직이기 시작했다. 적들은 주력 부대를 셋으로 나눈 후 제1종대는 황령산荒嶺山 기슭으로, 제2종대는 서대로西大路 쪽으로, 제3종대는 동쪽에서 서쪽으로 전진하여 성을 삼중으로 포위하기에 이르렀다. 그런 후 제1종대가 뒷산으로 성을 우회하여 경사진 산비탈의 성벽을 넘어 함성을 내지르며 성안으로 난입하였고, 성벽을 둘러싼 2만 명의 적병들은 일제히 조총을 쏘면서 성벽을 기어올랐다.

아군은 화포와 활과 창과 칼과 돌팔매질로 적들에 대항하여 비로소 대접전이 벌어졌다. 양쪽의 함성이 천지를 뒤흔들고 조총과 화포 소리는 태산이 무너지는 진동으로 성을 흔들다시피 했다. 사방으로 찢어지는 비명 소리와 어린아이들의 자지러지는 울음소리가 진동하고, 조총에 픽픽 쓰러지는 아군의 사상자가 속출하면서 성안은 생지옥 같은 참상이 벌어졌다. 적을 피해 성안으로 들어왔던 백성들은 비명을 내지르며 우왕좌왕하다가 조총에 맞아 픽픽 쓰러져 갔다.

적병이 개미 떼처럼 성벽을 기어오르다 아군이 성첩의 활 구멍으로 쏜 화살을 맞고 성벽 아래로 나무토막같이 떨어져 내리기도 하고, 화살과 칼을 동시에 맞고 팔다리가 동강이 나서 떨어지는 적의 시체 등 참혹한 형상이 줄을 이었다. 처음에는 서로가 일진일퇴하는 것 같았으나 뒷산 성벽을 넘어 성안에 난입한 적병들과 결국 치열한 백병전이 벌어지면서 전세는 점차 아군 측이 불리한 상황으로 기울어지고 있었다. 그뿐만 아니라, 가장 강한 장수와 군사가 집결한 남문 쪽을 집중 공격하던 적병들이 서문과 동문의 힘이 약한 쪽으로 흩어져 공격하면서 결국 성벽은 무너지고 말았고, 아군의 혼신을 다한 사투에도 전사자와 부상자가 산더미처럼 불어났다. 좁은 성안에서 동래 부민들과 아군 측은 독 안에 갇힌 쥐와 다름이 없게 되었다.

남문 위에서 포효를 뿜으며 진두지휘하던 송상현은 천천히 몸을 돌려 성 중앙에 있는 객관客館으로 오르면서 옆의 군관에게 조복朝服을 가져오게 했다. 한편 관아의 안채에 있던 송상현의 애첩 금섬金蟾이 부사의 말을 전해 듣고, 전쟁이 한창 치열한 중에 조복을 찾는 것은 그가 순사하려는 뜻임을 알아차리고 얼굴이 사색이 되었다. 그녀는 서둘러 조복을 챙겨서 몸종 금춘今春과 만금萬金을 데리고 황망히 내아를 나섰다. 그녀들은 살벌한 전쟁터를 아슬아슬하게 벗어나 송상현이 있는 객관으로 다가가려 했으나 겨우 조복만 아군에게 전하고 금섬은 적병들에게 붙잡히고 말았고, 금춘과 만금은 객관으로 가는 도중에 실종되고 말았다.

송상현은 비장한 결의의 낯빛으로 갑옷 위에 홍포紅袍를 걸쳤다. 이어 투구를 벗고 조모烏帽를 쓴 채 중앙의 호상胡床 위에 앉았다. 이를 바라본 군사와 백성들은 처연한 마음으로 더욱 사투의 의지를 다지면서 적과 맞섰다. 그때 송상현이 앉은 호상 가까이로 제1번대 적장 중의 하나인 평조신平調信이 날렵하게 접근했다. 평조신은 조선의 사정을 정탐하기 위해 지난 몇 년간 조선을 들락거릴 때 송상현의 환대를 받은 적이 있어 그 은고恩顧에 보답하고자 그에게 다가가 눈짓으로 속히 피하라는 시늉을 보냈다. 그러나 송상현은 이미 생사를 결심한 터여선지 끄떡도 하지 않았다. 그러자 평조신은 송상현 가까이로 더욱 바싹 다가서 손짓으로 빨리 피하라는 시늉을 하다가 급기야 송상현의 조복 소매를 끌어당겼다. 그러나 송상현은 여전히 태연자약한 자세에 의연한 낯빛으로 고개를 좌우로 흔들고는 호상 위에서 천천히 일어났다. 그리고 임금이 거하는 북쪽으로 몸을 돌려 두 번 절을 했다. 이어 옆의 군관에게 부채를 달라 하여 그의 부친 송흥복宋興復에게 보내는 고별시告別詩 한 수를 썼다. 그의 표정은 시종 의연하고 붓끝은 흔들림 없이 차라리 여유가 있었다.

孤城月暈 列鎭高枕 고성월훈 열진고침
君臣義重 父子恩輕 군신의중 부자은경
외로운 성은 달무리처럼 적에게 포위되었는데
이웃한 여러 진은 도와줄 기척도 없구나.
임금과 신하 사이 의리가 무거우니
부모 자식 간의 은정을 가벼이 하오리다.

송상현은 부채의 전면에 이렇게 시를 적어 옆의 군관에게 건네면서 유언을 남겼다.

"너희들 중에 살아남는 자가 있으면 이 부채를 내 아버님께 전해 올리거라. 그리고 내 아랫배에 검은 사마귀가 있으니 그것을 증거로 내 시신을 수습토록 하라."

그러자 그를 살려 주려 했던 왜장 평조신이 체념한 낯빛으로 고개를 돌려 버렸다. 동시에 적병들이 기다리고 있었던 것처럼 객관의 호상 앞으로 우르르 몰려들었다.

송상현은 노기충천하여 쩌렁쩌렁 울리는 음성으로 그들을 나무랐다.

"네 이놈들아! 우리가 네놈 나라에 잘못한 것이 없었거늘, 네놈들이 이렇게 하는 것이 도리에 합당하단 말이냐? 네놈들이 남의 땅을 침범하여 그 방자함이 예까지 이르렀으니 틀림없이 천벌을 받으리라."

우렁찬 음성으로 당당하게 꾸짖는 그의 모습이 어찌나 장엄한지 한바탕 태풍이 휩쓸고 지나가는 듯 서늘했다. 단칼에 송상현을 베려 했던 적병들이 잠시 주춤했다. 그 틈을 타서 양산 군수 조영규와 조방장 홍윤관은 긴 칼을 휘둘러 송 부사 앞에 근접한 왜적들을 베었다. 그러나 적병들은 금세 아귀같이 달려들어 객관을 에워싸고 송 부사를 둘러쌌다. 장검을 든 송상현의 바른팔이 눈 깜짝할 사이에 적병의 칼에 맞아 툭 떨어졌다.

적병이 말했다.

“항복하라.”

송상현은 분노로 부들부들 떨었다.

“네 이노옴. 항복이란 말을 감히 뉘 앞에서 하는고? 항복이란 없다, 이 도적놈들아.”

송 부사의 또 다른 한쪽 팔이 떨어졌다. 그는 호상 위로 털썩 주저앉았다.

이때, 객관 앞에서 적병에 붙들려 있다가 이 광경을 지켜본 애첩 금섬이 경련하듯 전신을 비틀며 고함을 내질렀다.

“이놈들아. 나를 먼저 죽여라. 나를 죽이고 사또를 죽여라. 이 천벌을 받을 놈들아.”

적병의 칼날이 빗살을 가르며 송상현의 목에 깊숙이 꽂혔다. 이어 펄펄 뛰던 금섬도 적병의 칼날에 목이 베이고 말았다. 동래 부사 송상현은 끝내 적에게 항복하지 않고 대의로 순절하였고, 그때 그의 나이는 불과 42세였다. 구름이 꼈다 바람이 불다 빗살을 뿌리다 하며 온종일 을씨년스럽고 어수선하던 하늘이 급기야 후드득 비를 쏟았다. 마치 그의 죽음을 원통해하는 듯 뇌성벽력을 동반한 때아닌 소나기가 좍좍 쏟아졌다. 참혹한 살과 피의 난자는 절정에 이르고 성안은 아수라장으로 생지옥이 되었다. 송상현 부사의 죽음으로 아군의 힘은 일순간 내리막길로 치달아 군사와 백성들은 맥없이 도륙되고 포로로 붙잡혀 동래성은 완전히 함락되고 말았다.

조선의 관문에 해당하는 부산진, 다대포, 좌수영, 동래성 싸움에서 조선 백성 3천여 명이 참수되었고, 5백여 명이 포로로 붙잡혔다. 다행히 피란하여 살아남은 백성들의 원성은 하늘을 찌를 듯했다. 어찌하여 이토록 방비가 허술해서 나라의 관문이 이렇듯 맥없이 무너지느냐, 이 나라 전국토가 왜적의 발굽 아래 밟히는 것은 이제 찰나에 불과하다며 장탄식을 했다.

그뿐만 아니라, 그래도 부산 첨사 정발과 동래 부사 송상현, 다대포 첨사 윤흥신, 양산 군수 조영규, 동래의 조방장 홍윤관, 군관 송봉수, 좌수영의 군관 이억년 등 일선의 장졸들은 충의와 용맹을 다해 죽음을 불사하고 맞서 싸웠는데, 지방 성채 수비의 책임을 지고 있는 수사와 병사라는 고위 무관들은 왜 그리도 비겁하고 비열하고 못나고 좀스런 겁쟁이들뿐이냐며, 그들을 잡아 뎅겅 목을 쳐야 한다며 분노와 흥분을 금치 못했다.

이는 경상 좌수사 박홍이 수영 내의 곡물과 병기를 모조리 태워 버리고 언양으로 도망가 버린 일과, 경상 좌병사 이각이 동래성 전투 직전에 어불성설로 병법을 운운하며 구차하게 소산으로 도망쳐 버린 일과, 해상전 한 번 치르지 아니하고 비겁하게 도망친 경상 우수사 원균과, 부산진과 동래성이 완전히 함락될 때까지 원병을 보내지 아니한 경상 우감사 김수에 대한 원망과 분노였던 것이다.

성격이 다혈질로 보이는 장정 한 사람은 주먹으로 자기 가슴팍을 퍽퍽 치면서 울분을 금치 못했다.

"도대체가 말이 안 되는 기라. 적병들이 쳐들어오믄 먼첨 바다에서 막아야제, 바다는 저거 집 연못 건너듯이 쉽게 건너게 해 놓고 땅 우에 성안에서만 쌈질이라니, 쥑일 놈덜. 나랏밥 처묵는 작자들이 지금 왜놈이 쳐들어온다 캄서 지놈들은 냅다 도망을 쳐? 거기다가, 국록 쏟아 넣어서 만들어 놓은 전선들을 한 번도 써묵지 몬하고 물밑에다 빠트려 삐맀다꼬? 그것도 지놈들 손으로? 세상에, 이기 말이 되는 소리냐 말이여. 수장이란 것들이 이리도 겁쟁이에다 용렬할 수가 있냐 말이여."

침방울을 튀기며 말하는 장정의 얼굴은 화롯불을 놓은 것처럼 시뻘겋게 달아올랐다.

장사꾼 차림의 또 한 사람이 맞장구를 쳤다.

"글코말고. 우리 배가 적선보다 숫자가 적으모 적은 대로 나가서 맞서 싸워야 육지에서 그간에라도 시간을 벌어서 준비를 할 께 아인가배. 이 겁쟁이들이 도리어 배를 물밑에 까라앉히고 도망을 쳤으니 육지에서는 기습을 당할 수밖에…."

남자는 잠시 말을 끊고는 고개를 내저었다.

"기습을 당했다 카는 것도 말도 안 되는 소린 기라. 왜놈들이 쳐들어온다는 소리는 동네 똥개도 수군거릴 정도였는데, 아무리 적군이 많다 해도 그렇게 하루 만에 무너져 삐린다는 것도 말도 안 되는 기라. 참말로 기가 차서…."

또 한 사람도 쓰디쓴 낯빛을 하고 말을 이었다.

"난리가 터져 봐야 사람 쏙을 안다꼬, 평소에 으흠으흠 해 감써 용장인 양 으스대던 것들이 총소리 한 방에 쥐새끼들맨키로 내빼 뿌리고, 나랏밥 처묵는 그런 인간들 말고도 지 살자고 밸도 없이 왜놈들한테 아부한 족속들도 많다는 기라. 물론 지들도 살아남자니까 그랬겠지마는, 허리를 굽신굽신 헤헤거리며 쌀도 퍼주고 딸년도 밀어 주믄서 포로 되는 거를 면하고 총알도 안 받았다는 기라. 그런가 하믄, 동래부성이 무너지고 난 뒤에도 김정서金廷瑞 정승헌鄭承憲 같은 사람들은 왜놈들한테 아부는커녕 남은 군사를 끌어모아 마지막까지 싸웠다 카대. 그런 사람들이야말로 도망친 높은 놈들보다 월등 훌륭한 충절지사들이제."

덧니가 입술 끝을 비집고 나온 남자가 손바닥을 탁 쳤다.

"맞어, 맞어! 그 사람들이 바로 진짜로 애국잔 기라! 쌈판이 붙던 그날, 성안 어느 집 지붕 우에도 남자 하나하고 여자 둘이 올라가서 기왓장을 깨뜨리서 왜놈들 대갈통을 박살 냈다는 기야. 결국에는 셋이 다 조총을 맞아 죽었지마는 그래도 왜놈들을 여남은 명이나 죽이고 갔은께네 참말로 대단한 기지. 그리고 송 부사 종들도 도망쳐서 살아날 수도 있었는데, 죽은 송 부사를 위해 몸 바쳐 싸우다가 거의 다 죽었다 카더마. 또, 송 부사 애첩 금섬이는 송 부사가 죽는 그 자리서 같이 죽었고, 나이 먹은 애첩 이랑녀李良女는 포로로 붙잡혔다는데 그 첩도 정절이 대단했다 카더라꼬. 송 부사가 미리 그 애첩을 한양으로 떠나도록 떼밀었다는데 '차라리 어른하고 같이 죽고 싶소.' 하고 되돌아왔다가 잡혔다 카대. 하이고, 인제 그 첩은 도리 없이 왜놈들 노리갯감이 되겄제."

덧니의 남자가 한숨까지 몰아쉬었다.

"그거는 두고 볼 일이제. 송 부사 첩들이나 종들이 모두 주인에게 일편단심이었다 카이, 그 첩도 정발의 첩 애향이처럼 자진하여 정절을 보일지도 모를 일이제."

남자들의 낯빛에 하나같이 짙은 불안감이 서렸다.

"살아서는 서방 잘 만나 호강을 누렸지마는 스물도 안 된 이팔청춘들이 아깝네."

"왜놈들이 밀양 쪽으로 올라갔다지? 이러다가 우리 조선은 도리 없이 초토화가 될 것이여. 이 일을 우찌할꼬…."

"죽기 아니믄 살기겄제. 고향 동네서 그냥 살자믄 왜놈들 배알 건드려서 좋을 꺼 읎슬 끼고, 산속에 들어가서 의병이 되거나 병졸이 되자니, 처자식은 우찌할꼬? 참말로 우찌할꼬?"

그들은 초토화된 성안으로는 차마 들어가지 못하고, 그나마 운 좋게 살아남은 자신들의 팔자를 천행으로 여기면서도 앞날에 대한 불안감 또한 감추지를 못했다.

동래성이 무너진 직후였다. 밀양 부사密陽府使 박진朴晉은 부산진성이 함락되었다는 소식만 듣고 급히 군사를 동원하여 이끌고 동래 쪽으로 남하하고 있었다. 동래성을 지원하기 위해서였다. 그런데 동래 후면의 소산 부근에 이르러 동래성도 함락되었다는 비보를 들었다. 그는 소산에 나와 있다는 경상 좌병사 이각을 서둘러 만났다. 그리고 말했다.

"이 공! 소산을 막지 못하면 영남 전 지역이 위태해집니다. 이 사람은 앞으로 나가서 적을 막을 것이오니, 공은 뒤에서 지키시다가 이 사람이 패할 듯싶으면 곧 달려와서 구하여 주시고, 또 이 사람이 이기면 공은 후면에서 밀고 나와 협공해 주시기를 바랍니다."

그의 화급한 말에 이각은 "잘 알았으니 그리하라."고 대답했다.

박진은 군사 5백여 명을 이끌고 소산역의 앞미리이자 울산의 남쪽 제1선에 해당하는 지점에 진을 쳤다. 그러나 적은 박진의 군사가 너무나 열세함을 보고서 일시에 먼지바람을 일으키며 달려왔다. 후면에서 이 광경을 바라보던 이각은 박진의 군사가 도저히 당해 내지 못할 것으로 짐작하고, 지원 출병은커녕 일언반구도 남기지 않고 도망을 치고 말았다. 그러자 박진은 자기들이 고립되었음을 깨닫고 흔들리기 시작했고, 일단 군사를 이끌고 밀양 쪽으로 후퇴하고 말았다.

소산에서 도망친 좌병사 이각은 언양으로 가서 좌수사 박홍과 만나 잠시 진을 합치고 있다가, 다시 그곳에서 울산의 병영 본진으로 돌아갔다. 병영에는 관할 13개 고을의 장령과 군사들이 이미 모여 있었다. 특히 안동 판관安東判官 윤안성尹安性은 동문東門을 지키고 있었는데 그 기세며 경비가 유독 삼엄했다. 이각은 각 고을의 장수들에게 자신은 성 밖으로 나가서 진을 치겠다고 말했다. 동래성에서 하던 대로 여차하면 꽁무니를 빼겠다는 비겁한 행위를 되풀이하는 것이었다. 그러자 판관 윤안성이 얼굴을 붉히며 그것은 불가하다고 반대했다.

이각은 부드러운 음성으로 타이르듯 말했다.

"그대는 여려 장령들과 함께 이 성을 지키도록 하게. 그리고 그대의 정병精兵들을 나에게 배속하게. 나는 서산西山에 출진하여 적이 성 밑까지 닿는 것을 엿보고 있다가 서로 신호하여 성 안팎에서 협공하여 물리치면 효과적인 병법이 아니겠는가?"

이각의 말이 그리 틀리지 않은 것 같아 윤안성은 그렇게 하자고 대답하면서 자신의 용맹스런 군사들을 차출하여 이각에게 넘겼다.

이각은 빙긋 웃음을 흘리면서 우선 자신의 애첩들을 성 밖으로 탈출시켰다. 그리고 자신도 말에 올라 윤안성의 정병들과 함께 서문西門으로 빠져나간 뒤, 냉소를 머금은 얼굴로 윤안성을 돌아보고는 손가락으로 태화강太和江 쪽을 가리키며 말했다.

"그대는 적의 선봉이 이미 코앞에 다가와 있는 것을 모르는가? 어리석기는…."

이각은 그 말을 끝으로 말을 채찍질하여 서산 쪽으로 힘껏 달아나 버렸다.

윤안성은 반쯤 입을 벌린 채 어처구니없어 하다가 칼에 손을 댄 채 분함을 못 이겨 씩씩거렸다. 그때 이각의 행동을 가만히 지켜보던 병마우후兵馬虞候 원응두元應斗도 슬금슬금 뒷걸음질쳐 도망가려는 기색을 보였다.

이에 윤안성은 수염을 파르르 떨며 벼락같이 고함을 내질렀다.

"내가 지금 이각을 단칼에 베지 못한 것을 한탄하고 있는데, 그대도 지금 그를 따르려 하는 것이오?"

"아, 아, 아니올시다."

원응두는 윤안성의 험악한 기세에 눌려 감히 달아나지는 못했다. 그러나 이각의 졸렬한 도주로 인하여 성안 장령들의 마음은 뒤숭숭해지고 군사들 역시 마음이 흐트러져서 불안한 표정들을 감추지 못했다. 거기에다 대여섯 차례나 적이 쳐들어온다는 허위 경보가 남발되자 군사들은 경기 들린 듯 깜짝깜짝 놀라더니 끝내는 영남의 보루인 병영 본진을 버리고 산산이 흩어지고 말았다. 내 한목숨 살기 위해 군사와 백성을 버리고 비겁하게 달아난 좌병사 이각뿐만 아니라 군사들 또한 제 한목숨 연명하기에 급급한, 비열한 졸병들에 불과했던 것이다.

이렇듯 영남 일대의 전쟁은 수적으로도 비교가 되지 않을 만큼 적병의 수가 많기도 했지만, 왜군의 탄탄한 조직력과 군사를 나누어 결정적 순간에 협공하는 빈틈없는 돌파력에, 아군은 이렇다 할 변변한 저항도 못한 채 맥없이 무너져 버렸다. 이렇듯 지리멸렬한 참패의 원인은 뭐니 뭐니 해도 뻔히 예상되는 왜침을 제대로 방비하지 아니한 데 있었지만, 경상 좌병사 이각, 경상 좌수사 박홍, 경상 우감사 김수를 비롯한 고위 무관들의 비열하고 비겁한 졸자 행위에도 있었다. 그뿐인가. 부산 앞바다에서는 조선군의 전선이 단 한 척도 적에 대항하여 싸워 보지도 못하고, 배들은 지레 겁먹은 아군에 의해 침몰되고 말았다.

허수아비 같기는 경상 우수영慶尙右水營도 마찬가지였다. 우수사 원균은 조정에다 두 차례에 걸쳐 어긋난 보고를 해 놓고는, 적들이 거제도로 향하고 있다는 소식을 접하자 부하 우후에게 거제 오아포의 우수영을 지키게 한 다음, 그 자신은 곤양昆陽 와룡산臥龍山에 있는 백천사百泉寺로 향했다. 그는 사찰로 가는 도중에 연해에 떠 있는 우리 어선을 보고 적선으로 오인하여 당황한 나머지 그길로 하동河東 노량진露梁津으로 도망치고 말았다.

한편 우수영을 지키던 우후는 적들이 거제도로 쳐들어온다는 오보를 그대로 믿고 우수영 성안의 노약자들을 피난시키려 하니, 먼저 도망가려다 서로 밟고 밟혀서 다치는 자가 속출했다. 군사들도 백성들 못지않게 겁을 먹고 창황하여 모두들 달아나려고 기회만 엿보고, 성안은 난리가 터진 것처럼 소란하고 어지러웠다. 이에 우후와 장령들은 전선 1백여 척과 화포를 비롯한 무기들을 바닷속에 침몰시키고 달아나 버렸고, 남해 현령南海縣令인 기효근奇孝謹은 창고에 불을 지르고 도망쳐 버렸다. 백천사로 향하다 노량진으로 길을 틀어 도망치던 경상 우수사 원균은 사천 성문 고을에 숨어들어 적을 피했다. 이로써 영남 지역의 수군 1만여 명은 장졸 할 것 없이 모두 왜적이 해당 지역에 쳐들어오기도 전에 적의 얼굴을 보지도 못한 채 이미 스스로 궤멸 상태에 빠지고 말았던 것이다.

고니시의 제1번대는 이렇듯 4월 14, 15, 16일 사흘 동안 부산진성, 다대포, 동래성, 좌수영 등을 어렵지 않게 함락하고, 17일 미명에는 북상하여 양산성梁山城을 무혈점령했다. 양산 군수 조영규는 이미 동래성 싸움에서 전사한 후였으므로, 양산성은 진작부터 비어 있었다. 고니시의 제1번대 주력진은 이어 밀양성密陽城을 공격하기 위해 밀양 작원관鵲院關 입구까지 진출하였다.

이때 아군 측에서는 경상 우감사 김수가 진주성晉州城에 와 있다가 이 소식을 듣고, 여러 군현郡縣의 수령들에게 '당장 모든 군사를 동원하여 밀양성으로 지원군을 보내라'고 명령을 내렸다. 그러나 수령들과 군사들은 미리 겁을 집어먹고 싸울 의욕이 전혀 없어 도중에 뿔뿔이 흩어지고 말았다. 초계草溪 군수인 이유검李惟儉은 군사를 스스로 해산시켜 버리고 본인도 도망을 쳤으며, 울산 군수 이언함은 동래성 싸움에서 가까스로 도망하여 막 울산으로 돌아와 있는 상태였다. 이들 말고도 각 고을의 숱한 문무관 벼슬아치들이 누구라 할 것 없이 마땅히 자신이 지켜야 할 진영을 가차 없이 팽개치고 도망쳐 버렸고, 앞다투어 흩어져 달아난 군사들도 비열하고 추악하기는 마찬가지였다. 다만 밀양 부사 박진 하나만 군사 3백여 명과 함께 소산에서 맞서 싸우다 패하고 도주하여, 다시 밀양부에 돌아와 머물며 흩어진 군사들을 모아 보려고 애를 썼다. 그러나 선뜻 응하는 군사들이 별로 없었다.

작원관은 밀양부의 동쪽 40리쯤 되는 곳에 있는 촌락이었다. 그곳의 남쪽 10리 밖에는 바위를 깎아 만든 험로가 있고 길 아래에는 깊은 연못이 있어 천연의 요새 역할을 했다. 적들은 이곳을 통해야만 밀양부로 들어올 수 있었는데, 박진이 소수의 군사를 이끌고 도착하기 전에 작원관의 아군들은 이미 위축되어 별다른 대응도 못하고 있었다.

적들은 의기양양했다. 그들은 텅텅 빈 울산과 양산에 침입하여 약탈과 학살을 마음껏 즐기다가 18일에 작원관으로 왔는데, 적장은 은빛 의자에 높다랗게 앉아 은빛 투구를 쓰고 여유롭게 전투를 지휘했다. 적장의 낯빛에는 교만과 조소가 물결처럼 일렁거렸다.

박진의 군사들은 적군보다 먼저 작원관에 도착하여 최악의 험로이자 천연의 요새 정면에 진을 쳤다. 그러나 적병은 아군이 원하는 정면의 험로를 힘들여 공격하지 않고, 측면의 산으로 개미 떼처럼 기어올라가 아군의 앞뒤를 막아 포위하려 했다. 그러자 아군 중에 용감하고 신망이 두터운 군관 이대수李大樹와 김효우金孝友가 심복 군사 십여 명을 이끌고 적보다 더 높은 곳으로 올라가서 우회하는 적들에게 활을 쏘아 대적했다. 적은 복병의 계략에 빠진 줄 알고 처음에는 당황하여 우왕좌왕하며 아군의 화살에 하나둘 쓰러졌다. 두 군관이 이끄는 소수의 용맹한 군사들은 화살이 모두 소진되자 돌팔매질로 적을 수십 명 쓰러뜨렸다. 적들은 바위틈에 몸을 숨긴 채 위쪽의 아군을 향해 일제히 조총을 쏘아 댔고, 결국 두 군관은 부상을 입게 되었다. 그들은 부상을 입고도 쓰러지지 않고 적과 백병전을 벌이며 사투했으나 결국 열세를 이기지 못하고 장렬하게 전사하고 말았다. 살아남은 군사들은 두 군관의 시체를 바위틈에 감추어 놓고 혈로를 뚫고 탈출하여 중간 지점에 진을 치고 있던 박진 부사에게 작원관의 전황을 보고했다. 박진 부사는 전세가 완전히 기울어진 것을 알고 군사를 이끌고 밀양성으로 되돌아가 군기 창고와 군량미 창고에 불을 놓아 태워 버리게 했다.

이때 원병을 보내려다가 실패하고 밀양성에 와 있던 경상 우감사 김수는, 적의 대군들이 작원관을 점령하고 밀양성으로 향하고 있다는 소식을 듣고 겁을 먹어, "총수가 포위된 성중에 있는 것은 옳지 못한 일인즉, 성 밖으로 나가 대세를 보아 책응할 것이오." 하며, 적이 포위하기도 전에 영산현靈山縣으로 떠나 버렸다. 군기와 군량미를 적의 수중에 넘기지 않겠다 하여 다 태워 버린 박진 부사 역시 성을 버리고 김수의 뒤를 따를 수밖에 없었다.

고니시가 주장인 적군의 제1번대가 이렇듯 파죽지세로 지역마다 승승장구하며 북상하자, 대마도에서 대기 중이던 가토 기요마사加藤淸正가 이끄는 제2번대와 구로다 나가마사黑田長政가 이끄는 제3번대가 4월 18일 이른 아침에 부산진 앞바다에 나타났다. 제2번대는 부산포에 직접 상륙한 다음 양산에서 동쪽으로 쳐들어가 언양을 점령하고 곧이어 경주 방면으로 진격해 올라갔고, 제3번대는 부산 앞바다에서 해상으로 이동하여 19일 김해金海의 죽도竹島에 상륙했다. 대나무가 많은 죽도는 김해부 남쪽 20여 리 지점에 위치했는데, 낙동강 하류로서 김해강의 지류가 합쳐지는 곳으로 전선을 정박할 수 있는 곳이었다.

김해 부사 서예원徐禮元은 이 죽도에다 초선哨船을 띄워 적정敵情을 탐색하게 했는데, 적은 먼저 이 배를 빼앗았다. 그리고 그곳에 배치되어 있던 아군 감시병들과 일진일퇴 접전을 하면서 김해성으로 근접해 왔다. 서예원은 성문을 굳게 닫고 비상경계 태세를 갖추게 한 다음 성안 각처를 순시하면서 군사를 독려하였고, 초계 군수 이유검은 서문을 지키면서 적과 접전할 준비를 했다. 다행히 김해부의 성벽은 여느 성들에 비해 높고 성벽 아래로는 성호城壕가 파여 있어 적군을 막는 데 유리한 편이었다. 적들은 성벽 둘레를 돌며 활과 조총으로 집중 사격을 되풀이했지만 별로 효과를 얻지 못했다. 이에 동문을 지키던 사관射官 백응량白應良은 성벽 위 높은 곳에서 여유 있게 대궁을 쏘아 일시일중一矢一中으로 말 위의 적장을 맞혀 떨어트리고 삼시삼중三矢三中으로 적병들을 연이어 쓰러뜨렸다. 그러나 그가 백발백중의 뛰어난 활솜씨였지만, 안타깝게도 화살의 여분이 넉넉지 않았다.

밤이었다. 적들은 높다란 성벽과 성 둘레의 성호 때문에 공격이 수월치 않자, 성 주변의 전답과 민가에서 보릿짚과 볏짚 땔감나무들을 약탈해 비밀리에 성호를 메우기 시작했다. 수천 명의 왜적들이 일시에 약탈해 온 나뭇단과 보릿짚 볏짚단으로 성벽 둘레의 못은 금방 메워지고, 그것은 더욱 위로 쌓여져 성벽 높이만큼 올라갔다. 적들은 이렇게 만든 대臺 위에 올라가 성안을 향해 활과 조총을 쉬지 않고 쏘아 댔다. 아군의 사상자가 급속히 늘어나자 성안의 사기는 급추락했다.

삼경三更이 지나면서 사상자는 더욱 늘어났는데, 이때 겁을 먹은 초계 군수 이유검이 자신을 야경꾼이라 사칭하고 성문을 빠져나와 달아나 버렸다. 그러자 이 사실을 알게 된 김해 부사 서예원은 서슬이 시퍼런 얼굴로 '그를 잡아오겠다'면서 황망히 이유검을 뒤따라 나갔다. 그러고는 그도 다시 돌아오지 않았다. 김해성의 수장이 비열한 방법으로 도망쳐 버린 것이었다.

이후의 결과는 불을 보듯 너무나 자명했다. 김해성의 군사들은 갑자기 지리멸렬하여 서문 남문 북문으로 앞다투어 도망치기 시작했고, 성벽 높이의 대 위에서 화살과 조총을 쏘아 대던 왜군들은 여유 있게 성벽을 넘어 들어와 급기야 김해성은 함락되고 말았다. 구로다黑田長政가 이끄는 제3번대의 첫 싸움이 이렇듯 큰 힘 들이지 않고 승전으로 끝나자 적병들의 사기는 하늘을 찌를 듯 기세등등했다.

제3번대는 이어서 창원성昌原城을 공략하기 위해 길을 떠났다. 창원으로 향하는 적군들 앞에는 탄탄대로가 펼쳐져 있었다. 창원 부사 장의국張義國이 이미 성을 비우고 도주해 버린 이후였고, 병마우후 이협李俠 역시 모든 병기를 못 속에 던지고 군량미 창고를 불사른 다음 아예 성문을 활짝 열어 놓고 숨어 버리고 말았기 때문이다.

창원성뿐만이 아니었다. 주변 군현의 수령들과 각 진영의 장수들 또한 일시에 종적을 감추고 말았던 것이다. 의령 현감 오응창吳應昌은 당초에는 김해성을 지원하기 위해 용맹무쌍한 정병精兵 백여 명을 배에 태워 나섰다. 그러나 무게를 이기지 못한 배가 침몰되면서 많은 군사가 익사했고, 싣고 가던 군량과 병기도 모두 물속에 빠져 잠기고 말았다. 그나마 살아남았던 현감 오응창과 소수의 군사들은 어디로 잠적했는지 알 수가 없었다. 또한 창녕 현감 이철용李哲容과 현풍 군수 유덕신柳德信은 감사 김수의 '피란하라'는 명령 하나로 그 행방이 묘연했다. 이렇듯 수장이라는 인물들이 자신의 목숨 하나 연명하기 위해 백성과 임금을 배신하고 책무를 내던지는 파렴치한 일이 곳곳마다 다반사로 일어났다.

경상 우병사 조대곤曺大坤은 창원 마산포에 대군을 거느리고 주둔하면서 김해성이 무참하게 도륙되고 있음을 알면서도 나아가 구하기는 커녕 도주할 생각만 하고 있었다. 이때 신임 경상 우병사 김성일金誠一이 병영에 들어서자 조대곤이 소스라치듯 놀라면서 그대로 서둘러 임소를 떠나려고 했다.

김성일이 준엄한 낯빛으로 그를 책망했다.

"장군은 한 지방을 맡은 수장으로서 적지 않은 대군을 한자리에 주둔만 시키고 싸우지도 않아 끝내 김해성이 무너졌으니, 그 죄는 목을 베어 마땅하오. 더욱이 경험과 공훈이 많고 군사를 다루는 데 노련한 숙장宿將이 이런 엄청난 죄를 지어 사방이 참혹한 지경에 이르렀는데, 의리상으로도 달아날 수는 없는 것 아니겠소."

김성일의 점잖은 나무람에 조대곤의 얼굴이 주홍빛으로 변했다.

그런데 바로 그때, 군관 김경로金敬老가 적정을 살피기 위해 성 밖으로 나갔다가 먼 곳에서 적의 척후병을 발견하고는 허겁지겁 성안으로 뛰어들어 소리를 쳤다.

"적이 성 밑에 왔다. 적이 왔다."

비명 같은 그의 외침은 병영의 군사들을 혼비백산 동요케 했다. 김성일 앞에 얼굴이 붉어진 채 앉아 있던 조대곤도 반사적으로 벌떡 일어났다. 그의 낯빛은 겁에 질려 금방 하얗게 변했다. 그는 두 다리를 비틀거리며 허둥지둥 말을 타려 했다. 김성일이 그런 그를 다시 불러 달아나지 못하게 막았다. 그러자 그는 말의 몸통에 두 팔을 올려놓은 채 말 위에 오르지도 그냥 돌아서지도 못한 채 엉거주춤 서 있었다. 이때 그의 나약한 모습을 보다 못한 비장裨將이 그의 몸뚱이를 위로 추켜올려 주자, 그는 날렵하게 말에 올라타서는 파렴치하게도 군사들이 보는 앞에서 제일 먼저 도망을 치고 말았다. 그길로 말의 배를 거듭 차며 다리야 날 살려라 달아나 버렸다.

"허어, 허허어."

그런 그의 뒷모습을 바라보며 김성일이 탄식을 내뱉었다. 문제는 눈앞의 군사들이었다. 조대곤이 도망쳐 버리자 군사들의 기세가 무너지면서 순식간에 모두 흩어져 성문 쪽으로 달아나기 시작했다. 한술 더 뜬 사람은 적병이 성 밑에 왔다고 떠벌리던 군관 김경로였다. 그는 조대곤이 도망쳐 버린 성문으로 자기도 달아나기 위해 말 머리를 돌리면서 앞에서 거치적거리는 아군 병사들에게 마구 칼을 휘둘렀다. 한마디로 아수라장이었다.

이때 김성일이 군사들을 향해 불벼락 같은 호통을 쳐서 성문 밖으로 빠져나가지 못하게 해 놓고, 그 자신이 십여 명의 정병들을 선발하여 적정을 정탐하러 성 밖으로 나갔다. 그의 예상은 어긋나지 않았다. 적군이 성 밑에 당도해 있는 것이 아니라, 성문 밖 멀리에 척후병 두어 명이 얼쩡거리고 있을 뿐이었다. 적의 척후병을 발견한 군사들이 움찔거렸다. 김성일은 군사들을 제지하고 말 위에서 내렸다. 그리고 호상胡床을 땅에 내려놓게 하고 그 위에 천천히 의젓하게 앉았다. 이어 군관 이종인李宗仁을 시켜 그 척후병들을 쏘아 죽이라고 했다. 명을 받은 이종인은 말을 달려 척후병 하나를 활을 쏘아 쓰러뜨렸다. 이를 본 다른 한 척후병이 혼비백산하여 달아났으나 또 한 개의 화살이 그의 등에 꽂혔다. 김성일의 동요되지 아니한 이러한 행동은 성 안팎 군사들의 겁먹은 마음을 안정시키는 데 큰 효과를 거두었다.

한편 전란 직전에 김성일을 경상 우병사로 임명하여 내려보냈던 조정의 임금은 왜란이 터지자 그를 파직하고 잡아다 국문鞠問하라 명했다. 일본에 통신사로 갔다 와서 '왜인은 절대로 쳐들어오지 않는다'고 보고했던 것이 실제 왜란의 발발로 말미암아 거짓으로 드러났기 때문이었다. 그의 말을 믿고 왜침을 막아 낼 방비를 소홀히 했었고, 그로 인해 결국 이러한 큰 변란이 일어난 것에 죄를 물어 그를 벌하기 위해서였다. 그런데 김성일이 한성에 잡혀가기도 전에 그가 적의 척후병을 처리한 사건 등이 조정에 알려졌고, 이에 좌의정 유성룡이 김성일의 충절을 믿을 수 있다고 아룀으로써 임금의 노여움이 풀리게 되었다. 김성일은 국문을 받기도 전에 죄가 사면되었을 뿐만 아니라 다시 경상도 초유사*에 임명되었다. 김성일은 임금의 잡아 오라는 명을 듣고 스스로 말을 달려 직산稷山에 이르렀다가, 초유사의 명을 받고 다시 임지로 돌아갔으며, 이후 임금의 은혜를 갚겠다는 의지로 의병을 불러 모아 점점 형세를 이루어 나갔다.

왜군의 조선 침략은 나날이 급속도로 확대되어 갔다.

구로다黑田長政의 제3번대는 김해성과 창원성을 공략하고 이어 영산靈山 창녕昌寧 현풍玄風을 거쳐 낙동강洛東江 좌안左岸 지역을 석권했으며, 성주성星州城을 향해 북상하기 시작했다. 부산진성을 제일 먼저 침략함으로써 조선에 첫발을 디딘 고니시小西行長의 제1번대는 밀양에서 북쪽으로 침략하여 올라가 청도군淸道郡과 대구부大丘府를 공략하고 곧바로 낙동강을 건너 선산부善山府를 향해 북상하고 있었다. 가토加藤淸正가 이끄는 제2번대는 부산포에 직접 상륙한 다음 양산에서 동쪽으로 쳐들어가 언양을 점령하고 곧이어 경주성慶州城으로 향했다.

경주에는 신임 부윤府尹인 변응성邊應星이 아직 부임하지 않아 판관

---

* 초유사(招諭使) : 난리 때 백성을 수습하고 타이르는 일을 맡아 보던 임시 벼슬

박의장朴毅長이 부근 지역의 병사와 백성 수천 명을 모아 놓고 지키고 있었다. 전임 부윤이었던 윤인함尹仁涵은 후임자인 변응성이 오기를 기다리고 있다가 전세가 매우 불리함을 알고는, '도망치는 용졸 수령들을 체포하러 간다'는 이유를 대고 성 밖으로 나가 슬그머니 종적을 감춰 버렸다. 그때 경상 우감사 김수는 도피해 있던 지예현知禮縣에서 거창居昌으로 다시 옮기면서 영천永川 군수 김윤국金潤國에게, 경주의 집경전集慶殿에 보관되어 있는 수용*을 깊은 산간으로 옮겨 안전케 하라고만 지시하였다.

수장인 부윤이 없는 경주성 안에는 박의장 판관과 장기長鬐 현감 이수일李守一 그리고 수많은 군사와 백성들이 있었는데, 군사 한 명이 달려와 '적병이 동문 밖에 패문牌文을 세우고 갔다'고 보고했다. 박 판관은 곧 그것을 뽑아 오라 하여 보았더니 내용인즉 '대마도주가 병력을 거느리고 왔으니, 판관은 속히 성문을 나와 약속을 들으라'고 되어 있었다. 대군의 병력을 이끌고 왔으니 판관은 문을 활짝 열어 맞이하라는 오만방자한 내용과 다름이 없었다. 그러자 판관 박의장 등은 화살 한 개도 날려 보지 못하고 수천의 군사와 백성들과 함께 그냥 도주하고 말았다. 따라서 적은 조총 한 발 화살 한 개 쏘지 않고 조선의 고도古都 경주성을 무혈점령했다.

가토加藤清正의 제2번대는 풍신수길豊臣秀吉이 중시하던 조선의 고도를 으뜸장 놓는 글귀 한 줄에 무혈로 점령한 기쁨을 채 누리기도 전에, 다음 날 바로 영천을 점령하고 신령新寧 의흥義興 군위軍威 비안比安을 지나 용궁현龍宮縣의 하풍진河豊津을 건너 문경聞慶으로 진출해서 조령鳥嶺을 넘어 충주忠州로 북진하였다. 이때에 안동 부사安東府使 정희적鄭熙績도 도주하고, 좌방어사 성응길成應吉과 조방장 박종남朴宗南은 의흥義興에 머물고 있었으나 왜군의 파죽지세에 아무런 대항도 하지 못하였다.

* 수용(睟容) : 왕의 얼굴을 그린 초상화. 어진(御眞)과 같은 말

*

부산진성 전투를 비롯한 곳곳의 전황이 단편적으로나마 발 없는 말이 되어 진주까지 들려왔다. 사랑채 출입이 잦아진 다른 지역 의병들과 장터를 떠도는 장돌뱅이들이 전하는 말로 논개도 소문을 듣고 있었다. 불안감과 공포심이 덧붙여진 소문의 내용인즉 왜적의 파죽지세에 조선의 벼슬아치와 백성들은 속수무책으로 당하거나 지레 겁을 먹어 성을 내팽개치고 달아나기 바쁘다는 것이었다. 게다가 말로만 들었던 적의 신무기 조총의 위력은 가히 대적할 수가 없다 하니, 논개는 암담한 심정이 되면서 조선의 앞날에 대한 걱정은 더욱 깊어졌다. 그러나 그만큼 그녀의 비장감과 결의도 더욱 굳어져 갔다.

"으라쌰!"

"와아!"

남강 변의 옥봉 둑 아래에는 돌팔매질을 하는 걸인들이 내뱉는 소리와 의기회 회원들과 동기들의 함성이 어우러져 연일 소란스러웠다. 일반 걸인들과 어린 동기들은 돌팔매질을 하고, 열대여섯 명의 의기회 기녀들과 돼지코 털북숭이 식칼 등의 정예파 걸인들은 임시로 만들어 세운 과녁판에 활을 쏘고 창과 칼로써 백병전을 벌이는 등 격렬한 훈련을 하고 있었다. 망진산 의병소에서 초청해 온 김을金乙 의병은 열과 성을 다해 정예파 걸인들과 의기회 기녀들을 훈련시키느라 늘 얼굴이 상기되어 있었고, 논개는 말을 타고 그들 사이를 분주히 오가며 훈련을 독려했다. 둑 아래 모래밭에 돌무더기가 다시 쌓이자 성안의 관졸들이 이미 두 차례나 우마차를 끌고 나와 실어 갔으나, 또다시 봉분만큼이나 쌓여 있었다.

훈련을 독려하는 논개의 얼굴은 긴장감으로 굳어 있었다. 소문에 의하면 논개가 새벽녘에 흉몽을 꾼 바로 그날 왜적이 부산 앞바다로 쳐들어왔고, 자신이 꿈에서 생생하게 본 것처럼 다음 날 새벽에는 적병이 개미 떼처럼 부산진 성벽을 기어올랐다는 것이었다. 논개는 전율을 느꼈다. 왜적이 조선 땅에 발을 들여놓고 부산진성을 침략했다는 사실이 왠지 자신의 꿈과 무관하지 않은 것처럼 다가왔기 때문이다. 성벽을 기어오를 왜적을 쓰러뜨릴 목적으로 진작부터 걸인패들 기녀들과 함께 돌팔매질 훈련을 해 온 터라 그녀의 머릿속에는 적들이 성벽을 타는 형상이 각인되어 있기도 했지만, 참으로 공교롭게도 왜적이 쳐들어온 그 시각에 그런 내용의 꿈을 꾸었을까 싶었던 것이다. 난리가 터지려면 온갖 기이한 일들이 일어난다고 하지만, 꿈속에서 개미 떼처럼 벼랑을 기어오르던 인간 무리가 바로 왜적들로 선명하게 인식이 되면서, 논개는 누군가가 자신에게 꿈으로 왜적의 침입을 보여 준 것이라는 생각까지 들었다.

"안방 어머니가 몸체를 드러내시지는 않았지만, 전쟁이 드디어 닥쳤음을 나에게 미리 알려 주신 건지도 몰라…."

논개는 드디어 전쟁이 터졌음을 죽은 설매가 예시해 준 것이라 생각한다.

"꿈이 현실과 반대라고들 하지만, 장대에 들러붙은 인간들은 내가 장대를 밀어냄으로써 모두 황천길로 갔는데, 실상은 우리 군사들이 추풍낙엽으로 떨어지고 있다니…. 이를 어쩔 거나, 이를 어쩔 거나."

논개는 참담한 마음을 가눌 길이 없어 그때마다 밖으로 말을 달려 활을 쏘거나 걸인들의 훈련을 강도 높게 진행했다. 그뿐만 아니라, 활쏘기와 창던지기 칼싸움 등의 훈련을 하고 있는 정예파 걸인 오십여 명을 숫제 행랑채와 사랑채의 큰 방 두 개씩을 비워 나누어 묵게 하고 집중적으로 훈련을 시켰다.

울산댁은 정예파 걸인들이 기와집으로 들어오던 날, 기어이 부엌일을 그만두겠다고 말했다. 논개는 울산댁을 붙잡아도 더 머물지 않을 것임을 알고 있었고, 또한 붙잡고 싶지도 않았다. 그녀는 그러라며 고개를 끄덕여 주고는, 임진년 들어 아직 4월도 채 지나지 않았지만 반 년 치의 새경으로 계산해서 엽전과 곡식을 안배하여 내주었다. 울산댁은 새경을 두 달 반 치나 더 얹어 주는 논개에게 고맙다는 말은 하면서도, 안방 어머니 설매가 자기에게 재산의 일부를 준다는 말을 했었다고 기어이 욕심을 덧붙였다. 논개는 이미 타계한 사람을 언짢게 하는 말은 하지 않는 것이 생전에 보살펴 준 은공에 조금이나마 보답하는 길이라 말하면서, 두 달 반의 새경을 더 얹어 주는 것은 그간 걸인들의 밥을 짓느라 수고했기 때문이라 못을 박았다.

울산댁을 내보낸 논개는, 여자 걸인들 중에서 그나마 깨끗해 보이는 두 명을 뽑아 섭냄이를 도와 부엌일을 맡도록 했다. 그중 한 명은 벙어리였다. 산발한 더벅머리에 누더기를 휘감고 있는 그녀들의 머리를 삭발시켜 이와 서캐를 몰아내고, 뒤란 목욕간에 물을 덥혀 온몸에 켜켜로 덕지덕지 끼어 있는 묵은 때를 벗겨 내고, 누런 이를 소금으로 깨끗이 닦아 내게 했다. 그리고 때를 벗은 그들에게 새 무명옷을 입혔다. 그녀들은 전혀 다른 사람 같았다. 쉼 없이 눈동자를 굴려 눈치를 살피면서도 갑작스런 목욕과 깨끗한 옷차림에 벙긋벙긋 웃으며 쑥스러워했다. 대소변 후에 아래를 닦지 않고 손을 씻을 줄 모르는 굳어진 생활습관이 쉽게 고쳐지지 않았으나, 이 또한 논개의 집요하고 지속적인 주의로 차차 개선되었다. 그녀들은 하루 세끼를 제대로 먹고 깨끗하게 달라진 자신들의 모습이 대견스럽고, 태어나 처음으로 사람대접을 받는 것이 분에 넘치게 홍감한지 조금도 쉬지를 않았다. 부엌일을 다부지게 해낼 뿐만 아니라 틈만 생기면 집 안 구석구석을 반들반들 윤이 나게 털고 닦았다.

부엌살림의 틀이 잡히자 논개는 큰 결정만 내려 주고 섭냄이에게 집안일을 아예 도맡기다시피 했다. 그리고 자신은 의기회와 걸인들의 훈련에만 전력을 기울였다. 그들도 이미 왜적의 침입을 알고 있었다. 더불어 논개는 의기회 회원들을 더욱 자주 훈련에 동원했다. 하지만 회원들은 마음들이 불안해서인지 아니면 논개의 소집이 너무 잦아서인지 생각만큼 열심히 따라 주지 않았다.

반대로 걸인들의 사기는 절정에 닿은 듯이 높아졌다. 적극적으로 부지런히 훈련하는 정예파 걸인들을 기와집에 묵게 한 이후부터, 그들의 기운은 마치 하늘을 찌를 듯 기세당당해졌던 것이다. 그들은 실제 관졸들이나 의병들 못지않은 기개를 갖추었고 무기를 다루는 기술도 기대 이상으로 제법 습득을 했다.

진주성 안팎의 백성들은 너나없이 모두가 일손을 놓고 불안해했다. 조선의 관문인 부산진과 동래성이 무너지고 언양, 양산, 밀양, 경주, 김해, 창원, 영산 등이 왜적에 의해 속속 함락되었다는 소식이 전해질 때마다 사람들은 우왕좌왕했고, 적들이 언제 진주를 침공해 올지 몰라 전전긍긍했다. 비상식량을 자루에 따로 채워 두는가 하면 쌀과 보리쌀을 쩌서 말려 가루를 만들기도 했다. 된장에 박은 장아찌를 나뭇잎에 싸서 보자기에 묶어 두고 여차하면 피란을 떠날 준비들을 했다. 사람들은 삼삼오오 모이기만 하면, 진주성에는 잦은 병치레를 하는 목사보다도 오히려 판관 김시민이 있어 적어도 장졸들이 무책임하게 성과 백성을 버리고 도망을 치지는 않을 것이라 수군거렸다.

"왜놈들의 목적은 한성을 뺏어서 왕을 굴복시키는 것일 끼라. 왕을 굴복시키면 바로 조선과 백성을 전부 항복시키는 것일 텐께. 그란께네 왜놈들도 모든 고을을 다 칠 수는 없으니께 한성으로 막바로 올라갈지도 모린다 이거여. 무신 말이냐 하모, 왜놈들이 진주성으로는 안 올 수도 있다, 이 말인 기라."

갓을 쓴 남자 하나가 한성이란 말을 뱉을 때마다 북쪽 방향으로 팔을 쭉쭉 뻗으면서 이렇게 말하자, 또 한 남자가 응수했다.

"그랄지도 모리제. 하지만 글타고 안심하고 있어서는 안 되제. 적이 우리 땅을 짓밟고 있고, 지금도 우리 동족들을 살육하고 있고, 그라고 우리 생각하고 다르게 하시라도 진주로 들이닥칠 수도 있은께네. 참말로 딱한 거는 우리 조정하고 장졸들인 기라. 우짠다고 성을 내놓고 도망을 친단 말이고. 칼로 치든 활로 쏘든 왜놈들을 한 놈이라도 이 땅에 발을 몬 붙이게 해야제. 지들이 있는 성으로 왜놈들이 쳐들어올까 봐 벌벌 떨다가 적이 당도하기도 전에 활도 한 번 몬 쏴 보고 그대로 줄행랑을 쳐 버린다니, 쯧쯧, 기가 막힌 기라. 이거는 참말로 말도 안 되는 기라."

"그노무 조총 때문이 아이겄나. 우리는 젤 큰 무기가 활인데, 화살은 맞아도 심장부를 명중하지 않고는 금방 직사하지는 않는데, 조총은 다르다 아이가. 뜨거운 쐬붙이가 몸띠 안에 박히거나 몸띠를 뚫고 나간다니 촉에 독을 묻힌 화살에다 대겄나 이기제."

"총이나 활이나 그런 거 때문만이 아인 기라. 국록 처묵은 이 나라 벼슬아치들의 정신이 썩어 빠져서 그런 기라. 몸띠로라도 적을 막아 백성과 나라를 구하겠다는 우국충정만 있으모, 활과 총이 아무리 다르다 캐도 이렇게까지는 안 당하는 기라. 썩어질 노무 못난 종자들. 우짠다꼬 그런 옹졸하고 비열한 인간들을 벼슬자리에 앉혀 놓고, 백성들 피만 빨아묵게 했는지, 아이고."

"수령들이 무관보다 문관들이 많아서 그럴 끼라."

"아따, 그 말도 우습네. 들은께네 수사, 병사, 이런 진짜 높은 벼슬아치들은 다 무관들이라 카던데. 활도 한 번 몬 쏴 본 등신들이, 천금 같은 군량이며 전선이며 활과 창과 칼을 몽땅 바닷물에 처넣고 불질러 태워 빠리는 재주밖에 없는 그것들이, 모두 높은 벼슬 갖고 있는 무관들이라 카더라."

"군량미 불지른 거는 적들이 처묵을까 봐 그랬고, 병기하고 배는 적들이 써묵을까 봐 그랬겄제."

"그라이 딱하다는 기라. 그 방법밖에 없었겄는가, 이 말인 기라. 난리가 났을 때 그것들을 숨겨 놓을 자리를 미리 준비해 놓든가, 아니모 배고픈 백성들한테나 노나 주든가, 것도 아니모 차라리 왜놈들이 실컷 처묵고 배때지 불러 퍼질러 앉아 졸고 있을 때 고마 확 때리잡든가…. 생각하모 다른 방법도 마이 있을 낀데, 글쎄 생명 같은 그 아까운 곡식을 와 불질렀냐, 이 말이제."

검은 얼굴에 주름이 짜그라지듯 많은 남자는, 나랏돈 들어간 병기들이며 알곡식을 제대로 써 보지도 않고 송두리째 물속에 처박고 불태워 없앤 것이 못내 아쉬웠던 모양이었다. 또한 그는 도망친 수령들에게 모욕을 가하고 싶은 듯 논개를 입에 올려 가며 이죽거렸다.

"걸뱅이들 사람 만드는 어린 기생만큼도 못한, 등신 겉은 사또들이라니, 쯧쯧."

그러자 다른 두 남자의 낯빛이 흥미로움으로 번들거렸다.

"참말로 논개는 여걸인 기라! 백 명이 넘는 진주 걸뱅이들을 멕이고 입히고 훈련시키고, 인자는 숫제 집에다가 걸뱅이들을 끌어들여서 같이 산다 카더라. 가난은 나랏님도 못 구한다 카는 긴데…. 하기사 고방에 해묵은 곡식이 천장까지 쌓여 있다 쿠더라마는, 맨날 백 사람 밥을 해 멕이모 그게 언제꺼정 갈라는지. 쥑일 놈들, 물속에 처넣는 알곡식을 논개한테나 좀 주지."

"논개가 야무지기가 쇠심줄 같다 카더마. 걸뱅이들한테 절대로 꽁짜 밥을 멕이지 않는다 카더라꼬. 돌멩이를 열 개 이상 주워 와서 돌팔매질을 꼭 해야 주먹밥 한 딩이를 주고, 나물을 뜯어 오거나 새끼를 꼬거나 마굿간을 치우거나 집 안 청소라도 해야 밥을 준다는 기야. 그거뿐이 아이고, 걸뱅이들한테 '너거들도 제 힘으로 먹고살 수 있는 사람이다' 이렇게 심지를 심어 준다 카대! 일하지 않고 남의 밥 꽁짜로 얻어묵을라 카는 거는 하등한 미물들 짓거리인께네 사람대접 받을라믄 당당히 밥값을 해야 마땅하고, 짐승 아닌 사람으로서 자존심을 가져야 한다 쿠믄서 짬만 나면 교육을 시킨다는 기야. 그래서 걸뱅이들이 많이 변했다 카더라꼬. 절대로 기냥 밥 도라 카지 않고, 뭣이든 밥값을 할라 카고, 그라고 엔만하믄 남한테 동냥하지 않고 지 스스로 먹고 살라꼬 애를 쓴다는 기라. 남한테 얻어먹는 짓거리가 굉장히 부끄러운 일이라는 거를 걸뱅이들이 뻬저리게 알게 됐다는 기라. 이게 오데 보통 사람이 할 수 있는 일이겄어? 아무리 생각해 봐도, 논개는 기냥 치마 두른 여자는 아닌 기라."

"맞다, 맞어! 이번에 기와집으로 들어간 걸뱅이들은 아무 걸뱅이가 아이고 정병이라 카더라. 병졸이나 의병들보다 더 날렵하고, 변고가 생기모 한몫 단단히 할 인물들이라는 기라. 망진산 민완 의병을 초청해서 온종일 그들을 훈련시키는 게 논개의 젤 큰 일이라는 기라. 오데 그뿐이더나, 기생들 훈련도 도맡아 한다 카더라꼬."

"히히. 그 유명하던 진주의 설매 기생집이, 인자는 걸뱅이랑 기생들 훈련집으로 둔갑했구마이!"

"새끼 기생 교습소에다 의병들 연락소 역할도 했제. 논개는 왜란이 있을 것을 미리 알고, 세상에서 인간 말종으로 치는 천민들을 사람 맹글어서 나라의 대들보가 되게 할라꼬 지금꺼정 죽을 애를 써 온 기라. 부모만 잘 만났으모 헌헌장부로 대장이 될 재목깜인디, 아까워서 우짜꼬."

그들은 도망친 수령들을 저주하다가 대화가 논개 이야기로 바뀌자 어느새 얼굴에 웃음까지 머금고 다투어 한마디씩 했다.

그러나 그날, 논개는 정작 황당한 일에 부딪히고 말았다. 옥봉 둑 아래의 모래밭에서 정예병들의 훈련을 독려하며 의기회 회원들과 활쏘기 연습을 하고 있을 때였다.

초희가 헐레벌떡 훈련장으로 달려오더니 논개에게 귓속말로 속삭였다.

"성님, 성님. 넉근 아재 아지매가 은금이 옴마를…."

"무슨 말이냐?"

초희가 자기들에게 시선이 닿아 있는 의기회 회원들을 조심스럽게 둘러보고는 논개의 귀에다 입을 바싹 갖다 댔다.

"넉근이 오매가 빨개벗은 은금이 옴마를 막 잡아 뜯고 있어예."

논개의 두 눈이 크게 벌어졌다. 재차 반문하지 않아도 상황을 직감할 수 있었다. 넉근 애비와 섭냄이의 치정 관계가 계속 이어지고 있었던 모양이었고, 급기야 넉근 어미에게 현장이 발각된 것 같았다.

논개는, 연습을 하다 말고 계속 자기와 초희에게 시선이 꽂혀 있는 의기회 회원들과 또 그녀들 못지않게 흘끔흘끔 곁눈질로 역시 이쪽을 살피고 있는 걸인 정예병들을 둘러보며 "전쟁을 하다 한눈을 팔면 목숨이 달아난다는 걸 모르는가?" 하고 크게 소리치고는 훌쩍 말에 뛰어올라 초희를 뒤에 태우고 집을 향해 달렸다. 단숨에 언덕길로 말을 몰아 반쯤 열려 있는 대문을 박차고 뛰어들어갔다.

바로 행랑채 앞이었다. 그야말로 가관의 정경이 행랑채 마당에서 벌어지고 있었다. 다부지고 앙바틈하게 생긴 넉근 어미가 실오라기 하나 걸치지 않은 섭냄이의 벌거숭이 몸뚱이를 흙마당에 패대기쳐 놓고 그 위에 걸터앉아 두 손으로 섭냄이의 젖가슴을 움켜잡고 쥐어뜯듯 비틀고 있었다. 은금이는 월향이의 등에 업혀 자지러지게 울어 댔고, 땅바닥에 퍼드러져 사지를 버둥거리는 섭냄이는 머리를 산발한 채 짐승처럼 비명을 내질렀다.

"세상에, 이게 무슨 짓이란 말이고?"

논개는 얼른 달려들어 넉근 어미의 양어깨를 거칠게 잡아 쥐고 그녀를 섭냄이의 몸뚱이 위에서 떼어 냈다.

"세상에! 망칙도 해라. 넉근 오매, 와 이라는 기요?"

넉근 어미는 삽시간에 양 겨드랑이와 어깨를 비틀려 잡힌 채 두 다리를 버둥거리며 끌려 나오면서 독기 오른 눈으로 논개를 쏘아보았다.

"기생집에 살모 우떤 년이나 다 기생년이 되는갑제. 이 씨부랄 잡년이 남의 서방을 홀가 내서 벌건 대낮에 씹질을 하고 있는 기라. 이거 놔요, 내 이 잡년의 젖통하고 씹구녕을 작살내 삐릴 끼라."

넉근 어미가 입귀에 거품을 물고 논개를 죽일 듯이 쏘아보면서 붙잡힌 어깨를 거칠게 흔들며 온몸을 퍼덕거리고 꿈틀댔다. 이를 뿌드득 갈기도 했다.

섭냄이는 그 틈을 이용해 발가벗은 몸에 머리를 산발한 채 안채로 뛰어들어갔고, 은금이는 달아나는 제 어미를 보고 더욱 자지러지게 울어 젖혔다.

"여게 좀 앉아요. 아무리 미워도 그렇제, 쪼맨 아이들 보는 데서 이게 무슨 꼴들이란 말이오."

논개는 힘으로 넉근 어미를 행랑채 쪽마루에 끌어 앉히려 했다. 그러나 농사일로 단련된 넉근 어미의 버티는 힘이 보통이 아니었다.

"보는 아들이 누군고? 새끼 기생년들 아인가. 남의 서방 뺏으모 이 짓을 당한다는 거를 가르쳐 조야제. 이거 놔! 서방 뺏긴 년 쏙을 기생인 안방 애씨가 우찌 안단 말인고? 내 저년의 씹구녕을 칼로 쑤셔 삐릴 텐께."

시뻘겋게 충혈된 넉근 어미의 눈은 금방 불덩어리라도 튀어나올 것처럼 번뜩였고, 몸뚱이는 분노와 질투심으로 부들부들 경련을 일으켰다.

"자, 일단 여게 앉아 봐요. 월향아, 얼른 찬물 한 그릇 떠 오너라."

월향이가 자지러지는 은금이를 등에 업은 채 안채로 뛰어들어가려 하자, 초희가 손으로 저지하고는 잽싸게 안채로 들어갔다. 넉근 어미는 논개의 강한 힘에 끌려 도리 없이 쪽마루에 엉덩이를 털썩 놓았다. 그녀는 가슴을 벌름벌름하며 숨을 크게 몰아쉬었다. 논개는 초희가 떠온 찬물 그릇을 넉근 어미의 입에 갖다 댔다. 그녀는 거칠게 물그릇을 뿌리쳤다. 하얀 막사발이 흙마당에 떼굴떼굴 뒹굴었다.

그때 논개가 마른하늘에 꽈르릉 벼락 치듯 고함을 내질렀다.

"월향아, 넉근 애비 어디로 도망쳤느냐? 멀쩡한 조강지처가 눈이 시퍼렇게 살아 있고 자식새끼가 주렁주렁 달린 늙은 사내가 우쩌자고 남의 집 유부녀를 건드린단 말이더냐? 얼른 넉근 애비 찾아오너라! 내 이 두 연놈을 당장 사또 앞에 끌어가야겠다. 곤장을 천 대쯤 두들겨 맞게 해서 옥살이를 시켜야겠다. 지금 왜놈들이 쳐들어와서 나라가 쑥대밭이 되고 있는 이 난리판에 도와주어도 맘에 안 찰 낀데, 연놈들이 벌건 대낮에 간통질을 했으니 사또님 눈에 쌍심지가 돋아 연놈들을 단칼에 목을 벨지도 모른다. 죄를 졌으모 벌을 받아야제. 초희야! 월향아! 뭘 꾸물거리느냐? 넉근 애비 얼른 찾아오라 하지 않느냐!"

순간, 최악의 흥분 상태에서 거칠게 숨을 내뿜고 있던 넉근 어미의 어깨가 움찔했다. 얼굴이 붉으락푸르락 변하다가 하얗게 질렸다.

"썩을 잡년이 꼬리를 친께네 사내가 동한 기제! 넉근 아부지가 머를 잘몬했다고 사또한테 잡아가는가?"

"고거사 사또가 가려내겠제. 늙은 잡놈이 싫다는데 어린 잡년이 상해 달라꼬 다리를 벌렸는지, 애비 겉은 잡놈이 따라다니면서 찝쩍거리다가 힘없는 년을 자빠뜨리고 덮쳤는지, 고거를 제삼자인 우리들이 어찌 알겠소. 초희야, 뭘 하고 섰느냐?"

논개가 거친 말과 함께 다시 고함을 쳤다.

은금이를 업고 있던 월향이가 언제 애를 제 어미에게 넘겨주었는지 홑몸으로 발을 동동 구르고 서 있었다.

"넉근이 아재는 바지를 안고, 베락겉이 대문 밖으로 뛰어나가 뿌렀어예."

월향이가 잔뜩 겁을 먹은 표정으로 넉근 애비가 도망간 말을 하다가, 그 우스꽝스런 모습이 떠올랐는지 입가로 웃음기를 살짝 흘렸다.

"넉근 애비가 할때 벗고, 불알을 덜렁거리면서 옷을 안고 나갔단 말이냐?"

월향이가 기어이 입술을 버그러뜨리고 웃음을 터트리면서 수줍게 고개를 끄덕였다. 한번 터진 웃음을 쉽사리 멈추지 못했으나 소리는 전혀 내지 않았다.

"참말로 기가 막힐 일이로구나! 사내는 빨가벗고 밖으로 도망치고, 계집은 빨가벗긴 채 마당에 엎어져 잡아 뜯기고…. 가만있어라, 너희들 힘으로 넉근 애비를 어찌 잡아오겠느냐. 놔두어라. 대신, 지금 바로 훈련장으로 나가서 내가 부른다고 말하고 힘센 장사 대여섯 명만 데려오너라. 그 사람들을 풀어서 넉근 애비를 붙잡아 오도록 해야겠다. 오늘 당장 연놈을 관아로 끌고 가도록 해야겠다."

그때 계속 당황해하던 넉근 어미가 기가 죽은 낯빛으로 논개의 손을 덥석 붙잡았다.

"애기씨, 머를 그렇게꺼정 일을 벌릴라 캅니꺼. 고마 이쯤에서 다시는 더 그 짓들을 몬 하거러 씨껍 멕이고, 저 잡년만 이 집에서 쫓아내삐리모 될 낀데…."

"씹구녕을 칼로 쑤셔 버리겠다는 넉근 어매의 썽이, 오데 그 정도로 풀리겄소? 나도 친척뻘인 은금이 애비가 배 타고 먼바다로 나가면서 3년만 은금이 에미를 맡아 달라 해서 돌봐 주고 있는 것인데, 내 손으로 내쫓기보다 차라리 관졸들이 잡아가는 것이 내 맘은 더 편할 것 같은데, 왜 그러는 기요?"

"자, 자슥들 땜에 그렇제요."

넉근 어미가 땅이 꺼지게 한숨을 뿜어내며 말했다.

논개는 넉근 어미의 사정을 봐주는 듯한 얼굴을 하고 비로소 음성을 낮춘다.

"넉근 오매가 그렇게 하자 쿠모 나도 참지요마는, 그래도 칼로 쑤신다니 작살을 낸다니 그리 험한 말은 마소. 은금이 어매가 넉근이 아부지한테 당했을 수도 있는 거 아니겠소."

"고거는 안방 애기씨가 몰라서 그런 말씸을 하는 기요. 울산댁이 그라는데 그 잡년이 더 꼬리를 친다 캅디더. 안방 애기씨가 집만 비우모 넉근이 아부지 앞에서 알짱거리고 요망을 떤다 쿱디더."

논개는 비로소, 울산댁이 집을 나가면서 넉근 어미에게 찔러서 이 사달이 벌어졌음을 알게 되었다. 그러나 짐작건대, 두 사람이 한창 일을 벌이고 있을 때 넉근 어미가 들이닥친 것으로 보아 누군가 집 안에 밀탐꾼이 따로 있을지도 모른다는 생각도 했다.

"그래요? 자식 생각하는 넉근 어매 말대로 일을 크게 만들지는 않고 다시는 이런 일이 없도록 내가 은금이 어매를 다잡을 테니, 넉근 어매도 넉근 아배를 꽉 잡으소. 세상에, 지금이 어느 땐데 이리도 정신없는 사람이 있겠느냐 말이요. 뒷일은 내가 알아서 할 테니까 인제 그만 돌아가소."

넉근 어미는 제 남편을 붙잡아 관아로 끌고 가지 않겠다는 논개의 말이 떨어지자 비로소 안도감이 드는지 두 손으로 감싸 잡았던 논개의 손을 풀었다. 그러나 원통한 듯 자기 가슴을 두 번 세 번 쳤다.

"아이구, 내 팔자야. 그 종자가 밤마다 색을 밝히서 자슥새끼만 줄줄이 싸지르게 해 놓고, 요새는 좀 안 밝힌다 싶더마는 딴 구멍 파느라고 오, 어히구. 어구, 어구, 어이구."

그녀는 두 주먹으로 번갈아 자기 가슴팍을 치면서 짐승 소리 같은 울음을 터트렸다.

"으흐흐. 우으으. 지 눔이 나를, 나를 우찌 배신한단 말인고. 우리가 우떻게 맺어진 인연인디. 지 눔이 나를…. 아이고 억울해라. 원통해라…."

분통이 멈추어지지 않는 모양이었다. 눈물 콧물이 범벅이 되어 얼굴을 타고 내리든 말든 주먹으로 가슴을 치다가 쪽마루를 치다가 넋두리를 풀다가 했다.

그날 논개는, 쉽게 울분을 다스리지 못하는 넉근 어미를 달래서 그네 집으로 돌려보냈다. 그리고 곧장 섭냄이가 머무는 뒷방으로 들어갔다. 그녀는 은금이를 재워 놓고 그 옆에 무릎을 세워 머리를 처박은 채 맥없이 훌쩍거리고 있었다. 벌거벗은 몸 위에 겉옷만 그냥 걸쳤을 뿐 매무새를 제대로 추스르지 못한 채였다.

"자알한다!"

논개는 섭냄이의 몰골을 쏘아보면서 이번에는 언짢은 말을 좀 독하게 퍼부어야겠다고 벼른다. 그러나 고개를 쳐든 그녀의 눈물 젖은 얼굴과 벙긋 벌어진 저고리 사이로 내비치는 붉고 퍼렇게 멍이 들어 퉁퉁 부어 있는 두 개의 젖통을 보면서 그만 말을 삼킨다. 맞아서인지 울어서인지 얼굴도 두 눈이 보이지 않을 정도로 퉁퉁 부어 있고, 입귀도 터져 핏덩이를 달고 있고, 머리털은 정수리와 바른쪽 귀 위로 한 줌씩 잡아 뜯겨 피가 삐죽삐죽 솟구쳐 있었다.

"꼴 조오타!"

논개는 그 말을 끝으로 또다시 말을 삼키고 눈을 부릅뜬다. 섭냄이의 벌려 앉은 다리 사이로 드러난 음부까지 심한 타박상으로 부어 있고, 시커먼 음모 역시 잡아 뜯겨져 피를 달고 있었기 때문이다. 국부를 중심으로 허벅지와 아랫배에도 손톱으로 할퀴이고 찢긴 자국이 벅벅 붉은 줄을 그은 것처럼 선명했다.

"이런 세상에…. 이거 아주 사람 잡아 놓은 거 아이가…."

저고리와 치마를 제대로 입지 않고 걸치고만 있었던 것은 넋을 놓은 탓도 있지만 아마도 상처가 아파서 그랬던 것 같았다. 논개가 섭냄이의 어깨 위에 걸쳐진 상의를 벗기려 하자 그녀는 얼굴을 심하게 찌푸리면서 몸뚱이를 꿈틀거렸다. 볼수록 처참한 몰골이었다. 발가벗긴 채 흙마당에 사정없이 패대기쳐져서, 질투심에 눈이 뒤집힌 힘센 넉근 어미에게 무참히 짓밟히고 꼬집히고 비틀리고 주먹으로 두들겨 맞고 잡아 뜯겼던 모양이다.

"그 독한 여편네가, 참말로 사람 죽일라고 작정했던갑네. 허이구, 너도 참 딱도 하다. 니가 등신이더나? 이렇게 만신창이가 되도록 얻어맞기만 하거로."

논개는 방바닥이 꺼져라 한숨을 뿜어냈다. 그리고 우선 뜨거운 물을 만들어 들여와 깨끗한 수건을 적셔서는 쯧쯧 혀를 차 가며 상처 부위에 들러붙은 핏자국과 흙을 닦아 준다. 그리고 날계란 두세 개를 바가지에 담아 와서 얼굴을 비롯한 전신의 멍든 부위를 문질러 준다.

"노, 논개야, 잘몬했다. 내, 다시는 넉근이 아재하고 안 할 끼다."

섭냄이가 계속 훌쩍이면서 떠듬거렸다.

"이 답답한 가시나야, 이 정도에서 끝난 게 다행인 줄 알아라. 넉근 어매 눈 뒤집어지모 진짜 사람 죽일 여자더라. 섭냄아, 니 이런 식으로 살아서는 안 된다. 상대가 니를 원한다고 넙적넙적 다리를 벌리믄 니는 작부가 되는 기다. 그렇게 되믄 아무도 니를 사람 취급 안 한다. 니 시집보낼 홀애비를 찾아보겠다고 내 니한테 말했었고, 넉근 애비하고 다시 또 그 짓 하모 내가 니랑 안 살 끼라고 누누이 말했거늘, 니 아주 이 집 나갈 작정으로 그랬더나?"

논개는 계란으로 섭냄이의 얼굴과 몸뚱이의 피멍 자국을 쉼 없이 문질러 주면서 나직나직 물어본다.

섭냄이가 세차게 고개를 흔들었다.

"아이다, 논개야. 인자 다시는 이런 일 엄슬 끼다. 잘몬했다. 내가 니 엄시는 몬 사는 줄 알믄서 그라나. 에나 인자부터는 넉근 아재가 아무리 상하자고 뎀벼도 내 사생결단코 안 할 끼다. 논개야, 에나다! 진짜다! 죽어도 넉근 아재랑은 안 할 낀께 내 나가란 말은 하지 마래이, 으흐흐."

섭냄이가 소리 내어 울어 젖혔다.

"이 딱한 가시나야. 아무리 철딱서니가 없기로 지금이 어느 때고? 왜놈들이 쳐들어와서 나라가 초토화되는 판에, 그것도 언제 진주로 쳐들어올지도 모르는 판에, 그래 고것만 밝히고 있었단 말이가?"

"넉근 아재가, 난리 나모 다 죽어질 몸띠라꼬, 썩어질 노무 몸띤데 억울하지 않냐 캄서, 내만 보모 뒷간에서도 덮치고 마굿간 옆에서도 덮치고 하멘서 사람을 몬살게 구는 기라."

"못난 종자 같으니. 왜놈을 쳐서 살아남을 생각은 안 하고 죽을 생각만 했던가배. 넉근 어매는, 언제쯤 왔더노?"

"낮에 버버리가 훈련장에 가믄서 대문을 안 잠구고 가 삐릿던 모양이라. 행랑방에서 하다가 대문 여는 소리도, 방문 여는 소리도 몬 들은 기라."

"넉근 어매가 눈이 뒤집어지게도 됐구먼. 이 계란으로 계속 얼굴 문대고, 오늘은 밖에 나오지 말고 누워 있어라. 사람들이 얼굴이 왜 그러냐 물으면 한눈팔다 담벼락에 부딪쳐서 그랬다 캐라. 그라고, 니 이번이 마지막인 줄 알제? 무슨 말인지 알겄나?"

섭냄이가 그제야 안도감이 서린 낯빛을 하고는 크게 고개를 주억거렸다.

넉근 애비는 그날 저물녘에야 논개의 눈치를 살피며 어기적어기적 집 안으로 들어섰다. 논개는 그를 안채의 건넌방으로 불러들였다. 그는 그녀의 얼굴을 똑바로 쳐다보지 못한 채 쑥스러운 낯빛으로 입귀를 벙긋거리고만 있었다. 논개는 미리 준비한 엽전 꾸러미를 그 앞에 놓았다.

"지금 4월이지만, 반년으로 친 새경이오."

넉근 애비는 자기 앞에 놓인 엽전 꾸러미를 내려다보면서 적잖이 당황스러워했다. 그는, 담담한 표정으로 말하는 논개를 황망한 눈빛으로 쳐다보았다.

"저기 저, 애기씨! 이, 이거는 나, 나가라는…."

"그래요. 지난번에 내가 넉근 아재한테 얘기했습니다. 한 번만 더 이런 일 있으면 함께 살지 못한다구요. 그동안 수고 많이 하셨어요."

"그, 그래도 그렇제. 기, 기생집에서, 그런 문제를 갖고 나, 나가라 카모 안 되제…. 내가 설매 아지매 때부터 이 집에서 올매나 뼷골이 빠지도록 일해 줬는데…."

논개의 눈길이 상큼 위로 치켜졌다.

"아재요. 듣자 하니 말씀에 비웃음이 있네요. 기생집에서는 유부남이 유부녀를 간통해도 괜찮다는 말인가요? '기생집에서 그런 문제를 갖고 나가라 하면 안 된다'라니요?"

논개의 얼굴이 벌겋게 달아올랐다.

"넉근 어매는, 은금이 어매가 기생집에 살아서 넉근이 아배를 홀리고 씹가랭이를 벌렸다고 소리소리 치더니, 도대체 왜들 당치도 않은 악들을 쓰는 겁니까? 기생집이 넉근 아재 보다시피 뭐하는 곳입디까? 양반네들이 풍류를 즐기는 사교장 아닙니까. 기녀들이 모두 한 가지 이상의 재주를 가진 예기藝妓들이라는 거, 관에 적을 둔 관기라는 거 아재도 잘 아시지요? 풍류객과 서로 간에 정분이 생기고 뜻이 맞으면 그 사내의 첩실로 들어가거나 또한 홀아비에게 시집을 간다는 거, 아재도 잘 알잖아요! 무엇보다 기생들은 남편이 없어요. 그런데, 넉근 아재는 뭡니까? 첩실로 들여앉힐 수도 없는 남의 집 유부녀를 기생집에 산다고 얕보고 겁탈하고, 조강지처가 달려와 제 서방이 겁탈한 유부녀를 반죽음시켜 놓고도, 이 집에서 아무 일 없었던 것처럼 함께 살 수 있을 거라고 생각했어요? 그런 낯 두꺼운 몰염치가 어디 있어요? 넉근 아재, 지금 섭냄이가 어떤 꼴인지 알아요? 넉근 어매가 어떤 여잔지 알면, 어떻게 은금이 어매를 본처 손에 죽어라 맡겨 놓고 혼자 도망을 칠 수 있느냐구요. 넉근이 어매를 달래거나 말려서 집으로 데려갔어야지요. 은금이 어매, 오늘 나 아니었으면 넉근 어매한테 죽임을 당할 뻔했어요. 알아요?"

논개는 기어이 언성을 높이고 말았다. 넉근 애비는 아무런 대답도 하지 못했다. 그렇다고 눈앞에 놓인 돈 꾸러미를 집어 들지도 않았다.

"그리고 넉근 아재, 우리 말은 바로 합시다. 안방 어머니 때부터 무슨 뼛골이 빠지도록 이 집에서 일을 했어요? 농사를 지었어요, 화전을 일궜어요? 이 집에서 넉근 아재가 한 일은, 하동과 정촌井村 소작인 집을 오가며 농사 점검한 일과, 집 안의 바깥심부름이나 마당 청소 정도를 한 것인데, 무슨 뼛골 빠지게 일을 했다고 그렇게 한스런 말을 하지요?"

"그거사 농사짓는 것만 뼛골 빠지는 일인가? 그래도 내 집 일맨키로 열심히 했은께, 설매 아지매도 나중에 좀 생각해 준다 캤제."

"무슨 말이오? 뭣을 생각해 준다 하셨다는 것이오?"

"그, 그거야 재산을 좀 준다 카신 거제."

논개는 예상했던 대답이었지만 입술을 반쯤 연다.

"어쩌면, 이 집에서 일하던 사람들은 하나같이 고인의 은공을 아는 사람이 없구먼. 새경도 다른 집보다 높았고 명절 때마다 챙겨 주시던 어른이셨는데, 돌아가시고 나니 은혜를 알기는커녕 사자死者는 말을 못한다고 자기들 마음대로 말들을 만들어서 고인을 모욕 주시는구먼. 넉근 아재, 그래서 그야말로 내가 자식 많은 넉근 아재 생각해서 두 달치를 더 얹어 주기까지 하는 이 새경을 안 받겠다, 그것이오? 아니믄,

이 집을 못 나가겠다 이 말이오?"

"두, 두 가지 다구만. 인자, 내 그 짓은 안 할 텐께. 그라고, 누가 누구를 꼭 내보내야 할 끼모, 은금이 어매를 내보내모 되제. 내가 뭐 땜에…."

넉근 애비는 당초에 다소곳이 앉았던 것과는 달리, 만만히 물러날 자기가 아니라는 듯 벽에 등을 척 기댔다.

논개는 그런 넉근 애비를 바라보면서 입귀로 싸늘한 웃음을 머금는다.

"넉근 아재가 지금 뭔가를 잘못 생각하고 있는 것 같소. 좀 전에 말한 것처럼 나는 지금 아재 생각해서 새경을 주면서 나가달라고 하는 것이요. 정 안 나가겠다면, 도리 없이 유부남 유부녀가 간통을 한 것으로 관아에 알려 잡아가게 하고, 은금이 아버지를 부르겠소. 그리고 은금이 어매를 반죽음시켜 놓은 넉근이 어매까지 관에 고하겠소. 내 말이 무슨 말인지 알겠지요?"

넉근 애비의 낯빛이 달라졌다. 그는 벽에서 등을 떼고 자세를 바로 하더니 되물었다.

"은, 은금이 아부지라니? 은금이 아부지가 이, 있다고 했남?"

"세상에 어디 아버지 없는 자식이 있습디까? 은금이 아버지, 시퍼렇게 살아 있지요. 은금이와 그 어미를 나한테 맡겨 놓은 것이라는 거, 섭남이가 말 안 하던가요? 난리가 터졌으니 이제 자기 처자식 찾으러 오겠지요. 그러니, 지금 넉근 아재가 저지른 일이 어떤 상태냐 하면, 넉근 아부지는 남의 여자를 겁탈했고, 넉근 어매는 제 서방이 범한 여자를 두들겨 패고 뜯고 짓이겨서 반죽음시켜 놓았는데, 넉근 아부지는 내가 생각해서 주는 돈도 안 받고 이 집에 그대로 살겠다 하니, 나로서는 어쩔 수 없이 관아에 고할 수밖에 없다, 이 말이지요. 그럼, 이 돈은 내가 도로 집어넣어야 하겠구먼."

그 순간, 넉근 애비가 자기 앞의 엽전 꾸러미를 낚아채듯이 집어 들고 자리에서 벌떡 일어났다.

"나, 나는 은금이 아부지가 살아 있다는 거를 몰랐은께, 그, 그거는 애기씨가 모린 척해 주시오. 그렇게 해 주모 내가 이 집을 나가도 추수 때는 정촌을 왔다 갔다 곡식 관리는 기냥 해 디릴 텐께. 그라모, 그단에 고마웠고, 가겠구마이."

넉근 애비가 굽실거리며 건넌방 문을 열고 밖으로 나갔다. 논개는 앉은 채 얼굴을 옆으로 비끼고 소리 죽여 웃는다. 은금이 아버지가 살았는지 죽었는지 생사도 알지 못하는 터이지만 섭냄이를 보호해 주기 위해 큰소리 탕탕 쳤을 뿐인데, 그가 허둥지둥 겁을 먹고 나가는 모습이 통쾌하고 가소로웠기 때문이다. 그러면서 넉근 애비가 마지막으로 한 말에는 고개를 흔든다.

"내가 입 닫아 주면 그 값으로 이 집을 나가도 가을추수 때에는 정촌을 오가며 곡식 관리를 해 주겠다고? 아주 꿀맛 들렸구먼. 은금이 아버지가 은금이나 섭냄이를 찾을 리도 없겠지만, 만에 하나 찾아온다 해도 내가 그 치정 말이사 어찌 하겠소마는, 이제 정촌 관리는 그만 놧두소. 소작인들이 넉근 아배한테 쌀가마니 돌리고 지주한테는 추수량을 속인다는 거 내 이미 들어서 알고 있는데, 어찌 내가 계속 고양이한테 생선을 맡기겠소. 천만에 말씀이오."

논개는 냉소와 함께 고개를 흔들며 혼자 중얼거린다. 그 와중에도 도와준답시며 자기 챙길 것을 떠올리는 넉근 아배의 계산속에 논개는 몸서리를 친다. 논개는 앉은 채 아이들을 부른다.

"초희야, 월향아."

아이들이 안채 뜨락에 서성대고 있었던 듯 득달같이 건넌방으로 뛰어들어왔다.

"넉근 아재, 나가셨냐?"

"예. 얼굴이 뻘게 가지고 헐레벌떡 나갔습니더."

월향이가 눈빛을 반짝이며 말했다.

"넉근 아재는 오늘부터 우리 집 식구가 아니니라. 혹시 너희들만 집에 있을 때 볼일 있다고 집에 들어오려 하면 절대로 대문을 열어 주지 말거라. 놔두고 간 물건 있으면 담 너머로 너희들이 넘겨줄 일이고, 그래도 꼭 들어와야 한다고 하면 성님 계실 때 오시라고 해라. 알겠느냐?"

"예!"

그런데 월향이가 뭔가 할 말이 있는 듯 옷고름을 입에 물었다가 초희와 눈을 맞췄다가 하며 논개의 눈치를 살폈다.

"왜? 나에게 무슨 할 말들이 있어?"

둘이 움찔하는 표정을 보이다가 초희가 입을 뗐다.

"넉근 아재 잘 쫓아냈어예. 성님만 집에 안 기시믄 우리들을 붙잡고, 그거 올매나 컸는지 보자믄서 치마를 들췄어예."

"뭐야?"

논개의 목소리가 돌팍에 사기그릇 깨지듯 쨍하게 터졌다. 두 아이가 어깨를 움찔하면서 화들짝 놀란다.

"그래서, 어쨌어?"

"지는 여러 번 도망쳤고예, 월향이는 붙잡혔던 기라예. 아재가 월향이 가랑이를 벌릴라 캤는데, 향이가 넉근 아재 팔목을 꽉 물어 삐린 기라예."

초희가 어깨를 우쭐하며 말했다.

"몇 번이나 그러더냐?"

"지한테는 대여섯 번 잡을라고 했는데 그때마다 도망쳤고예. 향이한테는 팔목 물린 뒤로 안 그랬어예."

"성님예, 지는 팔목 물었다고 빰을 두 번이나 얻어맞았어예."

월향이가 금방 큰 눈에 눈물이 그렁그렁 맺히면서 일렀다.

논개는 끓어오르는 분노로 이를 악문다. 주먹 쥔 손이 자기도 모르게 부들부들 떨렸다.

"큰일날 뻔했구나. 그런데, 왜 지금까지 나한테 말하지 않았더냐?"

"성님한테 일르모 우리 둘 다 쥐도 새도 모리게 쥑이 삐린다 캐서예."

아이 둘이 동시에 입을 맞춘 것처럼 그렇게 대답했다.

논개는 양팔을 벌려 두 아이를 안아 준다. 월향이가 논개의 오른팔 안에서 훌쩍거렸다. 논개는 아이들을 다독여 주면서, 부모가 준 순결은 좋은 신랑감 만나기 전에는 절대로 훼손해서는 안 된다고 새삼 각인시켜 준다. 순결은 자신의 생명과 같은 것이라고도 말해 준다.

"내가, 너희들의 신랑감을 골라 줄 때까지 너희들은 어떤 사내와도 손끝을 스쳐서도 안 된다. 세상에! 머리에 쇠똥도 안 벗겨진 너희들을 껴안고 이런 말을 해야 한다니, 딱하구나. 내 말 무슨 뜻인지 알겠느냐?"

"알아예! 성님 말씀대로 할 끼라예!"

논개는 아이들을 품에서 떼어 내며, 글씨 공부를 하라 이르고 문밖으로 나선다. 십 년 아래의 그 아이들이 마치 내 배 아파 낳은 자식들만 같은데, 난리가 터진 이 험한 세상에서 어떻게 이 아이들을 제대로 키워 짝을 맞춰 줄 것인지 막막해진다. 밤하늘에는 구름이 꽉 끼어 있었다.

*

한편 조정에서는 왜란 발발 닷새째인 사월 열이렛날에야 변경으로부터 왜적이 쳐들어왔다는 위급한 보고를 받게 되었다. 경상 좌수사 박홍으로부터 부산진성이 함락된 것 같다는 장계에 이어 그 내용이 확실하다는 보고를 연달아 받았던 것이다. 급보를 접한 임금 선조는 황망히 대책을 논의한 끝에 이일李鎰을 순변사巡邊使로 삼아 조령 충주 방면의 중로中路를 방어토록 하고, 성응길을 좌방어사左防禦使로 삼아 죽령 충주 방면의 좌로佐路를, 조경趙儆을 우방어사右防禦使로 삼아 추풍령 청주 죽산 방면의 서로西路를 방어토록 하여 급히 영남으로 내려보냈다. 또 유극량劉克良과 변기邊璣를 조방장으로 삼아 각각 죽령과 조령을 지키게 하고, 변응성을 경주 부윤에 임명하여 임지로 보냈다.

문경 이남 여러 군현의 수령과 군사들은 야숙을 하면서 이일 순변사가 내려오기만을 기다리고 있었다. 그러나 순변사의 도착은 늦어지고, 나날의 전쟁 상황은 아군에게 악화일로로 치닫고, 큰비까지 연일 쏟아지면서 별의별 좋지 않은 유언비어가 난무하기 시작했다. 상황이 이렇게 흐르자 군사들의 사기가 급강하되는 조짐을 보이더니 급기야 군사들은 야음을 타서 뿔뿔이 흩어지고 말았다.

순변사 이일은 전쟁이 발발한 지 이레 만인 4월 20일에야 문경에 당도했다. 그러나 군사들은 이미 흩어지고 난 후였고, 백성들도 피란을 떠나 문경현은 텅 비어 있었다. 순변사는 어처구니없는 문경의 실상에 엄습하는 허탈감을 느끼며 상주성尙州城으로 향했다.

이일이 23일 상주에 도착해 보니, 그곳 역시 문경과 다를 바가 없었다. 상주 목사 김해金澥는 이일 순변사를 영접하러 나간다며 산중으로 도망쳐 버렸고, 판관 권길權吉 혼자만 남아서 상주 일원을 지키고 있을 뿐이었다. 이일은 수령과 군사가 없는 성안의 상황에 극도로 분노하여 혼자 남아 있던 판관 권길을 마당에 끌어내어 목을 베려 했다. 그러자 권길이 이일에게 애원하기를, 지금 당장 밖으로 나가 군사를 모아 오겠다고 말하고 목숨을 건졌다. 권길은 그날 밤이 지새도록 각 마을을 돌며 다음 날 새벽까지 수백 명을 모으기는 했으나 모두가 농민들뿐이었다. 이일은 상주에서 하루를 더 묵으며 관아의 창고를 열어 백성들에게 곡식을 분배하는 것으로 농민 군사를 더 모아 원래 이끌던 군사와 합하여 급히 대오를 편성하니 군사의 총수가 6천에 불과하였다.

그때 모집한 군사 중에 개령현開寧縣에 사는 백성 하나가 이일에게 달려와 '적군이 가까이 오고 있다'고 보고했다. 이일은 그를 적군에게 아부하는 자로서 군사들이 놀라 흩어지게 하려는 수작이라 속단하고 당장 목을 쳐서 죽이려 했다. 그 백성은 얼굴이 하얗게 질린 채 이일 앞에 납작 엎드리며 "내일 아침까지만 참아 주시오. 그때까지 적이 쳐들어오지 않으면 죽이시오." 하고 애원했다. 순변사는 앞서 권길 판관에게처럼 그 농민 군사에게도 하루를 더 기다려 주며 상황을 지켜보기로 했다. 그때 적군은 실제 상주 동남쪽의 장천長川에 와서 진을 치고 있었지만, 순변사 이일은 적정을 살피기 위한 척후병을 단 한 명도 보내지 않았기에 적이 서서히 접근해 오고 있음을 알지 못했다.

다음 날인 25일 아침 이일은, 적이 성 앞에 보이지 않자 '군사들을 경동驚動시켰다'는 죄목을 내세워, 그 개령현 백성을 군사들 앞으로 끌어내어 본보기로 목을 베었다. 그러고는 관군과 농민 군사를 이끌고 상주성 북쪽에 있는 북천강변北川江邊으로 나가 진법 훈련을 시키기 시작했다. 그들을 훈련시킬 교관과 조교는 한성에서 거느리고 내려온 군관들로 구성하였다. 이일은 군사 훈련을 한눈에 관망할 수 있는 높은 곳으로 올라가 대장기를 높이 꽂게 하고 그 아래에서 갑옷 차림으로 말을 탄 채 여유롭게 훈련 광경을 내려다보고 있었다.

이때 북천강의 남쪽 강변에 정체불명의 몇 사람이 숲으로부터 나와서 아군이 훈련하는 쪽을 유심히 살피며 배회하는 것이 군사들의 눈에 띄었다. 직감적으로 적의 척후병임을 알 수 있었지만 누구도 그 말을 대장에게 감히 보고하지 못했다. 공연히 나서서 그랬다가는 아침에 목이 베인 개령현 백성의 꼴이 될까 두려웠던 것이다.

그런데 곧이어 남쪽에 있는 상주성의 여러 곳에서 시뻘건 불꽃과 연기가 하늘로 치솟았다. 이를 목격한 이일은 비로소 군관 박정호朴挺豪를 보내 진상을 파악해 오게 했다. 그러나 박정호가 말에 올라 상주성으로 가는 도중, 숲 사이에 숨어 있던 적병들이 조총을 쏘아 그를 죽이고는 번개같이 달려나와 그의 목을 베었다. 이를 목격한 순변사와 군사들은 대경실색을 했다.

그뿐만이 아니었다. 바로 그때, 아군 측이 미처 전세를 가다듬기도 전에 왜적 제1번대의 대장인 소서행장小西行長의 군사들과 그의 사위이자 대마도주인 소오 요시토시宗義智의 군사들이 사방에서 아군 진중을 포위하면서 조총을 쏘아 대기 시작했다. 순식간에 일어난 일로, 적의 첫 공격에 아군 수십 명이 쓰러졌다.

황급해진 이일은 군사들을 수습하여 활을 쏘아 조총에 대응케 했으나, 조총의 위세에 놀란 군사들은 우왕좌왕하였고 급하게 끌어모은 농민 군사들이 쏜 화살은 수십 보밖에 날지 못해 적병 가까이도 가지 못하고 땅바닥에 떨어지고 말았다. 아군들은 자꾸만 뒤로 물러났다. 이일은 목청껏 고함을 질러 물러서지 말고 앞으로 나가 싸우라 명령을 내렸지만, 군사들은 앞으로 나서기는커녕 흩어져 도망치는 자가 점점 더 늘어날 뿐이었다. 이일은 크게 장탄식을 하면서, 한성에서 거느리고 내려온 군관들과 함께 쏟아지는 적탄을 피해 가며 활을 쏘아 대응했다. 그러나 처음부터 상대가 되지 않는 싸움이었다. 군사의 수준도 그러했고, 숫자로도 중과부적이었으며, 정보 측면에서도 아군은 눈뜬 장님이나 다름이 없었던 것이다. 이일이 적중에 뛰어들어 인마人馬를 가리지 않고 칼을 휘둘러 베는 백병전을 벌였으나, 사방에서 아군의 사상자만 끊임없이 속출하고, 숨통이 끊어지는 비명과 내뿜는 선혈로 전장은 그야말로 아수라장이 되었다. 하루 만에 급조된 오합지졸의 농민 군사들과 2만 명에 가까운 적군 정병들과의 접전은 오래가지 못했다. 전투 중에 판관 권길이 죽고 아군도 대부분 죽고 말았다. 몇몇 살아남은 군사들도 흩어져 도망치기 바빴다.

이일은 도무지 방법이 없음을 깨닫고 산속으로 달아나려다가, 옆에 있던 종사관從事官 윤섬尹暹과 박호朴篪에게 함께 피하자고 말했다. 그러나 윤섬은 이일의 뜻을 거절하고 버텨 서서 비장한 목소리로 "장차 주상을 어찌 뵈려 하옵니까? 남아가 오로지 나라를 위해 싸우다 죽는다면 그로 족할 것이오." 하고는 홀로 적중으로 뛰어들어 용맹하게 왜적들과 맞서 싸우다 32세의 아까운 나이로 끝내 장렬하게 전사했다. 박호 역시 이일이 혼자 도망친 후에도 몇몇 군사를 이끌고 고군분투하였으나 급기야 조총을 앞세운 왜군의 공세에 몰려 북쪽 산속의 골짜기로 후퇴하였다. 그는 옆에 따르던 부하들에게 "내가 18세에 장원급제하여 나라의 후은厚恩을 입었거늘 오늘 군사를 잃고 대장을 망하게 하였으니 무슨 면목으로 임금님을 뵈오랴." 말을 남기고는 스스로 목을 찔러 죽으니 그때 그의 나이 약관 26세였다.

도망친 순변사 이일은 산길을 타고 간신히 문경에 이르렀고, 곧 지필을 구하여 임금에게 패전 상황의 장계를 올렸다.

'오늘 신이 맞서 싸운 적군은 귀신 무리와 같아서 감히 당할 수가 없었사옵니다. 신은 오직 죽음이 있을 따름으로 여기 대죄하나이다.'

이어 이일은 조방장 변기邊璣가 맡은 천연의 험지인 조령을 지킬까 했으나, 때마침 삼도 도순변사三道都巡邊使 신립申砬이 충주에 내려와 있다는 소식을 듣고 그대로 충주 쪽으로 달려가 주력군과 합류했다.

한편 비어 있는 상주성을 불태우고 북천강변 전투에서 가볍게 승리한 적군은 다음 날인 26일 문경으로 쳐들어갔다. 문경현의 백성들은 이미 산중으로 피란하여 버렸고, 상주 쪽으로 내려가 순변사 이일의 도착을 기다리던 문경 현감 신길원申吉元만이 군사 수십 명을 거느리고 돌아와 성을 지키고 있었다.

고니시小西行長의 왜군 제1번대는 문경성에 닿자 성안에 군사가 있는지 확인하기 위해 상주성에서 포로로 잡은 조선 백성을 성벽을 넘어 들어가게 했다. 그러나 성안에서는 병기로 막는 자가 아무도 없었다. 적들은 비로소 조선 백성이 활짝 열어 놓은 성문을 통해 당당하게 성안으로 들어가 관아를 에워쌌다.

그때 현감 신길원을 비롯한 아군 수십 명이, 소수의 군사로 뿔뿔이 흩어져 성문을 지키기보다는 관아에 한데 모여 죽음을 각오하고 다가오는 적을 무찌르기로 작정하고 있었다. 그러나 만 명이 넘는 적군은 조총수와 궁수를 집결시켜 징을 치고 나각을 불고 일시에 함성을 내지르며 온 관아가 들썩거릴 만큼 대단한 기세로 공격을 해 왔다. 그러자 당초에 죽음을 각오했던 아군들도 댓바람에 사기가 꺾여 당황해하며, 신길원 현감더러 말을 타고 어서 피하라고만 재촉했다. 적들은 드디어 관아의 담을 넘어 동헌 마당으로 진입했고, 현감 신길원은 크게 노하여 관군들에게 결사항전을 명하였다. 그러나 군사들은 잔뜩 겁에 질려 오히려 관복을 벗어던지고 자취를 감추기 시작했다.

이에 통분을 금치 못한 현감 신길원은 홀로 말을 몰아 적중으로 뛰어들어 한칼에 두세 명의 적군을 베면서 혈로를 뚫어 조령 사수를 위해 후퇴하기 시작했다. 그러나 그는 적의 화살에 부상을 입어 급히 달릴 수도 없었다. 노송 뒤에 몸을 숨겨 열 번 활을 쏘아 열 명의 적을 쓰러뜨리니, 적장이 대로하여 그를 기어이 사로잡게 했다. 신길원은 전신에 선혈이 낭자한 채 적장 앞으로 끌려갔다. 그는 신길원을 빈정거리는 낯빛으로 노려보면서 항복하라고 으름장을 놓았다.

그러자 신길원은 격분에 가득 찬 눈빛으로 적장을 죽일 듯 쏘아보면서 소리를 높여 준엄히 꾸짖었다.

"이 섬나라 도적놈들아! 천벌이 두렵지 않느냐? 이 도적놈들아!"

그의 목소리는 쩌렁쩌렁 울리고 기개 또한 참으로 당당했다. 나라를 반역하고 적군에 아부하며 따라다니던 조선 사람 하나가 신길원의 말을 통변하자, 적장이 크게 분노하면서 신길원의 사지를 절단케 했다. 그리고 이어 잔혹하게 그의 목을 베었다. 땅바닥에 뒹구는 그의 얼굴에는 비록 죽었어도 노기가 사라지지 않아 보는 사람들의 심장을 서늘하게 만들었다.

신길원과 그를 따르던 군사들을 다 죽인 왜적들은 이날 문경에서 하룻밤을 묵었다. 관아의 창고를 열어젖혀 곡식을 끌어내어 밥을 짓고, 비어 있는 민가의 가축을 끌어내 도살해서 배를 한껏 채웠다.

다음 날인 4월 27일 새벽에 적들은 문경을 떠나 조령 아래에 닿았다. 그들은 서서히 고개로 접어들어 전진하면서 혹여 조선의 군사들이 지키고 있는지 치밀하게 정탐했다. 그러나 고개의 어디에서도 조선 군사의 저항이 없자 적들은 실소를 금치 못했다. 험준한 산세를 갖추고 있어 천연의 군사적 방어 시설이자 국방의 중요한 요새가 되는 조령을 지킬 생각도 않는 조선군이 어찌 병법을 알며 전쟁의 이치에 통할까 하고 비웃었던 것이다. 적들은 휘파람을 불며 조령을 넘어, 조선 임금이 있는 한성쯤은 누워서 식은 죽 먹기라는 듯 오만 방자한 낯빛들을 하고 충주로 향했다.

한편 조선으로서는 충주가 뚫리면 도성을 적에게 내주는 것은 시간 문제인지라, 선조는 북방에서 야인 토벌로 위세를 떨치던 신립을 삼도도순변사로 삼아 충주에서 반드시 왜적을 막아 내라 했다. 그가 충주로 떠나려 할 때 절박한 심정의 선조는 친히 그에게 보검을 내리며 "명령을 따르지 않는 자는 고하를 막론하고 모두 참하라." 하여 믿음을 표하고 힘을 실어 주었다. 이에 신립은 중앙의 활을 잘 쏘는 정병과 북방의 용맹한 기병 수천을 이끌고 26일 충주에 당도하여, 충청도 여러 군현에서 급히 모집한 8천여 군사와 함께 충주 단월역丹月驛 앞 들판에 진을 치고 왜군과의 일전에 대비했다.

신립은 당초 아군에게 유리한 천연의 요새인 조령을 확보하고 적을 막아 낼 생각이었다. 그는, 상주 전투에서 패한 후 조령을 넘어 충주까지 도망하여 온 이일을 접하고 목을 베어 본보기로 삼을까 했으나, 지난 공적을 생각해 종군하여 스스로 공을 세우도록 기회를 주기로 하고 그로부터 왜적과의 교전에 대한 보고를 들었다. 직접 왜적을 맞아 싸워 본 이일의 적정 보고와 조령의 험준함을 이용해 왜적을 막자는 그의 주장을 듣고서 신립은 직접 소수의 군사를 이끌고 가서 조령의 지세를 확인하였다. 그러나 험산에서 주력인 기병을 활용하는 것이 불리하다 판단하고 조령 방어에 대한 적극적인 작전 구상은 실제 포기하고 말았다. 또한 아군이 조령을 지킨다 해도 왜적이 조령을 피해 위쪽으로 계립령鷄立嶺이나 아래쪽으로 연풍延豊, 괴산槐山으로 우회하여 한양으로 진격하면 아군으로서는 싸우지도 못하고 도성을 그냥 왜적에게 내주는 꼴이 되고 말 것이기에, 왜군이 피해 갈 수 없는 길목인 달천나루를 등지고 단월역과 탄금대彈琴臺 사이의 너른 들판에 배수진을 쳐 자신이 능한 기병 전술로 적을 무찌르기로 작심했던 것이다.

신립의 종사관 김여물金汝岉은 "당연히 조령의 험요險要한 지형을 지키되, 협곡 주변에 복병을 배치하여 적이 협곡으로 들어오면 좌우의 고지에서 일제히 활을 쏘아 격멸하자."고 주장했고, 충주 목사 이종장李宗張도 "병력의 차가 많아 들판에서 적과 맞붙는 것은 불가하고 조령의 험준한 지세를 의지함이 상책이다." 말했지만, 이미 들판에서의 기병전으로 마음이 기운 신립은 이들의 말을 듣지 않았다.

그는 "적군은 보병이고 아군은 기병이니 넓은 들판으로 유인하여 용맹한 기병으로 적을 몰아내면 이기지 못할 바가 없다. 그리고 무엇보다 적이 조령 아래에 이미 도달해 있다 하니, 훈련이 미숙한 아군이 고지를 확보하려다가 적들과 부딪치는 것은 곧 군사를 사지에 몰아넣는 것과 다름없다." 하면서 자신의 주장을 굽히지 않았다.

신립의 군사는 달천達川이 남한강南漢江에 합류하는 곳의 들판에 진을 치고 적이 산 쪽에서 나타나기를 기다렸다. 그러나 이곳은 기병전에 유리한 조건인 개활지이긴 했으나, 서쪽과 북쪽이 강이고 동쪽과 남쪽은 수초가 얼크러진 습지이거나 벼가 심어져 있는 무논이어서 적 보병의 작전 행동에도 불리한 곳이지만 아군 기마병의 돌진에는 더더욱 불편한 지역이었다.

적군은 27일 이미 조령을 넘어 충주에 도착해 있다가 이튿날인 28일 새벽 군사를 셋으로 나누어 본대인 중군中軍은 조선군과 직접 대치하고, 좌군左軍은 몰래 달천을 따라 강을 끼고 내려왔으며, 우군右軍은 산으로 숨어 동쪽으로 돌아 나가 아군이 예상치 못한 곳으로 강을 건너 아군의 측면과 후방을 노렸다.

충주 목사 이종장과 순변사 이일이 척후로 전방에 나가 있다가 적에게 차단당해 정세 보고가 단절되어, 신립은 왜적 좌우군의 존재를 미처 알지 못한 채 용맹한 기병들에게 1차 출격을 명령했다. 이에 1천 기의 아군이 일제히 활을 쏘고 칼과 창을 휘두르며 적을 향해 돌진해 나갔다. 보병인 적군들이 아군의 말에 밟히거나 활과 창검에 맞아 쓰러지면서 전장은 돌연 아군의 함성과 적의 비명으로 아수라장이 되었다. 고니시가 이끄는 본진은 아군의 공세에 적잖은 타격을 입고 뒤로 밀렸다.

전세를 지켜보던 신립은 1차 출격이 성공을 거두자 이어 대규모의 2차 출격을 명령했다. 아군 기병 2천이 기세 좋게 고니시의 본진을 공격해 나아갔으나, 그 순간 숨어 있던 왜적의 좌우군이 일제히 함성을 지르며 나타나 열을 지어 번갈아 조총을 쏘며 포위해 오니 그 형세가 마치 풍우가 몰아치는 것 같았다. 신립의 군대는 적의 포위 공격에 크게 패하여 물러나 3차 출격을 위해 전열을 정비했다.

하지만 적이 기습으로 충주성을 점령하고 아군의 후방을 공략해 오자, 신립의 군사는 성안으로 물러날 수도 없게 되어 하는 수 없이 사력을 다해 3차 출격을 감행했다. 그러나 잇따른 출격에 지친 데다 적의 포위와 조총 공격에 당황한 나머지 우리 기병의 돌진 기세는 한풀 꺾였고, 발이 푹푹 빠지는 습지와 논바닥을 뛰어다니느라 말들도 이미 지쳐 있었다. 화급해진 신립은 적진으로 뛰어들었다. 창과 칼을 휘두르며 닥치는 대로 적을 사살했다. 하지만 마치 뒷물결이 앞물결을 밀고 들어오듯 죽여도 죽여도 끝없이 밀려드는 적의 위세 앞에 조선의 군사들은 당할 수가 없었다. 뒤는 물이 막고 있고 앞은 적에게 포위되어 달아날 곳이 없자 조선의 군사들은 결국 달천에 빠져 전몰하였다.

신립은 삼도 도순변사의 명을 받고 목숨을 걸고 분전했으나 결국 중과부적으로 아군이 궤멸되는 완패를 당하고 말았다. 이에 종사관 김여물 등과 함께 마지막까지 적병을 베어 쓰러뜨리며 포위를 뚫고 탄금대에 이르러 급히 장계를 초하여 서둘러 임금께 올리게 한 다음, "명을 받들지 못하였으니 전하를 뵈올 면목이 없다. 이제 남아답게 죽을 뿐이다. 나라를 참화에서 구하지 못하고 구차하게 살 수는 없다." 하고 물에 뛰어들어 장렬히 순사하였다. 그러자 김여물도 "나 또한 공을 따르리다." 하고 물로 뛰어들어 스스로 목숨을 끊고 말았다.

피 튀기는 전투가 끝난 들판에는 아군과 적군 수천 명의 시체들만 나뒹굴고, 주인을 잃은 말들은 하늘을 향해 구슬픈 울음을 터뜨렸다. 달천에도 물로 뛰어든 아군의 시체가 쌓여 내를 덮을 정도였다. 왜군과 본격적으로 맞붙은 충주 전투에서 충주 목사 이종장도 아들 희립希立과 함께 전사하였고, 충주성 방비로 선두에 섰던 조방장 변기도 충주성 싸움에서 목숨을 잃었다. 충주의 백성들은 신립의 군대를 믿고 피란을 하지 않았다가 희생된 사람이 다른 지방보다 월등히 많았다. 다만 순변사 이일만은 살아남았다. 그는 탄금대와 충주성의 관군이 또다시 적군에게 전멸되는 것을 보고, 오로지 도망칠 생각으로 뒷전에서 돌다가 드디어 샛길을 이용해 탈주하는 데 성공했다. 허둥지둥 전장을 벗어나자마자 그는 충주성과 탄금대 전투의 완패를 보고하는 장계를 적어 사람을 시켜 조정에 알리도록 했다. 같은 전장에서 같은 적을 맞아 같이 싸움을 한 장수들이었으나, 비분강개한 신립의 충절과 구명도생한 이일의 용렬함은 이렇게 달랐다.

믿었던 신립의 충주 방어선이 무너지자 조선은 그야말로 풍전등화의 위기에 처했다. 왜적은 임진년 4월 13일 대군을 이끌고 쳐들어와 부산진성을 시작으로 파죽지세로 조선의 크고 작은 성들을 차례로 무너뜨리며 북상하여 불과 보름 만에 충주마저 점령했던 것이다. 충주에서 대승을 거둔 왜군은 전열을 재정비하여 조선의 도성을 향해 북상했다. 이제 도성인 한양의 운명은 경각에 달렸고, 이런 기세라면 왜적이 조선을 통째로 집어삼키는 날도 머지않은 듯했다.

조선의 조정에서는 왜군이 계속하여 북상한다는 급보를 연이어 받고는 있었으나, 여진족 니탕개가 침입하였을 때 수많은 오랑캐를 물리쳐서 변방의 근심을 일소시켰던 이일을 순변사로, 또한 신성군信城君의 장인이자 조선군의 기둥이나 다름없는 명장 신립을 삼도 도순변사로 삼아 남으로 내려 보냈으니, 왜적을 물리치는 것은 시간문제라고들 생각하고 있었다. 거기에다 그들이 싸울 곳에는 천험의 요새인 문경새재鳥嶺와 추풍령秋風嶺과 죽령竹嶺이 있으니, 그들이 그곳에서 왜적을 무참하게 패배시킬 것이라 믿어 의심치 않았던 것이다.

하지만 신립이 충주에서 대패하였다는 장계가 닿자 급기야 임금 선조와 조정의 신료들은 이백 년 종묘사직과 백성을 버리고 곧 들이닥칠 왜군을 피해 북으로 몽진蒙塵을 떠나고 말았다. 몇몇 충신들이 나서 "임금이 적과 싸워 보지도 않고 도성을 버리는 법은 없습니다. 막중한 종묘사직과 억조창생을 헌 짚신짝 버리듯 하고 달아나는 것은 스스로 나라를 그르치는 것입니다." 하며 도성을 지킬 것을 주장했으나 이미 사세가 기울어 소용이 없었다. 나라가 존망의 위기에 휘청거리는데 백성을 버리고 떠나는 임금의 피난 행차에 하늘까지 원통하고 기가 막히는지 장대 같은 비를 쏟아 냈다. 대궐 문 앞에는 백성들이 구름처럼 몰려섰다가 "상감마마, 나라와 백성을 버리고 어디로 가시나이까?" 하고 울며불며 소리를 높였다. 이럴 수는 없다며 자기 가슴을 탕탕 치는 사람도 있고, 손바닥으로 질척한 흙땅을 두드리며 통곡하는 백성들도 있었다.

임금이 백성을 버리고 떠나자 분노한 민초들의 원망과 울분이 한꺼번에 터져 나왔다. 그들은 도성 안의 궁궐과 관청들에 마구 불을 질렀다. 장례원*에 불을 놓아 노비 문서를 불태우고, 가혹한 형벌로 원망을 사던 형조刑曹에도 불을 질렀다. 궁성의 창고를 털어 식량과 엽전을 훔치는 이도 있고, 몇몇 대신들의 집에도 불이 붙었다. 이는 대대로 남의 집 종이 되어 뼛골 빠지게 일만 하면서 천덕꾸러기로 살아온 울분에 찬 노비들과, 천것이라 손가락질 받으며 개돼지 취급을 당하던 백정들에 의한 것이었다. 그들은 누가 먼저랄 것도 없이 임금이 빠져나간 창덕궁을 불태우고 이어 창경궁, 경복궁까지 잿더미로 만들어 버렸다. 텅텅 빈 대감 집 안방이며 사랑채를 내 방 드나들듯 짚신발로 넘나들며 세간을 부수고 장롱을 털었다. 비겁하고 용렬한 나라님과 양반들에 대한 저주와 원망과 분노를 시뻘건 불꽃으로 활활 피워 냈다. 그들은 광인들처럼 흥분하여 마구 날뛰면서 대대로 억눌려 가슴 깊이 쌓인 한을 한바탕 풀어내고 있었다.

궁궐과 관청들이 불타자 역대 임금들이 지녀 온 진귀한 보물들이며 서고에 천장 높이만큼 쌓여 있던 온갖 서책들과, 춘추관 사고春秋館史庫에 고이 간직되어 있던 고려사초高麗史草, 이조실록李朝實錄, 승정원일기承政院日記와 같은 역대의 사적들이 고스란히 불더미가 되어 활활 타올

* 장례원(掌隷院) : 조선 시대에 공사 노비 문서의 관리와 노비 소송을 맡았던 관아

랐다. 수백 년 역사의 기록들이 삽시간에 잿더미로 변하고 말았던 것이다.

적군이 여유 만만하게 한강을 건너 한성漢城에 당도한 것은 고니시小西行長의 제1번대가 5월 2일, 가토加藤清正의 제2번대가 그 이튿날인 3일이었다. 적들은 그래도 도성 안에 많은 군사들이 버티고 있을 것을 두려워하여 한강 연안에서 진을 치고 하루를 묵으면서 경계를 하였지만, 어처구니없게도 도성 안은 적막강산처럼 비어 있고 궁궐들은 이미 불타 버렸거나 아직도 검은 연기를 뿜으며 타고 있었다. 이리하여 왜란이 일어난 지 스무 날도 안 되어 조선의 도성은 고스란히 왜적의 수중에 들어가고 말았다. 한 번 싸워 보지도 않고 도성을 적에게 그냥 내주고 말았으니 그야말로 지리멸렬이었다.

*

조선의 강토가 추풍낙엽처럼 왜적의 발 아래 짓밟힐 때, 바다에서도 경상 좌수사 박홍과 경상 우수사 원균 등이 적의 기세에 지레 겁을 먹고 싸움은커녕 오히려 전선과 무기를 물에 침몰시키고 군량에 불을 지르고 군대를 해산하고 도주를 하니 전란 초기 경상좌우도의 제해권은 이렇다 할 대항 한 번 없이 적의 손에 넘어가고 말았다.

하지만 이순신이 지키는 전라 좌수영에서는 적을 치기 위한 면밀한 준비가 착착 진행되고 있었다. 전라 좌수사 이순신이 처음 왜적의 침입을 통보받은 것은 왜란이 발발한 지 이틀 후인 4월 15일이었다. 경상 우수사 원균으로부터 '왜선이 대규모로 부산 앞바다에 정박 중'이라는 통보에 이어, 다음 날에는 '부산진성이 이미 함락되었다'는 급보를 받았던 것이다. 일찍이 왜침이 있을 것을 내다보고 귀선龜船을 비롯한 전선을 새로 만들고 수리하며 전란에 대비해 온 이순신에게 왜군은 피해야 할 두려움이 아니라 죽음을 각오하고 맞서 싸워 무찔러야 할 흉적일 뿐이었다.

4월 말에 이르러 조정에서는 연이어 '원균과 합세하여 적선을 공격하라'는 전지傳旨, 승정원의 담당 승지를 통해 전달되는 왕명서를 보내왔고, 경상 우수영을 버리고 도망 다니던 원균도 구원을 간청해 온 터라, 주밀히 적정을 파악하며 만반의 대비를 갖추고 있던 이순신은 마침내 전라 좌수영을 떠나 경상도 바다로 출전하기로 마음을 정했다. 그러나 휘하의 여러 장수들은 '우리 구역을 지키기에도 부족한데, 어느 겨를에 남의 도道까지 가겠느냐'며 반대했다. 그러자 녹도鹿島 만호 정운鄭運과 군관 송희립宋希立이 비분강개하여 "이 나라를 침범한 적을 치는 일에 우리 도와 남의 도가 따로 없소. 적의 예봉을 꺾는 것이 또한 본도本道를 보전하는 길이오." 하며 이순신에게 진격을 청했다. 이에 이순신은 크게 기뻐하며 전력으로 경상도를 향하여 해상 진군키로 결정했던 것이다.

전라 좌수사 이순신에게 구원병을 요청한 원균의 사정은 절박했다. 적의 기세에 놀라 모든 병선과 병기를 바닷물 속에 처넣고 휘하 수군 1만여 명을 해산시켰던 원균은, 옥포 만호玉浦萬戶 이운룡李雲龍과 영등포永登浦 만호 우치적禹致績과 함께 남해南海 앞바다에 머물고 있다가 육지로 올라가 몸을 피하려 했다. 그때 옥포 만호 이운룡이 원균을 가로막으면서, "여기는 전라도와 충청도로 가는 해로의 요해처이니 이곳을 비우면 안 됩니다. 호남 수군에게 구원병을 청하고, 흩어진 군사를 끌어모아 적을 칩시다." 했다. 이에 원균이 하는 수 없이 율포栗浦 권관 이영남李英男을 시켜 전라 좌수사 이순신에게 구원을 요청하게 되었던 것이다.

이순신은 전라 우수사 이억기李億祺에게 자신의 뒤를 따르라고 연락한 뒤에, 5월 1일 휘하의 모든 전선을 좌수영 앞바다에 결진케 했다. 이때 전라 좌수영에는 판옥선板屋船 24척, 협선挾船 15척, 포작선鮑作船

46척 등 총 85척의 병선이 있었는데, 이는 모두 이순신이 전라 좌수사로 부임한 이후 수리하거나 새로 만든 것들로 탄탄했다. 그는 휘하의 장수들을 모아 며칠 회의를 거듭하며 전황을 분석하고 군기를 점검한 후, 5월 4일 새벽 드디어 전라좌도의 수군을 이끌고 원균과 합세하기 위해 경상도 해역을 향해 출항했다. 경상우도의 소비포所非浦에서 일박한 후 다음 날 당포唐浦에 도달하여 기다려도 원균이 나타나지 않자, 이순신은 경쾌선輕快船을 보내 빨리 합세토록 독촉했다.

원균은 6일 진시辰時, 오전 7시-9시에야 전선 한 척을 타고 당포로 와서 이순신에게 "이렇게 와 주어 고맙소." 하고 인사를 했다. 이날 저물녘까지 당포에 닿은 경상우도의 배는 남해 현령 기효근과 미조항彌助項 첨사 김승룡金勝龍과 평산포平山浦 권관 김축金軸 등이 동승한 판옥선 1척과, 옥포 만호 이운룡과 지세포知世浦 만호 한백록韓百祿과 영등포 만호 우치적 등이 나누어 타고 온 판옥선 2척, 사량蛇梁 만호 이여념李汝恬과 율포에서 소비포로 임지를 옮긴 권관 이영남이 각각 타고 온 협선 2척 등에 불과했다.

7일 새벽, 드디어 결전의 날이 밝았다. 전라좌도와 경상우도의 수군 전 함대가 동시에 출항하여 왜군의 함선들이 머물고 있다는 가덕도加德島를 향해 달려가고 있는데, 오시午時경에 거제도 옥포 앞바다에 이르자 척후선으로부터 적선을 발견했다는 보고가 날아들었다. 적의 병선 30여 척이 옥포 선창에 정박하고 있었다.

이순신은 전열을 다시 가다듬은 다음, 모든 장수들에게 "함부로 움직이지 말라. 태산같이 침착하고 신중하게 행동하라." 엄명을 내린 후, 일제히 공격을 위한 전진을 시작했다. 이때 적들은 포구에 배를 세워두고 섬에 올라 분탕질을 치고 있어 동리 곳곳에 불이 나 연기가 자욱했다. 돼지나 소를 때려잡는 듯 짐승들의 울부짖는 소리가 멀리까지 들려오고, 바람 따라 사람들의 비명 소리도 흘러왔다. 노략질을 하느라 방심하였던 적들은 아군이 기습하자 당황하여 어찌할 줄을 몰라 천방지축 허둥거리면서 배에 올랐다. 그러나 바다 가운데로 밀고 나와 아군과 대항하려 들지 않고, 섬 기슭을 따라 배를 몰아 달아나기 시작했다. 적들이 대항해 오지 못하고 도망치는 것을 본 아군들은 용기백배하여 적선을 동서로 에워싸고 일제히 황자총통과 불화살을 쏘아 맹공을 퍼부었다. 당황한 적들은 이미 사기가 꺾여 제대로 대항도 못하고, 침몰을 막기 위해 배 안의 물건들을 마구 바다로 내던지기 바빴다. 그러나 고삐를 늦추지 않는 아군의 공격에 적선이 침몰되고, 부상당한 적군들이 바다로 떨어져 비명을 내지르며 허우적거렸다. 아군의 공세는 더욱 거세지고 적들은 사방으로 흩어져 섬 기슭으로 허둥지둥 기어오르기 시작했다. 이 싸움에서 녹도 만호 정운은 유독 용감하게 전투에 임하여, 배를 버리고 달아나는 적의 뒤를 좇아 찌르고 목을 베어 죽였으며 적의 배를 격파하거나 불태워 없앴다. 결국 적선 26척이 격침되고 적병은 수도 없이 죽임을 당했다. 아군의 피해는 병졸 세 명이 포로로 잡혀간 것이 전부였는데, 이들도 모두 다시 살아 돌아왔다. 실로 통쾌한 승전이었다.

왜란이 발발한 이후 이십여 일 간 패전만 거듭하던 조선군은 이날 옥포해전으로 육지와 바다를 통틀어 마침내 첫 승리를 거두었다. 이 승전으로 조선 수군은 해전에서 적을 무찌를 수 있다는 자신감을 얻게 되었다. 지리멸렬로 깨지고 도망가기만 하던 조선군이 드디어 왜적을 물리칠 단초를 마련한 것이었다.

이순신이 이끄는 조선 수군은 옥포에서 쾌승을 올린 후, 여세를 몰아 그날 오후 합포合浦 앞바다에서 적의 대선大船 4척과 소선小船 1척을 쳐부수고 불태웠으며, 다음 날인 8일에는 적진포赤珍浦에서 왜군의 대선 9척과 중선中船 2척을 삽시간에 격침시키는 놀라운 전과를 거두었다. 5월 초의 1차 출동에서 옥포해전을 시작으로 단 이틀 만에 적선 42

척을 격파하고 수많은 왜군을 살상하여 대승을 거두었던 것이다.

조정에서는 이러한 전공을 치하하여 전라 좌수사 이순신에게 종이품從二品인 가선대부嘉善大夫의 품계를 내렸다. 이에 전라좌도 수군들의 사기는 더욱 충천하였고, 적을 말살시켜 조선의 제해권을 기어이 되찾겠다는 이순신의 결의는 더욱 강해졌다.

부산포에 본진을 둔 왜의 수군은 옥포, 합포, 적진포에서의 완패에도 불구하고 경상도 서쪽 해안과 전라도 해상을 장악하여 서해안을 통해 북상하려는 야심을 버리지 않았다. 연전연승하며 북상 중인 지상군의 보급로를 확보하기 위함이었다. 이에 적 수군은 차츰 거제도 서쪽의 섬들로 마수를 뻗치면서 정찰과 약탈을 자행하고 있었다.

1차 출동 이후 전선을 정비하고 전력을 보강하며 다음 출동에 대비하고 있던 이순신에게도 이런 정보들이 전해졌다. 그는 돌격선인 귀선龜船의 최종 시험을 끝내고, 전라 우수사 이억기에게 '힘을 합쳐 함께 적의 수군을 격멸하자'는 공문을 보냈다. 그런데 그때 경상 우수사 원균으로부터 '적선 10여 척이 사천泗川과 곤양昆陽까지 쳐들어왔다'는 보고가 들어왔다.

5월 29일 이순신은 즉각 귀선을 포함한 전선 23척을 거느리고 출전했다. 1년여 공들여 만든 귀선을 처음으로 앞세워 출전하는 이순신의 감회는 이날따라 새로웠다. 원균은 전선 3척을 이끌고 노량 앞바다에서 이순신의 함대와 합류했다. 수군은 사천으로 향하던 중 적선 1척이 곤양으로부터 사천 쪽으로 이동하는 것을 보고 추격하여, 적병이 배를 버리고 육지로 도망하자 배만 깨트리고 불태워 버렸다. 그런데 바로 그곳에서 멀지 않은 사천 선창 쪽의 험준한 산중턱에 400여 명의 적군이 붉고 흰 깃발을 꽂아 놓고 장사진長蛇陣을 치고 있는 것이 눈에 들어왔다. 그 아래의 포구에는 적의 전선 12척이 줄지어 정박해 있었다.

이순신은 산에 진을 치고 있는 적들을 바다로 끌어내어 일시에 격멸하고자 했다. 그러자 원균은 조수가 이미 물러갔고 또한 포구 안은 해심이 얕고 협소해 전선의 운항이 어려우니 아군이 곧바로 적을 공격해야 한다고 주장했다.

이순신이 원균에게 조용히 말했다.

"공께서는 병전兵戰의 도를 잘 모르는 듯하오. 적들은 지금 해심이 얕고 항내가 좁은 점을 이용하여 요새가 될 수 있는 험준한 산에다 진을 치고 우리가 쳐들어오기를 교만하게 기다리고 있는데, 아군이 성급히 진격해 들어간다면 독 안에 든 쥐 꼴이 되어 당연히 패하는 것 아니겠소? 퇴각하는 양 적들을 산에서 끌어내어 포구로 나오게 하고 조수가 밀려들어오는 시간을 벌어야 하오. 우리가 거짓 퇴각하면 저들은 필시 배를 타고 추격해 올 것이니 바다 가운데로 유인하여 공격하면 반드시 승리할 것이오."

그 말과 함께 이순신은 호각을 요란하게 불고 깃발을 휘둘러 전 함대가 퇴각하는 시늉을 보였다. 그러자 적들은 그의 예상대로 산중턱에서 포구 쪽으로 내려오더니 일부가 배를 타고 아군을 추격해 왔다. 나머지는 산 아래쪽에 진을 치고 아군의 배를 향해 조총을 쏘아 댔다. 적선을 바다로 불러낸 이순신은 그제야 뱃머리를 돌려 전투태세를 갖추고 귀선을 선두에 세워 적진의 중앙을 향해 일제히 돌진했다. 귀선은 천天·지地·현玄·황黃 등의 각종 총통銃筒을 집중 발사하면서 적선을 향해 접근했다. 적들도 조총을 마주 쏘는 등 쌍방 간에 격렬한 화력전이 벌어졌다.

하지만 처음 실전에 투입된 귀선의 위력은 실로 대단했다. 귀선 돌격장 이기남李奇男과 이언량李彦良이 포문을 열어 포격 명령을 내리자 용의 아가리에서 연기를 내뿜으며 배의 전후좌우로 천자포, 지자포, 현자포, 황자포가 일시에 적선을 향해 포탄을 발사했다. 각종 총통이 터지는 소리가 천지를 진동하고, 바닷물이 하얀 물기둥을 만들며 하늘로 솟구치고, 적선이 순식간에 격파되어 적병들이 비명을 내지르며 쓰러졌다.

조선 수군의 역습에 당황한 데다 처음 보는 귀선의 위력에 경악한 적들은 사천 포구 쪽으로 후퇴하기 시작하였고, 때마침 조수가 바뀌어 밀물이 밀려들자 아군의 판옥선까지 가세하여 포구 부근까지 접근하며 일제히 철환鐵丸과 불화살火箭과 장편전長片箭으로 맹공을 퍼부었다. 남은 적선들은 귀선의 쉴 새 없는 화포 공격에 격파되어 산산조각이 나 침몰하고, 적병들은 신체가 토막이 되어 공중에 흩어지거나, 불화살을 맞고 바다로 뛰어들거나, 배와 함께 침몰하였다. 급기야 살아남은 적들은 배를 버리고 산으로 도주하였다.

조선 수군은 이날 포구의 적선 12척 중 10척을 격침시키는 대승을 거두었다. 적선 2척은 적의 패잔병들이 타고 도주할 때 일거에 소탕하려고 일부러 남겨 둔 것이었다. 척후장斥候將인 김완金浣은 적의 진중에 뛰어들어 조선인 여자아이 한 명을 구해 내기도 했다. 왜군의 상당수를 살상하는 혁혁한 전과를 거두었지만, 적병들의 조총 응사도 만만찮아 아군의 부상자도 여럿 생겼다. 귀선 건조에 큰 공을 세운 군관 나대용羅大用과 이설李渫도 적의 총탄과 화살에 맞았으나 생명에는 지장이 없었다.

접전 중에 이순신도 적의 조총 탄환을 왼쪽 어깨에 맞았다. 탄환이 어깨를 뚫고 등 쪽으로 박혀 선혈이 갑옷 아래로 발뒤꿈치까지 흘러내렸으나 그는 일절 내색을 않고 의연히 전투를 지휘했다. 대승을 거둔 아군은 해가 저물기 시작하자 배를 돌려 사천만 입구의 모자랑포毛自郞浦로 나와서 진을 쳤다. 그때야 이순신은 측근자로 하여금 자신의 등에 박힌 탄환을 칼로 도려 끄집어내게 했다. 그가 부상당한 것을 아무도 알지 못했던 군사들은 대경실색했으나, 정작 본인은 아무렇지 않은 듯 태연히 담소를 나누니, 그의 기개와 용맹과 담력에 모두가 크게 탄복

했다.

다음 날인 6월 1일 이순신은 고성 땅 사량 바다에 결진한 채 군사들을 쉬게 했다. 전날 격전을 치렀던 만큼 휴식과 정비가 필요했다. 다만 새벽녘에, 전날 일부러 남겨 두었던 적선 2척을 살펴보러 갔던 원균이 적의 패잔병들이 이미 산으로 멀리 도망쳐 버렸음을 알고 배만 불태우고 돌아왔다. 이순신은 탄환을 빼낸 잔등의 상처가 극심한 통증을 불러일으켰지만 군사들의 사기를 생각해 짐짓 미소를 짓는 여유를 보였다.

사천해전에서 적선 13척을 모두 격파하거나 불태워 침몰시키고 대승을 거둔 조선 수군의 사기는 하늘을 찌를 듯했다. 휴식을 취하며 전선과 병력을 정비한 이순신은 용기백배한 군사들을 이끌고 6월 2일 당포해전에서 적선 21척을 대파하였고, 연이어 전라 우수사 이억기의 함대까지 합세한 6월 5일의 당항포唐項浦해전에서 적선 26척을, 또 6월 7일 율포해전에서 적선 7척을 모두 무찌르고 연전연승을 거두었다. 특히 홀연히 연기를 뿜으며 돌진하여 적진을 좌충우돌 헤집고 다니며 전후좌우로 총통을 발사하거나 그대로 적선을 들이받아 침몰시키는 귀선은, 왜군에게는 공포 그 자체였다. 적의 대선이나 누각을 세운 대장선大將船도 귀선의 포화와 돌격에 속수무책으로 박살이 났다. 덮개로 전면을 폐쇄하고 철갑을 씌운지라 적의 조총 공격에도 끄떡없었던 귀선은 조선 수군에게 엄청난 위력을 더해 주었다. 이후 여러 포구를 수색했지만 더 이상 적선을 발견하지 못한 3수사 연합 함대는 다음을 기약하고 각기 본영으로 돌아갔다.

이로써 임진년 5월 말에서 6월 초에 걸친 2차 출동에서 조선 수군은 경상우도의 섬들을 샅샅이 정찰 수색하여 총 67척의 적선을 모조리 격파, 전소, 침몰시키거나 나포하는 대승을 올렸던 것이다. 무수한 적군을 살상했으나 그에 비하면 아군의 피해는 경미했다. 왜적은 이제 이순신의 함대를 만나기만 하면 싸워 볼 생각도 못하고 달아나기 바빴고, 경상우도까지의 제해권은 조선 수군이 완전히 장악하게 되었다. 이에 조정에서는 이순신에게 정이품 자헌대부資憲大夫의 품계를 가자하였다.

5월과 6월에 걸친 일곱 차례의 해전에서 이순신에게 전패를 당하여 부산포의 본진으로 후퇴하였던 왜의 수군은, 육지에서의 연이은 승전 소식에 기운을 되찾아 다시 머리를 쳐들어 가덕도와 거제도 부근까지 수십 척씩 떼를 지어 출몰하기 시작했다. 수륙병진을 획책하였던 왜군에게 남해와 서해의 바닷길은 군량과 병기와 병력의 보급을 위해 절대로 포기할 수 없는 전략적 요로였기 때문이다. 또한 패보를 받고 격분한 도요토미가 이순신의 수군을 반드시 격멸하라는 불호령을 내리자, 왜군은 앞서의 패전을 설욕하기 위해 수군의 병력을 증강하고 지상군과 협력하여 대진을 꾸려 조선 수군을 공격하려 했다. 구키 요시타카九鬼嘉隆와 가토 요시아키加藤嘉明의 수군 함대에 더하여 용인龍仁 전투에서 승전한 와키자카 야스하루脇坂安治까지 수군으로 배치하여 총공세를 계획했던 것이다. 하지만 와키자카는 전공을 독차지하기 위해 휘하의 전선 73척을 이끌고 홀로 먼저 거제도로 향했다.

적의 이런 동향을 파악한 이순신은 전라 우수사 이억기와 연락하여 다시 출동하기로 결정했다. 두 수사는 7월 4일 저물녘에 만나 다음 날 합동 훈련을 갖고, 6일에 전라좌우도의 전선 48척을 이끌고 본영을 출발하여 곤양과 남해의 경계인 노량에 이르렀다. 그곳에는 경상 우수사 원균이 파손된 병선 7척을 수리하여 거느리고 와서 기다리고 있었다. 3수사의 55척 연합 함대는 이날 진주 땅 창선도昌善島에 이르러 밤을 지냈다. 다음 날인 7일은 동풍이 강하게 몰아쳤다. 수군은 파도와 싸우며 동쪽으로 노를 저어 저물녘에 고성 땅 당포에 닿았다. 나무를 하고 물을 길어 저녁을 준비하고 있을 때, 난리를 피해 산으로 숨었던 그 섬의 소 치는 백성 김천손金千孫이 함대를 보고 달려와서, 적의 대·중·소선 70여 척이 미시未時, 오후 1시-3시에 견내량見乃梁으로 들어가 머무르고 있다고 고했다.

조선 수군의 연합 함대는 7월 8일 아침 일찍 당포 앞바다를 떠나 적진이 있는 견내량으로 향했다. 항진 중에 멀리 바라보니, 적의 대선 1척과 중선 1척이 선봉으로 나와 아군을 탐색하다가 조선 수군의 함대를 발견하고는 선수를 돌려 쏜살같이 자기들 진으로 돌아가고 있었다. 아군은 적의 척후선임을 직감하고 그 배를 뒤쫓았다. 아니나 다를까, 견내량에는 적의 대선 36척, 중선 24척, 소선 13척이 대열을 벌려 진을 치고 있었다.

이순신은 언제나처럼 우선 지리적 여건을 살폈다. 적에 비해 섬들의 위치와 특징, 조수와 바람의 변화, 물살의 방향과 유속, 수심과 암초 같은 바닷속 사정을 잘 알고 있는 아군은 작전을 세우는 데 있어 적보다 훨씬 유리했다. 견내량은 물길이 좁고 암초가 많아 아군의 주력인 대함 판옥선은 활동이 불편할 뿐만 아니라 배끼리 부딪칠 수가 있어 싸움의 장소로 마땅치 않았다. 또한 적이 궁지에 몰리면 바다 기슭을 따라 육지로 도망칠 우려가 있어 아군에게는 여러모로 피해야 할 장소였다.

이순신은 적의 주력을 한산도閑山島 앞바다로 유인한 후에 일시에 포위하여 격멸하기로 작전을 세웠다. 한산도는 거제도와 고성 사이의 바다 가운데에 있어 사방으로 헤엄쳐 나갈 수도 없을 것이요, 설령 적이 그 섬에 오른다 해도 무인도나 다름없어 굶어 죽기 십상인 곳이었다. 이순신은 먼저 판옥선 대여섯 척을 내보내 적의 선봉을 급습할 기세를 보였다. 그러자 적선 수십 척이 일시에 기세등등하게 쫓아 나왔다. 마치 지난 패전의 복수를 작심한 듯 단숨에 아군 병선을 박살 내 버릴 듯한 기세였다. 아군 병선들이 놀란 듯 멈칫하더니 짐짓 적선의 기세에 겁먹은 것처럼 선수를 돌려 퇴각하기 시작했다. 아군의 유인 작전을 알지 못한 적은 득의만면하여 북을 치고 징을 울리고 함성을 내지르며 전 함대가 아군을 쫓아 끝까지 밀고 나왔다. 작전대로 한산도 앞바다까지 적선들을 모두 끌어낸 아군 함대는 갑자기 멈추더니 일제히 선수를 돌려 반격 태세를 취했다.

"학익진鶴翼陣을 펼쳐라!"

대장선에 탄 이순신이 친히 장대將臺에 올라 큰 소리로 명령했다.

귀선과 판옥선 포작선들이 이미 약속된 신호에 따라 일시에 빠른 속도로 배를 움직였다. 돌격선인 귀선을 선봉에 세우고 뒤로 일자진一字陣을 이루었던 판옥선들이 중앙은 뒤로 물러나고 좌우는 앞으로 전진하며 학의 날개처럼 둥글게 진을 펼쳐서는, 아무것도 모르고 겁없이 밀고 들어오는 왜군의 전선들을 순식간에 포위했다. 그리고 천지를 흔들 기세로 호각을 불고 징을 치고 북을 울리면서 적 함대를 향해 일제히 포격을 개시했다. 귀선과 판옥선들이 하늘과 바다를 뒤엎을 듯 크고 작은 총통들과 불화살을 동시에 쏘아 댔다. 바닷속 물고기들이 놀라 뛰고 한산도의 수목들이 흔들리며 우수수 잎을 떨굴 정도였다. 당황한 적들은 정신을 차리지 못하고 속수무책으로 당할 뿐이었다.

밑바닥이 평평한 평저선平底船인 판옥선은 제자리에서 회전이 가능했기에 좌우로 번갈아 돌며 화포의 장전과 격발 시간을 벌어 적에게 틈을 주지 않고 포탄을 퍼부었고, 돌격선인 귀선은 적진으로 돌진하여 용머리로 연기를 뿜으며 전후좌우로 화포를 쏘고 적선의 밑부분을 마구 들이받아 깨트려 침몰시켰다. 한편, 왜군의 전선들은 밑바닥이 좁고 뾰족한 첨저선尖底船이라 속도는 빠르나 급히 회전할 수 없어 바로 뱃머리를 돌려 달아날 수도 없었고, 조선 수군의 갑작스런 반격에 앞쪽의 배들이 당파되거나 멈칫하자 뒤에서 달려오던 배들이 속도를 못 이겨 저들끼리 부딪쳐 부서지기도 하며 갈피를 못 잡고 우왕좌왕했다.

초장에 적의 기세가 꺾이자 중위장中衛將인 순천 부사順天府使 권준權俊이 급히 노를 저어 적선 위에 뛰어올라 긴 칼을 휘둘러 적장 적병 할 것 없이 10여 명을 베었다. 적병들도 맞섰으나 살기등등한 권준의 번득이는 칼날에 쓰러지거나 도리 없이 바닷물로 뛰어들고 말았다. 그러자 중부장中部將인 광양 현감光陽縣監 어영담魚泳潭도 이에 질세라 누각이 있는 적선에 뛰어들어 활로 적장을 쓰러뜨리고 사방으로 칼을 휘둘러 12명의 목을 단번에 잘랐다. 권준과 어영담은 적선에 포로로 잡혔던 조선 사람 한 명씩을 구해 내기도 했다.

우부장右部將인 사도 첨사蛇渡僉使 김완 역시 누각이 있는 적의 대선 속으로 뛰어들었다. 그때 장창長槍을 짚고 섰던 적장이 김완을 기다렸다는 듯 앞으로 나섰다. 옆으로 따라붙는 부하들을 양팔로 막는 기개가 제법 의연해 보였다. 적장의 창날과 김완의 칼날이 수차례 푸른빛을 발하며 부딪쳤다. 막상막하인 듯 처음에는 우열이 드러나지 않았다. 그러나 함성과 함께 펄쩍 뛰어오른 김완의 칼이 적장의 창 자루를 절단했다. 그러자 적장이 잽싸게 허리에 찼던 칼을 뽑으려 했다. 김완은 번개같이 달려들어 적장의 바른팔을 베었고 이어서 적장의 목을 쳤다. 두 눈을 부릅뜬 적장의 목이 갑판에 뒹굴었다. 이 광경을 지켜보던 적병들이 혼비백산하여 우왕좌왕 도망치려 했으나 김완은 그들을 놓치지 않고 그 자리에서 16명을 순식간에 베어 버렸다.

좌돌격장 이기남은 귀선을 종횡무진하여 닥치는 대로 적의 대선들을 당파하였건만 정작 적선을 나포했다고 소리치는 장수들은 엉뚱한 지라, 그는 적의 대선에 기어올라 적병 7명의 목을 단숨에 자르고 전후좌우로 칼을 휘둘러 적병들을 물에 빠져 죽게 하고는 뱃머리에 서서 "이기남이 여기 있다." 하고 소리를 쳤다. 그의 마음을 꿰뚫어 본 이순신이 비로소 미소를 머금고 큰 소리로 "거북으로 내려가 있거라!" 명령을 내리니 수하 병졸들이 일시에 폭소를 터뜨렸다. 승전의 기쁨과 여유에서 나오는 통쾌한 웃음이었다.

그뿐만 아니라 홍안의 청년 장수인 우돌격장 박이량朴以良은 끝까지 사투하는 적장과 백병전을 벌여 기어이 그의 목을 베어 칼끝에 꽂고 사자후를 터뜨렸고, 유군遊軍 일령장一領將인 손윤문孫允文은 적의 소선 두 척이 육지로 도망치는 것을 총포를 쏘며 추격하여 산에까지 올라가 사살했으며, 오령장五領將인 최도전崔道傳은 적장의 노예로 일하던 조선인 소년 포로 3명을 구해 냈다. 이밖에도 조선 수군의 수많은 장졸들이 일당백의 기세로 포를 터뜨리고 화살을 쏘고 불화살을 날리고 칼을 휘둘러 무수한 적을 쓰러뜨리니 적선들은 제대로 싸워 보지도 못하고 궤멸되고 말았다.

전라 좌수사 이순신, 전라 우수사 이억기, 경상 우수사 원균이 힘을 합한 조선 수군의 55척 연합 함대는, 이날 한산도해전에서 학익진법으로 적을 완전히 포위하여 적선 73척 중 47척을 불태우거나 깨트려 침몰시키고 12척을 나포하는 대승을 거두었다. 또한 적에게 포로로 잡혀 있던 조선인 7명을 생환시켰다. 한산도 앞바다에는 불타는 적선이 내뿜는 연기가 하늘을 가렸고, 물에 빠져 죽은 적군의 시체가 바다를 덮었다. 포탄에 흩어지고 화살에 맞고 칼에 베인 시체들이 내뿜는 유혈로 바다는 핏빛으로 물들었다.

뒤쪽에 멀찍이 떨어져 있던 적의 대선 1척과 중선 7척, 소선 6척은 전세를 관망하다가 자기네 배가 부서지고 불타고 장수들과 군사들이 도륙되는 것을 보고는 먼저 줄행랑을 쳐 버렸다. 살아남은 적병들은 도무지 승산이 없음을 깨닫고 한산도로 헤엄쳐 뭍으로 올라 허둥지둥 네 발로 기듯 산기슭으로 도망을 쳤다. 4백 명이나 되는 이들은 먹을 것이 없어 13일간 해초로 연명하다가 아군이 각자 본영으로 돌아간 후에야 뗏목을 만들어 타고 겨우 섬을 탈출했다. 이날 부하들과 도망쳐 섬에 올랐던 적의 부장 마나베 사마노조眞鍋左馬允는 자기의 배가 바다가운데서 불타고 있는 광경을 바라보다 처참한 심경에 분을 못 이겨 할복 자결하고 말았다. 적의 주장 와키자카脇坂安治는 해전과 육전에 모두 능한 맹장이었지만 이순신과 이억기를 끝내 당해 내지 못했고, 겹겹의 포위를 뚫고 겨우 도망쳐 구사일생으로 목숨만 건졌을 뿐이었다.

어느새 날이 어두워지기 시작했다. 선혈이 낭자한 바다에 낙조가 내리면서 하늘과 바다가 온통 붉더니 해가 꼴깍 떨어지자 어둠은 급격히 사방을 암흑천지로 만들었다. 종일 싸움을 벌이느라 피로해진 조선 수군은 추격을 멈추고 견내량 안바다에 진을 치고 밤을 지냈다. 적은 대패하여 멀리 달아나 버렸고, 승리감에 도취된 아군은 흔들리는 배 위에서 꿀맛 같은 단잠으로 피로를 풀었다.

다음 날인 9일 척후선으로부터 왜선 40여 척이 안골포安骨浦에 있다는 급보가 날아들었다. 이들은 애초에 와키자카와 함께 출동하기로 되어 있던 구키九鬼嘉隆와 가토加藤嘉明의 2선 함대였다. 이순신은 이억기, 원균과 함께 적을 토벌할 계책을 상의하였으나 역풍이 크게 일고 이미 날이 저물어 거제 땅 온천도溫川島에서 밤을 지냈다.

10일 새벽 배를 띄워 안골포에 이르러 보니 대선 21척, 중선 15척, 소선 6척 등 총 42척의 적선이 선창에 진을 치고 있었다. 여러 차례 밖으로 유인하려 했으나 한산도에서 대패한 직후라 적은 겁을 먹고 선불리 나오지 않았다. 배를 세워 둔 채 험고한 지형에 의지하여 여차하면 산으로 달아날 기세였다. 그러나 포구가 좁고 얕아 조선 수군이 밀고 들어가기에는 형편이 여의치 않았다. 아군은 멀리서 각종 총통을 비롯한 화포와 장편전을 날려 3층 누각과 2층 누각을 세운 대선들을 비롯해 수많은 적선을 깨트리고 배에 타고 있던 적군들을 무참히 죽여 버렸다. 다만 적선을 모두 박살 내면 궁지에 몰린 적들이 산으로 도망쳐 그 화가 피란한 조선 백성들에게 미칠 것을 염려하여 몇 척을 남겨 두었는데, 적의 패잔병들은 밤을 틈타 그 배들을 타고 달아나 버렸다. 이로써 지형이 불리한 안골포에서도 우리 수군은 대승을 거두었다.

7월 초의 3차 출동으로 한산도와 안골포에서 적 수군의 주력을 궤멸시킨 조선 수군은 이제 가덕도 서쪽의 제해권을 완전히 장악하고 차후 왜침의 교두보인 부산포를 공략할 것을 도모하였고, 완패한 왜군은 부산으로 움츠러들어 바닷길로 호남과 서해로 진출하려던 야심을 포기하기에 이르렀다. 더구나 해전에서의 완패로 군량과 군비의 보급을 차단당한 왜의 지상군은 곳곳에서 어려움을 겪었고, 왜군의 선봉인 고니시小西行長의 제1번대도 평양에서 발이 묶여 주저앉고 말았다.

의주義州로 몽진하여 요동遼東으로의 망명을 꾀하고 있던 임금 선조에게 한산도에서의 승전보는 실로 어둠 속의 한 줄기 빛과 같은 소식이었다. 선조는 대승의 장계를 받고 크게 기뻐하며 이순신에게 정이품상上의 품계인 정헌대부正憲大夫의 교지를 내렸고, 이억기와 원균도 종이품인 가의대부嘉義大夫로 가자하여 전공을 치하하고 격려했다. 한산도 대첩은 임진왜란 전쟁의 판세를 바꾼 실로 위대한 승리였고, 이순신은 왜적의 파죽지세에 하릴없이 무너져 내리던 허수아비 강산에서 홀로 크게 빛난 별이었다.

11

진주성 대첩

진주성 대첩

난리 중에도 밤과 낮은 갈마들고 산천을 진동하는 피비린내에도 꽃은 피고 졌다. 인간의 쟁투에 아랑곳없는 세월은 어느덧 7월 중순을 지나고 있었다. 이른 아침부터 날씨는 바람 한 점 없었다. 안뜰과 사랑채의 화단이며 돌담장 가에 핀 화초들도 숨을 죽인 듯 미동조차 없었다. 말복末伏이 지난 지도 열흘이 넘었으나 폭염은 왜군의 기세처럼 꺾일 줄 몰랐다. 한낮은 또 얼마나 쪄댈 것인지 아침부터 가히 짐작이 되는 날씨였다.

초희와 월향이는 안방 문 앞에서 서로의 얼굴을 쳐다보면서 아이들답지 않게 한숨들을 내뿜었다. 섭냄이도 부엌에서 나와 안방을 지켜보며 걱정스런 낯빛을 지었다. 아이들이 섭냄이를 돌아보며 고개를 저었다. 섭냄이는 아이들의 고갯짓에도 개의치 않고 다시 부엌으로 들어가더니 소반에 미음 한 그릇과 간장 종지 하나만 담아 마루 위로 올라선다. 그리고 문고리를 잡아당겨 본다. 문고리는 여전히 안에서 걸려 있었다.

"논개야! 미음 만들어 왔다. 뜨실 때 좀 묵어라."

방 안에서는 대답이 없었다. 섭냄이가 울상을 지으면서 문고리를 세게 흔들었다.

"논개야! 고마 좀 정신 채리고 일나라. 오날이 사흘째다야. 니 그라다

벵나모 우짤 끼고! 지금이 우떤 땐데 니가 그리 정신을 몬 채리노. 논개야, 그 어른은 멩이 다해서 가신 기라. 니가 애간장 끼린다꼬 살아올 것도 아이고, 우쨌거나 산 사람은 살아야 될 꺼 아이가. 이 문 좀 열거라. 제발 좀 일나거라. 니가 이리 누웠은께 온 집안이 다 죽은 기라. 사랑채 행랑채 걸뱅이들도 돌도 안 줏어 오고 훈련도 안 한다. 엉망진창이다. 논개야. 야야. 좀 일나거라."

섭냄이의 음성에는 울먹임이 섞여 있었다.

그러자 초희와 월향이도 울먹이며 문고리를 흔들었다.

"성님예! 그만 일어나시소예! 성님 편찮으시모 우리는 누굴 믿고 삽니꺼예. 성님, 일어나셔서 죽 좀 드시소예."

문고리를 잡고 발을 구르던 아이들은 끝내 울음을 터뜨렸다. 오래도록 참았던 눈물인지 어깨를 들썩이며 울어 젖혔다.

한참 만에 논개의 가라앉은 목소리가 방문을 통해 나왔다.

"왜 이리 소란스러운 게냐? 걱정들 말거라. 내 일어날 것이니…."

그러나 그 말뿐 문고리는 풀리지 않았다.

"논개야. 문 좀 열거라."

섭냄이가 다시 방문을 흔들었다.

"나 일어날 테니, 섭냄이는 네 볼일 보고, 초희 월향이는 사랑채에 가서 아재들한테 훈련할 준비들 하라고 전해라."

초희와 월향이가 눈빛을 반짝였다. 언제 눈물을 흘렸더냐 싶게 밝은 얼굴이 된다. 걸인들의 훈련을 챙기는 것으로 미루어 논개가 자리를 털고 일어날 것으로 확신했기 때문인 듯했다. 섭냄이는 김이 오르는 미음 소반을 다시 부엌으로 들고 가서 더운물이 깔린 무쇠솥 안에 그릇째 넣는다. 식을까 염려해서였다.

논개는 눈을 뜬 채 자리에서 몸을 일으키려고 머리를 움칫거려 보았다. 그러나 천장이 빙빙 도는 것처럼 흔들려 보이면서 심한 어지럼증이 일었다. 온몸은 식은땀으로 흠뻑 젖어 있었다. 요 위에 깐 삼베 홑이불도 몸에 걸친 속적삼도 물에 적신 듯 축축하고, 몸을 움직거릴 때마다 식은땀이 배어 나왔다. 이틀 밤낮을 고스란히 지새우며 슬픔과 절망과 허탈감과 억울함을 삭여 내고, 이제 사흘째 밤을 지내고 맞은 이날 아침에는 그런대로 마음 정리가 된 것이라 생각했는데, 뜨거운 눈물이 대책도 없이 또다시 울컥 솟구쳐 귓가로 흘러내렸다. 강동찬! 미소를 머금은 그의 다감하고 정겨운 모습이 빙빙 도는 천장 위로 구름처럼 떠올랐다. 사흘 밤을 시도 때도 없이 떠오르는 그의 모습을 응시하다가 오열하여 기진하기를 십수 차례, 그래서 마음 모질게 먹고 다시는 생각지 않으리라 혀를 물고 다짐했건만 그녀의 의지와는 달리 또다시 그가 떠올랐던 것이다.

정확히 사흘 전 저물녘에, 논개는 강동찬의 친필 서한과 함께 그의 전사 부음을 받았다. 그날, 패잔병 행색의 청년 하나가 기진맥진 초췌한 얼굴로 기와집을 찾아와 대문을 흔들었었다. 그는 강동찬 의병장의 부하라 했다. 청년은 일그러진 표정을 한 채, 강동찬 의병장이 7월 칠석날 전라도의 웅치熊峙 전투에서 아군의 선봉에 서서 수많은 적군을 능란한 활솜씨로 쏘아 죽이고, 적의 연발되는 조총에 장렬하게 전사하였다고 알렸다. 청년은 저고리 안으로 손을 넣어 오래도록 몸에 부대껴 귀가 닳은 봉함 서한을 끄집어내어 그녀에게 건넸다.

논개는 청천벽력 같은 소식에 처음에는 머리가 멍하기만 하고 실감이 되지 않았다. 그러나 곧 전신의 힘이 몸 밖으로 빠져나가는 듯 탈기가 되어 대청마루에 스르르 주저앉고 말았다. 그녀는 사시나무처럼 손끝을 떨며 봉함 편지를 열었다. 틀림없는 강동찬의 친필이 눈에 들어왔다.

부들부들 떨리는 손으로 펼쳐 읽어 보니, 논개를 조국이나 당신의 생명만큼 은애하고 아끼면서도 가까이에서 지켜 주고 사랑해 주지 못함이 한스럽다, 하지만 장차 그럴 때가 있지 않겠느냐, 나라를 위기에서 구하는 것이 사나이의 마땅한 도리라 전장에 몸을 바치고 있지만 논개를 그리는 마음이야 하루도 그친 적이 없다, 난리에 부디 몸조심하고 어떤 험난한 경우가 닥치더라도 논개답게 지혜롭고 용감하게 잘 이겨 내고 열심히 살아가라는 내용이었다.

장문이 아니어서 얼핏 보면 난리통에 논개의 안부를 걱정하며 급히 몇 줄 적어 보낸 연서戀書 같았지만, 좀 새겨 읽으면 자신에게 닥칠 수 있는 불행을 예감하면서 혹여 그런 상황이 닥치더라도 절망하지 말고 잘 살아가라는, 마치 유서遺書 같은 글이었다.

"의병장님은 충청도에서 경기도, 강원도, 전라도 쪽으로 지원 전투를 다니시면서, 연락책을 맡은 저한테 이 서한을 맡기셨습니다. 바로 변고를 당하신 그 웅치 전투에 지원을 가시던 날, 필히 부인께 전하라시며 이 서한을 제게 주셨습니다."

논개는 자신의 무릎 위에 떨구어진 서한에 시선을 박은 채 청년의 울먹이는 말을 듣고 있었다.

그녀는 서한에서 시종 눈을 떼지 않은 채 입을 열었다.

"수시收屍는, 하셨습니까?"

강동찬의 시체를 거두었냐는 논개의 물음에는 실낱같은 희망이 걸려 있었다. 혹여 거둔 사람이 없다면 그가 살아 있을 가능성도 있지 않겠나 하는 간절한 바람이 그 말 속에 묻어 있었던 것이다.

"격전장에서 합동으로 매장되었다고 합니다. 적들이 이례적으로 아군의 유시遺屍를 모조리 거두어서 길가에 큰 무덤을 만들어 놓고, 그 위에다 '조선의 충신, 의사들의 혼령을 조상한다弔朝鮮國忠肝義膽'는 팻말을 세웠다고 합니다. 그 전투에서 간신히 살아남은 사람이 의병장님의 전사 모습과 현장을 목격하고 그렇게 전했습니다."

"수고, 하셨어요."

논개는 백납같이 하얗게 질린 얼굴을 들어 새삼 그 청년의 초췌한 행색을 살피고는, 섭냄이에게 그가 요기할 음식을 준비하라 일렀다.

청년이 말을 이었다.

"의병장님은 참으로 훌륭한 분이셨습니다! 명예와 권세 좋아하는 요즘 어른들 같지 않으셨습니다. 당신의 전공을 알리는 일에는 관심이 없으셨습니다. 오로지 한 명의 적이라도 더 없애야 조국도 살고 백성도 살 수 있다고 역설하시면서 활 잘 쏘는 정예 의병 십수 명을 데리고 관군과 합세하여 참으로 잘 싸우셨습니다. 부하들에게는 우국충정의 혼을 심어 주려 애쓰셨고, 당신께서는 솔선수범으로 귀감이 되셨습니다. 그뿐만 아니라 의병장님께서는 그 어느 지역보다도 이곳 진주에 애정을 가지고 계셨습니다. 장차 이 지역에 오셔서 적극 지원할 뜻을 세우고 계셨는데, 그만…."

청년은 목이 메는 듯 말을 중단했다. 논개는 처절한 낯빛인 채 알 듯 모를 듯 고개를 끄덕였다. 몇 끼를 굶었던 것일까. 청년은 걸신들린 사람처럼 음식 그릇을 단번에 비웠다. 논개는 곧장 돌아가겠다는 청년에게 엽전 꾸러미를 들려 주면서 고맙다는 인사말도 잊지 않는다. 청년이 대문을 나서자마자 그녀는 행랑채 마당에서 트레머리를 풀어 내리고 북쪽을 향해 네 번 절을 했다. 그리고 그 자리에 쓰러져 버렸다. 섭냄이와 걸인들이 자지러지게 놀라면서 논개를 업어다 안방에 눕혔다. 그녀는 온몸의 기운이 쭉 빠져 쓰러졌을 뿐 의식을 잃은 것은 아니었다. 자리보전하고 누워서도 섭냄이에게 일러 대청마루에다 위패를 모실 궤연을 만들고 상식上食을 올리라 했다. 섭냄이가 눈물을 철철 흘리면서 그렇게 하겠다고 고개를 끄덕거렸다. 그날 저녁부터 세 밤을 지낸 이날 아침까지 논개는 강동찬의 서한을 가슴에 품고 기진한 채 일어나지 못했던 것이다.

논개는 이를 다져 물며 상체를 일으킨다. 그렇게 암담한 슬픔 속에 정신을 놓고 있을 때가 진정 아니었기 때문이다. 논개는 땀에 전 몸뚱이를 간신히 일으켜 앉으면서 안뜰 쪽으로 나 있는 미닫이와 겉문을 활짝 열어젖혔다. 바람 한 점 없는 날씨였지만 방 안으로 들어오는 바깥 공기가 신선했다. 안뜰에는 맑은 아침 햇살이 은싸라기처럼 쏟아져 내리고 있었다. 논개는 눈부셔하면서 산발한 머릿결을 대충 틀어 올리고 침구를 옆으로 밀어 놓는다. 그리고 벽을 짚고 일어서서 조심스레 발을 떼어 비로소 안방의 문고리를 푼다.

초희와 월향이가 대청마루에서 기다리고 있었던 듯 방 안으로 뛰어들었다.

"성님! 성님예!"

백납같이 창백한 얼굴을 하고 서서 자기들을 내려다보는 논개를 쳐다보면서 두 아이는 금방 다시 눈물이 그렁그렁해진다.

"어지럽지예? 사흘 동안이나 미음도 안 잡숫고…. 눈이 쑥 들어가셨어예."

초희가 울먹이는 음성으로 말했다.

논개는 바람벽에 등을 기대면서 방바닥에 다시 주저앉았다. 서 있기가 어려울 정도로 어지러웠기 때문이다.

"침구를, 뒤란 빨랫줄에 널어서, 바람을 좀 쐬어라. 땀에 흠뻑 젖었다."

"예, 성님!"

아이들이 요와 홑이불 그리고 아랫목의 요강까지 밖으로 들고 나갔다. 이어 섭냄이가 놋대야에 물을 담아 방 안으로 가져왔다.

"내가, 나갈 것인데…."

논개가 여전히 벽에 등을 기댄 채 말했다.

"암말 말고 손이나 씻거라. 금방 자리에서 일나모 씨러진다. 미음도 묵고 단술도 좀 묵고 인삼 댈인 것도 인자 좀 마시자. 빈 몸띠에 밥을 조야 힘이 생기서 걸을 꺼 아이겄나."

논개가 손과 얼굴을 대충 닦고 나자 섭냄이가 곧 미음과 식혜 등을 얹은 소반을 방 안으로 들여왔다. 논개는 미음과 인삼 달인 물을 조금씩 마신다.

"빈소에 상식은, 정성으로 올려야 한다."

"극정 말거라. 한 끼도 안 거르고 올리고 있은께네. 미음 좀 더 마시거라."

"빈속이라 조금씩 자주 마실 테니 윗목에 그냥 둬라."

논개는 고개를 흔들며 말했다.

아이들이 젖은 걸레로 방 안을 훔치고 있었다.

"아재들에게 훈련 준비를 하란다고 전했느냐?"

초희와 월향이가 동시에 고개를 끄덕였다.

"안채로 좀 건너오라고 해라."

아이들이 신명나는 일이라도 맡은 듯 활달한 몸짓으로 뛰어나갔다. 곧이어 털북숭이, 돼지코, 식칼까지 세 명의 걸인 대장들이 안채 뜰로 들어와 안방 미닫이 앞에 나란히 섰다. 활짝 열린 문 안으로 벽에 기대앉아 있는 논개의 얼굴을 쳐다보던 그들의 표정이 근심으로 어두워졌다. 그러나 그런대로 정신을 수습하고 일어나 앉은 그녀에게서 약간의 안도감을 갖는 낯빛들이기도 했다.

"어저께도 그저께도 훈련을 하지 않았다니, 무슨 말이냐?"

세 걸인이 서로 얼굴을 쳐다보며 머리를 쓱쓱 긁기도 하고 볼을 붉히기도 하면서 미안스런 표정들을 지었다.

"내가 한 사흘 누웠기로, 그럴수록 너희들이 병사들을 다져야 하는 것이 아니더냐? 지금이 어느 때인데, 함께 빈들거린단 말인가. 이미 끝난 일, 긴말 소용없고, 지금 당장 훈련장에 병사들을 집합시켜라."

논개의 창백한 얼굴은 노여움으로 붉어졌다. 엄밀히 따지면 이틀을 거른 셈이지만, 그녀가 쓰러지자 대책 없이 퍼져 버리는 그들이 어이가 없었던 것이다. 그러나 그들에게 책임감과 긍지를 불러일으켜 주기 위해 그들 수하의 50여 정예 걸인들을 거듭 '병사'라 불러 준다.

돼지코와 털북숭이가 굽실거리며 돌아섰다. 그러나 식칼은 주춤거리면서 위로 찢어진 눈에 나름대로 정감을 담고 "이제, 괜찮으신 거요?" 하고 물어 왔다.

"걱정 마라. 나는 멀쩡하다. 부탁한다! 햇살 뜨거워지기 전에 맹훈련 계속하고, 오늘은 어제 그제 못 채운 돌멩이까지 마저 채워라."

돼지코가 혀를 내둘렀다. 그러나 사랑채와 행랑채로 빠져 나가는 그들의 어깨에는 새삼 힘이 실려 있었다.

논개는 섭냄이에게 남복을 꺼내 달라 말한다. 섭냄이는 하루만 더 쉬라고 했다. 논개는 고개를 흔들며 일어섰다. 사흘을 곡기를 끊고 물만 마셔서인지 몸은 여전히 휘청거리고 현기증은 있어도 머릿속은 투명할 정도로 맑았다. 논개는 남장을 갖춰 입고 자리에서 일어나 천천히 마루로 나간다. 맑은 정신 때문인지 걷는 데는 지장이 없었다.

그녀는 마루의 궤연 앞에 섰다. 그의 이름자가 적힌 위패를 중심으로 상 위에는 흰밥과 탕국과 나물과 간조기 등의 상식이 정성스레 놓여 있었다. 논개는 향을 집어 불을 붙여서 향로에 꽂는다. 그리고 아주 조심스럽게 네 번의 절을 올린다. 눈 안에 출렁이던 뜨거운 눈물이 후드득 마룻바닥의 짚자리 위로 떨어졌다. 그러나 그녀는 입술을 모질게 다져 물 뿐 오열하지는 않는다. 엎드려 고인의 명복을 간절히 빌었다. 그의 내력을 소상히는 알지 못해도, 반가의 몰락으로 한 많은 생을 살았던 그가 저승에서는 이승 걱정 다 떨치고 편히 지내기를 진심으로 간구한다. 개인적 공명에 관심 없이 일평생 나라를 사랑하고 조국을 구하려다 타계했지만, 그가 저승에서조차 나라를 걱정하며 불편하게 지내는 것을 그녀는 원치 않는다.

"생명의 은인이시고 스승이시고 정인이셨던 어르신! 이제는, 나라 걱정도 제 걱정도 일절 마소서. 어르신께서 못다 이루신 업은 이제 살아 있는 저의 몫이옵니다. 당신의 원한을 제가… 풀어드리겠습니다. 생전에 베풀어 주신 천륜의 사랑과 은혜에, 사는 날까지 의지하여 살겠습니다. 부디 극락으로 가소서."

논개는 궤연을 벗어나 마당으로 내려서 행랑채 옆의 마구간으로 갔다. 애마 날쌘둥이가 반갑다는 듯 앞발질을 하며 머리를 쳐들고 힝힝거렸다.

논개가 아주 천천히 말을 몰아 옥봉 둑에 닿았을 때는 걸인들의 훈련이 한창 진행되고 있을 시각이었다. 논개가 둑 위에 나타나자 걸인 병사들의 몸짓에 한결 생기가 도는 것 같았다. 몸놀림이 빨라지고 몸짓에 힘이 실렸던 것이다. 이틀을 쉬는 동안 몇 사람이 빠져나간 것 같은 느낌은 있었으나 정확한 숫자는 알 수 없었다. 그러나 그녀가 둑 위에 서 있는 동안 남강의 상류 쪽 모랫벌로부터 대여섯 명의 걸인들이 돌을 안고 나타나 훈련에 합세했다. 그제야 빠진 사람 없이 모든 인원이 다 모인 것 같았다. 돼지코와 털북숭이와 식칼은 둑 위의 논개를 흘끔흘끔 쳐다보면서 돌 던지기, 활쏘기, 창검 휘두르기, 찌르기, 베기 등에 여념이 없는 걸인 병사들 사이를 누비며 서슬 푸르게 훈련을 독려하고 있었다.

논개는 새삼 눈앞의 훈련자들이 완전한 병졸에 버금갈 수 있다는 자신감을 얻는다. 몇 달간의 꾸준한 훈련과 정신 교육으로 이제 그들이 더 이상 남의 눈치나 보며 비럭질로 연명하는 걸인들이 아님을 깨닫는 것이다. 왜적에 대한 증오심과 나라를 걱정하는 마음 또한 일반 백성들보다 더 고양되어 있음을 느낀다. 논개는 혼신을 다해 노력을 기울였던 만큼 그 결과가 눈앞에 드러나고 있음에 이날따라 긍지를 갖는다. 7월 한낮의 태양을 머리에 이고도 가슴에 설렁거리는 시린 바람으로 흔들리는 당금의 상황에, 그런 느낌은 논개에게 적지 않은 위로가 되었다.

그때였다. 논개가 서 있는 뒤쪽으로 말을 탄 판관 김시민과 관졸 몇 사람이 훈련장을 향해 달려오고 있었다. 왜란이 일어난 직후부터 판관은 자주 성 밖 옥봉 둑 훈련장을 찾아왔고, 더러는 훈련자들을 격려하면서 그들이 모아 놓은 돌멩이들을 우마차에 실어 성안으로 옮겨 가곤 했었다.

논개가 말 머리를 돌려 그들을 맞이했다.

"판관 어르신, 행차하셨사옵니까."

김시민은 의연하고 준수한 얼굴로 다소곳이 고개를 숙여 예를 갖추는 논개를 가만히 바라본다.

"무슨 일이 있었더냐? 네 얼굴이 수척하구나!"

판관의 음성이 다정했다.

어찌된 영문인지 알 수가 없었다. 판관의 말이 떨어지기 바쁘게 눈시울이 화끈거리며 눈물이 솟구쳤던 것이다. 논개는 당황하여 얼른 고개를 옆으로 돌려 버렸다.

"분명, 무슨 좋지 않은 일이 있었던 모양이구나. 어디 몸이라도 아팠던 것이냐?"

"아니옵니다…."

논개는 고개를 돌린 채 잠긴 목소리로 대답한다.

김시민 판관은 활솜씨가 출중한 충청도 의병장 강동찬이 논개의 정인임을 알고 있었고, 그리고 웅치 전투에서 그가 전사했다는 것도 이미 들어 알고 있었다. 이날도 성 바깥 주변을 점검하다가 옥봉 둑 쪽으로 방향을 돌린 것은, 걸인 병사들의 훈련도 살필 겸 논개의 동정이 궁금했기 때문이었다. 여자이면서도 기개와 기상이 높고 미모가 빼어난 그녀가 천민인 기녀라는 사실이 안타까웠던 그는 그녀가 하는 일에 적잖은 관심을 보였다. 논개가 도리 없는 기녀이면서도 기생 일은 제쳐 놓고 의기회와 동기회를 조직하여 훈련시키고, 또 동네 다리 밑이나 산굴에서 빈둥대는 걸인들을 끌어내어 먹이고 입히고 훈련시켜 병졸로 길러 내는 일들이 예사롭게 보이지 않았기 때문이다. 또한 마땅한 대가를 치르지 않으면 밥도 옷도 병기도 제공하지 않는다는 논개의 철저하고 합리적이며 실리적인 사고방식에는 놀라움과 감탄을 금치 못했다. 더욱 경이로운 것은 그녀의 우국충정이 여느 아녀자들과는 전혀 다르게 깊고 지극하다는 점이었다. 조상이나 주위에 국록을 먹은 사람이 있었던 것도 아니고, 누군가 그녀에게 애국 교육을 시킨 것도 아닌데, 그녀 스스로 나라를 사랑하고 염려하는 마음이 특출하다고 느껴졌던 것이다. 대개 소심하고 소극적이며, 부모나 남편이나 자식에게 의지하여 스스로를 낮추고, 자신이 존중받지 못하는 삶에도 그저 순응하며 살아가는 여느 아녀자들과는 근본적으로 다른 논개에게, 판관 김시민은 적잖은 감동을 받았던 터였고 나름대로 관심을 가져 왔던 것이다.

그러나 지금 눈앞의 그녀는, 정인을 잃은 상부孀婦의 애절한 모습 그 이상인 것 같지는 않았다. 얼마나 서러움이 전신에 사무쳤으면 제삼자의 다정한 말 한마디에 그토록 홍루紅淚를 쏟을까 싶었다. 판관 김시민은 그녀에게 더 말을 건네지 않았다. 그녀의 옆을 지나 둑의 경사로로 접어들어 훈련장으로 내려갔다.

논개는 천천히 판관 일행의 뒤를 따랐다. 집채만큼 쌓여 있는 돌무더기 앞에서 논개는 김시민을 쳐다보았다.

"어르신, 그간 돌이 많이 쌓였습니다. 성안으로 실어 가소서."

"그럴 생각이로다."

김시민은 안정을 되찾은 듯한 논개를 따뜻한 시선으로 마주 바라본다.

"걸인들의 실력이 매우 좋아졌구나! 활과 창을 다루는 솜씨가 여간 아니야."

논개가 김시민을 쳐다본다.

"어르신! 걸인이라 칭하시지 마소서. 저 정도면 병졸들의 실력과 크게 차이가 없고, 저들의 내면은 나라 걱정으로 가득하여 그 마음가짐이 이미 관졸들이나 다름없사옵니다."

"오, 그래. 내가 말을 결례 되게 했구나. 자네 말이 틀리지 않아! 유사시에 저 병졸들을 관졸들과 함께 싸우도록 하자꾸나!"

논개의 눈빛이 반짝였다. 그녀가 바라던 대답이었기 때문이다.

"정말, 그렇게 해 주시겠습니까?"

논개의 음성은 달뜨고 얼굴은 생기로 환해졌다. 순식간의 변화였다.

"백성도 관군과 힘을 합쳐 싸워야 하거늘 저렇게 훈련된 백성이야 더 말할 것 있겠느냐. 자네의 공이 크도다! 내일부터는 우리 병졸장 두어 명을 훈련장에 내보내어 자네를 돕도록 해 주겠다."

"고맙습니다. 어르신!"

"고맙긴. 우리가 자네한테 고맙지!"

논개의 얼굴에 알 듯 모를 듯 잔잔한 미소 같은 일렁임이 스쳤다. 사실 논개는 걸인들을 이끌고 훈련을 해 오면서도 마음 한구석엔 일말의 불안감이 도사리고 있었다. 그간의 훈련의 목적이 적과 싸우는 데 있음은 분명했지만, 목숨을 바쳐 싸우고도 공을 인정받기는커녕 일반 백성 대접조차 제대로 받는다는 보장이 없었기에, 논개는 걸인들이 막상 전투에 임했을 경우에 그 사기가 어떠할지 걱정이 적잖았던 것이다. 그러나 김시민 판관의 말을 듣고 보니, 장차 걸인 병사들이 관졸에 버금가는 대우를 받는다는 것은 천민에서 비로소 '사람대접'을 받는다는 의미라 너무나 반가운 일이었다. 이것은 걸인 병사들의 사기에 너무도 중차대한 문제가 해결된 것이라 논개로서는 묵은 체증이 쑥 내려간 것처럼 마음이 가벼워졌다.

그날, 판관 김시민은 우마차 다섯 대를 보내어 훈련장에 쌓여 있는 돌들을 여러 차례에 걸쳐 진주성 성벽 아래로 옮겨 갔다. 관영에서 옥봉 둑 아래의 돌무더기를 실어 간 것이 벌써 대여섯 차례였다. 한 번에 실어 가는 돌의 수량이 우마차 열 대 분량은 족히 넘는 것이어서 이제 성 안쪽 성벽 아래에 웬만큼은 쌓였으리라 생각되었지만, 그러나 수천 수만의 적병이 성벽을 기어오른다고 하면 아직도 충분한 수량은 아닐지도 몰랐다.

걸인들은 이제 인근 강가나 야산 자락에 돌멩이가 없다고 했다. 좀 더 먼 지역으로 나가거나 돌산에서 돌덩이를 깨뜨려서 가져와야 될 형편이라고 했다. 그러나 정예 훈련을 받은 걸인 병사들이나 돌팔매질만으로 주먹밥을 얻어먹는 걸인들이나 하루도 거르지 않고 어떻게든 돌들을 안고 왔다. 오히려 돌을 주워 오는 아녀자와 노인과 어린아이 걸인들은 그 숫자가 계속 늘어나서 어떤 날은 그네들만 해도 백 명이 넘는 경우도 있었다.

기와집의 커다란 고방에 천장까지 높이 쌓였던 곡식 섬도 삼분지 일은 줄어든 것 같았지만, 워낙 꽉 차 있었던 터라 크게 흔적이 나는 것은 아니었다. 그래도 논개는 곡물을 아꼈다. 왜란으로 백성들이 농사를 제대로 짓지 못하는 상황이어서 내년쯤은 기아로 굶주리는 자들이 속출할 것으로 내다보았기 때문이다. 당장만 해도 하루 두 끼를 먹는 정예 걸인 병사들만 50명이 넘고, 아침 한 끼 주먹밥을 먹는 걸인들도 그 숫자가 못해도 매일 칠팔십은 되었으니, 두 개의 가마솥에 잡곡밥을 안쳐 내느라 한 끼에 몇 말씩의 곡물이 소모되었다. 하지만 김시민 판관의 말대로 걸인 병사들의 대접이 바뀌게 되면, 필시 군량의 지원도 따를 것이라는 기대도 할 수 있었다.

논개의 예상은 어긋나지 않았다. 김시민은 다음 날 아침 얼마간의 양곡을 기와집으로 실어 보내 주었고, 또 낮에는 병졸장 한 명이 둑 밑의 훈련장으로 파견되어 나왔다. 병졸장의 무술 실력이라는 것이 망경산 의병소에서 파견 나온 의병이나 논개보다 나을 것도 없었지만, 그러나 걸인들의 사기는 하늘을 찌를 듯 높아졌다. 사람대접을, 그것도 관졸에 버금가는 대우를 받는다는 사실이 눈물이 터질 만큼 감동스러운 모양이었다. 걸인 병사들은 온종일 흥분하여 얼굴이 상기되어 있는가 하면 힘과 열정이 넘쳐 도무지 지칠 줄을 모르고 훈련에 임했다.

논개는 매일이 비감스런 나날이면서도 이런 몇 가지 일들로 뿌듯한 마음도 일면에 깔려 그간의 억울함과 허전함이 한결 덜어지고 강동찬을 잃은 슬픔에서도 조금은 헤어나는 기분이었다. 자신이 지난 일 년여 온갖 오해를 무릅쓰고 의기회와 걸인들의 훈련으로 최선을 다해 실천해 온 '사람 만들기', '나라 위하기'의 노력이 비로소 제대로 인정을 받고 체계가 갖추어졌다고 생각되었기 때문이다. 논개는 새삼 자신의 진심을 제대로 인정해 준 판관 김시민에게 감사의 마음을 지니게 되었다.

기와집 대청마루의 빈소에는 퇴기 명월을 비롯하여 송죽, 매실, 수향, 강매 등 의기회의 간부급들이 줄줄이 향을 사르고 예를 올려 조의를 표했다. 부부의 연을 맺었어도 알차게 한 달을 함께 살아 보지 못한 논개를 끌어안고, '억울하여 어찌 사느냐' 애통해하며 넋두리를 풀어내기도 했다.

논개는 강동찬을 향한 그리움과 그를 잃은 슬픔과 다정했던 추억이 범벅으로 얼룩져 출렁이던 감정의 늪에서 조금씩 벗어나고 있었다. 그에 대한 그리움이야 이 세상 전부를 가슴에 안는다 해도 스러질 것 같지 않았지만, 애당초부터 그와 떨어져 살아 버릇해서인지 시간이 지날수록 마음은 차분히 가라앉았다. 이런 현상은 이미 끝난 일에 더 이상 힘을 소모하지 않는 그녀 성품의 한 부분이 드러나는 모습이기도 했다. 그녀에게 있어 너무나 소중했던 세 사람, 생모의 사망 후에도 그러했고, 양모인 설매의 죽음 후에도 그러했었다. 그러나 무엇보다도 당장 전국 곳곳에서 벌어지고 있는 왜병들의 만행과, 언제 진주성이 침략당할지 모르는 위기의식과, 그에 대처하는 밤낮 없는 훈련 등으로 마음의 여유를 가질 수가 없는 탓이기도 했다.

하지만 논개의 마음 깊숙한 곳에서는 그를 전사에 이르게 한 왜적들에 대한 증오심이 골수에 사무쳤고, 기어이 원수를 갚고 말리라는 보복심 또한 불타올랐다. 이 세상에서 가장 소중하고 사랑하는 사람들을 모두 잃고 난 그녀의 마음속은 상처로만 허물어지지 않고 오히려 더욱 꿋꿋이 버텨 내는 강직함으로 굳어졌다. 중심의 버팀목을 꼿꼿이 세우고, 그를 향한 그리움의 수렁 속에서 떨치고 일어난 것이다. 걸인 정예병들의 훈련은 말할 것도 없고 의기회와 동기들의 훈련도 더욱 강하게 밀어붙였다.

관아에서 걸인 병사들에게 양곡을 지원하고 그들을 관졸로 만들려 한다는 소문은 금세 진주 바닥에 퍼져 나갔고 반응은 좋았다. 더욱 놀라운 일은, 걸인이 아닌 동네 사람들과 어린아이들까지도 길바닥에 구르는 돌멩이가 있으면 주워다 옥봉 둑 아래로 갖다주는 것이었다. 그뿐 아니라, 몇몇 아낙들은 반찬거리와 더러는 주먹밥을 만들어 소쿠리에 담아 와서 넌지시 걸인 대장들 앞에 내밀기도 했다. 깨끗이 빨아 다림질까지 한 헌옷을 가져오기도 했다. 얼마 전까지만 해도 기생이 대장으로 지휘하는 둑 밑 걸인들의 훈련 행각이 진주 사람들의 조소 섞인 구경거리였는데, 이제는 마치 구국의 현장이나 되는 것처럼 긍정적인 칭찬 일색으로 변했다.

그 즈음 조선 팔도에는 의병들의 활약상이 두드러지게 나타나고 있었다. 왜란이 터지기 전부터 전국 곳곳에 크고 작은 의병 부대가 산재해 있었지만 태평성대에 공연한 소란이라거나 행여나 반역을 도모할 수도 있다는 등의 이런저런 이유로 적극적인 확산은 어려웠었다. 그러나 경향 각지의 우국지사들이 사재를 털고 뜻을 모아 면면히 활동을 이어 오던 것이 왜란 발발 전후로 우후죽순처럼 전국 방방곡곡에서 의병들의 봉기가 줄을 이었다. 전국의 전장에서 때로는 관군과 합세하여 때로는 독자적으로 왜적과 맞서고 있는 의병들의 숫자가 수만에 이를 정도였다.

특히 왜란이 발발한 지 열흘도 안 된 4월 22일 의령宜寧에서 거병한 곽재우郭再祐 의병장은 '홍의장군紅衣將軍'으로 명성을 크게 떨치고 있었다. 그는 의병을 이끌고 낙동강을 오르내리며 곳곳에서 왜군과 격전을 치렀고, 의령, 삼가, 합천, 창녕, 영산 등의 여러 고을을 수복하여 경상우도慶尙右道가 그의 보호 밑에 있는 것이나 다름이 없었다.

곽재우를 비롯하여 임진왜란 당시 용장으로 소문이 났던 의병장으로 고경명, 조헌, 김천일, 김덕령, 김면, 정인홍, 정문부, 이정암, 우성전, 유종개, 이대기, 제말, 홍계남, 손인갑, 조종도, 정세아, 최경회, 장사진, 이봉, 임계영, 고종후, 박춘무, 최문병 등이 전국 팔도에서 뛰어난 활약을 펼쳤다. 이들 의병장들은 대개 전직 관원으로 문반 출신들이 압도적으로 많았고 지방의 명망 있는 유생들도 있었다. 또한 의병장들은 대개 자신이 성장한 고장에서나 자신이 지방관으로 있을 당시 선정을 베풀어 백성들의 큰 신뢰를 받고 있던 곳에서 거병했기 때문에, 단시일에 수백 수천의 의병을 모을 수 있었고 상하 간에 협동이 유달리 잘 이루어졌다. 양반에서 천민까지 다양한 신분의 의병들이 함께 활동했지만 의병대 내에서는 신분상의 차이가 없었다. 의병들의 활동은 대체로 유격전으로 적의 배후나 측면에서 관군을 지원하는 것이 특징이었는데, 특히 곽재우는 유격전의 거장이었다.

논개는 경상도 각지에서 있었던 홍의장군의 유격전 이야기를 관영에서 나온 병졸장으로부터 들으며 감동으로 눈시울을 덥혔다.

"그 어른은 가재를 털어 의병을 모으고, 당신 처자의 의복을 벗겨 휘하 사졸士卒의 식구들에게 입혔고, 의령과 초계의 빈 성에 들어가 창고에 가득 쌓인 곡식을 헐고, 기강岐江, 남강과 낙동강의 합류 지점의 폐선을 고쳐서 뱃사공에게 주어 그 세미稅米를 받아 군량미로 사용하였지요. 그분은 단기로 적진에 돌진하거나 적은 군사로 격렬한 기습에 능하고, 위장 전술과 응기합변應機合變에 능하며, 말을 빙빙 돌려 서행하며 동시에 호각과 북을 크게 울리고, 군사 숫자보다 수십 배의 횃불을 밝혀 적군이 아군 병력의 다소를 도저히 알지 못하게 하는 데 명장이지요. 또한 그는 날쌘 군사 수십여 명을 뽑아서 각처로 분산시켜 수시로 적의 정세를 보고케 하니, 백 리 밖 적의 상황을 손바닥 내려다보듯 꿰뚫었지요. 그래서 적이 지나가는 산속이나 골짜기 고개마다에 복병을 매복시키고, 또한 적을 유인하여 대갈일성을 내지르며 급습하여 섬멸하는 전공을 세우곤 했지요. 진정 놀라운 분이시지요. 수십 명으로 기의했던 것이 몇 달 사이에 2천에 이르는 대병력으로 폭증하고 싸움마다 승승장구하시니 말입니다."

관졸장은 곽재우 의병장에 관한 이야기에 점점 신명을 올렸다. 관졸답지 않은 왜소한 체구와 작은 얼굴 모습에 비해 그의 음성은 굵고 말은 조리 정연하고 설득력이 있었다. 돼지코와 털북숭이와 식칼 등 걸인 대장들도 사랑채 마루의 논개 뒷전에 앉아서 그의 말을 흥미롭게 경청했다.

"거듭 말하지만 그 어른은 유격전에 아주 능한 분이셨습니다. 산에 진을 칠 때면 반드시 군사들에게 한 사람이 다섯 가지로 뻗친 횃불을 밤새도록 밝히게 하여 적에게 군사가 엄청나게 많은 것처럼 보이게 했고, 일방으로는 북을 치고 호각을 불고 고함을 지르며 일시에 횃불을 올리게 하여 그 소리가 사방 십여 리에 울리게 했지요. 그런 다음 순식간에 횃불을 끄게 해서 사방을 칠흑처럼 깜깜하게 만들고 아울러 모든 소리를 죽이고는 얼마간 움직이지 않다가, 돌연 건너편에서 또다시 횃불과 함성과 북과 호각을 천둥 치듯 일시에 터뜨리기를 거듭한다는 것입니다. 그 어른은 이러한 전술로 낙동강 연안을 오르내리면서 강을 건너 침입하려는 적들을 몰살시키거나 아예 근접도 못하고 퇴각하게 만들었지요. 나중에는 적들이 붉은 옷의 말 탄 대장 '홍의장군' 소리만 들어도 도망갔다는 것입니다. 근거지인 의령, 합천, 삼가, 고령, 거창은 말할 것도 없고 현풍, 창녕, 함안, 영산의 백성들까지 곽재우 의병장의 군사가 자기네 고을을 떠날까 봐 전전긍긍한다는 것입니다. 그 어른이 기병한 이후부터는 마음 놓고 농사짓고 있다는 것이지요."

관졸장은 자신이 의병이 아닌 관졸이라는 사실도 잊은 듯 곽재우 의병장에 대한 이야기에 열을 올렸다.

돼지코가 관졸장에게 한마디 아는 척을 했다.

"그 어르신은 왜놈 목 베는 거를 몬 하게 했다 카더마는…. 그 말이 참말인지는 모리지만…."

돼지코의 말에 털북숭이와 식칼이 의아하다는 낯빛을 지었다. 왜놈의 목을 베는 것이 당연하거늘 무슨 말이냐는 반문의 표정이었다.

관졸장이 고개를 끄덕이고는 걸인 대장들을 주시하며 말을 이었다.

"그 말이 틀림이 없는 기라. 그분의 말씀은 왜놈을 죽이지 말라는 뜻이 아니고, 죽이기는 하되 따로 목을 베어 와 공을 세우려 하는 것은 성심이 아니라는 것이지. 군사라면 누구나 나라를 위하여 적을 치는 것이니, 이미 죽은 자의 목을 새삼 베어 올려서 상을 바라는 것은 의리상 옳지 않으며, 또한 공을 탐내서 목 베기를 좋아한다면 반드시 해를 입을 것이라고 하셨지. 그 어른의 뜻대로 그분 휘하의 의병들은 적을 많이 죽이긴 하였어도 목을 베어 올리지는 않았지."

그때 식칼이 고개를 옆으로 돌리면서 키들키들 웃으며 한마디 했다.

"김성일은 적의 머리 하나만 베도 무과 급제한 것으로 쳐준다던디.

그 어른과는 극과 극이구먼."

논개는 식칼이 터무니없이 이죽거리는 것이 아님을 알고 있었다. 초유사 김성일이 현풍 지역에서, 미처 피란을 못 간 많은 아전들과 천민들이 겁을 먹고 적의 짐을 날라 주고 길을 안내하는 것을 보다 못해, 공사천公私賤을 막론하고 모든 백성들을 대상으로 현상을 내건 적이 있었다. 내용인즉 적의 머리를 하나 베면 무과 급제武科級第, 둘을 베면 육품직六品職, 셋을 베면 통정대부通政大夫, 적장의 머리를 베면 가선대부嘉善大夫의 벼슬을 주겠다는 방을 내붙였던 것이다. 또한 그 방의 끝자락에는 '의병으로 나가 싸운다면 살아서는 열사烈士요 죽어서는 충혼忠魂이 될 것이니 조선의 백성으로서 많이 참여하기를 바란다'는 문구도 덧붙였던 것이다.

"적장 대가리 하나 뎅겅 자르모 나도 벼슬을 할 것인디…."

식칼이 계속 입귀를 비죽여 냉소를 흘리면서 중얼거렸다.

논개가 웃음을 머금고 식칼의 어깨를 툭 치며 한마디를 던졌다.

"결심이 굳으면 불가능도 아니지."

논개와 식칼이 주고받는 말에 털북숭이와 돼지코가 놀란 얼굴이 되었다.

관졸장이 고개를 끄덕이면서 식칼을 바라보았다.

"적의 머리를 베는 데 있어 그 두 어른의 뜻이 다른 것 같지만, 목적이 나라를 위하는 데 있음은 다르지 않지. 김성일 초유사는, 곽 의병장이 초계의 군량 창고에서 곡식을 꺼내 의병들의 군량미로 썼다 해서 합천 군수가 곽 의병장을 도적이라 조정에 고한 것을, 그렇지 않다고 장계를 올려 곽 어른을 도와주셨지. 그분의 애국 충정과 용맹함과 지혜로움을 누구보다 잘 아셨으니까."

관졸장은 곽재우 의병장의 행적과 그를 둘러싼 일들에 대해 대체로 소상히 알고 있었다.

논개는 서둘러 사랑채 마루에서 몸을 일으켰다. 해가 중천에 떠 있어 이쯤에서 이야기를 끝내야 할 것 같았기 때문이다.

"관졸장님, 말씀 잘 들었습니다. 그분이 우리 경상도 의병장으로 가까이 계신다는 것은 진주 백성들의 복입니다. 미덥고 든든하기가 그지없고 언젠가 필히 진주에 큰 도움을 주실 것 같은 예감입니다. 자, 어느새 해가 중천에 떴어요. 우리, 촌각을 아낍시다."

관졸장과 세 걸인 대장들은 논개의 큰 소리에 새삼 놀라는 눈빛으로 하늘을 쳐다보고는 서둘러 훈련장으로 나갔다.

논개는 대문 밖으로 사라지는 그들의 뒷모습을 바라보면서 한숨을 삼킨다. 미묘한 심중의 변화가 한동안 내면에서 파도치듯 일렁였다. 딱히 어떻다고 집어낼 수는 없었지만 허무감 비슷한 감정과 연민의 아픔 같은 것이 시린 바람처럼 심장을 꿰뚫고 지나갔던 것이다. 사람이 세상에 태어나서 할 수 있는 일이 수천 가지이거늘, 조국을 침략한 도적 떼를 몰아내는 데 온 생애를 소진하고 사라진 강동찬과 장차 필시 똑같은 운명을 밟을 것만 같은 눈앞 그들의 모습이 커다란 아픔으로 심장을 난도질해 왔던 것이다.

곽재우 의병장에 관한 이야기는 그간 여러 사람들로부터 많이 들어왔었다. 그의 용맹스럽고 영웅적인 행적과 지혜로운 유격 전술의 무용담을 수없이 들어 온 바였지만, 이날만큼 그녀의 가슴이 저리고 아팠던 적은 없었다. 관졸장의 말솜씨가 좋다거나 내용이 감동적이라거나 하는 것과는 전혀 상관이 없었다. 자신의 내면에 그 원인이 있음을 그녀는 알고 있었다. 강동찬의 죽음으로 침울하고 예민해진 그녀의 내면에 의병장 곽재우의 이야기가 얹히자, 오로지 그가 강동찬과 비슷한 야인 의병장이라는 사실만으로도 그녀는 유별난 감정의 변화를 겪었던 것이다. 널뛰듯 출렁이다가 이내 죽음의 잠속으로 빠져들듯 침잠하기를 되풀이하는 감정의 소용돌이는 때론 서러움과 울분으로 때론 감동과 연민으로 다가들어 그녀를 눈물짓게도 했다. 설령 곽재우 의병장의 이야기가 아니더라도 지금 당장의 그녀 상태로는 외부의 어떤 자극도 슬픔과 억울함과 아픔만 불러일으킬 것 같았다. 나라가 짓밟히는 전쟁의 상황만 아니면 그냥 슬픔에 곰삭아져서 무로 흩어져 버릴 것만 같았다. 더러는 애써 추슬러 다잡았던 마음을 이대로 놓아 버리고도 싶었다.

그러나 논개의 이런 여리고 과민하고 섬세하고 복잡 미묘한 심리의 변화도 오래가지는 못했다. 진주 판관 김시민이 거창居昌 전투를 지원하러 정병 천여 명을 이끌고 출진했다는 소식과, 적들이 이 사실을 알고 진양晉陽의 방비가 허술한 것을 틈타 남강 밖에서부터 쳐들어오고 있다는 소문을 들었던 때문이다.

논개는 초긴장 상태로 걸인 정예병들을 훈련장에 집합시켰다. 만약의 사태에 대비하여 그들의 기운을 결집하기 위해서였다. 그리고 관아의 지시를 기다리고 있었다. 관군을 돕는 병사들로서 관군장官軍將의 명령에 따르기로 진주 판관과 약속이 되어 있었기 때문이다. 한 시진가량 전령傳令을 맞을 준비를 갖추고 있었으나 관영에서는 아무런 연락이 없었다. 이날은 관졸장도 훈련장에 나오지 아니하여, 논개는 식칼을 관영에 보내 상황을 파악해 오게 했다. 아울러 민첩한 정병 둘을 뽑아 촉석루 부근의 남강 주변을 샅샅이 정찰하고 오도록 지시했다. 걸인 정예병들의 눈빛은 광채를 내뿜을 만큼 빛났다. 두려움에 떠는 눈동자는 한 사람도 없었다. 마치 기다리고 기다리던 그 순간이 드디어 온 것처럼 전신을 바짝 긴장시키고 대기하고 있었다.

적들은 창원과 진해에 주둔하고 있던 왜군들이었다. 그들은 김시민 판관의 거창 지원 출전으로 진주성이 비어 있으리라 예상하고, 서로 연락을 취해 고성군固城郡과 사천현泗川縣에 집결한 다음 진양으로 침입해 온 것이었다. 이때 경상우도 관찰사에 임명되어 거창에 있던 김성일은 급히 단성丹城으로 달려가 함양咸陽을 비롯한 인근 지방의 군병을 동원하여 진양으로 출동시키고, 이어 진주 판관 김시민과 곤양 군수 이광악李光岳, 의병장 이달李達 등에게 좌우로 나누어 적을 물리치도록 했다. 이때, 의령에 주둔하던 의병장 곽재우는 따로 전령을 기다리지 않고 제일 먼저 진주성으로 달려왔다. 그런데 진주성 안의 아군 군세는 걱정했던 것보다 기운이 왕성하게 충전되어 있었고, 적군은 촉석루 건너편까지 다가왔으나 감히 물을 건너오지는 못했다. 이에 좌우익의 김시민과 이광악의 군사와, 곽재우의 군사, 단성, 함양 등지에서 김성일이 집결시킨 군사들이 사방에서 합세하여 적을 추격했다. 적들은 미처 예상치 못한 조선군의 연합 작전에 혼비백산하여 도망치기 시작했고, 사기가 충천한 아군은 적들을 뒤쫓으며 무참히 살상했다. 진주성으로 오는 길목의 진양에 침입하여 제대로 싸워 보지도 못한 채 도망치는 적군을, 아군은 끝까지 추격하여 드디어 사천현과 진해현과 고성군을 수복하기에 이르렀다.

종오품직從五品職 판관이던 김시민은 이 전투의 공로를 인정받아 당당하게 정삼품正三品 진주 목사晉州牧使로 승차했다. 그러나 적들의 침입에 경악한 진주 백성들은, 병으로 죽은 전 목사의 대리로 진주성을 지키던 김시민이 난리통인 이 위중한 시기에 어떻게 임지를 버려둔 채 정병 천여 명을 이끌고 거창에 지원군으로 갈 생각을 했는지 이해할 수 없다고들 수군거렸다. 일부 백성들은, 김시민이 상부의 거창 지원 명령을 듣지 않을 수 없었을 것이며 또한 거창 전투에서 의병장 김면金沔과 힘을 합쳐 열성적으로 싸워 적을 격퇴했으니, 나라 전체의 위기 상황으로 보아서는 납득할 수 있는 일이라고도 했다.

초긴장하여 대기만 하고 있었을 뿐 관영의 연락이 없어 정작 출전은 못한 걸인 정예병들은 하나같이 아쉬운 낯빛들을 지었다. 논개는, 이번 경우는 적군에 비해 아군의 연합군이 월등히 우세하고 민완했기에

군이 자신들의 협조가 없어도 되는 상황이었음을 그들에게 설명해 주었다. 그들은 논개의 말뜻을 일면 수긍은 하면서도 아쉬움을 아주 지우지는 못했다. 하지만 언젠가는 그동안 갈고 닦은 실력을 발휘할 때가 있을 것이라는 기대를 품은 듯 크게 낙담한 것 같지는 않았다.

김시민은 진주 목사로 승차한 이후로 종전보다 왜적의 방비에 훨씬 더 열성적인 모습이었다. 관군의 훈련은 말할 것도 없고 인근의 의병들과도 연합을 도모하였으며, 논개가 이끄는 걸인 정예병들에게도 남다른 애정과 관심을 기울였고, 백성들을 동원하여 훈련도 실시하는 등 그는 언제 들이닥칠지 모르는 왜군에 대비하여 배전의 열성을 쏟고 있었다. 무엇보다도 그는 화기火器 제작에 심혈을 기울였다. 전라 좌수사 이순신이 해전에서 연승할 때 사용했던 현자총통玄字銃筒과 비격진천뢰飛擊震天雷 등을 만들게 했으며, 화살과 창검 등 각종 병기의 보충은 물론이고 물을 끓일 무쇠 가마솥 수백 개도 거두어 들였다. 걸인들이 쌓아 올리는 돌무더기도 즉시즉시 우마차로 실어 갔다.

논개는 강동찬을 잃은 슬픔에서 차츰 벗어나고 있었다. 언제 진주 바닥에 왜적들이 조총을 앞세워 들이닥칠지 몰라 긴장하였고, 하루가 멀다 하고 들려오는 전국 곳곳의 패전 소식과 더불어 매일 이어지는 의기회와 걸인들의 맹훈련으로 마음의 여유도 없었으며, 밤이면 피로에 절어 자리에 눕자마자 의식을 잃듯이 잠 속으로 빠져들곤 했기 때문이다. 또 한 가지, 사흘에 한 번 꼴로 훈련장을 찾는 목사 김시민의 잦은 내방과 논개와 걸인들에게 보이는 그의 유별한 관심도 이유라면 이유였다. 우선 그는 쌀과 잡곡을 섞은 군량을 이레에 한 섬씩으로 쳐서 한 달 치를 보내왔고, 걸인 정예병들이 입을 관복 50벌도 지급했으며, 이어 창검 수십 자루와 활과 화살도 훈련에 필요한 만큼 넉넉히 실어 보내 주었다. 그뿐만 아니라, 의기회 회원들의 훈련을 위한 양곡도 따로 보내와 기녀들의 감탄을 자아냈다. 이런 모든 일들은 논개로 하여금 슬픔에서 완전히 벗어나 훈련에 더한층 책임감을 갖게 했다.

퇴기 명월은 기와집 사랑채에 부려지는 의기회 몫의 양곡을 바라보면서 반가운 표정만은 아니었다.

"이것이 예사로운 일이 아닌 것 같구나. 우리 기녀들까지 완전히 관졸로 만들려는 것이 아니냐? 그렇지 않고서야, 지금 이 난리통에 곡식이 얼마나 귀한 때인데 이렇게 한 섬씩이나 보내 준단 말이냐."

"글쎄 말입니다, 성님. 이 곡식이 예사 것이 아닌 것 같아요. 우리가 훈련을 받았다지만 관병이나 의병들을 거드는 정도일 뿐 여느 백성들과 다를 바가 없는데, 이 곡물을 받으면 책임도 무거워지고 할 일도 굉장히 커질 것 같은 생각이 드네요."

명월 다음으로 나이를 먹은 송죽관의 송죽松竹이 단번에 걱정스런 낯빛으로 반응했다.

그러자 살갗이 하얀 분향粉香이 얼굴에 웃음을 머금고 두 기생 어미의 말이 틀렸다는 듯이 팔을 세게 내저었다.

"우째 성님들께서 진면목을 못 보셨을까? 생각들 좀 해 보소. 그 어르신께서 왜 우리 논개 아우님에게 이토록 넘치는 관심을 쏟으시는가를. 무신 뜻인지 모르시겠소?"

분향은 명월과 송죽이 딱하다는 듯 고개를 살래살래 내저으며 말했다. 여차하면 혀라도 찰 듯한 표정이었다.

"아니 그럼, 그 어르신이 우리 논개에게 은애하는 마음이라도 잡숫고 계신단 말이냐?"

송죽이 만면에 복사꽃 같은 웃음을 피우면서 분향을 돌아본다.

"아따, 그런 거를 누가 말을 해서 압니까요! 논개 아우님을 바라보시던 그 어른의 눈빛을 보셨지요? 장작 불꽃보다 참숯 불덩이보다 대장간의 불화로보다 더 이글거리던 그 뜨거운 눈길을요! 아니지, 그윽하고 잔잔한 호수 같았지. 아니 아니지, 아우님을 향한 연민과 사랑과 그리움이 가득 차 있었던 것 같아! 마치 우리 아우님을 당신의 눈 속으로 가슴으로 사정없이 빨아들일 것처럼 그 어른의 눈빛은 강하고, 그윽하고, 깊었어."

송죽이 새삼 김시민의 모습을 떠올리는 듯 뭔가 깊이 생각하는 얼굴을 하고는 두 손으로 가슴을 감싸 안은 채 두 눈을 살며시 감기도 했다.

그때 명월이 그런 송죽의 모습을 어이없다는 표정으로 노려보고는 분향을 향해 언성을 높였다.

"듣자 듣자 하니 못하는 소리가 없구나. 그 어르신이 진주성을 굳건히 지키기 위해 걸인에게나 기녀에게나 운명을 같이할 백성으로 최선을 다하시는 것이지, 지아비 잃은 지어미에게 그런 흑심을 품으실 분은 절대로 아니시다. 함부로 입 놀리지 말거라. 그런 철딱서니 없는 말 나오는 대로 뱉었다가 곤장 바람에 엉덩이 찢어질 테니."

"성님예…?"

분향이 모진 꾸중 듣기가 억울하다는 듯 원망스런 눈길로 명월을 쳐다보았다.

"시끄럽다. 그런 말은 그 어르신이나 논개에게나 욕이 될 뿐이야. 돌아가신 강동찬 어른에게도 마찬가지고. 이 난리판에 무슨 맘의 여유가 있어 뚱딴지같은 소리를 지껄인단 말이고. 그러니까 천생 기생년들이란 소리를 듣제."

그러자 송죽이 명월을 바라보았다.

"성님, 분향이를 너무 그리 나무라지 마시우. 그러믄요! 기생이 천생 기생이제 우짜겠소? 내 보기에도 논개를 바라보던 그 어른의 눈빛은 심상치가 않더이다. 좋은 세상 돌아오면 논개가 그 어른의 후실로라도 들앉으면 경사 아니겠소?"

그때 논개가 더 이상 듣고만 앉아 있을 수 없다는 듯 그녀들 사이로 끼어들었다.

"그만들 하시어요. 그 어른은 지금 오로지 군사가 필요한 분이세요. 걸인 병사들이나 저희 의기회 회원들이 훈련 안 된 여느 백성들보다는 월등히 잘 싸울 수 있을 것이라는 믿음 하나로 저희를 격려하시고자 양곡을 내리시는 것이에요. 하옵고, 후실이니 첩실이니 그런 말씀 마세요. 저는 남정네와 속 깊은 통정도 해 보았고, 인간으로 태어나 별로 아쉬운 것도 특별히 탐하는 것도 없습니다. 어머님들, 성님들, 지금 이리 여유롭게 앉아 있을 때가 아닙니다. 회원들을 훈련장으로 집합시켜야지요."

논개가 그 말과 함께 자리에서 벌떡 일어났다. 그러자 명월이 뒤따라 일어나고, 송죽과 분향이 뭔가 할 말을 다 하지 못한 듯 미진한 낯빛인 채 자리를 털고 일어났다. 머리에 두른 수건과 바지 자락의 대님과 앞섶의 옷고름을 다시 조여 매고는 서둘러 논개를 따라 나가며 송죽이 기어이 한마디 중얼거렸다.

"은애의 감정이사 난리통이라고 안 생기나? 그거사 천지신명이 만든 음양의 조화이고 이치인 것을…."

*

임진년 9월로 접어들었다. 이미 추분이 지나 낮은 많이 짧아지고 조석으로는 서늘했다. 왜적이 침략해 온 지도 벌써 여섯 달째에 이르고 있었다. 조선의 강토와 백성들은 왜적의 무자비한 침탈에 찢기고 신음하고 있었다. 언제 죽을지 모르는 불안한 나날의 연속이었지만 그래도 질기고 모진 게 목숨이라 들판에서는 여기저기 도둑질하듯 서둘러 가을걷이를 하는 백성들도 있었다. 9월도 중순으로 접어들면서 감나무에 매달린 선홍색 홍시들은 푸른 하늘 아래 뜨거운 불덩어리로 타올랐고,

진주성 인근 비봉산, 선학산, 망진산 기슭의 수목들도 색색의 단풍으로 명절날 울긋불긋 곱게 차려입은 여식아이들인 양 운치를 뽐냈다.

지리멸렬한 조선의 관군들을 파죽지세로 격파하며 북상하던 왜군은, 6월 이후로는 전국 각지에서 의병과 의승군義僧軍의 격렬한 저항에 부딪혀 그 기세가 한풀 꺾였고, 바다에서는 전라 좌수사 이순신의 눈부신 전공에 막혀 바닷길로 군량과 군비를 조달하려던 계획에 차질을 빚고 있었다. 또한 임금 선조가 몽진 중에 명나라에 원군을 요청하여, 이미 7월에 명의 총병摠兵 조승훈祖承訓이 요동의 국경 수비를 맡고 있던 기마병 3천을 이끌고 와서 평양성을 공격하였으나 왜군의 기습을 받아 요동으로 패퇴하였고, 8월 말부터는 명나라의 심유경沈惟敬과 왜군 제1번대 주장 고니시小西行長 간에 강화講和 협상이 진행되고 있었다. 단시일에 조선을 함락하고 명나라로 진출하려던 왜군의 계획은 수정이 불가피해졌다. 저들은 겨울이 오기 전에 전라도의 곡창을 확보하여 전쟁이 장기화될 수 있는 상황에 대비해야 했다. 그러나 제해권을 이순신이 장악하고 있어 수군으로 호남을 공략하는 것이 요원해진 왜군으로서는 육상에서 길을 찾아야만 했다. 그런데, 영남에서 호남으로 진출하려는 길목에 진주성이 버티고 있었다.

적은 장차 진주성을 공격할 작정으로 이미 한성의 일부 병력을 남하시켜 부산을 중심으로 병력을 집결시키고 있었다. 전쟁의 장기화에 대비하여 우선 경상, 전라, 충청의 삼남을 완전히 장악하고 후방을 든든히 하기 위한 포석이었다. 하지만 조선군은 왜군의 이런 움직임을 전쟁을 포기하고 퇴각하는 것으로 오판하는 등 적정에 대한 판단이 어둡고 부정확했다.

한편 한산도 대첩으로 전쟁의 흐름을 바꾼 조선군은 9월 들어 이순신이 부산포를 공격하고, 경상 좌병사 박진이 경주성을 수복하고, 경상도 의병장 김면이 성주에서, 함경도 의병장 정문부鄭文孚가 경성鏡城

에서, 경상도 의병장 장사진張士珍이 인동仁同 부근에서 왜군을 격파하는 등 곳곳에서 기세를 올리고 있었다.

초기의 파죽지세와 달리 전쟁이 접전으로 흐르자 왜군으로서는 호남을 확보하는 것이 더욱 시급해졌다. 이에 왜군은 9월 하순 김해를 공략하고 2만이 넘는 대병력으로 서쪽으로 진격해 왔다. 적군은 경상우도의 주력군이 진주성에 주둔하고 있다고 판단하고, 이곳만 완벽하게 공략하면 인근 고을들은 물론 전라도까지 쉽게 차지할 수 있을 것으로 생각했던 것이다. 적군은 노현露峴 전투를 시작으로 창원, 함안咸安을 차례로 점령한 후, 10월 1일에는 함안과 진주의 경계인 부다현富多峴을 넘었고, 10월 2일에는 진주성 동쪽 20여 리 지점인 소촌역召村驛까지 접근해 왔다.

진주성은 남쪽으로는 천혜의 깎아지른 절벽 아래 남강이 흐르고, 서쪽 또한 절벽에 의지하여 있고, 북쪽으로는 성벽 아래로 대사지大寺池라는 큰 못이 있고, 동쪽으로는 대사지와 남강을 연결하여 넓고 깊게 판 해자垓子가 있어 사방으로 적의 접근이 용이하지 않아 수비에 최적의 요새였다. 이에 경상우도 관찰사 김성일은 진주 목사 김시민에게 명하여 나아가 공격하지 말고 방어로써 진주성을 굳게 지키도록 하고, 경상도와 전라도의 관군과 의병장들에게 통문을 돌려 지원을 요청하였다. 왜적의 침입에 대비하여 진작부터 성곽을 보수하고, 성호城壕를 깊이 파고, 무기를 새로 만들고, 관군과 백성들을 훈련시켜 온 김시민은 성안의 관민 연합군을 이끌고 물샐틈없이 성을 수비하고 있었다.

이때 창원과 함안에서 패퇴한 경상 우병사 유숭인柳崇仁이 남은 군사 1천을 거느리고 진주성 동문에 이르렀다. 김시민 목사가 성안에서 수성전守城戰을 펴기로 했다는 소식에 합세하기 위해서였다. 그러나 뜻밖에도 김시민은 유숭인의 입성을 거절했다. 상관인 경상 우병사의 명을 하관인 진주 목사가 거절하는 것은 하극상下剋上이었다. 그러나 김시민은 성 밖의 유숭인을 향해 "적의 군사가 이미 가까이 이르러 성문을 엄히 지키고 있는 즉, 지금 문을 열면 적이 그 틈을 이용할까 두려워하는 바이오. 주장께서는 성 밖에서 응원하여 주심이 옳을까 하오."라고 말하며 성문을 열지 않겠다는 뜻을 분명히 했다. 하지만 김시민의 속생각은 따로 있었다. 만일 유숭인이 입성하면 상관인 그가 마땅히 수성의 주장이 되어 지휘가 달라질 것이니, 그렇게 되면 지금껏 관군과 진주성 백성들이 힘을 모아 대비해 온 모든 것이 갑자기 흐트러져 오히려 혼란이 올 것이라 판단했던 것이다. 성 밖의 군사들로서는 야속한 일이었으나, 이는 결과적으로 냉철하고 옳은 결정이었다.

임란 초기 함안 군수로서 관군과 백성들을 규합하여 왜군의 포위에도 성을 굳게 지켜 내고, 곽재우의 의병에게 진로를 차단당한 왜적을 추격하여 47명을 베는 등 수차례의 전공으로 경상 우병사로 특진했던 유숭인은 결국 진주성에 입성하지 못한 채 외곽에서 적의 길목을 지키는 쪽을 택할 수밖에 없었다. 그는 군사를 이끌고 되돌아 나가는 도중에 때마침 각각 수백의 원병을 이끌고 온 사천 현감 정득열鄭得悅과 가배량加背梁 권관 주대청朱大淸을 만났다. 유숭인은 이들 두 장수의 군사들과 자기 휘하의 1천 군사를 합하여 지휘를 맡았다.

적이 2만여 군사를 이끌고 진주성을 향해 쳐들어왔다. 성 밖 외곽의 선봉에 선 정득열은 백마를 타고 적의 대군 속에 뛰어들어 창검과 철추鐵推를 사방으로 휘둘러 적을 마구 무찔렀고, 기사騎射에 능한 용장 주대청은 자신의 애마를 타고 적진을 종횡무진하며 쉴 새 없이 화살을 날렸다. 이들은 죽음을 두려워하지 않고 적의 조총수들부터 먼저 사살했다. 정득열은 집중되는 적의 화살로 몸에 십여 군데나 부상을 입었지만 끝까지 말에서 떨어지지 않고 용맹하게 싸웠고, 이를 본 유숭인은 크게 감격하여 긴 칼을 휘두르며 군사들을 독려하여 반격하며 앞으로 나아갔다.

수백 명의 목숨을 잃은 적은 일시적으로 물러났으나 아군의 사상자도 부지기수였다. 피비린내 나는 싸움터와는 상관없이 짧은 가을 해는 뉘엿뉘엿 기울고 있었다. 아군의 격렬한 반격에 잠시 물러났던 적군은 수적 우세를 믿고 다시 공략해 들어왔다. 성 밖 아군의 남은 숫자는 2백여 명뿐이었지만 성안에서는 한 명의 지원병도 나오지 않았다. 죽음을 결심하고 적진 속으로 뛰어든 장수들과 군사들은 일당백의 기세로 고군분투했으나 백병전이 치열한 전장에서 아군의 시체가 겹겹이 쌓여 갔다. 결국 2만여 적군에 당당히 맞선 이 전투에서 유숭인의 1천 5백여 군사들은 모두 장렬히 전사하고 말았다. 비록 패했으나 진주성 외곽에서 적의 예봉을 꺾고 적잖은 피해를 입혀 얼마간 저들의 공세를 늦출 수 있었으니 참으로 숭고한 희생이었다.

수성전의 주장인 김시민은 갑옷으로 무장한 채 말을 타고 성안 이곳 저곳을 돌며 아군의 대비 상태를 점검했다. 그의 안광은 빛나고 입술은 한일자로 꽉 다물어져 내면의 심상찮은 결의를 온몸으로 내뿜고 있었다. 그는 이미 성벽을 따라 큰 깃발과 장막을 둘러치게 하고, 남녀노소 백성들까지도 모두 남장으로 변복시켜 두었다. 적에게 성안의 군세를 떨칠 계책이기도 했지만, 실제로 전투 지원에 동원하려는 목적이었다.

성내의 모든 장수와 군사와 백성들은 왜군의 침공에 맞서 한마음으로 빈틈없이 뭉쳐져 있었다. 관군의 수가 3천 8백여 명, 성안의 백성들은 모두 합해 2만여 명이었다. 논개가 이끄는 걸인 정예병들과 일반 걸인들 그리고 의기회 회원들과 일반 기녀들과 동기들까지도 전원 남복으로 무장한 채 성벽 아래에 집결하여 김시민 목사의 명령을 기다리고 있었다. 직접 논개의 지시를 따르는 인원만도 걸인 1백여 명, 기녀 50여 명에 이르렀다.

걸인들이 지난 몇 달 동안 주워 모은 돌들은 성벽의 성첩 아래에 무더기무더기 쌓여 있고, 수백 개의 가마솥과 대형 물독과 기름통들도 일정한 간격으로 놓여 있었다. 활과 화살과 창검은 말할 것도 없고, 화약 5백여 근과 비격진천뢰와 총통 70여 개 등의 화기火器도 요소마다 배치되어 있고, 기름 묻힌 솜뭉치와 화약을 감싼 갈대 뭉치도 수만 개씩 준비되어 있었다.

성안의 장수로는 진주 목사 김시민과 곤양 군수 이광악과 진주 판관 성수경成守慶과 만호 최덕량崔德良과 율포 권관 이찬종李纘宗 등이 동서남북의 사대문을 중심으로 성의 각 구역을 나누어 맡아 적의 침입에 대비하고 있었다. 또 성 밖에서는 김성일의 통문을 받고 인근 지역의 관군들과 경상도 전라도의 의병들이 속속 달려오고 있었다. 그들은 의령 가장*인 의병장 곽재우와 그 휘하 선봉장인 심대승沈大昇, 고성 가장 조응도趙凝道, 초계 가장 정언충鄭彦忠, 합천 가장 김준민金俊民, 의병장 최강崔堈, 의병장 윤탁尹鐸, 의병장 이달李達, 진주 복병장伏兵將 정유경鄭惟敬, 전라도 의병장 최경회崔慶會와 임계영任啓英 등이었다.

유숭인의 군사와 성 외곽에서 격전을 치른 후 전열을 정비한 왜군은 10월 5일 선봉대인 기병 1천여 명을 진주 동쪽의 마현馬峴, 말티고개 북쪽 봉우리로 보내 성안을 정찰했다. 검광을 번뜩이며 분주하게 왔다 갔다 하는 모습이 아군의 눈에 들어왔다. 적의 선봉대가 드디어 나타나자 성 내외의 아군은 초긴장 상태로 접어들었다. 그러나 누구도 두려움이나 공포감으로 흔들리는 사람은 없었다. 김시민은 차분한 음성으로 "일전일환一箭一丸도 낭비하지 마라. 조용히 적의 상황을 감시하라." 말하며 군사와 백성들에게 의연한 모습을 보였다. 마현 북봉에 나타났던 적 기병대는 이날 신시申時, 오후 3시-5시경에 물러갔다. 김시민은 곧 민완 장졸들을 뽑아 산등성에 올라가서 적의 동태를 살펴 오게 했다. 바라보니 성의 동쪽 15리 지점 임연대臨淵臺 부근에 적군 수만 명이 진을

---

* 가장(假將) : 싸움터에서 한 장수의 자리가 비게 될 경우 주장(主將)의 명령에 따라 임시로 그 자리를 대신하던 장수

치고 있었다. 따라서 아군은 언제 들이닥칠지 모르는 적에 대비해 경계를 더욱 강화했다.

다음 날인 6일 아침 일찍부터 적의 대군이 일시에 진격을 시작했는데, 기치旗幟를 무수히 세우고 금색으로 꾸민 가면과 투구에다 복장도 이상하게 차려입어 햇빛에 번쩍이고 바람에 펄럭이는 온갖 형상에 눈이 부시고 정신이 어지러울 정도였다. 둥근 황금 부채를 장죽에 꽂아 흔드는 자, 얼굴에 가면을 뒤집어쓴 자, 뿔이 달린 투구를 쓴 자, 푸르고 붉은 일산을 받쳐든 자, 햇살에 검광을 번득이며 걷는 자, 말을 타고 양옆으로 왔다 갔다 하는 자 등등 차림과 행군의 모양새들이 하나같이 기괴했다. 가을 하늘의 눈부신 햇살 아래 창검에서 반사되는 현란한 섬광이 기괴한 행군 진용과 어우러져 독한 살기를 들판에 뿜어내고 있었다.

진주성에 가까워지면서 적들은 군사를 셋으로 나누어 1대는 동문 밖 순천당順天堂 뒤쪽 산 위에 진을 쳐서 성안을 굽어보듯 했고, 또 1대는 개경원開慶院으로부터 동문 밖을 통과하여 봉명루鳳鳴樓, 비봉산 아래에 있었던 누각 앞에 진을 쳤으며, 나머지 1대는 향교鄕校 뒷산에서 곧바로 순천당을 지나 봉명루 앞의 적들과 합세하였다. 대개 진주성 동문 밖 동북방에 적의 주력 대진이 자리 잡았던 것이다. 하세가와 히데카즈長谷川秀一와 나가오카 다다오키長岡忠興를 비롯한 적장들은 모두 검은색 옷을 입고 여자들과 종자들을 거느리고 있었다. 하지만 그것만이 아니었다. 주력군 이외에도 소규모의 적들이 산봉우리마다 개미 떼처럼 우글거렸다.

일순간 2만여 적군들이 일시에 천지를 뒤흔들 듯 소리를 내지르고, 순천당 뒤쪽 산 위에서 수천 명의 조총수들이 성을 향해 우박 쏟아붓듯 총을 쏘기 시작했다. 그뿐만 아니라 적들은 민가에 난입하여 대문짝 등을 뜯어내어 성 밖 백 보 지점까지 접근하여 줄지어 세워 놓고 그 뒤에 숨어서 조총을 쏘기도 했다. 콩 볶듯 요란스럽게 날아드는 총탄에 군사들과 백성들이 갈팡질팡 당황하자, 김시민은 그들을 안정시켜 성벽 뒤에 숨어 적의 탄환을 피하게 하고, 적들의 공세가 약해지기를 기다려 즉시 북을 울리며 활과 화포로 응전하게 했다. 그러나 이는 서로를 탐색하며 기세를 보이기 위함일 뿐 양쪽 모두 큰 피해는 없었다. 김시민은 또한 적의 본격적인 공격에 대비하여 포탄과 화살을 아껴야 했다. 이날 적들은 공성전을 위한 각종 자재를 실어 나르느라 성 밖 한길이 온종일 뽀얀 먼지로 뒤덮였다. 민가에 난입하여 초가집 벽체를 헐어다 군막을 짓고 청색 휘장을 둘러치기도 했다.

밤이 되자 의병장 곽재우 휘하의 선봉장 심대승은 의병 2백여 명을 이끌고 성의 동북쪽 향교 뒷산으로 올라가서 횃불을 들고 이리저리 뛰어다니며 뿔피리를 불고 북을 울려 적군을 불안하게 했다. 이는 곽재우 부대의 전형적인 교란 전술이었다. 그들이 성중을 향해, "전라도의 구원병 만여 명이 홍의장군과 합세해 적을 무찌를 것이다." 하고 크게 외치니, 성안의 아군들도 큰 소리로 "알았다." 외치며 호응했다. 적의 불안감은 더 커졌다. 경상우도 곳곳에서 곽재우 의병 부대의 기세가 대단하였기에 적들은 '홍의장군'이란 말만 들어도 움찔했던 것이다. 이들은 밤새도록 횃불을 든 채 산을 배회하며 적의 배후를 위협했다. 남강 건너편 망진산에 자리를 잡은 고성 의병장 최강과 이달 또한 군사 한 사람당 네댓 개의 횃불을 올리게 하고 또한 일시에 북을 치며 "지원군이 왔다." 소리를 지르게 하니 그 함성이 골짜기를 흔들었다. 특히 이달의 부대는 두골평頭骨坪에서 적군의 옆구리를 치고 빠지는 작전으로 밤새도록 싸워 많은 적군을 참살했다.

적군은 7일 이른 아침부터 종일 조총과 화살을 쏘아 댔고, 병력을 사방으로 풀어 민가를 불태워 잿더미로 만들었다. 또한 주변의 장죽과 큰 소나무들을 모조리 베어서 성벽을 타고 오를 사다리竹梯와 성곽 높이에 맞먹는 3층으로 된 산대山臺, 飛樓를 만들었다. 그러는 한편 적들은 포로로 잡은 조선 아이들을 시켜 "한성이 무너지고 팔도가 다 떨어졌는데, 새장 같은 진주성이 무슨 힘으로 버텨 내겠느냐? 빨리 항복하는 것이 상책이다. 오늘 밤에 우리 장수가 오면 너희 장수의 목을 당장 깃대 끝에 꽂으리라." 하며 소리치게 했다. 이 욕설을 들은 성중 장병들이 분노하여 고성으로 함께 욕을 퍼붓고자 했으나 김시민은 그들을 만류했다. 그는 며칠 전부터 가능한 한 성안 장병과 백성들의 안정을 돕고 적들에게 여유를 보이기 위해 밤이면 악공을 시켜 문루門樓 위에서 거문고를 울리고 피리를 불게 하였던 터라, 군사들은 목사의 명령에 큰 뜻이 있음을 알고 대응을 자제했다. 그러나 적들의 오만 방자함에 장병들은 분을 삭이지 못해 가슴을 벌름거리며 숨을 거칠게 내쉬었다.

다음 날인 8일, 적들은 무려 수천 개의 대나무 사다리와 밑에 바퀴를 단 3층 산대를 이용해 성을 제압하려 다가들었다. 김시민은 조금도 서두르지 않았다. 그는 현자총통을 쏘게 해서 성으로 다가드는 산대를 관통케 했다. 또 적들이 성호를 메우기 위해 산더미같이 쌓아 놓은 소나무 가지 무더기에다 불화살을 쏘거나 화약을 감싼 갈대 뭉치를 던져 그것들을 모두 불태웠다. 또한 적들이 대나무 사다리를 앞으로 밀고 나와 그것을 타고 성벽에 기어오르는 것을 비격진천뢰를 발사하고 큰 돌을 던져 물리쳤다. 그뿐인가, 성첩마다 걸어 놓은 커다란 무쇠솥에 물을 펄펄 끓여 아귀같이 성벽을 타고 오르는 적들을 향해 쏟아부었다. 뜨거운 물벼락을 맞은 적군들이 자지러지는 비명을 내지르며 성벽 아래로 굴러 떨어졌다. 그들은 얼굴과 머리를 싸안고 떼굴떼굴 구르거나 더러는 실명하여 방향을 분간하지 못하고 허우적거렸다.

"잘한다! 화살을 아끼고 돌과 물로 쳐라!"

논개가 바른손으로 화살을 지휘봉 삼아 휘두르며 걸인들과 기녀들을 독려했다. 걸인 정예병들은 식칼과 돼지코 털북숭이를 중심으로 3

개 조로 나뉘어 장병들 속으로 섞여 들고, 의기회 회원들과 일반 기녀, 일반 걸인들은 논개의 우렁찬 지휘와 격려를 받으며 신명나게 돌을 던지고 끓는 물을 퍼부어 댔다. 끓는 물을 뒤집어써 살갗이 벗겨지고 돌을 맞아 피가 낭자한 얼굴을 하고서도 악착같이 성벽을 타고 오르는 독한 적군들에게, 논개는 단 한 방의 화살로 그 숨통을 완벽하게 끊어 버렸다. 논개의 화살은 백발백중이었고 돌팔매 또한 정확하게 정수리를 맞혀 즉사시켰다. 그녀의 몸짓은 물먹은 잎처럼 생기롭고 민첩했으며, 순간순간의 상황 판단 또한 예리하고 착오가 없었다. 말을 타고 성 안을 돌며 총지휘를 하던 김시민은, 장수 한 사람의 몫을 톡톡히 해내는 논개의 뒷모습을 바라보고는 한껏 흡족해하며 부드러운 미소와 함께 고개를 끄덕였다.

반가의 부인네들과 양민 아낙네들은 논개와 기녀, 걸인들이 혼신을 쏟는 모습을 눈앞에서 목격하면서 고개를 휘둘러 감탄했다. 그네들 또한 물을 끓이고 돌을 날라 주고 밥을 짓는 것으로 일익을 담당했다. 생사가 가름되는 전장에서 너나없이 모두가 한 핏줄의 겨레요 한 식구였다. 양반과 천민의 구별이 없었고, 주인과 종이 따로 없었다. 오로지 아군과 적군이 존재할 뿐이었다.

"어쩌면 저리도 지혜롭고 용맹스러운고! 장졸 일당백을 넘어 일당천을 하는구먼! 누가 저 젊은이를 여자라 하겠는가!"

아낙들이 논개에게서 눈을 떼지 못한 채 중얼거렸다.

"민첩하기가 날쌘 비호 같아. 저 번쩍이는 눈빛 좀 보라구. 걸인들이 논개의 눈빛과 표정 하나하나에 잘 길들여져서 마치 수족같이 움직이는구먼!"

"몇 달을 한솥밥 먹이면서 사람 만들어 보겠다고 심혈을 쏟았으니 그럴 수밖에…."

"참말로 예사로운 여식이 아니여. 낭군 의병장이 전사한 통보를 듣던 날부터 사흘 밤낮을 식음을 전폐하고 애도를 했다더라고. 생명의 은인이자 첫 통정을 한 임이었으니 그 슬픔이 얼마나 컸겠는가. 애간장이 다 녹았을 끼다."

"우리들 팔자는 바깥양반이 졸하시면 은장도로 자진하여 어른을 따라가야 열부란 말을 듣지만, 기생들 세상에서는 그 정도로도 열녀 소리를 들을 수도 있을 끼라."

"논개가 벌여 놓은 일이 얼만데 죽고 싶어도 죽을 수도 없었을 끼다."

"남의 눈 생각해서 식음을 전폐한 게 아니라 너무나 깊은 설움에 밥알이 넘어가지 않았을 끼라. 우리 반가의 부인네들이 남의 눈 무서워서 남편 따라 죽는 거하고는 다르지."

"이번 전쟁에 부군 따라 자진했다는 미망인 소식 못 들었네, 그렇지? 하기사, 천금보다 중한 게 사람의 생명인데, 세상눈이 아무리 얼음장 같다 해도 쉽게 지 가슴 찌르기는 힘들 거야."

두 여인은 누가 먼저랄 것도 없이 한숨을 내뿜었다. 성첩과 성벽에 바짝 붙어서 돌과 화살과 뜨거운 물벼락을 성 아래로 내리며 싸우는 군사와 백성들에게 돌을 날라다 주고 가마솥에 불을 지피던 반가의 부인 두 명이 그 와중에도 뉘에 질세라 수군거리다가 함께 한숨을 내뱉었던 것이다. 남편이 죽으면 함께 따라 죽어야 열녀 소리를 듣는 세상 풍습과 도덕이 양반집 부인네인 그녀들에게는 내심 적잖이 부담스러운 것 같았다.

"동래 송 부사 애첩 금섬이가 어른을 따라 자진한 것이나 다름없지만…. 그 여인도 함흥 기생 출신이었지, 아마."

논개를 칭찬하여 말하던 여인이 그 말을 뱉고는 다시 한숨을 쉬었다. 반가의 부인인 그네들에게 기녀란 남정네들의 넋을 빼놓는 천한 악마들로 질투와 멸시의 대상이며 또한 혐오와 증오의 대상이었는데,

이날 그네들이 갖는 기분은 그것이 아닌 것 같았다.

"참, 논개를 바라보는 목사 어른의 표정 보았는가? 은애의 정이 철철 넘치더라고! 논개는 알지도 못하는 것 같고…."

"무슨, 엉뚱한 소릴? 논개는 지금 상중인데…."

"논개가 그렇다는 것이 아니고, 저기 좀 봐. 목사 어른이 또 이리로 달려오시네. 조금 전에도 다녀가셨는데…. 눈에 보이지 않는 은애의 기운이 자꾸 이쪽으로 이끄는 모양인가 봐. 여자가 세상에 태어나서 저런 사랑 한번 받아 보고 죽으면 여한이 없을 텐데…."

그녀의 말은 틀리지 않았다. 말을 타고 힘차게 달려온 김시민은, 걸인과 기녀들 지휘에 여념이 없는 논개의 뒷모습을 잠깐 스치듯 보고는 바람처럼 북문 쪽으로 다시 달려갔다. 그의 몸에 무엇으로도 형용할 수 없는 어떤 힘이 뻗지르고 있는 것 같았다.

"삭막하고 피비린내 나는 전쟁터에서도 은애의 감정은 여유와 힘을 더욱 갖게 해 줄 거야, 아마. 두려움도 공포감도 은애의 감정 앞에서는 마비되어 버릴 테니까."

"은애는 부인께서 하시는 것 같네. 이렇게 여유 있으시니 말이요. 하이고, 물이 펄펄 끓네. 남들은 죽느냐 사느냐가 경각에 달렸는데, 퍼뜩 일어납시다."

여인들은 화들짝 놀라며 끓는 물을 나무통에 담아 기녀와 걸인들에게로 옮겼다. 그러고는 또 삼태기와 함지에 돌멩이를 담아 그들의 발 아래로 옮겨 주었다. 사랑 타령에서 벗어난 여인들은 새삼 귀를 난사하는 적군의 조총 소리와 아군이 내쏘는 화포 소리에 정신을 차리고 자신들의 한담이 부끄러웠던지 얼굴을 붉혔다.

이날 저녁 이경二更쯤에 고성 가장 조응도와 진주 복병장 정유경이 군사 5백을 이끌고 각기 십자형 횃불을 밝혀 든 채 남강 건너 진현晉峴 고개 위에 나타났다. 이들은 목숨을 걸고 성을 지키기 위해 성안에 갇혀 있다시피 한 아군들에게 힘차게 횃불을 흔들고 뿔피리를 불어 응원하며 기세를 드높였다. 성안에서도 구원병이 온 것을 크게 반기며 큰 종을 울리고 호각을 불어 호응했다. 그러자 적들은 소스라치게 놀란 듯 군막마다 불을 밝히고, 진현 쪽으로 군사 일부를 보내 아군 원병의 진로를 차단하는 등 큰 소동을 보였다. 이렇듯 성안의 수성군을 돕는 성 밖의 지원 위세가 크게 떨칠수록 성의 방어력은 더욱 굳건해졌고, 반대로 성을 포위하고 있는 적군의 표정에는 초조감이 짙게 드리웠다.

9일 아침이었다. 적군 2천여 명이 2종대로 나뉘어 그 일부가 단성현丹城縣으로 나가 관청 건물과 민가를 약탈하고 불태우기 시작했다. 그때 합천 가장 김준민이 결사대 80여 명을 이끌고 마침 그곳에 이르렀다가 만행을 부리는 적들을 20여 리 밖에까지 격퇴시켰다. 나머지 적군 일부는 곤명昆明 방면으로 기세 좋게 나갔다가 정기룡鄭起龍과 조경형曺敬亨에게 크게 패하여 진주성 주변의 본진으로 후퇴했다. 또한 전라도 의병장 최경회와 임계영도 지원병 2천 명을 거느리고 와서 성안의 장병들과 호응하면서 적을 크게 견제했다.

한편 진주성 주변에 주둔한 적군들은 흙을 날라서 토산을 쌓고 층루層樓를 만드는 일을 급속하게 진행하고 있었다. 그들이 만든 3층 산대와 대나무 사다리들을 아군이 현자총통과 장전을 쏘아 관통시켜 버렸던 터라, 그들은 성을 타고 오르기 위한 대나무 사다리와 성곽과 같은 높이에서 조총과 활을 쏠 수 있는 높은 누대樓臺를 다시 만들 수밖에 없었다.

복병장 정유경은 진현에서 사천으로 이동하여 적을 견제하는 한편, 정병 20여 명을 뽑아 남강 위쪽에서 방화 약탈 중인 적병들과 대나무와 거목을 벌채하는 적병들을 모조리 격멸시켰다. 그러자 적의 본진에서는 2백여 병력을 급히 남강 위쪽으로 보내어 정유경의 정병들을 추격토록 했다. 그들은 추격해 오는 적군들을 외곽까지 멀리 유인하면서 격전을 벌였다. 결국 적군은 수십 구의 시체만 남긴 채 자기네 본진으로 퇴각해 버렸다.

이날 적은 성을 집중 공략하기보다는 자기들을 견제하는 성 밖의 조선군 원병들과 격전을 벌이면서, 한편으로는 부서지고 불타 버린 산대와 대나무 사다리 만드는 일로 낮시간을 보냈다. 적들의 목적은 오로지 진주성을 함락시키는 데 있었으므로 성을 공략하기 위한 준비에 전력을 쏟았던 것이다.

이날 저물녘이었다. 적에게 납치되어 갔던 열 살 전후의 사내아이 하나가 헐레벌떡 북문 앞으로 달려왔다. 아이는 겁을 먹은 듯 사방을 살펴보면서 성벽 위의 아군들에게 "적이 내일 새벽에 일대 격전을 벌인대요."라고 잽싸게 소리쳐 알렸다. 그러고 나서 그는 허둥대면서 성벽 아래를 따라 네 발로 기듯이 달아나 버렸다. 성안의 아군은 아이의 말을 전적으로 믿을 수는 없었지만, 적들이 온종일 외곽에서만 교전했을 뿐이므로 그럴 가능성도 없지 않다고 믿고 방비를 더욱 강화했다.

적은 지난 닷새 동안 갖은 수법으로 성을 공략하려 했으나 결사 수성하는 성내 군사들과 외곽 지원 부대와의 끊임없는 교전으로 사상자가 급증하면서 달리 계책을 강구했다. 그들의 일차 목적은 성안의 수성군을 성 밖으로 끌어내는 것이었다. 적은 바로 이날 밤 삼경三更에 저들의 계략을 실행에 옮겼다. 진막마다 대낮처럼 불을 환하게 켜 놓고 우마차에 군용 자재를 가득 실어 대열을 짓고 진주성을 포기하고 퇴각하는 모양새를 취했던 것이다.

이에 아군의 척후병들이 허둥지둥 김시민 장군 앞으로 뛰어들었다. 그들은 흥분 상태로 그러나 얼굴에 기쁨을 감추지 못한 채 적들이 드디어 퇴각하고 있다고 성급하게 보고했다. 김시민은 적들의 상황을 차분히 상세하게 다시 말해 보라고 지시했다.

"왜놈들이 군막마다 불들을 환하게 밝혀 놓고, 우마차에 군용 자재를 싣고 지금 퇴각하고 있습니다."

척후병의 말에 김시민은 가만히 고개를 흔들었다.

"그것은 계책이다. 진실로 퇴각하는 것이라면 불을 끄고 소리 없이 도망가야지 불을 밝혀 보이려 하지 않는다. 놈들은, 지금 두 가지를 노리고 있구나. 우리 군사를 성 밖으로 끌어내든가, 우리의 마음을 교만하게 혹은 해이하게 만들자는 것이다. 즉시 달려가 다시 살펴보고 오라."

척후병은 머리를 조아리고 물러났다. 김시민의 예감은 틀림이 없었다. 다시 헐레벌떡 달려온 척후병은 적들이 퇴각하는 척 외곽으로 나갔다가 불들을 죄다 꺼트리고 다시 본진으로 돌아오고 있다고 했던 것이다.

시간은 어느덧 10월 10일 새벽인 사경四更에 이르렀다.

김시민은 가볍지 아니한 직감으로 성안의 모든 군사들과 백성들에게 비장한 각오로 전비를 갖추라고 명령했다.

"오늘의 전투는 가장 격렬할 것이다. 적들은 이미 기천 명의 사상자가 나서 악에 받쳐 있다. 그러나 아직도 수만의 군사가 있으니 오늘은 끝내 이기려 할 것이다. 거듭 말하지만, 조선의 운명과 자존심은 이곳 진주성 하나에 달려 있음을 명심해야 한다. 죽음으로 적을 필히 격멸시켜 조선의 마지막 자존심을 지켜 내야 한다."

그의 우렁찬 목소리는 격정과 각오로 떨리고 있었다. 눈빛은 빛나고 날카로웠다.

논개는 그의 얼굴에 심상찮은 그림자가 드리워짐을 느끼고 있었다. 왠지 가슴이 뻐근해지면서 마음이 무거웠다. 정확하게 이유를 집어낼 수는 없었지만 엄청난 무슨 일이 벌어질 것 같은 두려움과 전율이 전신을 엄습해 허탈감과 낭패감이 찾아들었다.

김시민은 결의와 음영이 드리운 표정을 시종한 채, 곤양 군수 이광악에게는 남문을, 만호 최덕량과 군관 윤사복尹思復과 이눌李訥에게는 북문을 지키라 명령하고, 판관 성수경과 자신은 동문을 사수하겠다면서 장수들에게 중요 구역의 수성 책임을 나누어 맡겼다.

아니나 다를까, 그의 명령이 떨어진 지 얼마 안 되어 적들은 총병력을 둘로 나누어 1만 명은 동문을 공격해 오고, 나머지 1만 명은 북문 밖에서 일시에 쳐들어왔다. 사방에 보이는 것이 온통 적군이요, 인마의 비명과 절규와 총포의 폭음으로 성 안팎이 갈피를 잡을 수 없을 정도로 소란하고 살기가 등등했다.

동문 쪽으로 돌격해 오는 적들은 기다란 사다리를 들고 각자 방패가 될 만한 것들을 머리에 쓰거나 등에 지고 있었다. 어떤 자는 짚이나 풀로 엮은 관冠을, 또 어떤 자는 명석 쪼가리를 머리에 뒤집어쓰고 있었다. 향교에서 제사 때 사용하는 제기인 보궤簠簋를 머리에 쓴 자도 있었다. 모두가 성벽 위에서 퍼부어지는 돌과 화살과 뜨거운 물을 피하려는 방비들이었다. 어떤 적병들은 허수아비를 만들어 앞세우고 대나무 사다리를 기어오르려 했다. 그 뒤로는 말 탄 적병 천여 명이 돌진해 오면서 쉴 새 없이 조총을 쏘아 댔고, 적장은 칼을 빼어 든 채 말을 몰고 좌우를 오가며 적병들을 독려했다.

김시민은 동문 북격대北隔臺에서 전투 전반을 지휘했다. 논개 일행도 적병이 가장 몰려 있는 동문 쪽에서 열전을 벌였다. 궁수들은 있는 힘을 다하여 연달아 활을 쏘아 댔고, 논개도 쉼 없이 화살을 날렸다. 백발백중이었다. 짚을 엮은 관이나 명석 쪼가리를 뒤집어쓴 적병들의 머리를 화살이 관통하자 그들은 어이없이 사다리에서 굴러떨어졌다. 걸인 대장 식칼이 논개 옆에 바싹 붙어 그녀를 도와 화살을 날리면서 적의 조총 탄알이 위로 솟구치면 논개의 몸을 밀쳐 비키게 했다. 개미 떼 같이 기어오르는 적병들을 향해 비격진천뢰가 터지고, 돌멩이와 불붙인 짚단이 아래로 던져지고, 펄펄 끓는 뜨거운 물이 마구 퍼부어졌다.

불에 달군 쇠막대기를 힘껏 내리치듯 휘두르거나 던지기도 했다. 적들은 비명을 내지르며 거꾸로 처박혔다. 머리에 돌과 화살을 맞고 어깨에 뜨거운 물벼락을 맞은 자들과 대포에 팔다리가 찢겨져 나뒹구는 적병들은 그 버둥거림이 하도 처참하여 사람의 형상이 아닌 것 같았다. 성벽 아래에 적의 시체가 쌓이기 시작했다. 적들은 시체를 딛고도 성을 기어오르려고 발버둥을 쳤다. 성벽을 오르지 않으면 아래에 버티고 선 적장이 가차 없이 목을 치니, 이렇게 죽으나 저렇게 죽으나 죽기는 마찬가지일 바에야 저들로서는 대의명분이 분명한 쪽을 택했던 것이다. 적의 집요함은 극에 달했고, 아군의 기세도 하늘을 찌를 듯했다. 사기가 충천한 군사들과 동문 쪽에 몰렸던 걸인 정예병들은 신명 오른 아이들같이 소리를 내지르면서 활을 쏘고 돌을 던지고 불에 달군 기다란 쇠막대기를 성벽 아래로 휘둘러 사다리를 타고 오르는 적병들의 머리를 쉬지 않고 들부수고 지져 댔다. 적들은 추풍낙엽처럼 떨어져 내렸다. 시간이 흐를수록 피해가 점점 커지자 적장은 더 어떻게 해 볼 방법이 없었던지 맹목적인 돌격을 중도에 멈추고 말았다.

한편 또 다른 1만여 적병들이 돌격해 온 북문 쪽에서도 격렬한 전투가 벌어졌다. 접전 중에 적병 두 명이 새벽의 어둠을 틈타 잽싸게 성벽을 기어올라 성안으로 뛰어내렸다. 북문을 지키던 아군들은 그들의 날랜 기습에 경악하여 순간적으로 흩어지려 했다. 그러자 만호 최덕량과 군관 윤사복이 두 적병을 순식간에 장검으로 베고 잇달아 성벽을 타고 넘어온 적병들을 온몸을 던져 막아 내니 비로소 흩어지려던 군사들이 다시 힘을 모아 죽기를 각오하고 싸웠다. 군사들뿐만 아니라 남녀노소 백성들이 모두 한마음이 되어 함성을 내지르며 온갖 수단을 동원하여 성벽을 타고 넘는 적병들을 치기 시작했다. 사다리를 기어오르다 떨어지는 자, 성벽을 넘다가 베인 자, 기어코 성벽을 넘어와 아군과 백병전을 벌이다 쓰러지는 자들로 성 안팎에 적의 시체가 깔렸다.

북문 쪽에서 아군의 함성이 진동하자 동문을 지키던 김시민이 북문께로 달려갔다. 마침 동문의 적병들이 돌격을 중지했을 즈음이라 논개도 걸인 정예병과 기녀들을 이끌고 김시민을 뒤따라 북문으로 내달았다. 일부 백성들도 그들의 뒤를 따랐다. 진천뢰를 쏘는 대완구大碗口도 북문 쪽으로 옮겨졌다. 돌무더기는 북문 성벽 아래에도 지천으로 쌓여 있었다. 동문 전투와 마찬가지로 쉴 새 없이 끓는 물을 퍼붓고, 돌멩이와 불에 달군 쇠막대기와 불붙인 짚단을 내던져 개미 떼같이 성벽을 기어오르는 적병들을 사살하면서, 더불어 화살을 날리고 현자총통과 비격진천뢰를 터트렸다. 거의 아군의 일방적인 공격이었다. 그러나 적들도 조총과 활을 쏘며 마지막 발악을 했다. 동문에서처럼 북문 성벽 밑으로도 적의 시체가 쌓여 가고, 인마의 비명 소리와 조총과 화포 소리로 북문 쪽은 사뭇 벼락이 치는 듯했다. 적병들은 성벽 위로 기어오르는 것이 불가능해지자 삽이나 곡괭이로 성벽 아래를 파기도 하고 쇠막대기로 뚫어도 보려고 갖은 발악을 하면서 활이고 조총이고 닥치는 대로 쏘아 댔다. 조총의 탄환이 핑핑 성벽 위로 날아들고 적의 화살도 날아들었다. 그러나 군사와 백성들은 조금도 두려워하지 않았다. 눈부실 정도로 용맹하고 의연하고 전황 판단이 정확한 김시민 목사를 믿고 모두 한마음으로 그의 지휘를 따라 도적 떼들을 사살하는 데 혼신을 다했다.

논개는 걸인 정예병들을 지휘하는 한편 쉬지 않고 활을 쏘았다. 세상에 태어나서 자신이 할 수 있는 일을 비로소 다하는 것 같은 마음이었다. 이런 막중한 일을 하기 위해 자신이 이 세상에 나온 것 같았다. 그녀는 사뭇 무아의 경지에서 활을 쏘아 댔고, 화살이 시위를 떠날 때마다 적병이 한 명씩 고꾸라지는 걸 보면서 한 번씩 큰 숨을 뿜어냈다. 그때였다. 빙긋이 미소를 머금은 강동찬의 얼굴이 뇌리를 스치면서 그녀는 소리 없이 울음을 터뜨렸다. 뜨거운 눈물이 솟구치는데도 정신없이 활을 쏘아 댔다. 치밀한 조준을 거칠 여유도 없었지만 화살에 초능력이라도 붙은 듯 조준한 이상으로 쏘는 족족 적을 쓰러트렸다. 그 와중에 그녀는 뭔가 뒤쪽이 어수선함을 느꼈지만 돌아볼 여유가 없었다.

그런데 바로 그 순간, 적이 쏜 총탄이 김시민 장군의 이마를 명중했다. 시체 속에 쓰러져 있던 적병이 몰래 조총을 쏘았던 것이다. 곤양 군수 이광악은 재빨리 김시민을 안전한 곳으로 옮겨 놓고, 아무도 이 사실을 알지 못하게 조치하고는 그 스스로 목사를 대신해 전투를 총지휘했다. 그는 자신의 수하 군사 1백여 명을 북문 선두에 집중시키고 강궁수들로 하여금 대궁을 휘어 일시에 거듭 쏘게 하니, 성벽을 기어오르던 적병들과 성벽 밑을 파고 뚫던 적병들이 한꺼번에 쓰러졌다. 이광악의 지휘가 하도 기민하여 논개도 다른 병사들처럼 김시민이 적의 총탄에 맞아 의식을 잃고 관영으로 옮겨진 사실을 모르고 있었다. 그녀도 이광악과 강궁수들의 대열에 섞여서 숨 돌릴 사이도 없이 화살만 날렸기 때문이다.

적의 공세는 끈질기고 집요했다. 한밤중에 시작된 싸움이 날이 밝도록 그치지 않았다. 몇 시진째 지속된 전투에 시체가 산더미처럼 쌓여도 적들은 물러날 기미가 없었다. 동료 군사들의 시체를 발판 삼고 언덕 삼아 악착같이 성벽을 타고 올랐다. 아군 병사와 백성들의 분노 또한 충천하여 적의 씨종자를 깡그리 말려 버리겠다는 듯 더욱 격렬하게 돌을 던지고 화살을 날리고 창검을 휘둘러 적을 참살했다. 기왓장이나 나뭇조각까지 적을 죽이는 데 소용이 될 만한 것은 무엇이든 집어던졌다.

북문 성루城樓에서 전투를 지휘하며 활을 쏘던 이광악의 눈에, 비단옷 차림에 쌍두마차를 타고 고함을 질러 대는 적장 한 명이 들어왔다. 이광악은 대궁을 들어 그의 심장을 조준했다. 시위를 떠난 화살은 일점일획의 오차도 없이 적장의 흉부에 꽂혔다. 이광악이 회심의 미소를 지음과 동시에 적장은 두 팔을 허우적거리며 마차에서 떨어져 즉사했다. 그는 바로 적군의 주요 장수 중 하나인 나가오카長岡忠興의 동생이었다. 적병들은 울음을 터트리더니 이내 미친 듯 흥분해서 소리를 지르며 펄쩍펄쩍 날뛰었다. 쓰러진 장수의 시체를 부둥켜안고 뒤로 물러나면서도 복수심에 이글거리며 조총을 마구 쏘아 댔다. 하지만 탄환은 속절없이 허공을 가를 뿐 성벽 위까지 닿지는 않았다.

밤새 공성전에도 성을 빼앗지 못하고 군사를 반이나 잃은 적군은 장수마저 한 사람 쓰러지자 어느 순간인가부터 공격을 멈추었다. 성안의 모든 군사와 백성들은 한숨 돌리면서도 쉽사리 긴장을 풀지 못했다. 어떤 계략이 숨어 있을 것이라 생각했기 때문이다. 그러나 다음 순간, 모두들 안도의 한숨을 내뿜으며 땅바닥에 털썩 주저앉아 버렸다. 적진의 모든 막사에서 동시에 불길이 치솟고 있었기 때문이다. 그것은 바로 퇴각의 신호였던 것이다. 10월 10일 사경四更, 새벽 1시-3시 초에 시작된 전투가 날이 밝고 사시巳時, 오전 9시-11시 초가 되어서야 드디어 끝이 났다. 실로 격전이고 혈전이고 총력전이었다.

적들은 달아나면서 동료 군사들의 시체를 민가에 집어넣고 불을 질렀다. 그들 나름대로 화장을 시키는 것이었다. 그러나 적장이나 몇몇 계급이 높아 보이는 자들의 시체는 거두어서 마차에 실어 가기도 했다. 적이 물러가는 걸 보면서도 성안의 군사와 백성들은 며칠간의 격전에 힘이 쇠진하여 추격하지는 못했다. 성 밖의 일부 병력만이 소촌역까지 추격하여 30여 급을 베었을 뿐이다.

싸움이 끝난 진주성 안팎은 차마 눈 뜨고 볼 수 없을 만큼 참혹한 격전장의 모습이었다. 사람과 말의 시체가 뒤엉켜 언덕을 이루고 있고, 미처 숨이 끊어지지 아니한 적병들의 꿈틀거림도 있었다. 논개는 얼마간 넋을 잃은 듯 그 모습을 내려다보고 서 있다가 순간 화들짝 정신을 차리고 기녀들과 걸인들을 점검했다. 논개의 지시에 따라 식칼과 돼지코와 털북숭이는 걸인 정예병들과 일반 걸인들을, 명월을 비롯한 의기회 간부들은 회원들과 일반 기녀들과 동기들의 숫자를 파악했다. 격전 중에 혹여 사상자가 생겼을까 염려해서였다. 걸인 세 명이 중상을 입고 기녀 한 명이 죽은 사실이 드러났다.

그러나 논개는 그것만 슬퍼하고 있을 수 없을 만큼의 커다란 충격 속에 슬그머니 주저앉고 말았다. 바로 그 순간 김시민 장군의 피격 소식을 함께 들었기 때문이다. 그녀는 가슴이 무너지는 암담함에 정신이 혼미해졌다. 총탄이 이마를 명중했다면 살아날 가능성은 지극히 희박하다는 절망감 때문이었다. 나라가 이렇게 위급한 때에 참으로 훌륭한 인재가 안타깝게도 쓰러진 것에 대한 애통함만이 아니라, 허탈감과 막막함이 한꺼번에 전신을 덮쳐 와 그녀는 기운을 놓고 있었다. 바닥에 무너지듯 주저앉은 채 반쯤 입술을 열고 한동안 손가락 하나 까딱하지 못했다.

주변의 부인들과 동료 선배 기녀들이 자신을 향한 김시민의 감정을 두고 무슨 말을 하든, 논개는 그저 그를 존경할 뿐이었다. 그의 눈빛이 예사롭지 않음을 그녀도 진작부터 느끼고 있었지만 존경 이상의 특별한 감정은 우러나지 않았었다. 또한 동료들이 지절대던 후실이니 첩실이니 하는 말들은 자유 의식이 강하고 자존심이 드센 그녀에게는 관심조차 없는 것이었다. 그런데, 김시민이 중상을 입은 것에 이렇듯 암담하고 허망해지는 기분은 또 무엇인가 싶었다.

혼자 깊은 생각에 빠져 있던 논개는 보일 듯 말 듯 고개를 끄덕이며 자세를 곧추앉았다. 막연하던 무언가가 선명해지는 기분이었다. 김시민 그가 가장 정확하고 예리하게 그녀의 자질과 노력을 평가해 주고 역할을 맡겨 준 믿음직한 버팀목으로 그녀의 뒤에 굳건히 자리하고 있었음을 비로소 깨달았던 것이다. 자신의 절망과 허탈이 바로 그것의 붕괴에서 비롯된 것임을 가슴 시리도록 절감하면서 그녀는 땅이 꺼질 것 같은 깊은 한숨을 거듭 뿜어낸다.

논개의 예감대로 김시민은 열흘을 넘기지 못하고 숨을 거두고 말았으니, 시년時年 39세였다. 나라의 기둥인 젊은 장수가 충용을 다하여 진주성을 지켜내 곡창 호남을 구하고, 대승으로 전쟁의 형세를 돌려 위란의 나라를 구한 후 애통하게도 진몰陣歿한 것이었다. 진주성 싸움 이전 수차례의 전공으로 경상우도 병마절도사에 임명되었으나, 이미 그가 숨을 거둔 후에 그 소식이 전해져 진주 백성들의 애통함은 더했다. 그가 숨이 끊어지는 순간, 성중은 물을 끼얹은 듯 조용했다. 그러나 곧 성안을 쩌르렁 울릴 정도로 곡성이 터져 나왔다. 그의 부상과 죽음을 비밀로 묻어 두려는 수뇌부들의 의지와는 상관없이 그 소식은 삽시간에 성안으로 퍼져 나갔고, 슬픔을 이기지 못한 군사와 백성들은 모두 땅을 치며 통곡을 했다. 누가 시키지 않아도 다들 소복 차림을 하고 그의 죽음을 애도했다. 논개는 강동찬의 전사 이후로 줄곧 상복을 입어왔던 터라 남장을 치마저고리로 바꾸어 입는 것으로 그쳤지만, 큰 산이 무너져 버린 것 같은 막막한 절망감은 연일 그녀를 탈진케 했다. 마치 말을 잃고 벙어리가 된 사람처럼 시종 창백한 낯빛으로 넋을 놓고 있었다.

"휴우, 우리 논개 대장은 지지리도 사내 복도 없구나. 그 어르신이, 어찌 눈을 감을 수 있었을꼬. 논개에게 혼불을 켰던 그 어르신의 눈빛을 나는 보았제. 내 생전에 그리도 불타고 빛나던 안광을 본 적이 없었는데…."

기녀 향매香梅가 소복으로 바꾸어 입으면서 한숨을 섞어 낮게 중얼거렸다. 그러자 명월이 말없이 눈짓으로 논개를 가리키며, 눈빛으로 향매의 말을 저지했다.

김시민의 시신은 고향으로 돌아가지 못했다. 상여가 성문 밖으로 나가면 퇴각한 적병들이 그의 사망 사실을 알고 다시 쳐들어올까 염려해서였다. 그는 성안의 언덕바지에 가매장되었고 빈소는 토굴 속에 마련되었다. 군사와 백성들은 난국에 출중한 명장을 잃은 슬픔으로 땅을 치고 통곡하면서, 죽어서도 성안에 묻혀 끝내 성을 지키는 그를 우러러 존경하고 애도하며 그리워했다.

한편, 성 밖에 머물며 인근 각지에 원병을 요청하여 외곽에서 수성전을 지원했던 경상우도 관찰사 겸 순찰사 김성일은 적이 패퇴하자 진주성으로 달려왔다. 성안의 처참한 광경을 목도한 그는 놀라서 두 눈을 벌려 뜨고 입을 다물지 못했다. 피칠갑을 한 적의 시체들이 서로 머리를 맞대거나 뒤엉켜서 성벽과 성호를 피로 물들이며 산더미처럼 쌓여 있고, 사방에 내버려진 병기들이 지천으로 널려 있음에 경악을 한 것이다. 게다가 성 안팎의 민가들도 불에 타거나 무기로 동원되어 성한 데가 없고, 군사와 백성들의 피해도 만만찮아 수습이 시급했던 것이다.

그는 우선 김시민이 적은 숫자의 군사로 수성지계를 세우고 관민이 합심하여 아군보다 여섯 배나 많은 대적을 물리친 것을 크게 치하하며 그 공을 그와 휘하 장수들에게 돌리고, 그의 안타까운 죽음을 애석해하며 성안의 군사와 백성들을 위로했다. 또 이 한 번의 승리로 경상도를 보전하고 나아가 적이 전라도를 엿보지 못하게 막을 수 있었다며 기뻐했다. 그는 이어, 김해 부사였다가 성을 잃고 파직되어 의병장 김면의 부대에 종군하던 서예원으로 하여금 임시로 진주 목사를 대임케 하여 전후의 수습과 방비를 맡겼다. 또한 그는 진주성 대첩의 자초지종을 적어 조정에 장계를 올려 성 안팎에서 용맹하게 싸워 눈부신 전공을 올린 장수들의 품계를 높여 줄 것을 주청했다. 호남을 제외하고는 온 나라가 차례로 무너져 내린 상황에서 진주성에서의 이번 승전이 조선의 마지막 자존심을 살리는 결과를 가져왔고, 또한 경상우도 관찰사로서 자신의 관할 지역에서 거둔 승리라 그는 더욱 뿌듯해하며 열과 성을 다했던 것이다.

그럴 즈음 논개는 중상을 입은 걸인 세 명을 치료케 하고, 전사한 기녀 한 명의 죽음을 애도하는 약식 장례식을 걸인들과 기녀들의 참여로 진행하고 있었다.

그런데 털북숭이가 심통이 난 낯빛을 하고 김성일의 논공論功에 대해 투덜거렸다.

"와, 우리 대장 이름은 올리지 않는 긴지 모리겠네. 쌈이사 젤로 소리 엄시 걸판지거러 하고 왜놈을 젤 많이 죽였는디…."

식칼은 말없이 고개를 끄덕이며 동조했다.

털북숭이가 그런 식칼의 어깨를 거칠게 흔들면서 채근했다.

"말 잘허는 식칼 니가 관찰사 영감한테 가서 우리 대장 공적을 말 좀 하거라. 고개만 끄덕대지 말고."

그러자 망자의 위패 앞에 향불을 사르던 논개가 고개를 돌려 굳은 표정으로 털북숭이를 노려보았다. 자리가 자리인지라 그녀는 점잖은 말로 그를 나무랐다.

"털보 대장, 왜 이러는가? 우리가 언제 나 잘 싸웠소 생색낼라고 그랬는가? 이 나라 주인으로서 쳐들어오는 도적놈들을 잡는 것이 당연지사이거늘 무슨 뜬금없이 상을 바라는가? 도적 떼들 죽이고 물리쳤으니 그것으로 우리는 우리 할 일 다한 것이야! 그러니 조용히 있으라구."

그녀의 말이 떨어지기 바쁘게 털북숭이와 돼지코가 동시에 서로의 얼굴을 마주 보면서 걱정스런 낯빛을 했다. 자기들을 이 나라 주인이라고 당당하게 말하는 그녀가 걱정스럽고 불안한 모양이었다.

돼지코가 사방을 휘휘 둘러보면서 재빠르게 말했다.

"대, 대장님. 누, 누가 들으모 큰일나십니다요. 이 나라 쥔은 임금님이신디 그런 말씸 하시모 바, 반역이라는 소리 듣십니다요."

돼지코는 사뭇 울상을 지으며 진짜로 큰일난다는 듯 손을 휘휘 내저었다. 털북숭이도 돼지코의 말에 고개를 크게 주억거렸다. 식칼만 빙긋이 웃음을 물고 있을 뿐이었다.

"무슨 말이냐? 이 나라의 주인은 백성들이니라. 임금님도 백성이시고 정승 대신들도 백성이고, 양민이나 너나 나나 다 이 나라의 백성이자 주인이니라. 이 땅 조선에서 태어나 살고 있는 조선 사람들은 모두가 조선의 주인이라는 말이다. 임금님은 주인들 중에서도 가장 어른이시면서 백성을 대표하시는 분이신 것이다."

"그라모 백정도 걸뱅이도 기생도 다 주인입니꺼예?"

"물론이지. 대장들이 지금까지 그것도 몰랐다니 참말로 답답하구나. 이제 알았으면 다시는 전공이니 공적이니 그런 말 하지 말거라. 진짜 공을 세운 사람들은 싸우다가 전사한 우리 앞의 이 사람이야. 오로지 하나밖에 없는 억만금보다 더 귀한 목숨을 이 땅을 지키고 이 땅의 억조창생을 살리는 데 바치지 않았는가."

논개가 두 손으로 위패를 받들 듯 가리키자 털북숭이도 더는 말을 못하고 머쓱해했다. 논개가 제단 앞의 향로에 향불을 올린 후에 엄숙한 표정으로 절을 하자 걸인들과 기녀들도 모두 뒤따라 절을 올렸다. 이어 명월을 비롯한 의기회 회원들과 걸인 대장들도 단 앞으로 나와 향을 피워 망자의 충혼을 위로했다. 기녀들은 나라를 위해 싸우다 꽃다운 청춘에 생사를 달리한 동료의 죽음을 안타까워하며 눈시울을 붉히다가 옷고름으로 눈물을 찍어 내기도 했다.

*

싸움에서 대승을 거두어도 피해는 있기 마련이었다. 적군은 인명 손실이 컸던 데 비해 아군은 적의 방화와 약탈로 재산상의 피해가 컸고,

무엇보다도 진주성의 수장인 김시민을 잃었을 뿐만 아니라 군사들과 백성들의 인명 피해도 적지 않았다. 아군 측은 사망자보다 부상자의 숫자가 월등히 많아 관아의 약방기생인 의녀들과 의기회의 기녀들이 모두 간병자로 나섰고, 관졸들은 아군 사망자의 이름을 찾아 기재하는 등 한동안 전쟁의 뒤처리로 성 안팎이 정신이 없을 정도로 소란스러웠다.

성벽 아래에 쌓여 있는 수천 구의 왜병 시체를 처리하는 문제도 간단하지 않았다. 관영에서 처음에는 적들의 방화로 타다 남은 쓸 수 없는 목재들과 짚더미나 관솔가지 등을 모아 화장을 시킬 생각을 했었다. 그러나 시체가 너무 많아 화장으로는 처리가 힘들 것으로 판단되자 의논 결과 땅속에 묻기로 결정했다. 북문 건너편의 농사도 지을 수 없는 척박한 둔덕에 대형 구덩이를 파고 시체들을 집어던져 한꺼번에 매장키로 한 것이다. 수십 명의 백성들과 관졸들이 힘을 모아 구덩이를 파는 데만도 사흘이나 걸렸고 시체를 우마차에 실어 매몰 장소까지 옮기는 데도 꼬박 이틀이 걸렸다.

그런 궂은일들을 하면서도 관졸들과 백성들은 얼굴에 웃음이 떠나지 않았다. 싸움에 이겼기 때문이었다. 기어이 성을 지켜 냈기 때문이었다. 전국의 성들이 어처구니없이 다 무너진 상황에서 절대적인 수적 열세를 안고도 장졸과 백성이 한마음으로 굳게 뭉쳐 드디어 조선의 자존심을 세웠기 때문이었다. 그들은 자기들이 쏜 화살과 돌팔매질과 뜨거운 물벼락을 맞고 고꾸라지던 적들의 몰골을 앞다투어 말하면서 어깨를 으쓱대고 껄껄 웃기도 했다. 과장된 손짓 발짓을 해 가며 믿기 어려운 무용담을 자랑 삼아 떠벌려 댔다.

작고 깡마른 체구의 삼십 대 중반쯤으로 보이는 한 남자가 유난히 침을 튕기면서 자기의 돌팔매질 한 방에 적군의 대머리 정수리가 딱 짜개졌다며 거침없이 자랑을 늘어놓았다. 구덩이를 함께 파던 걸인 대장 식칼이 삽을 땅에 박고 허리를 펴면서 안면이 있는 그 남자를 돌아보았다. 얼굴이 하얀 그 사내와 눈이 마주쳤다. 사내가 식칼의 날카로운 눈길에 순간적으로 어깨를 움츠렸다.

“이보시오. 구덩이를 파기는커녕 파놓은 흙도 제대로 뜨지 못해 일을 하는 둥 마는 둥 비실거리는 사람이, 그래 돌 한 방으로 왜놈의 대가리를 짜갰소? 그 힘으로 말이요?”

얼굴에 조소를 깔고 대놓고 빈정거리는 식칼의 큰소리에 사내가 얼굴을 붉혔다. 그러나 검고 거친 살갗과 흐트러진 두발과 못이 박힌 투박한 손으로 보아 식칼이 천한 신분임을 직감한 사내는 어깨를 펴고 두 팔로 뒷짐을 지면서 식칼의 아래위를 훑어보았다.

식칼이 그런 그를 마주 노려보면서 다시 이죽거렸다.

“와요, 내 말이 틀렸소? 그래 돌멩이를 힘껏 내리치니까 대가리가 짝 갈라집디까?”

깡마른 사내가 여전히 어깨를 쫙 펴고 뒷짐을 진 채 급기야 고함을 내질렀다.

“고이연 놈! 천한 놈의 새끼가 양반 어른의 말에 감히 시비를 건단 말이냐?”

식칼이 씨익 입귀를 버그러뜨리고 조소를 지으며 허리를 굽혀 키 작은 그 사내의 얼굴에 자기 얼굴을 바싹 갖다 댔다.

“앗따, 고노무 새끼. 기집같이 간들간들 조막만 한 몸띠에 목소리 하나 우렁차대이! 야, 이노무 비리비리 한주먹에도 뿌서러질 놈아. 내 이마에 천한 놈이라고 씌어 있냐? 니 눈깔에는 그렇게 보이냐? 야, 이 썩어질 노무 짜슥아. 사람은 다 똑같다는 거, 그것도 아직 모르냐? 나이를 헛처먹었구나, 쯧쯧. 야 이놈아, 양반은 밥 안 처묵고 똥 안 싸고 상안 하고 사나? 에미 애비 처자식 없이 천상에서 학처럼 살아? 양반이라고 안 죽더냐고? 바로 메칠 전에 쌈터에서 니놈도 봤지? 양반이라고 안 죽더냐, 이 말이다. 야 이 못난 놈아, 새로 배워라이. 사람은 다 똑같은 기라고 말이다. 이 못난 노무 자슥, 내 이 말만은 안 할라 캤다마는 행투가 더러워서 해야 되겠구만. 총알이 무서버서 돌팔매질은커녕 뜨거운 물 한 바가지도 왜놈한테 씌우지 못하고 눈깔만 요리조리 굴려 대며 살랑살랑 쥐새끼같이 피해 다니던 놈이, 뭐가 어쨌다고? 돌 한 방에 왜놈 대가리가 짝 갈라지더라꼬? 에라이, 이 불쌍한 놈. 그래도 양반에 사내라고 자지 달고 다니나? 이놈. 내가 그 쓰잘데없는 자지 쑥욱 뽑아 주꾸마."

식칼이 팔을 뻗쳐 사내의 가랑이 사이를 붙잡으려는 시늉을 했다. 그러자 사내가 혼비백산하여 잽싸게 몸을 피해 사다리를 타고 구덩이 위로 올라가 버렸다. 구덩이를 파던 관졸들과 백성들이 배를 잡고 웃어 댔다. 통쾌한 웃음소리가 커다란 구덩이 안에 꽉 차도록 한동안 울렸다.

"쯔쯔, 뉘 집 양반인지 가만히나 있었으모 등신 소리는 안 들을 낀데."

누군가가 중얼거렸다.

"지 딴에는 돌 하나 몬 떤지고 꽁으로 공功 묵은 기 미안해서 그래쌌던 긴데, 고마 뜨건 임자를 만나 뿌렀네, 히히."

젊은 관졸 하나가 얼굴에 웃음을 지우지 못하면서 또 그렇게 받았다.

그런데 이런 현상은 진주성 싸움 이전에는 생각할 수도 없었던 실로 놀라운 변화였다. 양반들의 허울과 터무니없는 괄시와 적반하장식의 덮어씌우기에 속으로는 분통이 터져도 앞에서는 억울함을 삭이면서 그저 굽실거려야만 했던 이들이, 승전의 경험으로 자긍심을 맛본 후로는 전처럼 당하지만 않고 당당하게 할 말은 하고 있는 것이었다. 그도 그럴 것이, 싸움에 참여한 백성들 중 양반네들보다 걸인, 기녀, 양민 같은 민초들이 실제로 싸움을 승리로 이끄는 데 훨씬 더 큰 기여를 했다는 것은 누구도 부인할 수 없는 사실이었기 때문이다.

식칼은 더는 이런저런 말을 섞지 않고 구덩이만 팠다.

"그러나저러나 왜놈들이 틀림없이 보복하러 다시 올 것만 같은 기라. 우리 조선의 자존심이 충천한 만큼 도적놈들은 만신창이가 됐을 낀데, 그놈들이 가마이 당하고만 있을 것 같지 않은 기라. 전쟁이 끝난 것도 아니고, 휴우. 당장은 이겨서 도적놈들 시체 묻을 구덕은 파고 있지마는 맘이 편하지만은 않은 기라."

나이 지긋해 보이는 관졸 한 명이 한숨을 섞어 가며 적군의 보복을 걱정했다.

"그려, 그렇겄제! 이번에 이긴 거이 되레 산적의 코를 베어 놓은 꼴이 됐을지도 모르제. 김시민 장군님도 가시고, 우짜모 좋을꼬?"

동년배로 보이는 다른 관졸이 말을 받았다.

그러자 옆에 섰던 백성들 얼굴에 두려움이 짙게 번졌다. 적들의 보복이란 말에 가슴이 덜컥 내려앉는 공포감을 느꼈던 것이다.

그러자 한동안 구덩이만 파고 있던 식칼이 다시 고개를 들더니 딱하다는 듯 대꾸를 했다.

"걱정들도 팔자시오. 여기가 어디요? 조선 땅이요! 왜놈들이 제아무리 발광을 쳐도 조선의 손바닥 안에 들어 있다 이거요. 처음에는 창망중에 우리 조선이 당했지만, 두고 보시오! 놈들에게 짓밟힌 조선의 성들을 다 되찾고 놈들을 조선 땅에서 깡그리 몰아내어 바닷속에 처넣게 될 테니까 말이오."

"하기사, 명나라 군사도 조선을 구하러 오겄제."

적의 보복을 걱정하던 관졸이 식칼의 말을 받았다.

"명나라도 믿을 것은 못 됩니다. 지난여름 소식 몬 들었소? 명나라 조승훈이 군사 3천을 이끌고 왜놈들이 점거하고 있는 평양성을 공격하지 않았겠소. 그런데 되레 왜놈들한테 기습을 당해 명군이 대패하지 않았냐 말이오. 조승훈은 잔병만 이끌고 명나라로 허겁지겁 돌아갔다는 거 아니오."

"그때가 칠월이었는데, 비바람이 억수로 몰아치는 한밤중에 싸움을 했다 카더라꼬요. 왜놈들이 명나라 지원군의 상황을 꿰뚫어 보고, 먼저 함정을 파서 끌어들였다는 겁니다. 그런데 그 3천의 군사들은 명나라 조정에서 파견한 것이 아니고, 요동의 국경 수비병들로 정예 군사는 아니라 카더라고요."

좀 젊고 똘똘해 보이는 관졸 둘이 말을 주고받았다.

식칼이 다시 말을 이었다.

"문제는, 지금 명나라와 왜놈들이 서로 강화 문제를 논하고 있다는 것이요. 조선에 쳐들어온 도적놈들이 조선을 처묵고 명나라를 치겠다는 것인데, 조승훈의 대패에 놀랐던지 명나라가 심유경을 시켜 화의를 교섭케 했다는 것이요. 이거는 말도 안 되는 일 아니겠소. 조선에 이미 들어와 있는 왜놈들을 몽땅 바닷속으로 쓸어 넣어 버려야 명나라도 안심을 할 것인데, 도대체 무슨 속으로 화의를 들먹이는지 알 수가 없다는 거지요. 두 나라가 조선을 두 쪽으로 갈라 먹자는 속셈인지, 화윈지 강환지 간에 우리로서는 참으로 답답한 일이라는 거지요."

관졸들은 식칼의 말에 일리가 있다는 듯 고개들을 끄덕였다.

"아마 모르기는 해도 강화는 잘 안 될 끼라. 대국인 명나라가 조정에서 파견한 군사도 아니고 국경 수비대 3천을 보내서 한 번 졌다고 전쟁을 포기하고 화의를 한다면 대국의 체면이 안 서제. 제대로 싸워 보지도 않고 그럴 수는 없겠제."

나이가 사십은 넘어 보이는 관졸 한 명이 동의를 구하듯 식칼을 바라보며 말했다.

"내 생각도 그렇소만, 왜놈들은 명나라의 대병력을 알고 악착같이 강화를 하려 들 것이요."

그때 땅 위에서 관졸장이 이젠 그만 파도 되겠으니 모두들 구덩이 밖으로 나오라고 소리를 쳤다. 구덩이를 파던 관졸들과 백성들이 모두 사다리를 타고 땅 위로 올라갔다. 왜병들의 시체가 구덩이 가로 옮겨져 쌓여 있고, 한편에서는 우마차가 거적때기를 덮은 시체들을 연이어 실어 나르고 있었다. 피비린내가 사방에 진동했고 관졸들과 백성들은 모두 얼굴을 찌푸렸다. 사체들은 구덩이 안에 한꺼번에 쏟아져 들어갔다. 아무렇게나 처박혀 뒤엉킨 시체의 참상이 눈 뜨고 볼 수 없을 정도로 처참했다. 숫자를 헤아릴 수도 없었지만 족히 수천 구는 될 것 같았다. 워낙 넓고 깊게 판 구덩이여서인지 시체를 다 쓸어 넣고도 여유가 있었다. 비윗살이 약한 몇몇 사람들이 땅바닥에 퍼질러 앉아 토악질을 하고 있고, 나머지 사람들은 파냈던 흙으로 다시 구덩이를 메우기 시작했다. 사체 매장 작업은 이날 이경二更쯤에야 완전히 끝이 났다.

성 안팎이 전후 처리로 어수선한 와중에 진주 목사 대임인 서예원은 촉석루에서 승전 축하연을 가지려 했으나 싸늘한 민심에 뜻을 접고 말았다. 이 전쟁을 승리로 이끈 김시민 장군의 상중인데 축하연은 당치도 않은 발상이라고 백성들이 나서서 일축해 버렸기 때문이다.

전후의 수습이 어느 정도 마무리된 후, 논개는 걸인 정예병들을 기와집 사랑채 마당에 집합시켰다. 정신 무장을 새로이 하고 다시 훈련에 들어가기 위해서였다. 진주성 싸움의 승리가 마치 자기들만의 힘으로 이루어진 것인 양 오만 방자해진 속이 덜 찬 정예병들이 있는가 하면, 대승을 거두었는데도 포상이 없다고 분수없이 불만을 터트리는 이들, 또 정식 관졸이 되고 싶다고 온종일 관영 근처만 배회하는 이들도 있었다. 싸움 이전과는 많이 달라진 모습들을 보며 논개는 정신 무장의 필요성을 느끼고 그들을 다시 다잡기 시작한 것이다. 그러나 사랑채 마당으로 집결하는 정예병들의 몸짓은 빠릿빠릿하지 못했다. 마치 논개의 명령을 거역하지 못해 내키지는 않지만 어쩔 수 없이 모여드는 것처럼 행동이 굼뜨고 어슬렁거렸다.

"아침밥들 제대로 먹고 왜 이리 비실거리나? 용맹스런 병사들의 모습이 아니다. 여러분들은 열심히 잘 싸웠다. 그러나 전쟁은 아직 끝나지 않았다. 도적 떼들은 조선 땅의 방방곡곡에 깔려 있다. 내 땅을 침입한 흉악한 도적놈들 잡기는 이제부터가 시작인 것이다. 여러분들의 군기가 많이 흐트러져 있다. 오늘부터 다시 훈련을 시작한다. 식칼 대장, 털보 대장, 돼지코 대장, 각자 병사들을 점검하고 정오에 즉각 훈련장으로 나간다. 알겠나?"

논개의 호령 소리가 기와집 안에 쩌렁쩌렁 울려 퍼지면서 담을 넘어갔다.

"예에!"

세 명의 대장들과 일부 정예병들이 큰 소리로 대답은 했으나 그리 적극적이지 못했다. 대답은 않고 실실대며 상체를 전후좌우로 건들거리는 이들도 있었다. 세 걸인 대장들이 큰 구령으로 자기 소대를 정렬시키려 했다. 정예병들의 몸짓이 조금은 빨라지는 것 같았으나 여전히 적극적이지는 않았다.

"대장님이요."

그때 돼지코의 대열 앞자리에서 정예병 하나가 목청을 높여 논개를 불렀다.

사랑채 마루를 연단으로 그 위에 버텨 서서 마당에 선 그들을 호령하던 논개가 그 병졸을 향해 말해 보라고 했다.

"대장은 왜놈을 수백 명이나 죽있는데도 와 공적자가 안 되고, 우리는 와 관졸이 안 됩니꺼? 와 포상도 움습니꺼? 우리가 걸뱅이라 그렇습니꺼?"

그러자 여기저기서 다른 정예병들도 그 말에 공감한다는 듯 고개들을 끄덕였다. 마치 약속이라도 한 것 같은 행동이었다.

논개가 응답을 하기 전에, 식칼 소대의 뒷줄에서 누군가 크게 소리쳤다.

"김시민 장군이 전사해서 그런 거 아이가. 그 어른은 우리 대장님과 우리를 알아주는 유일한 양반이셨는데, 고만 돌아가시서 그렇다 아니가."

누군가 또 나섰다.

"김성일 순찰사하고 서예원 사또는 우리 같은 거 안중에도 움떠라꼬. 관졸 놈들도 똑같은 기라. 똥 누러 갈 때 마음하고 똥 눈 후에 마음 달라지듯이, 같이 쌈을 할 때는 사람 차벨 안 하더마는 쌈 끝나고 나니께 대번에 걸뱅이 취급을 하는 기라! 내, 기가 맥히서…."

논개는 그들의 말을 막으려 들지 않았다. 그들의 가슴속에 쌓인 앙금이 무엇인지 들어 보기 위해서였다.

그들은 자조를 섞어 가며 질서 없이 탄식처럼 떠들어 댔다.

"대접 몬 받는 우리 같은 걸뱅이들이사 세상이 한번 팍 뒤집어져도 괜찮은 기라! 사람 차벨 움는 세상에서 한번 살아 보고 싶은 기라!"

"맞다, 맞다! 이래도 저래도 한세상이고, 대장님도 사람은 똑같다 카는데, 와 이리 우리만 하대받고 살아야 하나 이기라."

"히히, 몰라서 씨부리샀나? 한마디로 겔러서 그런 기 아이가. 일 안 하고 공짜로 얻어묵을란께 그렇제. 일 안 하모 처묵지도 말아야 하는 기라. 우리 대장님 명언도 아직 모리나? 히히."

논개는 침묵한 채 계속 가만히 서 있었다. 그러자 그들은 하나둘 입을 닫기 시작했다. 조용해졌다. 때로는 침묵이 더 큰 힘으로 사람들을 위압하는 것을 그녀는 종종 경험했다. 이 순간이 바로 그랬다. 논개는 그들을 지그시 응시하듯 바라보았다. 그리고 입을 열었다.

"이제, 할 말이 더 없는가? 그런저런 이유들 때문에 우리 정예병들의 군기가 이리도 해이해졌다니 참으로 실망이다. 이 나라 주인이며 백성으로서 당연한 일을 해 놓고, 더욱이 도적들은 아직도 내 땅, 내 집 안에 득시글대고 있는데, 벌써 무슨 공적이며 포상을 바란단 말인가? 더욱이 여러분들은 세상에 태어나서 이제사 처음으로 인간 본분을 다하고 있는 처지가 아닌가? 도대체 말이 되는 소리를 해야 되지 않는가? 도적이 내 땅을 짓밟고, 천금 억만금 같은 생명을 죽이고, 방화하고 약탈하고 있는 이때에 세상이 한번 뒤집어졌으면 좋겠다니, 무슨 말인가? 나라를 왜놈한테 떠안겨 주겠다는 것인가, 아니면 그야말로 반역이라도 하겠다는 것인가? 아무리 이 나라 주인 의식이 없고 생각이 없기로, 무슨 그런 망발을 한단 말인가?"

논개는 잠시 숨을 돌렸다.

"훈련받고 싶지 않고, 옛날의 거렁뱅이로 돌아가고 싶으면, 그렇게 해도 좋다. 그럴 사람은 지금 당장, 저 대문을 열고 나가라. 정신이 올곧게 박혀 있지 않는 사람은, 여기서 필요 없으니까."

나지막이 시작한 논개의 말이 점차 힘찬 고성으로 터져 나오자 뜰 안은 물을 끼얹은 듯 다시 조용해졌다. 아무도 대문을 나서는 사람은 없었다. 논개는 얼마간 더 버텨 선 채 그들을 응시하고 있었다. 여전히 누구도 움직일 기색을 보이지 않았다.

"좋다. 우리의 마음이 전과 다름없이 한뜻으로 뭉쳐져 있다는 것으로 믿겠다. 여러분들이 이번 싸움에서 보여 준 그 용맹성을 더욱 갈고닦아 도적 떼들을 이 나라에서 깡그리 몰아내고, 조선의 굳건한 초석이 되자! 오늘 정오부터 훈련을 시작한다. 이의 없나?"

"예!"

그들의 대답이 우렁찼다.

"훈련만이 아니다. 내일부터는 다시 돌을 줍는다. 진주의 모든 돌은 여러분들의 것이다. 이번 전쟁에서 여러분들이 주워 모은 그 돌이, 적을 격멸하는 데 가장 큰 역할을 했다. 이제 우리가 적의 머리를 향해 던졌던, 그래서 성을 구하게 만들었던 그 소중한 돌들을, 다시 주워서 성안으로 옮겨 놓을 것이다. 여러분들이 앞장서서 성벽 아래의 돌을 거두어 모으게 되면 백성들도 동참할 것이다. 우리는, 또다시 유비무환의 전쟁 대비를 하는 것이다."

"적을 죽인 그 돌들을, 다시 거두어서 사용한다는 것입니까? 피나 살점이 묻었을 텐데."

돼지코 대장이 논개를 바라보며 되물었다.

"그것이 어쨌다는 것이냐? 적을 찌른 창검이라 해서 그 창과 칼을 다시 사용하지 않더냐? 적을 죽인 화포라 해서 그것을 더 이상 사용하지 않더냐? 마찬가지다. 성호에 빠진 돌이사 건질 수 없지만 그 외에는 한 개도 빠짐없이 다 모아서 성안의 성벽 밑에 다시 쌓는다."

논개의 이 명령은 다음 날부터 곧 실시되었다.

다음 날은 쾌청했다. 세상 바닥의 처참한 몰골과는 달리 하늘은 청명하고 높았다. 햇살은 유리알처럼 투명했다. 성의 동문과 북문 아래에는 걸인들과 기녀들로 북적거렸다. 걸인 정예병들과 의기회 회원들이 주축이었으나, 일반 걸인들과 일반 기녀들 그리고 동기들도 있었다. 그들은 논개의 지휘 하에 아침 일찍부터 성문 밖에 뒹구는 돌을 주워 모아 성안으로 옮기는 작업을 하고 있었다. 남자들은 들것을 만들어 나르고 여자들은 함지에 주워 담아 머리에 이고 옮기기도 했다.

목사 대임인 서예원이 그 장소에 나타난 것은 한낮이 이울어서였다. 그의 앞으로 다가간 논개는 재빨리 말에서 내려 허리를 굽혀 예를 올린다.

"사또 어르신, 납셨사옵니까!"

서예원은 그대로 말에 탄 채로, 정중히 예를 올리는 훤칠한 미청년을 내려다본다.

"너는 누구냐? 네가 이 무리의 대장이냐?"

돼지코가 벙글거리며 나섰다.

"예, 그렇습니더! 우리 논개 대장님이십니더!"

서예원의 얼굴에 순간적으로 조소가 번졌다. 그리고 천천히 고개를 끄덕거렸다.

"오, 그래? 네가 그 유명한 기생 논개라는 계집이더냐? 듣던 대로 인물이 출중하구나. 그렇다면 여기 득시글거리는 이 무리들이 모두 걸인 놈들에 기생년들이로구나."

둘러서 있던 걸인들과 기녀들의 얼굴이 갑자기 찬물을 덮어쓴 듯 굳어졌다. 그가 말을 이었다.

"네년이 대장이라면, 지금 당장 쓸데없는 이 일을 중단시키거라."

논개가 예를 갖추느라 굽혔던 허리를 펴고는 붉게 달아오른 낯빛으로 그를 쳐다본다.

"무슨 말씀이신지 이해가 되지 않습니다. 이 중요한 노역이 왜 쓸데없는 일이란 말씀이신지요?"

"내가 그렇게 하라면 그렇게 할 것이지, 천한 것이 방자스럽게 나에게 따지는 것이냐? 왜놈들 악령이 붙은 피 묻은 돌들을 성안에 들여 무슨 이로움이 있겠느냐?"

둘러선 걸인들과 기녀들의 얼굴이 분노로 일그러지기 시작했다. 몇몇 정예병들은 손아귀에 움켜쥔 돌에 지그시 힘을 주기도 했다.

"어르신께서는 백성을 다스리시는 원님이십니다. 기생이고 걸인이고 모두 조선의 백성이옵고, 이번 전쟁에 모두들 목숨을 바쳐 백성의 본분을 다한 훌륭한 사람들입니다. 백성을 끌어안아 다스리셔야 할 사또께서 어찌 그리 험한 말씀으로 저희를 모욕하시는지요? 애국 충정이 깊은 이 어진 백성들을 천시하는 말씀은 거두어 주십시오."

논개는 달아오른 낯빛과는 달리 그를 똑바로 쳐다보면서 담담하게 말한다.

"아니, 이 당돌한 년이, 감히 누구에게 말대꾸질인고!"

식칼이 논개 앞을 막아서듯 서예원 앞으로 불쑥 나섰다.

"사또, 말씀 삼가시오. 부하 관졸들 앞에서 사또 어른께서 상스런 호칭을 쓰면, 당사자인 사또님의 체면이며 관졸님들의 기분이 어떠할지 짐작이 되지 않으십니까? 저희들 앞에서 우리 대장님을 모욕하지 마십시오. 부하들 기분이 떡이 됩니다. 이번 전투에서 우리 대장님만큼 잘 싸웠고 공적이 큰 분이 계시다면, 어디 한번 꼽아 보십시오. 격려와 칭찬은 못하실지언정, 이렇게 천대하시면 부하들이나 백성들이 사또 어른을 더 이상 어찌 도울 수 있겠습니까? 그리고 사또께서 좀 전에 돌멩이에 적의 피가 묻은 것은 적의 악령이 붙었다 하여 성안에 돌을 들이지 말라 하셨는데, 과연 그 말씀을 군사나 백성들이 어떻게 받아들일지 모르겠습니다요."

식칼이 잠시 말을 끊고 고개를 갸웃하면서 서예원을 쳐다보았다.

"적을 벤 칼에 적군의 피가 묻었다 해서, 그 칼에 악령이 붙었다며 내버리지는 않지 않습니까요? 다음에 기어이 보복해 올 왜놈들을 다시 깨부수기 위해 유비무환으로 돌을 모으는 것이고, 결국은 성을 지키고 사또님을 도와드리기 위한 충정에서 하는 일인데, 어찌 그만두라 하시는지 이해가 안 간다 이 말입니다요."

식칼 역시 조금도 흥분하지 않으면서 조리 있게 말을 했다.

둘러선 사람들이 모두 고개를 끄덕이며 서예원을 쳐다보았다.

"중단하라면 중단할 것이지, 천한 것들이 무슨 말이 이리도 많은고!"

서예원이 성가시다는 듯 쨍하게 고함을 쳤다.

논개가 앞을 막아선 식칼을 비켜나게 하고 서예원의 앞으로 두어 발자국 더 가까이 다가선다.

"사또께서, 왜 이 일을 중단케 하시는지 이제사 대충 알겠습니다. 그럼, 이렇게 해 보는 게 어떠신지요? 순찰사 김성일 어른께나 더 나아가 조정의 임금님께 이 일을 한번 여쭈어 보는 것이 어떻겠습니까요? 적을 죽인 무기를 악령이 붙었다고 다시 못 쓰게 하시는 사또의 생각이 옳은지, 오히려 그 무기로 다시 적을 물리침이 옳은지를 말입니다. 그뿐만 아니라, 사또께서 알아 두셔야 할 문제가 또 있습니다요. 이 돌들을 여기 성 밖에다 그대로 두면 왜놈들이 이걸 이용하게 됩니다. 아시겠습니까? 이 돌멩이에 아군이 맞아 죽게 된다는 말입니다. 그럼, 이것들을 죄다 성호에 빠트려 버리겠습니까? 그건 성의 방어에 요긴한 못을 메워 주는 꼴이니 그 또한 적을 돕는 것이지요. 그럼, 이 돌돌을 산이나 들로 옮겨 제자리에 갖다 뿌리거나, 아니면 커다란 구덩이를 파서 한꺼번에 묻어 버리겠습니까? 누가 그런 쓸데없는 노역을 몇 날 며칠씩 일삼아 하지요? 더 중요한 문제는, 이제 진주 부근의 산이나 들에 더는 돌멩이가 없다는 것입니다요. 더 이상 구할 수도 없는 소중한 무기란 말씀입니다. 사또께서 깊이 헤아려 보십시오! 어찌하시겠습니까? 저희가 우선 이 문제를 순찰사 어른께 고할까요? 지금 바로 모두들 손을 놓아 버릴까요? 아니면, 하던 일을 계속하는 게 옳을까요?"

말을 마친 논개가 서예원의 얼굴을 뚫어지게 쳐다보았다. 둘러선 무리 속에서 키들키들 웃음소리가 났다.

그는 이 일이 상부로 확대될 수도 있다는 예감에 당황스러움을 감추지 못했다. 황망함이 그대로 얼굴에 나타났다. 게다가 그는 아직 정식 임명도 받지 않은 대임일 뿐이었다. 그는 그냥 엉거주춤 말을 돌려 돌아갈 몸짓을 보였다.

"사또, 어찌하올까요?"

논개가 목덜미를 잡듯이 채근했다.

"이 문제는 좀 더 생각해 볼 일이다. 나한테 맡겨 두고, 하던 일이나 마저 끝내도록 해라."

"그러니까 사또 말씀은, 백성들이 솔선하여 챙기는 이 일이 긴요하고 마땅한 일이니 하던 대로 계속하라는 뜻이군요. 그렇게 하겠습니다. 하오나, 그냥 가시면 아니 되옵니다. 백성들을 격려해 주셔야지요! 오로지 애국 충정으로 온종일 끼니조차 거르고 일하는 이 선량한 백성들에게 턱없이 모욕 주신 말씀은 거두어 주시고, 또한 격려도 해 주셔야 더 신명나게 일하지 않겠습니까요?"

논개는 서예원의 얼굴에서 시선 한번 거두지 않고 여전히 뚫어져라 응시하며 또박또박 말한다.

그는 어이가 없다는 표정을 지었다. 실로 난감해하는 낯빛이었다.

"그럼 날더러 어쩌라는 말이냐?"

"지금 이 자리에서 저희를 모욕하신 험한 말씀을 거두어 주십시오."

"알았느니. 그래, 그대와 여러분들에게 미안했노라. 내가 잠시 잘못 생각했던 것 같구나. 앞으로도 나를 지금처럼 도와들 주게나. 그리고 내가 오늘 여러분들에게 점심을 겸한 저녁 끼니를 채우도록 해 줌세."

서예원은 그 말을 끝으로 말고삐를 거칠게 채면서 방향을 돌렸다. 수행 관졸들이 말없이 그의 뒤를 따랐다. 그러자 기녀들과 걸인들이 함성을 내지르려 했다. 두 팔을 치켜들고 팔짝팔짝 뛰려 했다. 논개가 손짓으로 그들을 제지했다. 어떤 소리도 행동도 하지 못하게 했다. 그러나 서예원 일행이 성벽 모퉁이를 돌아 시야에서 사라지자 그녀는 그들이 어떤 식으로 통쾌함을 풀어내든 내버려두었다. 걸인들은 함성을 내지르면서 땅을 짚고 벅수를 넘기도공중제비를 하다. 재주를 넘다. 했다. 흙바닥에 떼굴떼굴 구르면서 미친 듯 기성을 내지르는 청년 걸인들도 있었다. 식칼과 털북숭이가 웃음을 머금은 얼굴에 일면 걱정을 깔고 논개를 쳐다보았다.

"후환이, 없겠습니꺼?"

털북숭이가 조심스럽게 말했다.

"순찰사 어른에게 고하겠다는 말이, 정곡을 찔러 버린 것 같습니다!"

식칼도 씩 웃으며 한마디 했다.

논개는 식칼의 말에 고개를 끄덕였다.

퇴기 명월이 논개 가까이로 다가서면서 "좀 심했던 것 같다만 그래도 체증이 쑥 내려갈 만큼 속이 시원하다!" 말했다. 이어 그녀는 "후환이 없어야 할 텐데…." 하고 혼잣말처럼 중얼거렸다.

"염려 마십시오. 후환이 있을 이유가 없습니다. 자, 여러분. 다시 일 시작합시다. 대장들은 각자 소대를 정비하고 일을 채근한다. 알겠나?"

논개의 힘찬 호령 소리가 폭죽처럼 터졌다. 걸인 정예병들과 기녀들은 시종 벙글거리는 웃음을 멈추지 못하고 다시 돌을 옮기기 시작했다.

그날 어두워지기 전에 관아에서는 금방 가마솥에서 쪄낸 더운밥과 두어 가지 밑반찬을 우마차에 실어 북문 밖으로 보내왔다. 박을 말려서 만든 백여 개의 바가지가 칡줄에 꿰여 덜거덕거리고 나무 숟가락이 열 개 묶음으로 십여 죽이 함께 실려 왔다. 주먹밥에 익숙해진 걸인들은 바가지에 수북이 눌러 담아 주는 김이 모락모락 오르는 잡곡밥에다 찬이라고는 생된장 한 숟갈에 무장아찌 한 덩이가 전부였지만 아주 달게들 먹었다. 그러나 기녀들의 식성은 걸인들만큼 왕성하지는 않았다. 힘든 노동 뒤끝이긴 해도 발을 딛고 선 현장이 시체들이 핏물을 흩뿌리며 뒹굴었던 곳이고, 피와 살점이 들붙어 있기도 한 돌멩이를 온종일 안고 다녀서인지 젊은 기녀 몇몇은 먹다 말고 돌아앉아 토악질을 하는 경우도 있었다.

저녁밥을 먹는 동안 좌중의 화제는 온통 대임 목사 서예원의 인간됨에 관한 것이었다. 벼슬아치들, 풍류객들과 교제가 넓은 퇴기 명월은 그의 전력에 대해 아주 소상히 알고 있었다.

"가만있자, 그래 을유년乙酉年, 선조 18년이었으니까 벌써 7년 전이구만.

서예원이 회령會寧 보을하진甫乙下鎭 첨사로 정탐의 임무를 띠고 두만강을 건너서 오랑캐 땅에 들어갔는데 정탐은커녕 거느리고 간 민완 기병 80여 명을 모조리 잃고 혼자만 도망쳐서 돌아온 기라. 그 죄로 종성에서 옥살이를 하다가 작년에 김해 부사로 갔는데, 지난 4월 김해성 싸움 때 그가 얼마나 비겁하게 도망쳤는지는 너희들도 다 잘 알고 있을테니 두말할 필요도 없겠다만, 하필 그런 위인이 진주 목사가 되었으니 앞날이 적잖이 걱정인 기라."

"사또 어른이 김해성 싸움에서 어떻게 도망쳤는데요?"

두세 명의 젊은 기녀들이 눈동자를 반짝이며 궁금증을 드러냈다.

"하기사, 너희들이 다 알 수는 없겠지. 지난 4월에 난리가 터진 지 며칠 안 되어 김해성 싸움이 있었는데, 왜놈들이 성을 이중으로 포위해서 공격해 왔던 기라. 김해성이 우리 진주성처럼 성벽이 높고 성호도 깊어서 함락하기 쉬운 곳도 아니었지만, 처음에는 그래도 서예원 부사와 초계 군수 이유검이 적을 막아 내려고 애를 썼는데, 적들이 주변의 보리밭에서 다 자라 누렇게 넘실대는 보리를 전부 베어다 성호를 메워 버렸던 기라. 못을 메우는 데서 그치지 않고 민가의 볏짚까지 죄다 털어서 성벽 높이보다 더 높게 누대 언덕을 쌓았던 기라. 그 누대를 통해 적들이 성안으로 뛰어드니 성중의 군사들이 얼마나 놀랐을지는 가히 짐작이 될 거야. 그만 군사들의 사기가 땅에 뚝 떨어져 버린 기라."

"세상에…."

몇몇 기녀들이 혀를 차며 안타까워했다. 전쟁을 겪어 본 그녀들은 마치 성벽을 넘어선 적병들이 자기 앞에 마주 서 있기라도 한 것처럼 움칫 놀라며 진저리를 쳤다.

"그러니 사태가 심상치 않은 것을 깨달은 이유검은 새벽닭이 울 때쯤 야경꾼을 사칭해 성문의 한 모퉁이로 도망쳐 버렸다는 거야. 서예원 부사는 뒤늦게사 이 사실을 알고 펄쩍 뛰면서 비겁한 이유검을 당장 잡아오겠다며 허겁지겁 성을 빠져나와 뒤따라 도망쳐 버렸다는 거지. 수장들이 도망쳐 버리고 없는데 성을 지키는 병졸들이 자기들만 죽임을 당하려 하겠어? 하나둘씩 모두 다 도망쳐 버리고, 결국 왜놈들은 아주 쉽게 김해성을 함락해 버린 것이지."

"세상에, 수장들이 그렇게 비겁할 수가 있단 말입니까요?"

기녀들은 벌린 입을 다물지 못했다.

"그래서요? 이후에 어찌됐습니까요? 그렇게 도망쳐 버린 서예원 부사가 진주 목사로 왔다는 것입니까요?"

"아니제. 서 부사는 그렇게 백성과 성을 버린 죄로 파직되어 백의종군하게 되었제. 김면 의병장을 따라다니면서 지례 전투에서 왜적을 물리치는 데 힘을 보태고, 이번 진주 전투에서도 김시민 장군을 도와 또 싸운 것이제. 그래서 이번에 순찰사 김성일 어른의 발탁으로 임시긴 하지만 진주 목사가 된 것이제. 그런데…."

명월은 더 할 말이 있는 듯 개운치 않은 표정으로 뒷말을 흐렸다. 모두들 명월의 얼굴에서 시선을 떼지 않았다.

"내가 듣기로는, 형님 되는 분의 큰 덕을 보고 있다 하더라고. 형님이신 인 자, 원 자 어른이 워낙 명사인지라, 그간 이런저런 죄가 큰데도, 그분 덕으로 그래도 계속 요지를 지키는 장수가 되었다는 말도 있더라구."

명월은 남의 숨기고 싶은 비밀을 들춘 사람처럼 약간은 면구스런 낯빛이 되었다. 이어 서 목사의 형님 이야기는 아무에게나 떠벌릴 성질의 것이 아니니 다들 입조심하라는 주의를 주기도 했다.

"백성을 책임질 줄 모르는 사람, 거기다 비겁하기 그지없는 사람이 진주 목사가 되었으니, 장차 진주는 어찌되지요?"

매향梅香이 수심 가득한 얼굴로 명월을 쳐다보았다.

"김시민 어른 같은 장수는 조선 천지에 둘도 없을 것이니, 그만한 인물을 다시 기대하기는 어렵겠지만, 참말로 걱정일세."

명월이 매향의 말에 고개를 끄덕여 동감을 표시했다.

"참말로 어처구니가 없는 사람 같아요. 돌에 적병의 악령이 붙었다고 성안에 들여놓지 못하게 하는 것 좀 보아요. 전투 중에 대장의 판단이 그런 식으로 잘못되어 터무니없는 명령을 해 대면 어쩌지요?"

평소에 말이 많지 않은 반지가 명월과 매향을 번갈아 바라보며 말했다.

그때 초희의 앳된 음성이 또르르 구르듯 터졌다.

"우리 논개 성님과 노어머님이 계신데 무슨 걱정들을 하십니꺼예! 논개 성님이 사또님께 못 그러시게 하면 된다 아입니꺼?"

초희의 말에 열두세 명의 어린 기녀들은 하나같이 눈빛을 반짝이며 고개를 끄덕거렸다. 어른 기녀들이 웃음을 머금었다.

"그래. 너희들은 논개 대장만 믿고, 아무 걱정 말고 활쏘기와 돌팔매질 연습이나 착실히 하거라."

명월이 동기들을 애잔스런 눈빛으로 바라보며 말했다. 아직 전쟁이 뭔지 인생이 뭔지 제대로 알지 못하는 어린 새싹들이 어른들의 쌈질에 고삐가 걸려 두려움에 떨고 다치는 것이 안쓰러웠기 때문이다.

성 밖의 돌들을 성 안쪽 성벽 밑으로 옮기는 작업은 알차게 나흘 동안 진행되고서야 끝이 났다. 이로써 전쟁 후의 처참했던 모습은 겉으로는 대강 수습이 되었다. 적군의 시체 처리와, 아군 전사자들의 시신 수습과 부상자들의 간병과, 여기저기 버려져 있던 무기와 불타 버린 건물 잔해를 치우는 일과, 돌멩이를 다시 모으는 일까지 걸인들과 기녀들은 모두 내 일처럼 열심히 했다.

성안의 저잣거리와 성 밖 장터목께도 어지간히 정리가 되었고, 변두리 산골이나 지리산 속으로 피란을 갔던 사람들도 대부분 돌아와 삶의 터전을 복구하느라 여념이 없었다. 방화된 집들은 대개 지붕은 불타 버리고 흙벽만 시커멓게 그을어 뼈대처럼 서 있었는데, 지붕을 새로 만들어 얹는 작업들이 곳곳에서 진행 중이었고, 논밭에서도 미처 수확하지 못해 쓰러진 곡물들을 거두느라 모두 눈코 뜰 새가 없었다. 싸움이 있기 전인 9월에 대부분 추수가 마무리되었지만, 난리통에 수확 때를 놓친 벼들이 논바닥에 드러누웠거나 벼알에서 움이 솟은 경우도 있었던 것이다.

*

그믐을 사흘 앞둔 시월 스무이렛날이었다.

정오쯤 곡식 가마니를 가득 실은 소달구지 한 대가 옥봉동 언덕 위 기와집 대문 앞에 닿았다. 설매 때부터 기와집 농토에 농사를 짓고 있던 소작인이 추수한 곡식을 소달구지에 실어 왔다. 예년 같으면 벌써 왔을 것인데, 전쟁통에 한 달 가까이나 늦어졌던 것이다. 논개는 소작인을 사랑채 마루로 인도했다. 농토가 있는 지역은 왜적의 침략이 없었던 곳이지만, 소작인은 대문 안으로 들어서면서부터 전쟁 때문에 마음이 어수선해서 농사에 소홀했더니 수확량이 작년의 절반밖에 소출되지 않았다는 소리부터 했다. 논개는 내심 그가 고약한 사람이라 생각한다. 왜냐하면, 쌀가마니를 찔러 꺼내 본 쌀알이 알차게 여물어 농사가 잘못된 것이 아님을 알 수 있었기 때문이다. 논개는 장부책부터 펼쳤다. 매년 농사가 부실하다 해도 설매가 살아 있을 때는 소달구지 여섯 대 분량은 꼭 실어 왔었고, 그녀가 사망한 작년에도 그 양을 지켰었는데, 이날은 농사를 망쳤다는 말부터 늘어놓으면서 달랑 달구지 한 대분만 가져왔기 때문이다. 한번 잘못 길이 들면 앞으로도 계속 그 버릇을 못 버릴 것이기에 차제에 분명히 짚고 넘어가야 할 필요도 있었다.

"언년이 아버지. 소달구지를 못 구했던 모양이지요? 나머지 다섯 달구지는 내일 실어 올 겁니까?"

소작인의 얼굴이 당황스러움으로 벌게졌다.

"그, 그런 기 아이고, 수확이 여엉 좋지가 않아서…. 올해는 비도 마이 퍼붓고 해서…."

"설마, 그래서 오늘 가져온 저 한 대분뿐이라는 말을 하시자는 것은 아니겠지요? 전쟁 중이라 해도 그곳은 피해가 없었고, 또한 쌀알이 굵고 잘 여문 것을 보니까 오히려 올해는 풍년이었겠는데요. 아무 말씀 마시고 정해진 대로 마저 가져오도록 하세요. 잡곡밥이긴 해도, 내가 매일 백 명분의 밥을 쪄낸다는 것을 아실 것입니다."

소작인은 대답을 하지 않았다. 햇볕에 타서 검게 그을린 얼굴에 뭔가 할 말이 있는 듯 머뭇거림을 보였다.

논개는 그런 소작인을 가만히 바라보면서 말을 앞질렀다.

"언년이 아버지. 생전에 설매 어머니가 무슨 약조를 하셨다든가 하는 말은 하지 마십시오. 어머니의 친필이 적힌 증서 없이는, 살아 있는 사람들의 어떤 말도 나는 인정하지 않으니까요."

정곡을 찔렀던 것일까. 소작인의 얼굴이 시뻘겋게 달아올랐다. 논개는 뇌리를 스치는 직감대로 앞질러 보았던 것이지만, 순식간에 변하는 그의 얼굴색을 바라보면서 소리 죽인 한숨을 뱉는다.

"사실은, 안방 아짐씨가 생전에 말씸하시기를, 농사 잘 지으모 땅을 좀 떼 준다 캤고, 그라고 앞으로는 한두 달구지 정도만 갖다조도 된다꼬…."

"말도 안 되는 소리 하지 말아요. 도대체, 사람이 왜 그래요? 곡식 팔아서 살림 운영하시던 어머니가, 곡식을 한두 달구지만 보내라고 했다니, 거짓말을 해도 좀 그럴듯하게 해야지요. 그리고 정작 작년에는 아무 말도 없다가 지금 와서 그런 얘기가 가당키나 하답니까? 언년이 아버지, 천 마디 말은 소용없어요. 어디, 그렇다면 우리 어머니 친필 증서라도 내놔 봐요."

"그거사, 말씀만으로…."

"언년이 아버지, 더 긴말할 필요 없어요. 설매 어머니 돌아가시기 전의 종전 약속대로 우마차 가득 다섯 달구지 더 실어오든지, 아니면 소작에서 손 떼세요. 다른 사람을 찾을 테니까."

"그, 그거사, 말도 안 되는 소리제…."

"왜, 말이 안 되지요? 지주가 누군데요? 소작인이 당치도 않은 말을 하는데 어떤 지주가 그 사람에게 땅을 맡기겠어요? 이제, 언년이 아버지는 내 땅에서 손을 떼십시오."

논개는 치맛귀에 찬바람이 쌩 일어나도록 앉은 자리를 발로 차듯 몸을 일으켜 버린다.

소작인이 황급히 뒤따라 일어나면서 더듬거렸다.

"기, 기냥, 작, 작년맨키로 하, 하믄 되제. 무신, 그 말을 갖고설랑 그래쌰?"

논개는 몸을 홱 돌려 소작인을 쏘아본다.

"언년이 아버지, 그러시는 거 아니요! 생각을 바로 하고 살아야 이 난중에 목숨 부지하고 살아요. 생각해 보시오. 다른 지주들보다 그나마 적게 받고 있는 곡물을, 달구지 한 대로 입 싹 씻겠다 이 말 아니요? 이번 전쟁만 아니었으면 나는 언년이 아버지한테 땅세를 더 올려서 곡식을 남들처럼 받으려고 했던 것이오. 내일 당장, 종전대로 나머지를 가져오세요. 그리고 오늘 싣고 온 것은 안채 봉당에 부려 놓으세요. 나머지를 마저 가져오면 함께 바람을 쐬어서 고방에 넣을 테니까."

소작인은 민망스런 낯빛으로 차라리 고맙다는 듯 고개를 연신 굽실거리면서 곡식 가마니를 안채 봉당으로 옮기기 시작했다. 논개는 집안에 남아 있는 몇 명의 걸인들에게 소작인을 도와 곡물을 함께 나르도록 했다. 소작인의 얼굴은 시종 검붉어 있고 떫은 감을 씹은 듯한 민망스런 낯빛을 지우지 못했다.

논개는 베 한 필을 꺼내어 그에게 안겨 주고 한마디 덧붙였다.

"언년이 아버지. 전쟁으로 직접적인 피해는 없었다 해도 어쨌거나 마음 죄어 가며 농사짓느라고 애쓰셨어요."

"하이구, 이거…."

소작인은 전 주인 설매에게서 받아 보지 못한 논개의 마음씀씀이에 황송해하며, 고마움도 고마움이지만 그보다도 당차고 빈틈없는 그녀에게 경우와 처신을 조심히 해야겠다고 생각한다. 그리고 스스로 생각해도 가당찮은 자신의 요구에 낯이 뜨거워짐을 어찌하지 못한다. 그는 다음 날 나머지 다섯 대분의 곡식을 기와집으로 서둘러 실어 날랐다.

12
꽃잎은 떨어져도

꽃잎은 떨어져도

격전의 진주성 대첩 이후에도 조선과 왜군 간의 전쟁은 곳곳에서 쉼 없이 계속되었다. 관군의 무능으로 국토가 왜적에게 하릴없이 짓밟히고 무고한 생명들이 비참하게 죽어 가던 초기와는 달리, 의병과 의승군의 활약으로 여기저기서 왜군을 격파했다는 승전의 소식이 심심찮게 들려왔다. 이에 힘을 얻은 관군도 정기룡이 상주에서 승리를 거두는 등 점차 기세를 올리고 있었다.

그런가 하면 명나라 심유경과 왜장 고니시 간에 진행되던 강화 협상은 잠정 휴전의 성과도 있었지만 시간만 끌다가 결렬되고 말았고, 명나라는 화전和戰 양론 끝에 결국 조선에 다시 지원군을 파병키로 결정했다. 지난 7월에 조승훈의 3천 기병이 평양성 전투에서 왜군에 패퇴했던 명으로서는 이대로 물러서면 대국의 체면이 말이 아니었고, 혹여 조선을 왜국에 내주게 되는 날에는 전화戰火가 드디어 자국에까지 미칠까 염려했던 것이다.

이에 명의 병부시랑兵部侍郞 송응창宋應昌이 조선 파병 명군의 총지휘관인 경략經略을 맡고, 국내의 반란을 평정한 이여송李如松이 동정제독東征提督이 되어 부총병 양원楊元을 좌협대장左協大將, 자신의 아우인 부총병 이여백李如栢을 중협대장中協大將, 부총병 장세작張世爵을 우협대장右協大將으로 삼아 4만 3천의 군사를 거느리고 임진년 12월 25일 압록

강을 건너왔다.

명나라에서는 왜의 관백 도요토미豊臣秀吉나 중 겐소玄蘇를 잡거나 베는 자에게는 각각 은 1만 냥을 내리고 벼슬을 대대로 세습케 하고, 고니시, 우키다宇喜多秀家, 소오宗義智 등의 적장을 잡거나 베는 자에게도 은 5천 냥에 벼슬을 세습케 하겠다는 현상금을 내세워 파병군의 전의를 적극 독려했다. 그뿐만 아니라 1차 원병의 패장 조승훈도 부총병으로 참전하여 전죄를 씻으려는 결사의 투지를 보이는 등 명군의 승전 의지는 자못 결연하고 치열했다. 또한 대장군포大將軍砲, 불랑포佛狼砲, 멸로포滅虜砲, 호준포虎蹲砲 등 각종 화포에 대한 믿음으로 명군은 자신감에 가득 차 있었다. 이들은 이듬해인 계사년癸巳年 1월 초에 왜군이 점거하고 있는 평양성 부근에 이르렀다.

이때, 조선에서는 도원수都元帥 김명원金命元, 순변사 이일, 우방어사 김응서金應瑞, 좌방어사 정희현鄭希玄이 이끄는 관군 8천여 명과 승장僧將 휴정休靜, 유정惟政 휘하의 의승군 2천여 명이 명나라 원병과 합세했다. 이로써 평양성 탈환을 위해 집결한 조명 연합군의 총 병력은 5만 3천에 이르렀다.

한편, 조선 수군에게 해로를 봉쇄당하고 의병과 의승군의 활약으로 육상 보급에도 애로가 많아 후방의 지원이 끊긴 고니시의 1만 5천여 왜군은 평양성에 고립되어 있었다. 이제껏 군사의 수적 우위와 조총이라는 신무기를 앞세워 쉽게 연전연승했던 왜군은 한겨울 맹추위와 병력의 열세를 안고 싸워야 하는 불리한 입장에 놓이게 되었다. 무엇보다도 그동안 뜸을 들이고 있던 명나라가 대규모의 원병을 파견하여 적극 개입하게 된 것은 왜군에게는 전쟁의 국면이 뒤바뀌는 크나큰 위협이었다. 그래도 적이 점거하고 있던 평양성은 동남으로 대동강大同江이 감싸고 서쪽으로는 보통강普通江이 막고 있으며, 외성外城, 중성中城, 내성內城, 북성北城의 견고한 방어 구조를 갖추고 있어 수비에는 유리하나 공략하기에는 쉽지 않은 요새였다.

계사년 1월 6일 새벽, 조명 연합군은 제독 이여송의 지휘 하에 각기 구역을 맡아 평양성을 포위했다. 왜군은 북성에서부터 중성의 북문인 보통문普通門에 이르기까지 성곽 위에 늘어서서 앞에 방패를 세우고 함성을 지르며 검을 휘둘러 위세를 보이는 한편, 북성의 고지인 모란봉牡丹峯에 1천여 명의 조총 부대를 배치하여 응전해 왔다. 이여송이 군사를 시켜 성을 공격하다 적의 총격에 못 이겨 퇴각하는 척하자 왜군이 성 밖으로 쫓아 나왔는데, 명나라 군대가 되돌아서서 반격을 가하니 왜군이 대패하여 성안으로 물러갔다. 이날 밤 3천의 왜군이 명군의 진영을 급습하였다가 패퇴하기도 했다.

7일에는 명나라 3군영이 보통문 앞에 총집결하여 성을 공격하였다. 명군이 짐짓 물러나자 왜군이 성문을 열고 추격해 왔으나 명군의 반격으로 이날도 다시 패하여 성안으로 도망갔다. 전날에 이어 이날 밤에도 왜적 8백여 명이 명군의 진영을 습격했다가 패하여 물러갔다.

이틀간 치고 빠지고 다시 반격을 가하며 왜군의 기세를 가늠해 본 이여송은 1월 8일 드디어 총공격 명령을 내렸다. 조명 연합군은 군사를 셋으로 나누어 일대는 내성의 북문인 칠성문七星門을, 다른 일대는 중성의 북문인 보통문을, 나머지 일대는 중성의 남문인 함구문含毬門을 공격하였다. 명군의 주력은 성의 서북쪽을 맡고, 조선군은 명군과 합세하여 성의 남쪽을 공략했던 것이다. 이여송이 친병 2백여 기를 거느리고 말을 달려 여러 진영을 오가며 전투를 독려하는 가운데 아군이 일제히 온갖 대포와 불화살을 성안으로 쏘아 대니, 그 소리가 천지를 진동하고 폭발과 화재로 인한 연기가 피어올라 대낮인데도 사방이 캄캄했다. 성안 곳곳은 수목과 건물이 깨지고 불타올라 아비규환이었다. 이때 이여송이 "먼저 성에 오르는 자에게는 은 5천 냥을 상으로 주겠다." 외치니 명군의 참장參將 낙상지駱尙志가 긴 창을 휘둘러 적의 방

해를 뚫고 성벽을 타고 올라 적기를 뽑아 버리고 명나라 군대의 깃발을 꽂았다. 승기를 잡은 명군은 대포를 쏘아 문루에 웅거한 왜군을 격파하고 성문을 부수고 평양성 안으로 밀고 들어갔다. 적들이 위축되어 달아나 여러 건물로 숨어들자 명나라 군사들이 불을 질러 태워 죽이니 성안에 왜군의 비명과 살 타는 냄새가 진동했다. 불에 타 죽은 적이 1만이 넘어 그 냄새가 십여 리까지 풍길 정도였다. 모란봉, 칠성문, 보통문, 함구문을 중심으로 목 베인 적군만도 1천이 넘었다. 특히 모란봉에서는 의승군이 주력 부대로 왜군과 혈전을 벌였다. 빼앗은 말도 거의 3천 필에 달했으며, 적군에게 붙잡힌 조선 사람 1천여 명도 생환시켰다.

하지만 왜적의 저항도 만만치 않았다. 중성을 내주고 내성마저 뚫린 왜군은 살아남은 자들을 끌어모아 내성과 북성의 고지에 파 놓은 토굴로 들어가 조선인 포로들을 방패막이로 전면에 내세우고 결사 항전했다. 그러나 명군은 토굴을 향해 일시에 독화전毒火箭과 신기전神機箭을 쏘며 공격했고, 왜적들은 독한 연기에 구토를 하거나 눈을 제대로 뜨지 못하고 비틀거렸다. 하지만 혼미한 중에도 토굴에 뚫어 놓은 구멍으로 조총을 쏘아 대면서 끝까지 격렬하게 반격해 왔다. 명군의 사상자가 늘어나고 자신이 탄 말도 탄환을 맞자 이여송은 장수들의 청을 받아들여 공격을 중지하고 군사를 물려 휴식을 취하게 하는 한편, 왜장 고니시에게 사람을 보내 살길을 열어 줄 터이니 군사를 이끌고 물러가라 회유했다. 이미 전력에 막대한 타격을 입은 데다 군량과 무기도 바닥난 상태라 적장 고니시는 결국 퇴각을 결심하고 이여송에게 퇴로를 막지 말아 달라는 요청을 해 왔다. 그는 이것을 허락하고 조선군에게도 밀명을 내려 적의 퇴로를 열어 주게 했다. 적은 다음 날 새벽 얼어붙은 대동강을 건너 퇴각하기 시작했다.

그때 도체찰사都體察使 유성룡의 은밀한 지시를 미리 받은 황해도 방어사黃海道防禦使 이시언李時言은 군사가 적어 감히 접전하지는 못하고 단지 굶주리고 병든 적의 낙오병 60급만을 베었고, 황주黃州 판관 정엽鄭曄도 퇴각하는 적의 뒤를 쫓아 90여 급을 베었다. 그런데 순변사 이일은 제독의 밀령에 따라 복병을 철수하여 적의 퇴로를 열어 주었다. 방어사 김응서가 격분하여 팔을 걷어붙이며 반대했지만 소용이 없었다. 하지만 정작 적이 퇴각하고 나자 이여송은 이를 문제 삼아 적의 퇴로를 차단하지 못한 이일은 장수의 재목이 되지 못한다 하며 그 직을 이빈李蘋으로 교체할 것을 요청해 왔다. 이에 조정에서는 그 내막을 알고도 그의 청을 받아들여 이빈을 새로이 순변사로 삼고 군사 3천을 주어 이여송을 따르게 했다.

한편 평양성에서 퇴각한 고니시는 개성開城을 거쳐 다시 한성으로 철퇴하고 말았다. 이미 후방 보급이 끊긴 데다 명군의 개입과 평양성에서의 참패로 전세의 불리함을 깨달은 왜군은 북도北道의 전 병력을 철수시켜 한양으로 집결하여 반격할 것을 도모했다. 평양성에서 대승을 거둔 이여송은 한껏 고무되어 기세를 몰아 남진을 계획했다. 그는 먼저 유성룡을 보내 군대가 지나갈 요소마다 군량과 마초를 마련케 하고, 중협대장 이여백을 선봉으로 삼아 개성으로 출동케 했다. 그 자신은 평양성에서 며칠 머물며 군사를 재정비한 다음 곧바로 개성으로 내달렸다. 당시 개성을 점거하고 있던 왜장 고바야카와小早川隆景는 처음에는 사수할 것을 결심했으나 수차에 걸친 우키다宇喜多秀家의 철수 요청으로 그 역시 한양으로 퇴각하고 말았다. 이여백의 선봉 부대는 적을 추격하여 30여 급을 베고 1월 20일 손쉽게 개성을 수복했다. 뒤이어 이여송도 며칠 후 당당하게 개성으로 입성했다. 이로써 조선은 적의 수중에 넘어갔던 평안도와 황해도를 완전히 수복하고 개성을 비롯한 경기도 일부도 되찾게 되었다.

왜군이 대결하지도 않고 계속 퇴각하자 적을 만만히 본 이여송은 치밀한 준비와 계획 없이 곧장 적을 뒤따라 임진강臨津江을 건너 한성으로 향했다. 여러 장수들이 "적들은 피로에 지쳐 있고 우리는 승세를 타고 있으니 일거에 한성으로 치고 들어가야 합니다." 하며 바로 진격하기를 청한 데다, 한시바삐 한성을 수복하기를 염원하는 유성룡의 재촉도 승리감에 도취된 이여송의 오판을 부채질했다. 부총병 사대수查大受를 선봉으로 출동시킨 그는 본진을 뒤따르게 한 채 홀로 친병인 기병 1천만 거느리고 앞서 나갔다.

한편 한성에 집결하여 반격을 노리던 왜군은 명군의 기세에 눌려 전세가 불리하다 여기고 누구 하나 나서서 싸우겠다는 장수가 없었다. 다만 개성에서 싸워 보지도 않고 퇴각한 것을 몹시 분해하던 고바야카와만이 "승리에 도취된 명군이 우리를 가벼이 여기고 함부로 덤벼들 테니 저들이 예상치 못한 때에 기습을 하면 반드시 이길 수 있소." 하며 결전의 의지를 불태웠다. 이에 왜군은 한성에서 접전하기보다 명군의 진로에 매복하여 허를 찌르기로 결정하고, 고바야카와를 선봉으로 하여 한성 서북쪽 40리 지점인 벽제관碧蹄館 남쪽 여석령礪石嶺 뒤에 대군을 매복시키고 단지 수백 명만 고개를 지키게 하여 약세를 보이며 명군이 나타나기를 기다렸다.

1월 27일 명의 부총병 사대수와 경기도 방어사京畿道防禦使 고언백高彦伯이 이끄는 선봉 부대가 여석령에서 적병 수백을 베었으나 적의 병력이 상당함을 보고 벽제역까지 후퇴했다. 남으로 진군 중에 이 소식을 들은 이여송은 서둘러 말을 몰았다. 도중에 말에서 떨어져 얼굴을 약간 다쳤으나 그는 지체 없이 벽제역에 이르렀다. 하지만 명군은 사대수의 선봉군과 제독의 친병을 합하여도 채 2천이 되지 않았고, 화포를 거느린 주력 부대는 아직 도착하지 않은 상태였다. 길이 험한 데다 얼었던 땅이 녹아 발목이 쑥쑥 빠지니 말들도 제대로 달리지 못했다. 명군의 이런 사정을 간파한 왜의 대군이 매복을 풀고 군사를 나누어 일시에 돌격해 오자 이여송은 제대로 힘 한번 써 보지도 못하고 당하고 말았다. 수만의 왜군이 조총을 쏘며 포위하자 화포도 없이 소수의 기병만으로 대적할 수 없었던 것이다. 그는 수백의 군사를 잃고 휘하 장수의 희생으로 간신히 목숨만 건져 탈출했다. 적이 추격해 왔으나 곧 명의 주력 부대가 당도하여 화포를 쏘아 대자 왜군은 혜음령惠陰嶺을 넘지 못하고 겁을 먹고 물러갔다. 하지만 그간의 승전으로 기세등등하던 명군은 벽제관의 패전으로 전의가 완전히 꺾여 버렸다. 조선군은 이여송의 무모함을 염려한 도원수 김명원이 명의 본진과 함께 행동하여 격전을 치르지는 않았기에 큰 인명 손실은 면할 수 있었다.

벽제관에서 죽을 고비를 넘긴 이여송은 장수의 면모는 온데간데없이 풀이 죽은 채 파주坡州로 돌아가서는 다시 임진강을 건너서 동파역東坡驛까지 후퇴하려 했다. 그때 유성룡이 그에게 '파주에서 얼마간 적정을 파악한 후에 재차 진격할 것'을 간곡히 청했다. 그러자 피로에 찌든 얼굴의 이여송이 명나라 황제에게 올리는 주청문奏請文 초안을 꺼내 보였는데, 거기에는 '이십만이 넘는 적군이 아직 왕성하여 중과부적이고 또한 신臣의 병이 심하니 다른 사람으로 하여금 신의 임무를 대신하게 해 달라'는 구절이 있었다. 한마디로 더 이상 싸울 뜻이 없었던 것이다. 그러자 바로 옆에 섰던 우협대장 장세작이 그에게 강력한 어조로 거듭 퇴진할 것을 청했고, 이에 순변사 이빈이 앞으로 나서 이를 극력 반대했다. 명군이 여기서 물러나게 되면 왜적이 다시 기세를 올릴 것이고 한성 수복은 그만큼 요원해질 것이기 때문이었다. 장세작은 후퇴를 반대하는 이빈에게 발길질을 하며 욕을 퍼붓기까지 했다. 어차피 명군에게 이 전쟁은 남의 나라 일이었고, 왜군을 임진강 이남의 한성으로 물리친 터라 전화가 요동에까지 미칠 우려는 이미 해소되었기에 목숨을 걸고 싸울 필요도 없었던 것이다. 이리하여 결국 이날 이여송과 그의 3협대장 이하 모든 군사들은 임진강을 건너서 동파역으로 퇴각하고 말았다.

그런데 다음 날, 이여송은 군량과 마초가 제때 준비되지 않아 말이 많이 죽고 상했다며 또다시 개성으로 후퇴하려 했다. 전쟁으로 피폐해진 상황이라 조달이 원활하지 않은지라 그른 말은 아니었다. 하지만 도체찰사 유성룡이 그에게 "대군이 후퇴하면 적의 기세는 더욱 교만해져서 임진강 이북을 보존하기 어려우니 얼마간 더 적정을 살피다가 군사를 움직여 주시오." 하고 간절히 청했다. 그는 그렇게 할 것이라 선선히 대답했고, 이에 유성룡은 안심하고 돌아섰다. 그러나 유성룡이 물러나자마자 그는 "부총병 사대수의 군사만 뒤에 남아 유성룡과 함께 임진강을 지키라." 하고는 말안장에 성큼 올라앉더니 말 머리를 개성 쪽으로 돌려 길을 재촉했고, 명의 모든 군사들도 그의 뒤를 따랐다. 이 사실을 알게 된 유성룡이 당황하여 다급히 말을 달려 뒤쫓아가 재차 요청하였으나, 이여송은 "찬비 그치고 하늘이 맑아지면 땅이 굳어질 것이니 그때 진병하여 적을 격파할 것이오." 하고는 뒤도 안 돌아보고 떠나 버렸다. 결국 그는 평양성과 개성을 수복한 이후 승리감에 취해 적을 얕보다가 벽제관 전투에서 참패를 당했으며, 그 싸움 이후에는 적을 지나치게 과대평가하여 스스로 몸을 사리며 크게 위축되고 말았던 것이다.

이런 이여송을 두고 조선의 장수들은, 싸움에서 이기고 지는 것은 병가兵家의 상사常事이거늘 한 번 패했다 하여 진격을 포기한 걸 보니 결코 훌륭한 장수의 그릇은 아니라며 수군거렸다. 그러나 그가 같은 핏줄이어서인지* 아니면 조선의 운명이 그의 손에 달려 있어서인지 그를 극단적으로 나쁘게 말하는 이들은 그리 많지 않았다.

처음 그가 4만여 군사를 거느리고 압록강을 건너왔을 때 조선의 군사와 백성들은 입을 모아 그를 천신天神으로 떠받들며 그가 왜적을 조

---

* 이여송은, 조선 출신으로 명나라로 귀화한 이영(李英)의 후손이다.

선 팔도에서 깡그리 몰아낼 것으로 기대했었고, 실제 그가 혼신을 다해 전투에 임하여 평양성을 수복했을 때는 감동의 눈물을 흘리는 백성들도 많았었다. 그런데 벽제관에서의 단 한 번의 패전으로 한성 수복을 포기하고 개성으로 후퇴한 그는 그곳에서도 오래 머물지 못하고 또다시 평양으로 퇴진하고 말았다. 함경도에 있는 가토加藤清正의 군사들이 평양을 기습한다는 떠도는 말을 들었기 때문이다. 그는 부총병 왕필적王必迪을 개성에 머무르게 하고 조선의 여러 장수들에게도 임진강 이북에 포진할 것을 명령한 다음 평양을 구한다는 명목을 내세워 아예 후방으로 물러났던 것이다. 그러나 실제 함경도 방면으로 침입했던 적장 가토는, 평양성에서 고니시의 부대가 명나라 원군에 패하여 한성으로 퇴각했다는 소식을 접하고는, 자신들의 퇴로가 차단될 것을 염려하여 오히려 군사를 이끌고 서둘러 한성으로 퇴진했다. 이후 명나라는 한편으로는 한성 수복을 꾀하면서, 또 한편으로는 전면적인 싸움보다는 조선을 배제한 채 왜군과 다시 협상을 하는 쪽으로 분위기가 흐르고 말았다.

*

겨울이 지나고 새봄이 움트기 시작했다. 전쟁의 와중에도 어김없이 찾아온 따스한 봄 햇살은 만물에 생기를 불어넣고 사람들의 마음에도 새 기운을 솟게 했다. 난리통에 가장을 잃거나 집이 불타거나 살림을 약탈당한 백성들의 황량하고 절망적인 가슴에도 어쩔 수 없이 봄기운은 스며드는 듯, 미망인들이 뜨락이나 들판에서 먼 산을 바라보며 넋을 놓고 서 있기도 했다. 흙벽을 다시 쌓거나 밭을 갈아 파종할 준비를 하는 사람들이 있는가 하면, 숫제 옆구리에 바가지 하나만 달랑 차고 문전걸식으로 연명하는 백성들이 유달리 많이 눈에 띄기도 했다. 날씨가 따뜻해지니 밖으로 거동하기 쉬워져서 그렇기도 하겠지만 특히 기와집 앞에는 새로 생긴 전쟁 걸인들로 언제나 북적거렸다. 논개는 그들에게도 돌을 주워 오거나 훈련을 받는 경우에만 주먹밥을 주었을 뿐 무엇이든 일하지 않는 자에게는 밥을 주지 않았다. 그러나 전쟁으로 불구가 되었거나 병이 든 노약자들은 사랑채에 머물게 하며 미음을 쑤어 주기도 했다.

"논개야, 가난은 나랏님도 몬 구한다는 소리 몬 들었나? 니, 우짤라꼬 전쟁 걸배이하고 병자들꺼정 다 끌어들이노? 고방에 곡식이 올매나 축이 났는지, 니 아나 모리나?"

섭냄이가 사랑채에 드러누운 병자들에게 죽을 쑤어 나누어 주고 안채로 들어서면서, 뜨락에 서 있는 논개를 바라보고 걱정스런 낯빛으로 말했다.

"전쟁으로 집이 불타고 식구 잃고 병까지 얻은 사람들이 나를 찾아와 대문 앞에서 아사 직전인데, 어찌 모른 척한단 말이냐. 곡식이 있는 동안 조금씩 나누어 먹고 함께 살아야지 어쩌겠냐. 전쟁이 끝나면 방도가 생길 테니 어쨌든 고방 살림은 니가 잘 꾸려 봐라. 나는 니가 살림을 잘 살아 주고 제반사를 니 일처럼 맡아 주니 천군만마를 얻은 것보다 더 믿음직스런 기라!"

섭냄이의 얼굴이 붉어지면서 금방 입가로 배시시 웃음을 물었다.

"니도 벨소리 다 한다. 나는 니 엄스모 몬 사는 거 잘 알문서 그라나."

아닌 게 아니라 섭냄이는 살림 관리를 야무지게 잘했다. 부엌에서 밥을 짓는 걸인 여자 네댓 명을 원만하게 거느리면서 특히 고방의 곡식 관리를 빈틈없이 해냈다.

"오늘은 사또 어른을 한번 뵐란다. 대문 앞에 쌓여 있는 돌도 실어 가야 할 것이고, 그보다도 전쟁으로 식구가 죽고 재물 잃고 부상당한 사람들에게 양곡 배급이 없는지도 알아봐야겠다. 무슨 대책이 있을지도 모르니까."

"괜찮겄나?"

섭냄이가 또다시 울상을 지으면서 논개를 걱정스럽게 바라보았다. 작년 진주성 싸움 후에 성 밖의 돌들을 성안 성벽 밑으로 옮겨 놓을 때 서예원 사또와 논개 사이에 있었던 일을 떠올리는 것 같았다.

"걱정 마라. 지금 더 답답한 사람은 사또니까."

논개는 그 말을 끝으로 남복으로 갈아입고 훈련장으로 나갈 채비를 했다. 마구간에서 말을 끌어내어 훌쩍 올라타며 대문 밖으로 사라지는 논개의 뒷모습을 바라보면서 섭냄이는 고개를 내둘렀다.

"자는, 칠성할매가 깜빡 잊어 뿌리고 자지를 몬 달았다 뿐이제, 안팎이 고대로 사낸 기라. 고것도 보통 사내가 아이고 그릇이 산겉이 커다란 사낸 기라."

*

2월로 접어들며 산야에는 연두색 기운이 깔리기 시작했다. 적군은 한성 방어에 진력하고 있었다. 지난 1월의 평양성 전투에서 패퇴했던 적은 한성으로 철수하였다가, 하순경에는 벽제관 전투에서 승리를 거둬 명군의 남진을 일단 막아 둔 셈이었으나 더는 임진강 이북으로 재침하지 못하고 한성 방어에만 급급했다.

이때 전라도 순찰사 권율權慄은 임진년 12월 이후로 수원의 독산성禿山城을 지키고 있다가 한성을 탈환할 목적으로 진을 옮기기로 하고 조방장 조경趙儆을 보내 장소를 물색케 했다. 야음을 틈타 한강을 건너간 조경이 마침 한성 서쪽 30여 리 지점 한강 북변에 있는 고지 하나를 발견하고 그곳으로 옮길 것을 고했는데, 며칠 후 권율은 직접 현장을 답사하고 그곳에 새로이 진지를 구축키로 결정했다. 진입하는 길목이 좁고 뒤로는 한강이, 옆으로는 창릉천昌陵川이 흐르고 있어 고지를 점거하여 적은 병력으로 배수진을 치고 적군을 요격하기에 안성맞춤이라 판단한 것이다. 그는 곧 군사를 옮겨 조경의 주장대로 고지의 가장자리로 이중의 목책木柵을 두르고, 또 적의 조총탄을 막을 수 있도록 흙과 돌로 둑을 쌓아 급히 산성山城을 만들었다.

권율은 진지를 구축한 후에 군사들의 몸과 마음을 정비케 했다. 아울러 창검의 날을 세우고 화살을 다시 점검했으며, 소모사召募使 변이중邊以中이 만든 개량 화차火車 40대를 비롯하여 총통과 진천뢰와 화약도 더욱 많이 준비케 했다. 화차는 두 바퀴의 수레에 사면으로 방호벽을 세워 총통수를 보호하고 삼면으로 40개의 승자총통을 달아 일시에 쏠 수 있는 가공할 신무기로, 방호벽마다 조준 구멍을 뚫어 적진을 정확히 겨냥할 수 있어 공격력과 방호력이 탁월했다. 그는 또 물레방아처럼 힘차게 돌아가는 탄력을 이용해 연발로 돌을 날릴 수 있는 수차석포水車石砲를 새로 만들게 하고, 적과의 백병전에 대비하여 군사들마다 재 주머니 하나씩을 허리에 동여매게 했다. 인근에 사는 백성들도 쇠스랑과 도끼와 낫을 들고 성안으로 모여들었고, 부녀자들도 밥을 짓고 돌을 날라 군사들을 돕겠다고 팔을 걷어붙이고 나섰다. 권율은 이렇듯 빈틈없는 준비를 해 놓고 한편으로는 몇 조의 정탐군을 내보내 적의 동정을 살피게 했다.

2월12일 새벽, 한성에 버티고 있던 적들이 드디어 이 자그마한 고지의 산성을 향해 쳐들어오기 시작했다. 그때 행주산성幸州山城에는 권율의 정병 4천과 승장 처영處英의 의승군 1천에다 인근에서 모여든 백성들을 다 합쳐도 총수가 1만이 넘지 않았기에, 적군은 외로운 소수의 군사를 쉽게 보고 3만의 대병력으로 진격해 왔다. 적들은 또 임진년에 이치梨峙와 독산성에서 권율에게 치욕적인 패배를 당했던 터라 이때를 설욕의 기회로 삼고 단단히 벼르고 있었다. 성안에 총력을 집결하고 만반의 임전 태세를 갖추고 있었지만 권율과 군사들은 적의 대군이 나타나자 바짝 긴장했다.

"적이 30보 가까이 다가올 때까지 쏘지 마라. 내가 북을 쳐서 공격 명령을 내릴 것이니 동요하지 마라."

임금이 하사한 상방검*을 치켜든 권율의 호령은 추상같이 차갑고 힘이 있었다.

1백여 기병이 적의 선봉에 서고 성 밖 10리까지 대군이 가득 차 있어 그 끝이 보이지 않았다. 점점 가까워지는 왜군의 대열은 차림과 형상이 기기묘묘했다. 붉은 깃발과 흰 깃발을 앞세우고 얼굴에는 온갖 귀신과 짐승의 모습으로 분장을 했는가 하면, 선봉대 뒤로는 장수들의 행차인 듯 황금색, 은백색, 붉은색의 일산들이 햇빛을 받아 눈이 부시도록 찬란한 빛을 내뿜고 있었다.

청마에 탄 채 붉은 일산을 쓴 적의 제1대장 고니시小西行長는 평양성 패전의 굴욕을 이번 일전으로 씻으려는 듯 비장한 결의로 돌진해 오면서 조총을 퍼붓기 시작했다. 권율은 적군이 성책의 30보 앞으로 다가올 때까지 기다렸다가 드디어 큰북을 세 번 울려 공격 명령을 내렸다. 동시에 마른하늘에 벼락이 치듯 섬광이 번쩍이고 함성과 화포 소리가 천지를 진동했다. 화차에서 수백 개의 총탄이 일시에 발사되고, 수차석포에서도 수백 개의 돌이 적진으로 날아가고, 진천뢰와 총통이 불을 뿜고 강궁이 씽씽 날았다. 화포와 돌과 화살이 비 오듯 일시에 쏟아지니 적의 인마가 파도처럼 출렁거리며 찢어지는 비명과 함께 무너지고 흩어지고 연이어 쓰러졌다. 적장 고니시가 마침내 말에서 떨어져 주인 잃은 청마가 천방지축 달아나니 적의 제1대는 완전히 궤멸되고 말았다.

조선 침략 왜군에서 도요토미를 대리한 핵심 참모 3봉행三奉行 중 하나인 이시다 미쓰나리石田三成가 제2대를 이끌고 연이어 달려들었지만 기세가 충천한 아군의 화살에 적병들은 픽픽 쓰러졌고 결국 맥없이 물

---

* 상방검(尙方劍) : 임금이 전권을 위임하면서 장수에게 내려주는 검

러나고 말았다.

앞선 두 부대의 근접전이 실패하자 제3대장 구로다黒田長政는 군사들을 성책 가까이 다가서지 못하게 하고 방죽 위에 높이 누대를 만들어 그 위에 조총병 수십 명을 세워 성안으로 일제히 조총을 쏘게 했다. 이에 중군을 맡은 조방장 조경이 대포를 쏘아 누대를 무너뜨리고 연달아 진천뢰를 쏘아 대니 적의 말들이 펄쩍펄쩍 미쳐 날뛰며 흩어져 달아나 제3대 역시 패퇴하고 말았다.

믿었던 세 부대가 연달아 무너진 데 격분한 총대장 우키다宇喜多秀家가 제4대의 선두에 섰다. 이에 적군은 죽음을 무릅쓰고 그의 뒤를 따라 밀고 들어왔다. 기세가 사뭇 비장해 보일 정도였다. 앞에 선 군사가 화살을 맞고 쓰러지고 말들이 총탄에 죽어 넘어져도 그것을 짓밟고 뛰어넘어 돌격해 왔다. 오로지 성책을 부수고 뚫는 데만 목숨을 걸고 있었다. 수많은 희생자를 내면서도 적군은 드디어 제1성책을 넘어 토성을 기어올라 제2성책 가까이로 다가서고 있었다. 성안의 군사들이 동요했다. 아귀 떼같이 달려드는 적의 기세에 자기도 모르게 뒷걸음질을 치는가 하면 슷제 몸을 돌려 후퇴하려는 자도 있었다.

이때 권율이 칼을 뽑아 도망치려는 군사의 목을 순식간에 베어 칼끝에 꽂아 높이 쳐들고 소리쳤다.

"도망치는 자는 이렇게 벨 것이다. 뒤로 물러나도 어차피 강에 빠져 죽는다. 한목숨 바쳐 떳떳하게 싸우자!"

권율이 치켜든 칼자루로 시뻘건 피가 흘러내리고 그의 번뜩이는 눈빛과 우렁찬 목소리는 간담을 서늘케 했다. 곧 군사들의 동요가 가라앉고 모두 사력을 다해 싸움에 임했다. 권율이 연달아 북을 치며 독려하자 아군은 꾸역꾸역 성책을 넘어 몰려드는 적들에게 화차의 총통을 집중적으로 퍼부었다. 최선두에 서서 진군을 독려하던 적장 우키다가 마침내 부상을 입고 말에서 떨어져 부하들의 부축을 받아 후퇴하였고,

한 번 패하여 물러났다 다시 진격하여 함께 선두에 섰던 제2대장 이시다도 중상을 입은 채 말을 몰아 달아나 버렸다.

제4대가 후퇴하자 깃카와 히로이에吉川廣家가 이끄는 적의 제5대가 밀고 들어와 짚단과 마른 풀로 제2성책에다 불을 질렀다. 아예 성책을 태워 없애고 밀고 올라오겠다는 심산이었다. 아군은 미리 준비해 두었던 찬물을 퍼부어 목조 성책에 붙은 불을 끄는 한편 몰려 있는 적을 향해 화살과 돌을 집중적으로 날렸다. 수백 명의 적병들이 나자빠지고 적장 깃카와도 중상을 입고 말에서 떨어지자 사기가 추락한 적들은 저희 장수를 떠메고 걸음아 날 살려라 뒤꽁무니를 빼기 바빴다.

대장이 셋이나 부상을 입고도 성책을 뚫지 못하고 무수한 군사만 잃은 채 물러나자 뒤에서 분노의 눈길로 이를 지켜보던 제6대장 모리 히데모토毛利秀元가 성난 사자같이 포효를 내뿜으며 유난히 거친 돌격으로 승군이 맡고 있던 서북쪽 자성*을 공격하여 제2성책까지 진격해 왔다. 승장 처영은 가사袈裟 위에 갑옷을 입고 휘하의 1천여 승병들을 지휘했다. 그들은 양손에 목탁 대신 칼을 잡고 휘둘러 밀려드는 적들을 베어 넘겼다. 이때 아군이 각기 허리에 차고 있던 재를 뿌리니 졸지에 앞을 볼 수 없게 된 적군은 갈피를 못 잡고 우왕좌왕했다. 아군이 연달아 돌을 날리고 화살을 비 오듯 쏘아 대니 적들은 더 이상 견디지 못하고 속수무책으로 물러가고 말았다.

새벽부터 시작된 적의 파상 공격은 부대를 번갈아 가며 온종일 쉴 새 없이 계속되었다. 어느덧 해가 뉘엿하고 그림자가 길어졌다. 서녘 하늘도 한강도 온통 핏빛으로 불타올랐다. 적의 공격도 막바지에 다다르고 있었다. 마지막으로 벽제관 전투의 승장 고바야카와小早川隆景가 제7대를 이끌고 다시 서북쪽 자성을 공격해 왔다. 조총을 콩 볶듯 쏘아 대며 돌격해 오는 적의 거센 공세에 승군의 방어망 한쪽이 뚫려 적

---

* 자성(子城) : 본성(本城)에 딸려 있는 작은 성

병들이 성안으로 돌입하려 했다. 한바탕 백병전이 벌어지고 승병들이 동요하는 위태로운 상황이었다. 종일 잘 지켜 온 것이 한순간에 물거품이 될 수도 있었다. 이때 권율이 장검을 빼어 들고 총공격을 명령했다. 뒤로 밀리던 승병들이 다시 돌진하여 치열한 백병전이 벌어졌다. 창과 칼이 난무하고 살이 터지고 피가 튀었다. 다른 쪽에 있던 관군들도 적진을 향해 수차석포로 연달아 돌을 퍼부었다. 얼마 안 남은 화살은 정확한 조준을 해서 아껴 가며 쏘았다. 적들도 조총과 활로 격렬하게 응사했다. 피차 사활을 건 접전을 펼치니 인마의 비명 소리가 산야를 뒤덮고, 막바지 절정에 다다른 살육전으로 전쟁터가 아비규환의 아수라장이 되었다. 화살이 거의 바닥나자 아군은 내심 초조해졌다. 종일 계속된 싸움으로 마침내 화약도 동이 나고 화살도 떨어져 가자 이제 믿을 무기는 창검과 돌뿐이었다. 그러자 여태껏 군사들에게 주먹밥을 해 먹이고 부상병들을 치료하던 부녀자들이 나서서 행주치마에 돌을 안아 날랐다. 미리 쌓아 놓았던 돌들을 군사들 가까이로 옮겨 주는 한편 행여나 그마저 떨어질세라 고지의 후면을 훑어 더 주워 오기도 했다. 무명베 행주치마가 늘어져 처지도록 크고 작은 돌멩이를 가득 담아 나르는 부녀자들의 혼신을 다하는 눈물겨운 모습에 군사들은 다시 힘을 얻기 시작했다. 내내 이어진 싸움으로 지칠 대로 지쳤지만 젖먹던 힘까지 짜내어 큰 돌은 수차석포로 날리고 작은 돌은 돌팔매질로 가까이 있는 적을 향해 던졌다. 그러나 적들은 아군의 화살이 바닥나고 있음을 눈치채고 조금만 더 몰아붙이면 이길 수 있겠다 생각하여 다시 기세를 올리기 시작했다.

그런데 바로 그때, 마침 전라도 조운선漕運船 40여 척이 양천 포구를 향해 까맣게 뒤덮어 오고, 또 경기 수사京畿水使 이빈李蘋과 충청 수사忠淸水使 정걸丁傑이 수만 개의 화살을 가득 실은 배 두 척을 이끌고 한강을 거슬러 올라와 적의 후방을 공격할 기세를 보이니, 적들은 이 또한 귀신같이 알아채고 당황하기 시작했다. 반대로 화살이 도착했음을 알게 된 아군의 기세는 하늘을 찌를 듯 높이 치솟았다. 용기백배한 성안의 군사들은 전의가 꺾인 적에게 남은 돌과 화살을 아낌없이 퍼부었다. 전세가 불리해진 적군은 돌연 공격을 멈추고 조선의 지원군에 퇴로가 막힐 것을 염려하여 서둘러 퇴각할 준비를 했다. 물러가기 전에 마지막으로 성 밖 네 곳에다 시체를 무더기로 모아 놓고 마른 풀을 쌓아 불을 질렀는데 산성 주위는 온통 인육이 타는 연기와 냄새로 숨을 쉴 수 없을 정도였다. 드디어 적군이 허둥지둥 퇴각하기 시작하자 아군은 도망가는 적을 악착같이 추격하여 기어코 130여 급을 베었다.

이날 새벽 묘시卯時, 오전 5시-7시부터 시작된 싸움은 저녁 유시酉時, 오후 5시-7시까지 쉴 새 없이 계속되다가 해가 떨어질 때에야 아군의 대승으로 매듭지어졌다. 파도가 쉼 없이 밀려왔다 물러가듯 적은 일파 또 일파 인해전술로 밀려들었다가 무수한 인명만 잃고 마침내 패퇴하고 말았다. 전장엔 어느덧 어둠이 깔리고 성안의 군사와 백성들은 비로소 한숨 돌리고 얼싸안고 쾌재를 부르며 승리의 기쁨을 만끽했다. 권율은 이날 밤중에 장계를 써서 고산 현감高山縣監 신경희申景禧를 행조*로 보내 승전보를 아뢰게 하고 다시금 한성 수복의 의지를 다졌다.

다음 날 동녘이 밝아 오면서 드러난 전장의 광경은 한마디로 아수라장이었다. 적들이 버리고 떠난 각양각색의 깃발과 원뿔형 모자와 갑옷과 칼과 창 등이 무수히 널려 있고, 비릿한 피 냄새와 불탄 시체의 매캐한 냄새가 코를 찔렀다. 화차의 총통 탄환이 관통한 시체, 수차석포가 날린 돌에 두개골이 함몰된 시체, 반쯤 타다 만 시체, 고꾸라져 목이 꺾인 말의 사체 등이 미처 처리되지 않은 채 여기저기 흩어져 나뒹굴어 생지옥 같은 참상이 펼쳐져 있었다.

* 행조(行朝) : 임란 당시 도성인 한성을 떠나 있던 피란 중의 조정으로 행재소(行在所)와 같은 말이다.

행주 대첩은 권율의 호남 관군과 처영의 승군과 인근의 백성들이 하나로 똘똘 뭉쳐 이뤄 낸 쾌거였다. 도성 수복의 명분으로 본거지인 호남을 떠나 적의 기세가 사나운 한성 인근으로 진출하여 소수의 병력으로 적의 대군에 맞서 승리를 거둔 권율의 정병들은 짓밟힌 조선 관군의 자존심을 드높인 동시에 명나라 군사의 지원 없이 우리의 힘만으로도 싸워 이길 수 있다는 희망을 되살렸다. 또 본향이 어디든 다 같은 조선의 백성이요, 어느 땅이든 함께 지켜 내야 할 똑같은 조선의 강토라는 단결심을 일깨웠다. 승군과 백성들의 분전 또한 나라의 위기 앞에서는 관官·민民·승僧이 따로 없고 모두가 내 나라 내 땅을 지키는 호국의 주인임을 깨닫게 했다. 그리고 이 모든 것은 만반의 준비를 갖추고 직접 앞장서 싸움을 독려한 용장 권율의 힘이 있었기에 가능했다. 배수진으로 결전의 의지를 다지고, 돌멩이와 잿가루에 이르기까지 모든 전력을 동원하고, 화차와 수차석포 같은 신무기와 지형지물의 유리한 점을 적극 활용하고, 소수의 군사로 들판에서 맞붙기보다 고지를 굳게 지키는 사격전을 선택하고, 무엇보다도 모두가 한마음으로 뭉쳐 온 힘을 다해 싸우게 이끈 것이 승리의 원동력이었다. 조선군을 얕본 적의 오만과 지형의 불리를 경시한 채 수적 우세만 믿고 무모하게 계속 밀고 들어온 왜군의 단순 돌격 전술 또한 우리의 승인이자 적의 패인이 되었다. 마지막 접전 중에 때마침 당도한 화살의 지원은 차라리 천운이었다.

한편 개성에서 다시 평양으로 후퇴하던 중 황해도 평산平山 땅에서 행주 대첩의 보고를 들은 동정군 제독 이여송은 자신의 섣부른 퇴군을 깊이 후회했다. 그러다 한성에 진공하는 것을 강하게 반대했었던 중협대장 이여백에게 "명나라 대장군이 공을 이루지 못한 것은 모두 너 때문이다."라며 크게 꾸짖고는, 또 우협대장 장세작에게 명하여 제독 접반사接伴使인 이덕형李德馨과 함께 다시 개성으로 돌아가서 군량과 마초를 비축하고 자신의 남하를 기다리게 했다. 명의 부총병 사대수와 경략 송응창도 승전보를 접하고 감탄하며 권율을 조선 중흥의 명장이라 극찬했다.

의주를 떠나 남하 중에 승첩의 장계를 받은 선조는 크게 기뻐하며 품계를 올려 장수들을 치하했다. 주장으로 승전을 진두지휘한 권율은 정이품 자헌대부資憲大夫가 되었고, 몇 달 후에는 김명원에 이어 전군을 총지휘하는 도원수都元帥가 되었다. 성터를 물색하고 성책을 설치해 수적 열세를 지형적 우세로 극복할 수 있게 한 조경은 종이품 가선대부嘉善大夫에, 의승군을 이끌고 막바지 접전에서 큰 공을 세운 승장 처영 또한 정삼품 절충장군折衝將軍에 가자되었다. 행주 대첩은 조선의 군사와 백성들의 자존심을 드높이고 용기를 북돋아 주었을 뿐만 아니라, 전쟁의 판세로 보아도 꺼져 가던 한성 수복에 대한 희망의 불씨를 되살린 중요한 승리였다.

3월에는 새로이 충청 병사忠淸兵使에 임명된 황진黃進이 왜군이 점령하고 있던 죽산성竹山城을 쳐서 성을 빼앗고 패퇴하는 적을 상주까지 추격하여 대파하는 통쾌한 승리를 거두었다. 일찍이 통신사의 일본 사행에 군관으로 수행하였다가 귀국 후 김성일의 그릇된 정세 보고를 강하게 비판했던 그는, 임진년 7월 동복 현감同福縣監일 때 권율과 함께 참여한 이치 전투에서 총탄에 부상을 입고도 끝까지 분전하여 마침내 대승을 거두고 왜군의 전라도 진출을 막아내 진작부터 무명武名을 드날린 맹장이었다. 권율의 대첩에 연이은 황진의 승전보는 조선의 군사와 백성들의 가슴에 희망을 부풀렸고, 반면 이미 보급에 막심한 애로를 겪고 있던 왜군에게는 후방의 불안을 가중시켜 이제는 위아래로부터의 협공을 걱정해야 할 처지에 이르게 했다.

평양과 개성 탈환을 기점으로 전쟁의 상황은 확연히 아군에게 유리하게 돌아가고 있었다. 실제 적군이 지쳐 가고 있음을 군사들뿐만 아니라 백성들도 모두 느낄 수 있었다. 전국 각지에서 이어지는 의병의 활약과 명나라 동정군의 지원으로 아군의 자신감은 점점 커지는 반면, 왜군은 조명 연합군의 군사적 압박뿐만 아니라 군량과 무기의 부족과 역병의 유행으로 스스로 전의를 잃고 무너지는 사태가 곳곳에서 일어났던 것이다.

이러한 왜군의 상황은, 전면전의 부담을 피하면서 빨리 전쟁을 끝내고 싶었던 명군에게는 협상의 기회가 되었다. 마침 왜장 고니시가 용산의 조선 수군을 통해 강화를 청해 오자 명군 수뇌부는 또다시 심유경을 한성의 왜군 진영에 보내 화의를 추진케 했다. 고니시는 처음에는 한성을 고수하겠다며 배짱을 부렸으나 곧 태도를 바꾸어 명나라가 조공을 허락하면 포로로 잡고 있던 임해군臨海君과 순화군順和君 두 왕자와 재신宰臣들을 풀어 주고 철군하겠다고 제안해 왔다.

명군이 퇴로를 열어 주자 왜군은 드디어 계사년 4월 19일 한성에서 철수하기에 이르렀다. 더 버틸 여력도 없었던 데다가 자칫하면 고립되어 전멸할 수도 있었기 때문이다. 이에 조선은 지난 임진년 5월에 싸워 보지도 않고 도성을 버린 후로 거의 1년 만에 한성을 수복하게 되었다. 왜군은 강원도와 충청도에 주둔하고 있던 병력도 전부 남하시켜 서생포西生浦, 울산 서생면에서 웅천熊川, 진해 웅천동까지의 요소마다 왜성을 쌓고 명나라와의 강화 진행의 추이를 지켜보며 기다렸다.

한편 동정군 제독 이여송은, 왜군이 두 왕자와 재신들을 돌려보내지도 않고 퇴각하였으나 적을 추격하지 않았을 뿐만 아니라, 경략 송응창의 명령을 구실로 내세워 조선군의 추격조차 금지했다. 심유경 등의 강화 협상단이 왜군과 동행하고 있었기 때문이다. 오히려 명군은 혹시 있을지 모르는 조선군의 공격에 대비하여 왜군의 후면에서 저들을 호위하기까지 했다. 선조와 여러 대신들이 왜적의 간교함을 지적하며 그대로 처부수기를 적극 요청했으나, 조선은 협상 과정에서 철저히 배제

되었고 결국 송 경략과 이 제독의 뜻을 바꾸지는 못했다. 힘없는 소국의 설움이었다. 그런 가운데 계절은 이미 초여름에 접어들어 있었다.

*

논개는 이른 새벽 희부옇게 미명이 틀 무렵, 뒤란 목욕간에서 몸을 정갈하게 씻은 후 장독대에 정화수를 떠 놓고 두 손을 합장했다. 충혼을 불사르고 장렬히 전사한 강동찬과 김시민의 명복을 빌고 전쟁에서 억울하게 죽은 사람들의 영혼을 위무하면서 그들의 명복 또한 빌었다. 그리고 전군을 남하시키는 왜적들이 그냥 곱게 자기네 땅으로 물러가 주기를 간절히 빌었다. 저들이 병력을 남으로 물린 이상 전라도와 경상도를 그냥 두지 않을 것만 같았고, 더구나 작년 10월에 진주성 전투에서 참패한 것을 앙갚음하기 위해서라도 기어이 다시 쳐들어올 것 같은 예감 때문이었다. 진주는 곡창 호남으로 가는 길목인 데다, 필패가 자명한 이순신과의 해전을 치르지 않고도 호남을 공략할 수 있는 관문이기에, 그들의 야욕이 쉽게 꺾이지 않을 것 같았던 것이다. 무엇보다도 김시민 같은 빼어난 수장이 없는 당금의 진주성의 형편이 불안감을 더했다. 게다가 저번 진주성 전투에서 인근 각지에 원병을 요청하여 외곽에서 수성전을 지원했던 경상우도 순찰사 김성일마저도 지난 4월에 여역癘疫, 전염성 열병의 총칭 구제에 힘쓰다 병사한 터라, 진주로서는 내외의 수장을 모두 잃은 것이나 다름이 없었다.

논개의 예감이 어긋나지 아니할 모양이었다. 저들이 물러갈 거라는 기대와 한바탕 피바람이 몰아칠 거라는 예측이 오락가락하더니 오월 단오 즈음부터는 흉악한 소문이 나돌기 시작했다. 적괴 도요토미가 조선에 나와 있는 왜군 전체에 엄명을 내려 기필코 진주성을 공략하고 성안의 사람들은 물론 쥐새끼 하나 살려 두지 말고 모조리 도륙하여 씨를 말리라 했다는 것이다. 그것도 한두 번도 아니고 몇 번씩이나 거듭 명령했다는 것이었다. 지난해의 패전으로 인해 땅에 떨어진 위신을 되찾고 패사한 고혼들의 원한을 풀어 주기 위함이라 해도, 뭔가 비열하고 극악무도한 분풀이로만 느껴졌고 그 섬뜩한 광기에 오싹 소름이 끼칠 지경이었다. 인두겁을 쓰고서 어찌 이토록 잔학할 수 있을까 싶었다.

그럴수록 논개는 걸인 정예병들의 훈련을 더욱 강화했다. 그들은 뜨거운 한낮에도 쉬지 않고 훈련했고 의기회 회원들도 마찬가지였다. 적에게 던질 돌멩이도 충분하다 싶을 만큼 성벽 밑으로 날라다 쌓았다. 그 모든 대비를 앞장서서 지휘하며 그녀는 자신의 훈련도 맹렬히 했다. 지쳐 쓰러질 때까지 활을 쏘고 창검을 휘두르며 자신의 기술을 능수능란하게 연마했다. 뭔가 형체를 알 수는 없었지만 피할 수 없는 어떤 운명의 그림자 같은 것이 산더미처럼 덮쳐 오고 있다고 느껴졌기 때문이다. 그것은 자신에게 닥칠 운명이기도 했지만 어쩌면 수많은 사람들을 일시에 흡입해 버릴 거대한 소용돌이처럼 느껴지기도 했다.

6월이 되면서 왜군의 진주 공격에 대한 소문은 이미 소문이 아니었다. 진주 공격을 위한 적군들의 이동이 구체화되고 있었던 것이다. 경상도에는 기존의 왜군들에 더하여 한성 일대와 강원도, 충청도에서 남하한 적군들로 득시글거렸고, 이들은 진주성을 공략하기 위해 수군까지 합세하여 김해와 창원 부근으로 속속 집결하고 있었다. 저들이 그대로 서진하여 함안, 의령을 넘으면 곧바로 진주였다. 이들이 집요하게 진주를 함락하려는 것은 임진년의 패전을 설욕하려는 목적과, 한편으로는 명나라와 진행 중인 강화 협상에서 유리한 입지를 선점하려는 의도도 있었다. 또 현실론을 내세워 화의를 추진하는 고니시小西行長와 도요토미의 명령을 명분으로 결전을 강력히 주장하는 가토加藤清正 사이의 내부 경쟁도 한 원인이었다. 침략군의 선봉에서 수많은 전투를 승리로 이끌고도 결국에는 별 소득 없이 많은 병력만 잃고 평양성에서 패퇴한 고니시와, 그의 뒤를 따라 북상하여 별다른 전투를 치르지 않았음에도 함경도로 진출하여 운 좋게 조선의 두 왕자와 많은 신하들을 포로로 잡아 확실한 전공을 세운 가토는, 서로가 서로를 견제하며 사이가 좋지 않았다. 이에 걸핏하면 반대 입장에 서서 그때그때의 형편에 따라 희비를 달리해 왔는데, 이번에는 도요토미를 등에 업은 가토의 주장대로 진주성 복수전이 결정되고 말았던 것이다.

이와 더불어 명군과 왜군의 수뇌부 간에는 진주성 공격을 두고 밀고 당기는 줄다리기가 벌어졌다. 명군의 경략 송응창과 제독 이여송은 협상 대표 심유경을 내세워 일면 겁박하고 일면 회유하면서 적의 진주성 공격을 적극 만류했으나, 왜장 고니시는 자신을 포함한 많은 장수들이 싸울 뜻이 없지만 도요토미의 명령이 워낙 강경하여 어쩔 수 없다 핑계를 대며 공격은 불가피한 일이니 잠시 조선의 관민이 성을 비우고 예봉을 피하라는 계책까지 주었다.

송응창이 고니시에게 사람을 보내 왜군의 진주 공격 계획을 책망하자 그는 "작년에 진주에서 살육당한 것도 통분한데, 근자에 송 노야*의 금약禁約이 있음에도 조선의 군사들이 풀을 베는 우리 군사까지 여러 차례 죽였으니, 이 때문에 우리의 관백풍신수길이 격분하여 '조선이 대명의 약속을 따르지 않으니 우리도 진주를 공격하여 지난날의 수치를 씻고 원한을 갚으라' 엄명하시니 어쩔 수가 없습니다." 하며 넌지시 그 책임을 조선의 탓으로 넘겼다.

또한 동정군의 부총병 유정劉綎은 진주 공격에 가장 적극적인 왜장 가토에게 협박에 가까운 글을 보내 단념을 종용했다.

'너희가 화의를 청하여 놓고도 아직까지 돌아갈 뜻을 정하지 않고 이제 다시 진주를 공격하여 지난날의 원한을 갚겠다 하는 것은 앞서의

---

* 노야(老爺) : 경략 송응창을 존칭하여 이르는 표현

맹약을 저버리는 일이다. 조선 팔도 중 이미 일곱 개 도를 파괴하여 죄 없이 참혹한 죽임을 당한 백성들의 시체가 들판에 널렸는데 또 무슨 원수를 갚겠다는 말인가. 더욱이 진주에 원한이 있기로서니 작은 혐의를 들먹이며 대국과의 신의를 저버리려 하는가. 지금이라도 생각을 돌려 군사를 거두어 본국으로 돌아간다면 우리도 반드시 출병을 자제하여 외국에 대한 예를 베풀겠지만, 끝내 미련을 갖고 전쟁을 고집한다면 우리 함선에 백만 대병을 싣고 해안을 차단하여 너희들의 퇴로를 막고 보급로를 끊어 버릴 것이니, 그렇게 되면 너희들은 결전을 기다릴 것도 없이 모두 굶어 죽게 될 것이다. 너희 관백도 이미 천조天朝를 사모하여 조공을 바치기로 하였거늘 너희는 어찌하여 진주를 공격하려 하는가. 너희의 진퇴에 작지 않은 이해가 걸려 있으니 깊이 살펴 후회하는 일이 없도록 하라.'

그러나 가토는 이 글을 받고 콧방귀를 뀌며 들은 척도 하지 않았다.

그뿐이 아니었다. 강화 협상의 명나라 대표인 심유경도 부산에서 고니시에게 진주 공격을 중지토록 강권했으나, 그는 "이번 거병은 내가 원하는 바가 아니오. 다만 관백 전하의 명령이 지엄하고 또한 가토가 강력하게 주장한 것이니 백번 말해도 소용이 없소이다. 오직, 진주의 제장들과 백성들이 먼저 성을 비워 놓고 싸우지 않는 것이 좋을 것이오. 공격하는 일본군도 성이 텅 비어 있고 사람이 없는 것을 보면 즉시 철병하여 동쪽으로 돌아올 것이오."라며 이미 돌이킬 수 없는 형국임을 알렸다.

심유경이 이 말을 들은 후 부산의 왜군 진영에서 한성으로 올라가자 도원수 김명원과 경상좌도 순찰사 한효순韓孝純이 그에게 "진주의 사태가 위급하니 전력을 기울여 도와주시오." 하고 간청했다. 이에 심유경은 고개를 내저으며, "종일토록 이 문제를 간절히 말했는데 행장고니시의 생각도 나와 같았소. 그러나 청정가토의 기세가 대단하여 돌이키지 않으니 어쩌겠소. 이제는 다른 방책이 없는 듯하니 행장의 말대로 잠시 성을 비워 화를 피하는 게 좋겠소." 했다. 하지만 조선의 임금과 문무 관리들은 성을 비우라는 왜장의 말에 혹여 무슨 계략이 숨어 있을지 몰라 그 말을 전적으로 신뢰할 수 없었다.

결국 이런 식으로 명나라의 지원 부대인 동정군의 수장들은 왜적에게 허황한 공포空砲만 쏘았을 뿐, 실질적이고 구체적인 대책을 내놓지 못하고 한발씩 늦게 사태의 흐름에 끌려갈 뿐이었다. 책임을 면하려 겉으로 책응하는 시늉은 하나 실제로 군사를 움직이는 데 선제적이거나 적극적이지 않았던 것이다. 게다가 전공을 놓고 벌어진 경략 송응창과 제독 이여송의 미묘한 갈등도 내부의 불신을 키우고 대응에 엇박자를 낳았다. 이여송은 송 경략이 싸우지도 않고 평양성 승전의 공을 가로챘다고 불평하며 경략의 지휘를 따르지 않았다. 이미 왜군이 위축되어 남쪽으로 물러났고 강화 협상이 진행되고 있는 만큼 소수의 군사만 남기고 철수하여 명나라로 돌아갈 생각을 했다. 그는 부총병 유정에게도 함께 귀국하자고 하고는 명나라 조정의 철병 허락이 떨어지기만을 기다리고 있었다. 조선에는 왜군을 섬멸하겠다고 호언장담했으나 다만 말뿐이었던 것이다. 한편 경략 송응창은 부총병 유정을 대구에, 부총병 오유충吳惟忠을 선산 일대에 주둔케 하여 적정을 봐 가며 대응토록 했다. 그러나 이들이 이 제독의 명령을 기다려 주춤하니, 그는 다시 유정에게 명하여 기회를 살펴 곧장 진격하되 다시는 제독의 명령을 따르지 말도록 했다. 나아가 송응창은 조선의 수군, 육군도 이 제독의 지휘를 따르지 말고 오직 오유충, 유정, 낙상지의 지휘만 따르게 했다. 이렇게 수뇌들의 명령이 전일하지 않으니 명군은 영호남 각지에 주둔해 있어도 엉거주춤 몸을 사릴 뿐 적의 기세가 막강함을 두려워하여 감히 진격하지 않았다. 부총병 유정이 휘하의 비장裨將을 진주성으로 보내 수비의 상태를 살펴보고, 기회를 보아 밖에서 원조하겠다는 뜻을 전했을 뿐이었다.

경략 접반사인 윤근수尹根壽와 제독 접반사인 이덕형 등을 통해 조선 조정도 저간의 사정을 파악하고 있었다. 명군의 지원이 절대적으로 필요한 상황인지라 경략과 제독이라는 두 시어머니 사이에서 양쪽 모두의 눈치를 살피며 비위를 맞춰야 하는 난감한 입장이었다. 하지만 조선 조정의 요구 사항은 분명했다. 종묘사직이 유린당한 조선으로서는 어설픈 강화로 왜적을 고이 물러가게 할 생각은 추호도 없었다. 왜군의 진주성 총공격이 불 보듯 뻔한 가운데 조정에서는 송 경략과 이 제독에게 왜적을 토멸해 줄 것을 강력히 요청하는 한편, 하삼도下三道의 관군과 의병들에게 총력을 기울여 진주성과 전라도를 사수하도록 했다. 또한 적군의 대병이 진주성 공격을 위해 출병한 틈을 노려 조명 연합군으로 하여금 수비가 허술해진 부산의 왜군 본진을 급습하여 제압케 하고, 또 수군으로 하여금 적의 퇴로를 해상에서 봉쇄케 한다면, 소굴을 잃은 적은 뒤를 두려워하여 감히 진주로 깊이 쳐들어오지는 못할 것이라는 나름의 방책을 논의하기도 했다. 그러나 우선은 진주성을 지켜야 하고 여차하면 전라도를 사수해야 하는 상황인데, 따로 또 군사를 갈라 적의 본진을 급습하려다가 자칫 세 가지 다 제대로 성취하지 못할 수도 있다는 우려 때문에 이 일은 논의에만 그치고 말았다. 더군다나 왜군이 두려워하는 명군의 화포 공격이 동반되지 않고서는 성취되기 어려운 일이었다.

이미 피할 수 없는 일이 되어 버린 왜군의 진주성 총공격에 맞서 관군과 의병의 움직임도 분주해졌다. 6월 14일 창의사倡義使 김천일金千鎰이 의병 3백 명을 이끌고 진주성에 도착한 것을 필두로, 이어 충청 병사 황진이 관군 7백 명, 경상 우병사 최경회가 관군 5백 명, 의병장 고종후高從厚가 4백 명, 전라 좌의병 부장 장윤張潤이 3백 명, 의병장 이계련李繼璉이 1백 명, 의병장 변사정邊士貞의 부장 이잠李潛이 3백 명, 의병장 민여운閔汝雲이 2백 명의 군사를 이끌고 진주성을 지키기 위해 달려왔다. 그 밖에도 강희열姜希悅, 강희보姜希輔 등 영호남 각지의 의병장들이 각기 소수의 군사를 거느리고 속속 입성했다. 김해 부사 이종인李宗仁과 거제 현령 김준민金俊民은 이미 와 있었고, 진주 목사 서예원은 명나라 군사의 군량 조달과 접대를 위해 상주 함창咸昌에 나가 있다가 진주가 위태롭다는 급보를 받고 서둘러 말을 몰아 돌아왔다. 수성 병력이 웬만큼 모이자 이들은 김천일과 최경회를 중심으로 여러 장수들이 성안의 무기와 군량 등의 준비 상태를 점검하고, 각각의 역할과 수성을 위한 방책을 논의했다.

이러한 성안의 사정과 더불어 진주 인근 고을인 의령, 함안 등지로도 원군이 속속 도착하여 적의 형세를 살피며 기민하게 대응했다. 조정에서는 행주 대첩 이후로 권율을 크게 신임하여 몇 달간 논의 끝에 마침 6월 초에 전군을 통할하는 도원수에 새로이 임명하였는데, 아직 왕명이 도달하지 않아 이를 알지 못한 채 그는 군사를 이끌고 전라도를 떠나 경상도로 향했다. 순변사 이빈, 전라 병사 선거이宣居怡, 전라 방어사 이복남李福男, 경기 조방장 홍계남洪季男 등도 군사를 이끌고 인근에서 진주성을 지원할 요량이었다. 의령에는 홍의장군 곽재우의 의병 부대가 지키고 있었다. 하지만 창원, 함안을 차례로 분탕하고 밀고 들어오는 10만 왜군은 감히 대적할 수 없는 기세였다. 심지어 적은 자기들의 군세를 30만이라 부풀려 소문을 내고 불안을 키워 심리적으로도 조선의 군사와 백성들을 뒤흔들었다. 총력으로 짓쳐들어오는 왜적에 맞서 의롭게 싸우다 장렬히 죽을 수는 있겠으나, 무모하기가 섶을 지고 불 속으로 뛰어드는 것과 진배없어 자칫하다가는 영남과 호남의 군사가 몰살을 당해 후일을 도모할 수도 없게 될 지경이었다. 그렇게 되면 그동안 적의 마수가 뻗치지 않아 후방의 든든한 보급 기지 역할을 충실히 해 왔던 곡창 호남이 결국 적의 손아귀에 넘어가 버릴 수도 있는 위험천만한 상황이었다.

도원수 권율과 의병장 곽재우 등 외원군의 수장들은 적의 기세를 목도하고 처지가 난감해졌다. 나아가 싸우면 필패할 형국이요, 싸우지 않고 물러나면 진주성을 고립무원의 상태로 내팽개친 비겁한 도망자가 되고 말 것이기 때문이었다. 장수들의 생각이 엇갈렸다. 목숨을 걸고 밖에서 버텨 줘야 진주성을 보전하고 나아가 전라도도 지킬 수 있다는 주장과, 차라리 진주성을 포기하고 군사를 물려 호남의 험요한 길목을 지키는 것이 불가피하다는 의견이 맞섰다. 하지만 판세가 불 보듯 확연하니 후자가 다수였다. 1년 넘게 이어진 전쟁 동안 수많은 전투를 거친 노회한 장수들에게 때로는 군사를 물려 당장의 생명을 보전하는 것이 다음의 더 큰 승리를 위한 차선의 계책이기도 했던 것이다.

고심 끝에 권율은 선거이와 홍계남 등을 진주성으로 보내 성안의 장수들을 설득케 했다.

"선 공과 홍 공은 진주성으로 가서 군사와 백성을 전라도로 물리자 효유하되, 성안의 장수들이 따르지 않으면 두 분이라도 성을 나와 전라도의 병마를 보전토록 하시오."

선거이가 적군의 병력과 기세를 상세히 설명하고 '적은 많고 우리는 적으니 함께 물러나 호남을 지키자' 하였으나, 현실적인 사세 판단보다 충의와 명분을 앞세운 김천일은 이를 거부하였다.

"그것은 결코 옳은 계책이 아니오. 물러가 여기저기 군사를 흩트리는 것은 여기서 힘을 합해 적세를 막는 것만 못하오. 호남과 진주는 이와 입술처럼 서로 의지하는 형세이니, 진주가 없으면 호남도 없소이다. 권율 공이 그런 계책을 냈다니 참으로 어처구니가 없소. 행주성에서 요행히 이긴 연후에 코가 높아지고 목이 뻣뻣해졌나 보오. 하지만 그것이 어찌 그만의 공이겠소? 모두 우리 주상의 공덕과 사직의 보호하심이 아니던가! 지금 강산을 침범한 적이 코앞에 있거늘 어찌 죽음으로 충의를 다하지 않고 비겁하게 도망을 간단 말이오? 우리가 여기서 싸우다 죽어 주상의 은혜를 갚는다면 하늘이 도와 적은 저절로 물러갈 것이오!"

그뿐만 아니라 그는 선거이와 홍계남의 앞을 막고 충절로써 성을 굳게 지키자 강권했다.

그때 옆에서 듣고 있던 진주 목사 서예원이 김천일의 눈치를 봐 가며 어렵게 말을 꺼냈다.

"창의사 어른. 선 공의 말을 들으니 사세가 극히 위험한데 왜군이 이르기 전에 백성들만이라도 피신시키는 것이 어떻겠소? 적을 무찌르는 것 못지않게 백성의 생명을 지키는 것 또한 목민관의 중대한 임무가 아니겠소!"

"목사는 무슨 말씀을 그리 하시오! 나라가 있고서야 백성이 있고 모든 백성이 주상의 자식인데, 백성이 마땅히 나라와 임금을 위해 목숨을 바치는 것이거늘, 국록을 먹는 자가 어찌 그리 나약한 말로 군기를 흔든단 말이오. 싸움에 임하는 장수가 미리 질 것을 상정하고서야 어떻게 군사를 부릴 수 있겠소?"

김천일은 둘러앉은 장수들의 동요를 염려하여 일부러 목소리를 높여 호통을 쳤다. 그는 서예원을 비겁하고 용렬하다 꾸짖으며 백성들을 성 밖으로 내보내는 것을 허락하지 않았다. 그렇게 되면 군사들이 싸워 보기도 전에 패배감에 사로잡힐 것이 불 보듯 뻔해 보였기 때문이다.

그 자리에 있던 어떤 사람이 황진에게 나직이 말했다.

"공은 충청 병사이니 진주성 수비와는 직접 관계가 없지 않소?"

하지만 강골인 황진의 대답은 단호하고 분명했다.

"나는 이미 창의사와 더불어 맹약을 했으니 저버릴 수 없소이다."

성안의 다른 장수들도 그와 뜻을 같이하거나, 혹은 대의명분으로 압도하는 김천일의 위세에 눌려 말없이 고개만 끄덕일 뿐이었다. 하지만 왜군의 기세가 얼마나 강성한지를 직접 본 선거이와 홍계남은 김천일의 대쪽 같은 성품과 강고한 의지가 결국에는 무수한 군사와 백성의 희생만 낳을 것이라며 안타까워했다. 서로의 판단이 이렇게 엇갈리니 도리가 없었다. 성안 장수들의 마음을 돌릴 수 없음을 안 선거이와 홍계남은 권율의 전령을 받자 호남의 군사들을 이끌고 성을 빠져나와 남원 운봉雲峰으로 물러가 진을 쳤다. 권율도 처음에는 진주성을 지키려 했으나, 물러나 요해처를 지켜 호남을 보전하는 것이 낫다고 판단하고 순변사 이빈과 함께 의령을 떠나 함양을 거쳐 남원으로 물러갔다.

기습 유격전으로 경상도 일대의 왜군을 벌벌 떨게 했던 홍의장군 곽재우도 이번 진주성 싸움은 무모한 희생만 부를 뿐 실익이 없다고 판단했다. 그가 생각하기에, 지난 임진년에는 김시민이라는 출중한 장수가 성주로서 오랜 시간 관민을 규합하여 백방으로 대비를 했었고, 또 방비를 단단히 한 연후에는 외원군의 입성을 막아 지휘의 계통을 한 줄기로 통일하였기에 치열한 수성전 끝에 마침내 성을 지켜 낼 수 있었다. 하지만 이번에는 병력의 규모와 우열이 너무나 차이가 클 뿐 아니라, 성안의 군사들도 여기저기서 급히 모인 오합지졸들이었다. 게다가 신임 진주 목사 서예원은 김시민에 비할 바가 아닌 데다 병법을 잘 모르는 인물이라 애초에 일사불란한 지휘와 대응은 기대조차 할 수 없었다. 곽재우의 눈에 싸움의 결과는 이미 정해져 있었다. 경상좌도 순찰사 한효순이 그에게 즉시 진주로 달려가 함께 지킬 것을 명했으나 그는 따르지 않았다. 그는 자신의 판단을 확신했고 강단 있게 의견을 피력했다.

"오직 임기응변할 수 있는 자만이 제대로 군사를 부릴 수 있고 지혜로운 자만이 적을 헤아릴 수 있습니다. 지금 적병의 성대한 세력을 보건대 누구도 당해 내지 못할 기세를 떨치고 있는데, 3리밖에 안 되는 외로운 성으로 어떻게 10만 대군을 방어하겠습니까? 적의 기세는 성난 태풍이요 그에 비하면 진주성은 일엽편주에 지나지 않으니, 마땅히 배에서 내려 태풍이 가라앉기를 기다림이 옳습니다. 성을 비워 우리 군사와 백성의 피해를 막고 적을 허탈케 하는 것이 상책입니다. 하나 굳이 수성을 고집한다면 모든 군사를 성안에 집결하는 것은 스스로 독 안에 든 쥐가 되자는 것이요 또한 내외의 응원지세를 잃게 되니 불가합니다. 나는 밖에서 원조할지언정 성에 들어가지는 않겠습니다."

그러자 김성일의 사후에 그 직을 이은 경상우도 순찰사 김늑金玏이 그를 꾸짖었다.

"그대가 대장의 명을 따르지 않으면 군율을 어기겠다는 것인가?"

명을 따르지 않으면 베겠다는 말과 다름없었다. 곽재우가 그간의 무수한 전공으로 지난 4월 성주 목사에 임명되었기에, 김늑은 그에게 직속상관이었다. 자칫 하극상이 될 수도 있었으나 그는 조금의 동요도 없이 차분히 대답했다.

"이 몸이 죽는 것은 족히 아까울 것이 없으나 전투 경험이 많은 노련한 군졸들을 어떻게 버릴 수 있겠습니까? 차마 그들을 사지로 몰아넣을 수는 없습니다."

그가 구차히 목숨을 위해 싸움을 피할 사람도 아니고 그의 말에 한 치의 빈틈도 없었던 데다, 한효순과 김늑 또한 적의 규모를 알고 있었기에 더 이상 그를 몰아세우지 못했다. 이후 곽재우는 함안과 의령의 경계인 정암진鼎巖津에 진을 치고 왜적을 지키다가 병력의 규모와 기세가 도무지 대치할 수 없음을 알고 어쩔 수 없이 군사와 백성을 거두어 산 위로 후퇴하고 말았다.

명나라 군사는 말만 요란할 뿐 실제로 달려와 구원하지 않고 있고, 외곽 지원을 위해 인근 고을로 달려왔던 조선의 관군과 의병들은 적의 기세에 눌려 도로 물러가 버렸으니 진주성은 이제 외원이 끊어진 절해고도의 운명이었다. 승패와 생사존망이 오로지 급히 모여든 수천의 군사와 성안의 백성들에게 달려 있었다. 임진년 전투의 승리로 진주성은 난공불락의 요새라는 믿음이 굳어져 지난해와 달리 많은 백성들이 외지나 깊은 산속으로 피란하지 않았고, 오히려 인근 고을이 차례로 무너지자 타지의 피란민들까지 찾아들어 성안 백성들의 수만 해도 6만이 넘었다. 혹은 결전의 의지를 불태우고 혹은 불안에 가슴 조이는 이들을 향해 왜적은 칼날을 세우고 창을 높이 쳐들고 성난 파도처럼 밀려오고 있었다.

*

적군의 10만 대병은 6월 15일 김해와 창원에서 수륙으로 병진하여 16일에는 함안을 함락하고, 18일 곽재우가 지키고 있던 정암진을 공격하여 다음 날 의령마저 무너뜨리고 진주를 코앞에 두었다. 부산 본진에 최소한의 수비 병력만 남기고 군사와 무기를 총동원하여 쳐들어오니 그야말로 파죽지세였다. 진주 인근의 여러 고을들은 추풍낙엽처럼 적의 수중에 떨어졌다. 원병으로 왔던 조선의 관군과 의병들이 버티지 못하고 물러가 버렸고, 왜군이 주변 고을들을 전부 점령하여 더 이상 외부의 지원을 기대할 수도 없게 되었다. 왜군은 이번에는 기필코 진주성을 함락시키겠다는 의지로 진주로 들어오는 길목의 요소마다 수천, 수백의 군사를 배치하여 아예 원군의 가능성마저 철저히 차단했다.

한편 진주성 안에서는 여러 장수들이 모여 각각의 역할과 수성 구역을 나누었다. 김천일과 최경회가 도절제都節制가 되어 김천일은 의병을, 최경회는 관군을 통솔키로 했다. 또 각각의 장수와 군사들에게 성안의 구역을 할당하여 지키게 하고, 용력이 가장 뛰어난 황진에게 순성장巡城將을 맡겨 이종인, 장윤과 함께 그때그때 위태로운 곳을 지원케 했다. 진주성은 원래 남쪽은 강이요, 서쪽은 벼랑이요, 북쪽은 큰 못이 있어 적의 접근이 어렵고 수성에는 유리한 반면, 동쪽은 평지로 열려 있어 적의 공격이 동문 쪽으로 집중될 가능성이 높아 많은 군사를 그곳에 배치하였다. 진주성의 성주인 목사 서예원은 상주에 나갔다 합류가 늦었을 뿐만 아니라 원래 겁이 많고 병법에 어두워 지휘권을 김천일 등에게 내주고 말았다. 게다가 그는 백성들을 성 밖으로 피신시켜 희생을 줄이자는 입장이어서 충의를 앞세우는 김천일에게 명분에서도 밀렸던 것이다. 주객이 뒤바뀐 입장이었지만 그는 김천일의 지시를 따를 수밖에 없었다.

서예원을 시켜 성안의 창고에 있는 군량을 점검한 김천일은 장수들과 군사들에게 "성은 높고 군량은 풍족하니 무엇이 두려울 것인가? 이만하면 함께 지키기에 충분하다. 나라가 있고 백성이 있으니 죽기를 각오하고 싸워 흉악한 왜놈들로부터 성을 지켜내자!" 하며 자신감을 비쳤다. 또 명군의 부총병 유정이 휘하의 비장裨將을 보내와 밖에서 원조할 뜻을 전했었기에 그로서는 명나라 군사의 외곽 지원을 믿는 구석도 있었다.

걸인들과 기녀들을 이끌고 적의 공격에 대비하던 논개는 뭔가 모를 어수선함을 느꼈다. 김시민이 든든히 버티고 있던 지난번과 달리 이번에는 성안의 장수들이 의욕은 충천한데 그만큼 대비가 치밀하지는 못한 것 같았다. 각지에서 급히 모여든 군사들이라 가뜩이나 질서가 잡히지 않았는데, 전라도 관군들이 성을 빠져나간 후로는 군사들의 얼굴에 왠지 희미한 불안감이 드리운 듯 보였다. 김천일 장군이 장수들과 군사들을 독려하며 사기를 북돋우려 애썼지만 지난해만큼 군기가 엄정한 것 같지도 않았다. 지난해 김시민 목사가 상관인 유숭인 병사의 입성을 막았을 때 당시로서는 그것이 이해되지 않았었는데, 이제 성안의 사정을 보니 그가 왜 그런 결정을 했었는지 새삼 절실하게 납득이 되었다. 하지만 성주로서 마땅히 주장이 되어야 할 서예원 목사가 그다지 미덥지 않으니, 지금으로서는 밖에서 들어온 장수들의 지휘를 따라야만 했다. 그리고 이것은 그녀만의 느낌일 뿐, 혹여 걸인들과 기녀들의 사기에 누가 될까 싶어 누구에게 얘기할 수도 없는 문제였다. 논개는 마음속 의구심을 감추고 평소보다 더욱 목소리에 힘을 실어 그들을 독려했다. 더 큰 책임감을 느꼈기 때문이다.

6월 21일, 기어이 왜군이 진주에 발을 들였다. 말을 탄 적군 2백여 명이 성의 동북쪽 산 위에 나타나 성안을 내려다보고는 사라졌다. 날랜 군사들을 척후병으로 뽑아 높은 곳에 올라가 살피게 하니, 사방으로 적군이 쫙 깔려 있었다. 곳곳의 왜군 진영에는 형형색색의 깃발이 어지러이 나부껴 땅이 보이지 않았고, 이따금 장수들의 지휘에 따라 적병들의 함성이 천지를 진동하니 멀리서도 그 울림이 느껴질 정도였다. 성을 둘러싼 산 너머로 적군이 사방에 포진해 있으니 진주성은 마치 큰 바다에 홀로 떠 있는 외로운 배와 같았다. 성안에서는 드디어 올 것이 왔다며 감히 밖으로 나가 대적할 생각은 못하고 다시금 군기를 다잡고 방어 태세를 점검했다. 오늘내일 중으로 한바탕 결전이 임박한 가운데 성안의 분위기는 한층 더 무겁고 엄숙했다.

22일 진시辰時에 적군의 5백여 기병이 북쪽 산정에 다시 나타나 그곳에 진을 치고 위세를 과시했다. 하지만 아군은 성안에서 조용히 지켜볼 뿐 아무런 대응도 하지 않았다. 그러자 사시巳時에 적의 대군이 자욱하게 먼지를 일으키며 몰려왔다. 그들은 개경원開慶院 산허리와 향교 앞길에 대대적으로 진을 쳤다. 작은 군진은 바둑알 놓듯 너무나 많아서 이루 헤아릴 수 없을 정도였다. 적군은 이어 성의 북쪽에 위치한 해자인 대사지大寺池로 몰려가 못의 물을 빼내고 그곳을 흙으로 메워

평지로 만들기 시작했다. 대병력이 한꺼번에 달려들어 물을 퍼내고, 나뭇가지를 자르고 흙을 퍼 나르니 그 큰 못이 금방 메워졌다. 성안에서 화살을 쏘고 포를 날렸으나 적은 죽음을 무릅쓰고 달려들어 끝내 성 북쪽의 장애물을 없애 버렸다. 애초에 성의 남·서·북 삼면은 방어에 유리해 동쪽만 잘 막으면 되리라 판단하고 정예 병력을 동문 쪽에 집중 배치했는데, 뜻밖에도 적이 북쪽 해자를 메우는 바람에 성안에서는 대응이 복잡해졌다. 적의 사전 준비는 그만큼 용의주도하고 기민하고 철저했다. 아군은 급히 북문 쪽으로 병력을 추가 배치해 수비를 강화했다.

전장을 북쪽까지 확보한 적은 본격적으로 전투에 돌입하여 이날 낮부터 밤까지 세 차례나 공격해 왔다. 오후에 한 부대가 향교 앞길로부터 공격해 왔으나 성안에서 화살을 집중적으로 쏘아 적병 30여 명을 사살하니 쉽게 물러갔다. 초저녁에 다른 부대가 동문 쪽에 육박하여 길게 또는 넓게 엮은 대나무 사다리를 타고 성벽을 기어오르려 했다. 그러면서 한편으로는 조총 사격으로 엄호를 하며 많은 군사를 동원해 성벽의 아래를 파서 초석을 빼내어 성곽을 붕괴시키려 했다. 이에 충청 병사 황진이 진두에 서서 군사들과 백성들을 독려하여 큰 돌을 내리굴리고 불화살을 쏘아 사다리를 깨부수거나 불태워 버리니 적군은 사상자만 내고 이경二更에 물러가고 말았다. 한밤중 삼경三更에 또 다른 부대가 진격해 와 밤새도록 전진과 후퇴를 되풀이했다.

이에 앞서 이날 밤 늦게 의병장 강희보가 김천일에게 적군의 세가 맹렬하니 날랜 용사 한 명을 성 밖으로 보내어 관군의 구원을 요청하자고 말했다. 김천일이 동의하자 강희보는 자신의 막하인 임우화林遇華를 구원 특사로 성 밖으로 내보냈다. 그러나 불행히도 그는 5리도 못 가서 적에게 붙잡히고 말았고, 이후 적군은 교전할 때마다 그를 나무 기둥에 묶어 화살받이로 앞세우면서 아군의 사기를 꺾으려 했다. 밤새

접전이 펼쳐졌으나 황진, 장윤, 이종인, 김준민 등의 용장들이 앞장서서 전투를 독려하니 적은 결국 오경五更쯤에 공격을 멈추고 물러갔다.

논개는 걸인 정예병들과 훈련받은 기녀들과 함께 동문 쪽에 집결하여 싸우고 있었다. 이날 세 차례나 거듭된 적의 공격 때마다 돌과 화살로 적병을 쓰러트리는 데 그들의 공이 컸다. 순성장 황진이 진두지휘를 하며 분주히 오가는 중에 언뜻언뜻 보기에도 논개의 활약은 그야말로 눈부셨다. 빼어난 미청년의 출중한 활솜씨와 걸인 정예병들을 수족처럼 다루는 모습에 놀란 그는 그녀를 두세 번이나 지그시 주목하여 바라보기도 했다.

한편 논개는 적의 집중 공세가 예상되는 동문 쪽에 자리를 잡던 사나흘 전부터 형체가 잡히지 않는 막연한 침울함 속에서 벗어나지 못하고 있었다. 큰 산 그림자 같은 암울한 무엇이 머릿속에 진득이 맴돌면서 몸과 마음을 무겁게 했던 것이다. 활과 돌에 적이 쫓겨 가는 걸 보면서도 기쁨은 잠시뿐 절망적인 예감은 시종 스러지지 않았다. 혼신을 다해 싸우는 걸인들과 기녀들을 보면서 심장이 저려 드는 아픔을 겪기도 했다. 적군은 자그마치 10만에 가까운 정예의 대병력인데, 그에 비해 아군은 기껏 수천에 불과하고 그마저도 대부분은 오합지중烏合之衆이었다. 성 안팎의 군사들끼리 오가는 비밀 전통傳通을 알 수는 없었지만, 남강 건너나 북쪽 산정 어디에도 지난해와 같은 응원군의 모습은 없었다. 전라도의 관군들이 모두 빠져나간 것도 수상했다. 처음에는 내외의 응원을 위해 작전상 밖으로 나가 왜적과 대치하는 줄 알았는데, 이날 밤새도록 이어진 접전 중에도 밖에서는 아무런 아군의 움직임이 없었던 것이다. 아무래도 그들이 성을 나갈 때 불안스러워 하던 남은 군사들의 표정으로 미루어 뭔가 까닭이 있었을 것만 같았다. 게다가 온다던 명나라 군사들마저 코빼기도 보이지 않았다. 돌아가는 상황이 뭔가 석연치 않았다. 그러면서도 마음 한구석에는, 설마 제 겨레

제 핏줄이 죽어 가는 모습을 두 손 놓고 구경만 하는 그런 기막힌 일이야 빚어지랴 싶은 간절한 희망도 없지는 않았다.

다음 날인 23일, 적군의 공세는 더욱 맹렬해졌다. 아침 일찍부터 호각을 불어 서로 호응하고 일시에 함성을 지르면서 조총을 성안으로 쏘아 대니 그 소리가 천지를 진동하는 것 같았다. 아군은 집중적으로 활을 쏘고 돌을 던지거나 내리굴려 치열하게 맞섰다. 성벽을 기어오르다가 혹은 성벽 밑을 파다가 맞아 죽은 적이 헤아릴 수 없이 많았다. 적군은 이날 전투 중에도 전날에 이어 성벽의 아래를 파서 초석을 빼내 성을 무너뜨리려는 작업을 집요하게 계속했다. 무수한 인명 피해를 당하면서도 멈추지 않았다. 지난해의 실패를 되풀이하지 않으려는 듯, 성안의 저항으로 성벽을 넘는 게 어렵다면 차라리 밑돌을 파내서 성벽을 허무는 것을 공략의 핵심 전술로 삼는 것 같았다. 이날 피차간에 사상자가 많이 났지만 아군은 결국 낮 동안에 세 번, 밤에 다시 네 번 공격해 온 적을 모두 싸워 물리쳤다.

이날 낮에는 성안의 여러 장수들이 착각 같은 환시幻視에 빠지기도 했다. 경상 우병사 최경회와 창의사 김천일이 성루에 올라 군사를 지휘하다가 고개를 들어 멀리 바라보니 시야에 응원군이 먼지를 휘날리며 달려오는 것이 어렴풋이 눈에 들어왔다. 제장들이 크게 기뻐하며 큰북을 울리면서 유심히 살펴보니, 그 무리는 아군의 원병이 아니라 적의 지원군이었다. 적병들이 치켜든 깃발이 어지러이 휘날리고, 날을 세운 창검이 햇빛을 받아 번쩍번쩍 빛나는 모습이 진주로 들어오는 길목마다 가득 메우고 있을 뿐이었다. 김천일이 깊이 탄식하면서 "명군이 우리를 도와 이 싸움에서 승리한다면, 장차 명나라 국경을 침범하는 야인들을 쳐서 그들의 살점이라도 씹어 줄 것이어늘…." 하고 중얼거렸다.

실은 이날 고성 의병장인 최강과 이달이 진주성을 구원하기 위해 달려왔었다. 그러나 적의 기세가 너무나 강하여 그들은 감히 접근하지 못하고 어쩔 수 없이 군사를 돌려 도로 고성으로 향했다. 그런데 그때 그들을 뒤따라왔던 함안의 피란민 3백여 명이 민가에 불을 지르며 약탈을 자행하던 적군들에게 포위를 당했다. 이를 본 최강이 말을 몰아 적중으로 뛰어들어 격전을 벌인 끝에 백성들을 무사히 구출해 냈다. 비록 지원 전투를 하지는 못했지만, 최강과 이달의 군사는 계사년 진주성 전투 중 최초의 외곽 지원군이었다. 하지만 이는 또한 마지막 원군이 되고 말았다. 이후로 조선 관군이나 의병, 승병, 명의 동정군 할 것 없이 진주성에 원병이라고는 일절 없었다. 아군이 이미 군사를 거두어 돌아가 버린 후이기도 했지만, 적군이 진주 인근 고을을 죄다 점령하고 요로마다 군사를 배치하여 막고 있어서 설령 응원할 뜻이 있다 해도 접근할 수조차 없는 형국이었다.

새벽이 가깝도록 공격해 오던 적이 물러가자 성안의 군사와 백성들은 성첩 뒤나 성벽 혹은 돌무더기에 기대어 눈을 붙였다. 그냥 맨바닥에 퍼질러 앉아 꾸벅꾸벅 졸다가 쓰러져 잠든 이들도 있었다. 한여름이라 새벽이라도 다행히 한기는 없었다. 적군은 부대를 바꿔 가며 번갈아 공격해 왔지만 성안의 군사와 백성들은 그럴 여유가 없었다. 하루하루가 총력전이다 보니 혈전을 치른 후에 잠이 들면 업어 가도 모를 지경이었다. 파수를 서는 군사들도 성루의 기둥이나 성가퀴에 기대서서 스르르 졸다가 제풀에 놀라 깨다가 했다.

잠시 꿀잠에 든 군사와 백성들의 이마에 눈부신 햇살이 비쳐 들었다. 6월 24일의 아침이 밝은 것이다. 이날 적군은 5-6천 명의 병력을 더 추가하여 성의 동쪽 말티고개馬峴 등지에 진을 치고 번차례로 전투에 투입했다. 전투의 양상은 전날과 같았다. 적군은 기어이 성벽을 기어오르려 애를 쓰고 한편으로는 계속하여 성벽 밑을 파 들어갔다. 화살을 맞고 돌에 머리통이 깨지고 열탕을 뒤집어써서 살가죽이 벗겨지고 전신에 화상을 입으면서도 죽자고 꾸역꾸역 밀려들었다. 고집스럽고 집요하고 끈질겼다. 아군의 격렬한 맞대응으로 부상자가 나면 뒤로 실어 나르고, 한편으로는 죽어 쓰러진 동료의 시체를 짓밟고 넘어 또다시 공격해 오기를 거듭하는 격전을 벌였다. 적의 조총과 화살에 아군의 희생도 컸다. 전날과 마찬가지로 양측 모두 많은 사상자를 냈다.

적은 공격을 거듭하는 한편 안전한 뒤쪽에서는 귀갑차龜甲車라는 사륜거를 만들기 시작했다. 네 개의 바퀴를 단 큰 수레 위에 사면을 나무판으로 막고 거북이 등처럼 휘어진 지붕을 얹어 그 속에 군사들을 태우고 전진과 후퇴를 자유로이 할 수 있는 공성용 신무기였다. 생소가죽으로 겉을 여러 겹 싸서 아군의 투석 공격에도 잘 부서지지 않고, 불화살 공격에도 별 피해를 입지 않도록 만들고 있었다. 그런 만큼 아군의 공격 무기의 효과는 반감될 게 뻔했다. 적들은 이 전투에서 기어이 승리하기 위해 온갖 지략을 다 짜내고 있었던 것이다.

그뿐만이 아니었다. 적들은 이날 밤을 틈타 동문 밖 30보 지점에 흙을 높이 쌓아 산을 만들기 시작했다. 아래에서 위로 조총을 쏘는 것이 아무래도 명중하기 쉽지 않다 보니 성벽보다 더 높이 토산을 쌓아 성안을 내려다보며 쏘기 위함인 듯했다. 그러자 적의 간교한 의도를 파악한 충청 병사 황진이 직접 지휘하여 성안에서도 적의 토산과 마주하는 위치에 높은 흙산을 만들기 시작했다. 그가 전복戰服과 전립戰笠을 벗어던지고 몸소 돌과 흙을 지고 나르니 성안의 백성들이 남녀노소 할 것 없이 모두 감격하여 눈물을 흘리며 그를 도왔다. 흙산을 쌓는 데는 특히 걸인들의 공이 컸다. 그들은 평소에 논개의 지시로 돌을 주워 모으는 일이라면 이골이 난 터라 족히 두세 사람 몫을 했다. 경미한 부상자들까지 모두 나서서 힘껏 거드니 마침내 하룻밤 사이에 흙산이 완성되었다. 어느덧 동녘 하늘이 희부옇게 밝아 오고 있었다.

25일 아침이 밝았다. 밤새 동문 밖에 토산을 완성한 적은 그 위에 흙과 돌로 한층 더 높이 망루를 만들었다. 성안을 내려다보며 조총을 쏘기 위함이니 실상은 망루 겸 사대였다. 적은 망루에 서서 성안을 향해 비 오듯 조총을 퍼부었다. 표적을 내려다보며 조준하여 사격을 가해오니 성안의 군사와 백성들이 적의 총탄에 픽픽 쓰러졌다. 이에 성안의 아군도 밤새 쌓아 올린 흙산 꼭대기에 '우물 정井' 자 모양의 망루를 만들어 그 안에서 현자총통玄字銃筒을 집중적으로 내쏘아 적의 망루를 파괴해 버렸다. 적들은 죽음을 무릅쓰고 또다시 망루를 만들어 세웠으나 아군은 사정없이 연달아 그것을 파괴했다. 이날 적은 부대를 번갈아 가며 낮에 세 차례, 밤에 네 차례 연달아 공격을 해 왔으나 무수한 희생자를 내고 결국은 모두 패하여 물러갔다. 이날도 적군은 가까이 다가들어 끈질기게 성벽 밑을 파내고, 또 멀리 안전한 데서는 귀갑차를 만드는 작업을 계속했다.

그런데 이날 북문 쪽의 성벽이 한때 위태한 상황에 놓이기도 했다. 잠시 적의 공격이 수그러든 틈을 타서 피로에 지친 아군 병졸들이 깜빡 조는 사이에 적병 십수 명이 죽음을 무릅쓰고 몰래 성벽을 기어올라 돌진해 왔던 것이다. 성첩을 지키던 군사들이 깜짝 놀라 혼비백산하여 달아나자 적군은 개미 떼처럼 성벽을 기어올랐다. 이때 황진이 급히 달려와 장검을 빼어 들고 "오늘 네놈들이 죽을 곳을 찾아왔구나!" 하고 크게 소리쳤다. 이어서 그가 성을 넘어 공격해 오는 적병들에게 번개같이 칼을 휘둘러 목을 베고 심장을 찔러 마구 쓰러뜨리니, 도망치던 군사들이 이에 용기를 얻어 다시 달려와 함께 힘을 모아 적들을 성벽 너머로 물리쳤다. 실로 위급한 순간이었다. 황진이 때마침 즉시 달려와 지혜롭고 용맹하게 대응하지 않았더라면 성은 이날로 무너졌을 수도 있었다. 성을 함락하기 위한 적군의 계략은 날로 그 방법이 교묘하고 다양해져서 성안의 아군은 한시도 방심할 수 없었다.

왜군이 함안, 의령을 도륙하던 때부터 성안의 모든 사람들이 잔뜩 긴장하여 지냈었는데 그런 나날이 벌써 열흘이 넘었다. 적들이 성으로 진격해 와 첫 격전을 벌였던 스무이튿날부터 쳐도 꼬박 나흘을 제대로 먹지도 쉬지도 못하고 피를 말리며 지내 온 것이다. 적이 공격해 오면 죽을힘을 다해 싸우다가도, 잠시 소강상태가 되면 지치고 피로한 기운이 역력했다. 무더위까지 겹쳐 다들 더 예민해진 탓이기도 했다. 특히 이날은 적이 토산의 망루 위에서 조총 공격을 해 오는 바람에 성안의 인명 피해가 컸던 데다, 한때 적군이 성벽을 넘어오기도 해서 불안을 더욱 부채질했다. 모두가 하나같이 성 밖의 지원군을 간절히 바라는 마음들이었다.

논개는 경직된 낯빛을 하고 속으로 분노를 삼켰다. 며칠째 군사와 백성들이 포위된 성에서 고군분투하고 있는데, 성 밖에서 일절 지원이 없다는 사실이 도저히 이해가 되지 않았기 때문이다. 꾹꾹 눌러 감추고 있던 마음이 입 밖으로 비어져 나왔다. 그녀는 고개를 저으며 자기도 모르게 혼잣말을 읊조리고 있었다. 그러나 누구도 들을 수 없는 나직한 입속말일 뿐이었다.

"이럴 수는 없는 것이야. 임금이며 도원수며 동정군의 제독이며 모두 무슨 생각들로 죽은 듯 엎드려 있단 말인가? 적들의 기세가 아무리 맹렬해도 그렇지, 지금 성안의 상황이 어떠할지 환히 꿰뚫고 있을 사람들이 이럴 수가 있단 말인가? 한 핏줄의 형제들이 며칠을 고립되어 죽기로 싸우고 있는데, 오로지 그들의 응원만을 애타게 기다리고 있는데, 진정 이럴 수가 있단 말인가? 남의 땅도 아니고 바로 이 조선 땅에서, 흉악한 늑대 무리가 지금 제 핏줄을 잡아먹고 있거늘, 두 손 놓고 구경만 하는 꼴이라니! 이게 사람이 할 수 있는 일이란 말인가? 진주성의 생민을 왜적의 분풀이 대상으로 그냥 희생시키겠다는 것인가? 저들의 욕심을 채워 주어 더 큰 화를 막기 위함인가? 아니면, 다른 구국의 목적이 있어 의도적으로 진주를 버리는 것인가…?"

논개의 머릿속은, 지금 왜적들이 조선 땅에서 조선의 군사와 백성들을 무참히 살상하고 있는데도, 나라의 임금과 장수란 자들이 그런 적을 그냥 내버려두고 있는 사정이 무엇인지 도무지 감이 잡히지 않아 괴로웠다. 사방이 온통 깜깜한 가운데 그녀의 속도 까맣게 타들어 갔다. 침울한 밤이었다.

결인 정예병들은 대놓고 불평을 터트렸다. 그들뿐만이 아니었다. 이날따라 지친 백성들과 군사들도 하나같이 입을 모아 꿈쩍도 않고 있는 나라의 처사를 원망하며 분노를 짓씹기도 했고, 부녀자들은 불안감과 배신감에 입을 감싸고 오열을 터트리기도 했다. 한번 불만의 물꼬가 터지자 원병이 오지 않는 것만이 아니라 성안 장수들의 명령이 통일되지 않아 크고 작은 혼선이 빚어지는 것도 도마 위에 올랐다. 암암리에 벌어지는 관군과 의병들 간의 미묘한 갈등도 그들의 입에 오르내렸다. 그러나 논개는 가만히 듣기만 할 뿐 침묵을 지켰다. 그들 못지않은 분노와 의문 속에 침잠하여 끊임없이 원인을 헤아리고 있었지만 주변의 동요를 걱정하여 입을 열지는 않았다. 불평하고 오열하는 이들도 그 소리가 성벽을 넘지 않도록 조심들을 했다. 내부의 불만과 동요는 오히려 적들이 노리는 바임을 그들도 잘 알고 있었기 때문이다.

불평을 내뱉고 분노를 터트리던 군사와 백성들은 이내 스스로 마음을 다잡기 시작했다. 내일이라도 지원군이 온다면 그야말로 천만다행이지만, 그렇지 않을 바에야 어차피 성안에 있는 사람들끼리 이겨 내야 할 상황임을 누가 말해 주지 않아도 모두들 절감하고 있었기 때문이다. 그들은 쓰러지기 직전의 몸들을 곧추세우면서 이를 악물었다. 기어이 적을 물리쳐 살아남아야 한다는 의지를 더욱 굳건히 다졌다. 사실 모두의 가슴 밑바닥에는 공포와 두려움이 가득 자리 잡고 있었지만, 성 밖의 지원군에 대한 기대가 점차 희미해지면서 죽기 아니면 까무러치기라는 깡다구가 치솟아 그 두려움을 밀어내고 있었다. 완벽하게 포위되어 고립된 처지가 서로 간의 결속을 더욱 단단히 했고, 오히려 평소에 생각지도 못했던 몇 배의 힘을 끌어내고 있었다. 불평하고 원망을 하면서도 결국 믿을 건 기약 없는 원군이 아니라 바로 곁에서 땀과 눈물을 나누는 사람들이었다.

26일은 아침부터 하늘이 잔뜩 흐려서 한동안 계속되던 찌는 듯한 무더위가 한풀 꺾였다. 그러나 누구도 긴장을 풀 수 없었다. 이날 적들은 나무로 궤짝을 만들어 겉에 생소가죽을 씌워서 각자 그것을 머리에 이거나 어깨에 짊어진 채 아군의 돌과 화살을 막으면서 성벽에 육박하여 성을 붕괴시키려 들었다. 성벽 아래를 파서 밑돌을 빼내려는 노력은 저들이 첫날부터 끈질기게 해 온 일이었다. 그런데 성 위에서 쏟아지는 돌과 화살에 맞아 인명 피해가 극심하고 일의 진척이 더뎌지자 적군이 개인 방호를 위한 묘책을 냈던 것이다. 화살이나 작은 돌멩이로는 큰 타격을 입히지 못하게 되자 성안에서는 커다란 돌덩어리를 아래로 떨어뜨려 아예 나무 궤짝을 박살 내 버렸다. 그런데도 적은 군사를 번갈아 가며 계속하여 성 밑을 파냈다. 연이은 타격에 목이 부러지고 허리가 꺾이고 돌덩이에 깔려 죽는 자가 속출해도 멈출 줄 모르는 파도처럼 계속 달려들었다. 비가 올 기미가 보이니 작업을 재촉하여 이참에 반드시 성벽을 허물고야 말겠다는 의지였다. 성벽 위에서 결인 정예병들이 점점 더 큰 돌덩어리를 비 오듯 퍼붓고 군사들이 성 밑에 몰려 있는 적병들을 조준하여 연신 총통을 발사하니 적은 그제야 물러갔다.

적군은 또 동문 밖에 커다란 나무 기둥 두 개를 우뚝 세우고 목판으로 누각을 만들어 그 위에서 성안을 향해 불화살을 쏘아 댔다. 성안의 초가집들에 불이 붙기 시작하자 당황한 백성들이 아우성을 지르며 물을 뿌리고 모래를 덮어 불을 껐다. 그러나 계속 날아드는 불화살에 성안은 온통 연기가 자욱하고 불꽃이 치솟아 그야말로 아수라장이었다.

목사 서예원은 어쩔 줄 몰라 허둥지둥할 뿐 아무런 대책도 없었다. 그때 다시 황진이 임기응변을 발휘하여 대책을 세웠다. 전날 쌓은 흙산에서 총통과 포를 내쏘는 한편 급히 적의 판옥 누각과 마주 보는 곳에 똑같이 나무 기둥을 세우고 판자를 설치하여 포를 쏘고 불화살을 날렸다. 곧 적의 누각이 박살이 나고 불타 버리니 적은 어쩔 수 없이 화공을 멈추었다. 황진의 잽싼 대응과 지략에 백성들은 모두 환호성을 질렀다. 때마침 아침부터 찌푸렸던 하늘이 급기야 비를 뿌려 성안의 화재는 자연 진압이 되었다. 그런데 그 비가 꼭 반갑지만은 않았다. 적군이 내내 성 밑을 굴착했기에 비가 오면 지반이 약해져 더 쉽게 성벽이 무너질 수도 있기 때문이었다. 장마철이라 비가 쉬 그치지 않을까 봐 아군은 적지 않은 걱정 속에 휩싸였다. 게다가 비를 맞은 활의 아교가 풀려 시위가 느슨해져서 화살의 힘이 약해지고 뜻대로 날아가지도 않았다. 거기다 너나없이 너무나 지쳐 있었다. 제대로 먹지도 잠자지도 못하고 연일 밤낮없이 격전을 치른 데다 더욱이 이날은 불까지 끄느라 전력을 쏟아서인지 눈들이 퀭하고 몸들이 휘청거렸다.

그때 성 밖 적진에서 쪽지가 묶인 화살이 날아들었다.

'명나라 군사도 이미 항복했는데, 너희가 감히 저항하려는가?'

성안에서도 쪽지를 날려 결사 항전할 뜻을 전했다.

'우리는 죽음으로써 싸울 뿐이다. 이제 곧 명나라 지원군 30만이 진격해 올 것이니 너희들은 이미 죽은 목숨이다.'

그러자 적병들이 바지를 훌렁 벗어 내려 엉덩이를 까서 손바닥으로 탁탁 두드리며 "헤헤, 명나라 군사는 벌써 다 물러갔다. 버텨 봐야 소용없다." 하고 야유를 했다. 지친 아군을 도발하여 전의를 꺾으려는 심리전이었다.

비가 쏟아지다 그치기를 반복한 이날도 적은 주야로 일곱 번 공격해 왔으나 모두 패하여 물러갔다. 진주성이 워낙 튼튼한 요새인 데다, 적이 갖은 방법으로 공격해 올 때마다 황진이 매번 적절한 대응으로 이를 무력화시켰기 때문이다. 그는 이번 전투에서 지난번 김시민의 모습에 버금갈 정도의 대단한 활약을 연일 보여 주고 있었다. 성안 조선군 전력의 실질적인 핵심이라 해도 과언이 아니었다.

반면 이날, 진주 목사 서예원은 진주성의 수장으로서 참기 어려운 수모를 겪었다. 목사직을 박탈당하고 만 것이다. 애초에 백성들을 피신시켜 희생을 줄이자는 그의 주장은 목민관으로서 가상한 마음이었다. 그러나 일전에 김해성을 버리고 달아난 적이 있어 본래 소문이 좋지 않았던 데다, 이번의 백성 피신 운운으로 그는 여러 장수들 사이에 비겁하고 용렬한 인물로 이미 낙인이 찍혀 있었다. 게다가 격전이 벌어진 이후로 그는 성주로서의 책임 있고 당당한 모습은 전혀 보여 주지 못하고 주변을 겉돌았을 뿐이다. 보기에 따라서는 도망칠 궁리만 하고 있는 사람처럼 느껴지기도 했다. 그러자 김해 부사 이종인이 그를 꾸짖어 "모두들 목숨 걸고 싸우고 있는데, 비겁하게 성을 버리려는 자는 단칼에 목을 베리라." 하고 호통을 치기도 했었다. 그런데 이날 성안이 불바다가 될 형국인데도 성주로서 아무 조치도 취하지 못하고 사색이 되어 허둥대기만 하자, 보다 못한 김천일이 칼을 빼들어 그의 직책을 박탈해 버렸던 것이다. 처음부터 성안의 지휘권을 밖에서 온 장수들에게 넘겨야 했던 그는, 급기야 본직인 목사 자리까지 빼앗기고 말았다. 김천일은 최경회와 의논하여 전라 좌의병 부장 장윤으로 하여금 그 직을 대신하게 했다. 장윤은 사천 현감을 지낸 인물로 팔척장신에 힘이 장사인 데다 김면, 최경회, 황진과 함께 일찍이 성주성을 수복한 맹장이었으므로, 성중의 장병들은 환호성을 올리며 그를 지지했다. 특히나 평소에 서예원을 비웃던 의병들은 같은 의병 출신인 장윤이 목사가 되자 더욱 기세를 올렸다. 하지만 원래의 진주성 관군들은 하루아침에 주장이 뒤바뀐 것에 혼란을 겪는 듯 한동안 기강이 흔들리기도 했다.

그런데 놀라운 일은 이뿐이 아니었다. 예사롭지 아니한 사건이 또 생기고 말았다. 동문 쪽 논개 주변에서 돌을 나르며 한편으로는 군사들에게 주먹밥을 나눠 주고 있던 퇴기 명월이 침울한 낯빛을 하고 땅이 꺼질 듯한 한숨을 내쉬었다.

"휴우. 앞이 훤히 내다보이는구먼."

그녀는 고개를 설레설레 내젓기도 하면서 두세 번이나 그렇게 중얼거렸다.

바로 그때, 그녀의 곁에서 벼락같은 노성이 터졌다.

"네가 지금, 무어라고 했느냐?"

놀랍게도 그 목소리의 주인공은 창의사 김천일이었다. 그는 동문 쪽을 순시하다가 남복을 한 여인의 절망적인 한숨과 중얼거림을 들었던 것이다.

명월이 놀란 얼굴로 그를 바라보고는 얼른 허리를 굽혔다. 놀란 표정이기는 했으나 크게 당황스러워하는 것 같지는 않았다.

"네가 무어라고 한탄했는지를 물었느니라."

김천일의 호령이 다시 떨어졌다.

명월이 다소곳한 자세로 대답을 했다.

"임진년 전투에서는 비록 병력이 적었으나 장수와 군졸이 한마음으로 서로 아끼고 사랑하여 마침내 이겼사온데, 지금은 장수가 병졸을 잘 모르고 병졸들은 장수에게 친근하지 못한 것 같아 소첩이 그것을 걱정했사옵니다."

그녀 주변의 기녀들과 걸인 정예병들의 얼굴에 긴장의 빛이 감돌았다. 지난해에 비해 이번 전투에서는 타지에서 온 장졸들과 진주성 군민軍民의 마음이 하나로 일치되지 않음에 다들 안타까움을 느꼈지만, 더러 자기들끼리 수군거리기는 해도 윗사람에게 터놓고 아뢰지는 못하고 있었던 터인데, 명월이 바로 당사자인 장수 앞에서 감히 그 말을 뱉고 있었기 때문이다. 명월은 나름대로 진실을 말하여 대책을 촉구할 필요가 있다고 생각한 것 같았다.

"요망스럽구나! 그럼 내가 군졸을 아끼지 않는다는 말이냐?"

예상대로 김천일의 불호령이 떨어졌다.

"사랑을 주시지만 함께한 시간이 짧은지라 대하기 어렵사옵고, 무엇보다 명령이 한 갈래에서 나오지 않고 여러 곳에서 각기 다르게 터지는지라 군사들과 백성들은 혼란스러움을 느끼고 있사옵니다."

명월은 내친김에 하고 싶은 말을 다 하려고 작심한 것 같았다. 그녀는 진주 목사가 교체된 것을 알지 못한 채, 명령인지 호령인지 횡설수설 백성들을 혼란케 하던 서예원을 떠올리면서 그 말을 했다. 물론 다른 장수들의 명령이 하나로 통일되지 않은 것도 아울러서 한 말이었다. 그런데 그녀의 말이 끝나자마자 느닷없이 김천일의 칼날이 허공을 가르더니 명월의 목이 땅바닥에 떨어지고 말았다. 누가 말리고 말고 할 새도 없이 순식간에 벌어진 일이었다.

"요망한 것이, 요언妖言을 하다니…."

김천일은 선혈이 뚝뚝 떨어지는 칼날을 칼집에 꽂으면서 입아귀를 일그러뜨리고 말했다.

주위는 찬물을 끼얹은 듯 조용했다. 명월의 목이 베이는 것을 바로 눈앞에서 목도한 부녀자들과 젊은 기녀들은 얼굴이 하얗게 질린 채 입을 다물지 못했다. 장수의 노기가 충천하고 서슬이 시퍼런데 감히 오열을 할 수도, 나서서 시신을 수습할 수도 없었다. 모두 어쩌지 못하고 얼어붙어 있을 뿐이었다.

논개는 성첩 뒤에서 활을 쏘느라 그 처참한 광경을 목격하지는 못했지만 주변의 어수선함과 둘러선 사람들의 표정으로 모든 것을 알아차리고 적지 않은 충격을 받았다. 그러나 적군은 연달아 조총을 쏘아 대고 여차하면 성벽을 기어오르려 발악인데 순간인들 자리를 비울 수가 없었다. 오히려 불안한 눈빛으로 동요하는 걸인 정예병들과 기녀들에게 자기 위치들을 고수하라고 크게 소리쳤다.

그 순간 김천일의 수하 군졸 두 명이 잽싸게 달려오더니 목이 베인 명월의 사체를 번쩍 들어 성 밖으로 내던져 버렸다. 눈동자가 뒤집히고 혀가 빠진 채 나동그라진 그녀의 머리도 뒤이어 성 밖으로 던져졌다. 젊은 기녀들의 숨죽인 비명 소리가 새어 나왔다.

"적을 죽이지 않으면 내가 죽는다. 적을 죽이는 일 외에 요망한 소리를 지껄이면 누구든 이 칼에 죽는다. 내가 살려면 적을 죽여라! 죽기를 각오하고 맞서 싸워라!"

김천일은 주변의 술렁거리는 사람들을 무서운 눈초리로 노려보면서 그 말을 절규처럼 내뱉고는 말을 돌려 북문 방향으로 달려갔다.

전체의 안위를 책임진 장수로서야 군율을 세우기 위해 하나를 베어 일벌백계를 삼을 수도 있지만, 적에게 빌붙은 것도 아니고 비겁하게 도망친 것도 아닌데, 더군다나 군졸도 아닌 백성을 그것도 아녀자를 그리 무참히 베어 무엇을 얻고자 했음인지 아연실색할 노릇이었다. 아까운 생명 하나가 순식간에 사라졌으나, 그야말로 적을 죽여야 내가 살 수 있는 전장에서는 그조차도 별일이 아닌 듯 지나가고 말았다. 한시가 다급한 살벌한 순간순간이 연이어 들이닥치는데 그 일만 마음에 붙들고 있을 수도 없었다.

논개는 의기회의 고문 격이자 대선배이면서 어머니 격인 명월의 죽음을 슬퍼하고 있을 여유가 없었다. 다만 그녀의 시체를 성 밖으로 내던져 버린 군졸들의 경솔한 행위에 낭패감이 들 뿐이었다. 피차가 첨예한 전투 중에 성 밖의 적진으로 아군의 목 베인 시체를 던졌으니, 성 안의 군사들 간에 자중지란이 일어난 것으로 적들이 오해할 수도 있기 때문이었다. 아니나 다를까, 명월의 시체가 떨어진 부근에서 적병들의 기세가 흉흉했다. 쏘아 대던 조총을 거두고 사체를 살펴보며 저들끼리 키들거리기도 하고, 성벽 위를 올려다보며 동정을 살피기도 했다. 몇몇은 대장에게 알리려는 듯 허둥지둥 군막 쪽으로 뛰어가고 있었다. 논개는 걸인 정예병들에게 적들을 향해 일시에 화살을 쏘도록 명령했다. 몇 명이 고꾸라지기도 하고 부상을 당한 채 달아나기도 했다.

"흥분하지 말고 행동을 같이하라. 산발적으로 쏘지 말고 집중 사격한다. 자, 조준! 쏴라!"

논개에게는 지휘에 필요한 북도 호각도 없었다. 눈앞에 벌어지는 상황을 직시하면서 그때그때 우렁찬 목청만으로 명령을 내렸지만 걸인 정예병들과 기녀들은 정예 관군 못지않게 일사불란하게 움직였다. 이날도 평소처럼 냉철하고 분명하게 호령을 했지만, 그녀의 두 눈에서는 뜨거운 눈물이 뺨을 타고 줄줄 흘러내렸다. 이번 전투에서 살아날 수 있다면 명월 어미의 시신을 거두어 장례를 치르고 명복을 빌어 주어야겠다는 마음을 다졌다. 힘없는 나라 힘없는 백성의 아픔과 억울함에 열통이 터졌지만, 다시 이런 일을 당하지 않으려면 우선은 눈앞의 적을 무찔러야만 했다.

슬프고 침울한 밤이 지나고 다시 아침 해가 솟았다. 햇살은 눈이 부시도록 밝았으나 논개의 슬픔은 가시지 않았다. 하지만 성벽 하나를 사이하여 밖에는 적들이 눈알에 불을 켜고 호시탐탐 안쪽을 넘보고 있으니 사사로운 감정은 떨쳐야 했다. 언제 더 큰 슬픔, 더 처절한 아픔을 당하게 될지 모르는 참혹한 살육의 전장이었다.

27일은 아군의 전사자가 무려 3백여 명이나 발생하고 말았다. 적군이 밤사이 동문과 서문 밖에 다섯 개의 토산을 높이 쌓고 대나무로 책柵을 설치한 후에 그 뒤에 숨어 성안을 내려다보면서 조총을 소나기 퍼붓듯 집중적으로 쏘아 댔기 때문이다. 화약과 포탄이 바닥나 활과 돌로만 대응하니 아군의 피해가 컸다. 가까이 다가오는 적은 궤멸할 수 있어도 멀리 있는 토산 위의 적을 대응하기에는 역부족이었다. 외부의 지원이 없으니 화약과 포탄을 조달할 수도 없었다.

적군은 또 며칠에 걸쳐 만든 공성용 사륜거인 귀갑차를 이날 처음 실전에 투입했다. 생소가죽으로 여러 겹 겉을 감싼 커다란 나무 궤 안에 많은 군사를 태워 엄폐한 채, 철갑과 투구와 쇠로 만든 방패로 중무장을 한 수십 명이 그것을 밀고 접근해 와 성벽 밑을 뚫는 작업을 계속했다. 겉에 댄 생소가죽이 성 위에서 굴려 내리는 돌의 충격을 완화했고 불화살에도 잘 타지 않았기 때문에 아군의 공격 무기의 효과는 그만큼 줄어들었고, 반면에 적군은 인명 피해를 덜 수 있었다. 돌과 활로 공격하는 것이 여의치 않자 성안의 아군들은 처음 겪는 난감한 상황에 적잖이 당황했다. 이때 김해 부사 이종인이 나섰다. 그는 힘으로는 성안에서 으뜸이었는데 강궁을 힘껏 당겨 화살을 날리면 철갑도 뚫는 천하장사였다. 그가 연거푸 화살을 쏘아 철갑을 한 적병 다섯 명을 순식간에 쓰러뜨리니 나머지 적들도 지레 겁을 먹고 귀갑차 안으로 숨거나 꽁무니를 내뺐다. 그러자 성 위의 우리 군사들이 다시 힘을 얻어 도망가는 적에게 화살을 날려 쓰러뜨리고, 또 솜뭉치에 기름을 적신 다음 불을 붙여 내리 던져 귀갑차를 불태우니 그 안에 숨어 있던 적병들까지 모두 섬멸되었다. 몸에 불이 붙은 채 미친 듯이 뒹굴고 날뛰는 제 동료들을 보며 적들은 선불리 다시 다가오지 못했다.

아군의 격렬한 저항에 일단 물러간 적은 주장인 우키다宇喜多秀家의 명의로 또다시 항복을 권유하는 쪽지를 성안으로 날려 보내왔다.

'만민이 한꺼번에 도살되는 것은 참혹한 일이니, 장수 한 사람만 내보내 주면 나머지 군사와 백성들은 성안에서 편안히 살 수 있을 것이다. 강화할 뜻이 있으면 전립戰笠을 벗어서 표시하라. 유월 이십칠일 재배再拜'

겉으로 아량을 베푸는 듯하나 실상은 항복하지 않으면 모조리 도륙하겠다는 은근한 협박을 담고 있는, 굴욕을 종용하는 글이었다. 그러나 성안의 대부분의 장수들은 차라리 싸우다 죽을지언정 절대로 적에게 굴복할 위인들이 아니었다. 이에 성안에서는 즉각 답서를 적어 쏘아 보냈다.

'우리는 싸우다 죽기로 하였으나, 이제 곧 명나라 군사 30만이 너희들을 추격하여 모조리 도살하고 말 것이다.'

결국 피차간의 서신 교환은 강대강强對强의 끝장 혈전이라는 외길만 서로 재차 확인한 꼴이었다. 이로 인해 성을 사수하겠다는 군사들과 백성들의 결의는 더욱 굳어졌다. 지켜 내지 못하면 다 같이 죽는 수밖에 없었다. 그러나 한편으로는 적의 강화 제의가 이번이 마지막일 것 같은 불안한 예감에 얼굴 가득 짙은 수심을 띤 사람들도 적지 않았다. 특히 아이를 둔 부녀자들이 더욱 그랬다. 나라를 위해 목숨을 걸고 싸우는 것도 참으로 훌륭하고 뜻깊은 일이지만, 올망졸망 모여 앉아 어미만 쳐다보는 초롱초롱한 눈동자들을 바라보면 이 죄 없는 어린 생명들이 무엇 때문에 꽃도 피워 보지 못하고 스러져야 하는지 절로 참담한 심정이 드는 것이었다. 어미로서 심장을 도려내는 고통을 온몸으로 느끼는 것이었다. 그렇다고 달리 뾰족한 수도 없어 애가 끓고 울분이 치미는 것이었다. 당장의 생사조차 장담할 수 없는 전장에서도 자신의 생명보다 자식이 더 소중한 모성의 본능이었다.

적은 이날 밤 다시 북문 쪽으로 공격해 왔다. 서문을 지키고 있던 이종인이 서예원에게 대신 그곳의 경비를 맡긴 후 휘하의 군사들을 이끌고 급히 북문으로 달려갔다. 적군이 까맣게 성벽에 매달려 있었다. 그는 밤새 활을 쏘고 칼을 휘둘러 겨누는 족족 적의 심장을 꿰뚫고 목을 날렸다. 용장 밑에 약졸 없다고 그의 부하들도 온 힘을 다해 함께 적을 물리쳤다. 이날 이종인은 실로 눈부신 전공으로 적으로부터 성을 구해 냈던 것이다.

직접 왜적과 싸워 무찌르는 것만큼이나 이런저런 뒷바라지도 못지 않게 큰일이었다. 먹을 것을 챙기고, 부상자를 나르고 돌보고, 적에게 퍼부을 물을 끓이거나 돌과 화살을 나르는 모든 일들이 어느 하나 중요하지 않은 게 없었다. 모두 하나씩 자기가 할 수 있는 일을 맡아 혼신을 쏟았다. 맡은 일이 아니라도 급한 대로 이것저것 서로 도와야 했다. 전장에서는 생사의 갈림만 있을 뿐 신분의 차이는 없었다. 주인과 노복의 구별도 없고 안방마님과 몸종의 구별도 따로 없었다. 반가의 마님이 돌을 나르는 몸종이나 간병하는 기녀의 밥을 짓고, 양반과 백정이 함께 부상자를 옮겼다. 모두가 자신이 맡은 일을 스스로 챙기고 서로를 도울 뿐 거기에 양반이라는 우월도 천민이라는 굴종도 없었다.

부상을 당한 군사나 백성들을 치료하고 간병하는 것은 주로 기녀들의 몫이었다. 특히 이날은 3백 명이 넘는 전사자가 날 정도로 아군의 피해가 컸기에 크고 작은 부상을 입은 사람들도 부지기수였다. 평소에 무술 훈련을 한 의기회 기녀들은 직접 활을 쏘고 돌을 던지거나 아니면 싸움하는 군사들을 도왔고, 일반 기녀들은 마치 제 핏줄을 위하듯 지극정성으로 부상자들을 간병했다. 제대로 치료와 간병 훈련을 받은, 명색이 약방기생인 관기들도 네댓 명 있었지만, 부상자들의 상처 부위를 동여매고 그들을 부축하고 음식을 먹이고 대소변을 처리해 주는 것은 일반 기녀들이었다. 부상을 당한 군졸들과 백성들은 기녀들의 살뜰하고 헌신적인 간병에 눈물을 흘리며 고마워했다.

군사들의 밥 바라지는 부인네들이 맡았다. 반가의 안방마님이나 양갓집의 아낙이나 그때그때 닥치는 일을 가리지 않고 했다. 아궁이에 불을 지펴 밥을 짓고, 항아리에 물을 여 나르고, 구정물에 손을 담그고 밥 먹은 뒷설거지를 했다. 총탄이 날아드는 전장에서 밥 따로 반찬 따로 여유 있게 차려 먹을 처지가 아니었기에 장아찌를 다져 섞은 주먹밥이 아니면 바가지에 두세 가지 나물을 버무린 비빔밥이 전부였다.

바가지에 밥을 담고 김치와 장을 얹고 나물이나 푸성귀를 덮어 숟가락 한 개를 찔러서 군사들에게 돌렸다. 그나마 하루 세끼를 다 챙길 수도 없었다.

갖은 뒷바라지로 온종일 종종걸음을 치는 바쁜 와중에도 반갓집 부녀자들의 표정에는 그늘이 짙었다. 고립무원인 성안의 상황과, 점점 강도를 더하는 적의 공격과, 나날이 늘어나는 사상자와, 최후통첩인 듯한 적장의 서신이 암담한 절망감을 안겨 주었기 때문이다. 이 모든 것이 피할 수 없는 끔찍한 결말을 가리키는 것만 같았기 때문이다.

어떤 반갓집 부인은 치마폭에 돌을 담아 나르면서 수심이 가득한 얼굴로 혼잣말처럼 중얼거리기도 했다.

"그래도, 살아 있음이 낫제. 살아서 다음 일을 도모함이 낫제."

장수 하나만 내보내 주면 다른 사람들은 죽이지 않겠다는 적장의 쪽지를 떠올리고 내뱉는 말인 것 같았다.

"하기사, 놈들의 속임수일 수도 있겠지. 저 흉악한 놈들을 어떻게 믿겠어. 하온대, 천지신명님! 어쩌자고 비를 이리도 뿌리십니까. 이 죄 없는 수많은 백성들의 목숨을 장차 어찌하시렵니까? 참말로 하늘도 무심하시지, 휴우."

두 손을 모으고 하늘을 쳐다보며 거듭 읊조리는 부인의 탄식이 땅이 꺼지도록 깊고 길었다. 장마철이긴 했지만 연이틀 그쳤다 뿌렸다 하며 쏟아지는 비에, 마치 하늘조차 적을 돕는 것 같아 원망스럽고 애가 탔던 것이다.

혈전 이레째인 28일은 성안의 군사들과 백성들 모두가 크나큰 슬픔과 허탈감과 두려움에 휩싸여 사뭇 넋이 나간 듯했다. 아침부터 엄청난 비보를 접했던 것이다. 밤새도록 북문 쪽에서 적을 베어 넘기고 마침내 그들을 물리친 이종인이 새벽 여명에 본래 지키던 서문으로 돌아와 보니 어이없게도 성이 무너질 위기에 놓여 있었다. 지난밤에 위급한 북문으로 달려가며 서예원에게 대신 경비를 맡겼었는데, 그가 야간 경계를 소홀히 하는 바람에 적이 몰래 와서 성벽을 뚫었던 것이다. 이종인은 서예원의 태만을 크게 꾸짖고는, 적들이 붕괴 직전의 이곳을 집중적으로 공략해 올 것으로 예견하고 급히 황진과 의논하여 만반의 전투 준비를 갖추었다. 예상대로 적들은 곧 이곳으로 몰려왔다. 적들이 성벽 아래로 바짝 다가오자 아군은 미리 준비해 둔 활과 돌덩이와 불꾸러미 등을 일시에 날려 적장 한 명과 수백 명의 적병들을 삽시간에 쓰러뜨렸다. 살아남은 적들은 어쩔 수 없이 적장의 시체를 떠메고 물러갔다. 지난밤에 연이은 통쾌한 승리였다.

그러나 그 승리감은 곧 비통과 절망으로 뒤바뀌고 말았다. 적이 물러간 직후에 황진이 성 위에서 아래를 내려다보며 "적의 시체가 겹겹이 쌓인 것을 보니 족히 천 명은 넘겠구나. 아침부터 많은 적을 죽였으니 오늘은 필시 대승을 거둘 것이로다." 하며 만면에 큰 웃음을 지었다. 그런데 바로 그 순간이었다. 적의 시체 더미 속에 숨어 있던 적병 한 명이 잽싸게 황진을 향해 조총을 쏘았다. 탄환이 방패에 맞고 튀어서 하필 그의 이마를 관통했다. 참으로 애석하게도 그는 그 자리에서 즉사하고 말았다. 가까이 있던 장수들과 군사들의 얼굴이 순간 흙빛이 되었다. 짜릿한 승리의 여운이 채 가시기도 전에 성안은 갑자기 초상집 분위기로 돌변했다. 그가 이번 진주성 싸움에서 탁월한 지략과 용맹으로 적을 물리쳐 수차례 성을 위기에서 구했었기에 백성들과 군사들은 김시민 장군 못지않게 그를 의지하며 따랐었다. 그가 없었다면 진주성은 진작에 무너졌을 수도 있었다. 그런데 정신적 지주이자 실질적 수장이었던 그가 어처구니없게도 적의 흉탄을 맞고 숨을 거두자 성안 사람들은 모두 망연자실한 채 땅바닥에 주저앉고 말았다. 태산도 떠받칠 것 같았던 든든한 버팀목이 사라지자 슬픔과 허탈감과 암담함이 한꺼번에 전신을 덮쳐 와 맥이 탁 풀려 버렸기 때문이다. 이종인이 그의 시체를 염하여 땅에 묻자 부녀자들은 입을 감싸 쥐고 소리를 죽여 울음을 터트렸다. 하늘도 슬퍼서 눈물을 흩뿌렸다.

김천일과 최경회는 황진의 죽음을 크게 애통해하며 그의 대임으로 서예원에게 순성장을 맡겼다. 미덥지는 않았지만 장수가 많지 않고 각기 임무를 맡고 있으니 어쩔 수 없었다. 하지만 서예원은 겁에 질려 혼이 나간 사람처럼 전립도 벗은 채 말을 타고 울면서 성안을 돌아다녔다. 어쩌면 자기로 인하여 황진이 죽음에 이르렀다는 자책감 때문일 수도 있고, 어쩌면 빗속을 돌며 군사들을 독려하느라 빗물이 뺨을 타고 흘러내린 것인지도 몰랐다. 하지만 처음부터 밉보인 시선은 쉬 바뀌지 않았다. 그가 군사들의 사기를 돋우기는커녕 오히려 동요와 불안만 키운다고 느낀 경상 우병사 최경회는 그를 참하려다 그만두고, 이미 진주 목사를 대임하고 있는 장윤에게 순성장 임무를 더하여 맡겼다.

부슬부슬 추적추적 내리던 비는 잠시 그쳤다가 다시 장대비로 바뀌었다. 잔뜩 찌푸린 하늘이 하루 종일 장맛비를 뿌렸다 그쳤다 하는 가운데 적들은 집요하게 성벽에 접근하여 크고 작은 싸움을 걸며 진퇴를 거듭했다. 성 밑을 파는 작업도 끈질기게 계속했다. 성 주변의 곳곳이 깊이 파여 언제 성벽이 무너질지 모르는 위험천만한 상황이었다. 적의 대진이 위치한 동문 쪽은 특히 위험했다. 다행히 아직 버텨 주고는 있으나 비가 원망스러웠다. 목사 겸 순성장 장윤이 위태로운 곳마다 쫓아다니며 앞장서서 활을 날리고 칼을 휘둘러 적을 베었다. 황진의 죽음으로 맥이 풀렸던 군사들은 그의 독전에 다시 힘을 얻어 함께 분전하여 적을 물리쳤다. 위기의 연속이었지만 가까스로 넘길 수 있었다. 그런데 목청을 돋우어 우렁차게 외치던 그의 호령이 어느 순간 끊어졌다. 옆을 지키던 군사가 고개를 돌려 보니 그는 총탄을 맞고 쓰러져 있었다. 황진 다음으로 군사들과 백성들의 신망을 얻고 있던 장윤마저 전사한 것이었다. 다행히 적은 이미 물러갔으나 성안은 깊은 절망의 수렁에 빠져들었다. 하루 만에 두 개의 기둥이 뽑혀 버렸으니 진주성의 운명은 그야말로 백척간두에 놓여 있었다.

논개는 적이 물러간 틈을 이용하여 성첩에 머리를 기대고 잠시 눈을 감았다가 뜬다. 짧은 순간이었지만 그녀는 큰 산 그림자 같은 음울한 운명의 덩어리가 북쪽 하늘 가운데를 가득 덮은 채 눈앞까지 바싹 다가와 있음을 느낀다.

"대장님! 인자, 우찌되는 깁니꺼?"

걸인 대장 돼지코가 논개의 경직된 낯빛을 흘끔흘끔 살피면서 나름대로 조심스럽게 물어 왔다. 걸인 정예병들이 모두 고개를 들어 논개를 바라보았다.

"무엇이 어찌된다는 말이냐? 내가 살기 위해 적을 죽이는 일 말고, 지금 우리가 할 수 있는 일이 무엇이란 말이냐?"

논개의 대답은 싸늘했다. 그들이 무엇을 걱정하고 있는지 뻔히 알면서도, 그녀는 그 이상의 말은 할 수가 없었다. 명월을 포함하여 기녀 다섯 명과 걸인 정예병 여섯 명이 이미 저세상 사람이 된 마당에, 공연히 성의 함락이 코앞에 다가와 있다는 말을 던져 그들을 두려움 속으로 몰아넣을 수는 없었던 것이다. 자기만은 끝까지 살아남을 수 있을 것이라는 간절하고 맹목적인 그들의 기대를 차마 꺾어 버릴 수 없었기 때문이다.

논개는 지난밤 성가퀴에서 잠시 눈을 붙였을 때 만났던 강동찬을 떠올렸다. 꿈속에 그가 찾아왔었던 것이다. 흰옷을 입은 그가 홀연히 나타나 수심 어린 표정으로 한참 동안 자신의 얼굴을 지그시 바라보다가 어깨를 토닥토닥 다독여 주고는 아무런 말도 없이 사라졌었다. 정감이 그윽하던 그의 얼굴이 꿈속에서도 너무나 반갑고 그리워 그녀는 그만 목이 메고 눈물부터 머금어져 한마디 말도 건네지 못했었다.

"어른 가까이, 가고 싶어라…."

논개는 빠개질 듯 저린 심장으로 읊조리고 있었다. 진심이었다.

*

6월 29일 아침이 밝았다. 빗줄기가 굵어졌다 가늘어졌다 했지만 잠시도 그치지 않고 쉴 새 없이 쏟아졌다. 하늘을 뒤덮은 구름을 봐서는 쉽게 그칠 비가 아니었다. 해는 어디 있는지 보이지도 않았다. 날이 밝아도 밝은 게 아니었다. 아침인데도 마치 땅거미가 깔리는 저물녘처럼 사방이 어슴푸레했다. 나흘째 내린 비로 남강 물이 불어 황톳빛 강물이 거친 파도처럼 출렁거렸다. 굶주린 맹수처럼 뭐든 닥치는 대로 집어삼킬 기세였다.

적장 가토加藤淸正와 구로다黑田長政의 지휘로 적병들은 오전부터 귀갑차 3대를 동원하여 동문 쪽 성벽 밑을 파는 작업을 계속했다. 한편 뒤에서는 조총 부대가 그들을 엄호했다. 김해 부사 이종인과 거제 현령 김준민의 지휘로 성 위에서 화살을 쏘고 돌을 굴려도 왜적들은 군사를 번갈아 가며 악착같이 달려들었다. 두 장수의 강궁에 화살을 맞고 쓰러지면서도 오늘은 기필코 성을 함락시키리라 날을 잡은 것 같았다. 논개도 쉼 없이 화살을 날려 수많은 적병을 쓰러트렸지만 적은 마치 찰거머리 같았다. 징글징글 끈질기고 악독했다. 걸인 정예병들도 사력을 다해 싸웠다. 몸을 아끼지 않고 화살을 날리고 돌을 던졌다. 그 와중에 걸인 대장 중 하나인 돼지코가 적의 총탄에 쓰러졌다. 아군이 쓰러져도 곁을 살필 촌각의 여유조차 없었다. 쏘고 또 쏘고 던지고 또 던질 뿐이었다. 벌써 혈전 여드레째이니 성안에는 귀갑차를 부술 만한 큰 돌덩이도 더는 없었다. 담장과 축담을 헐고 불탄 집의 댓돌과 주춧돌까지 빼다가 던졌지만 적군은 머리통이 터지면서도 작업을 멈추지 않았다. 비가 쏟아지니 기름 묻힌 솜뭉치 화공도 소용없었다.

점심때쯤 적군은 기어이 성벽의 커다란 밑돌 하나를 뽑아내고 말았다. 서로 아귀를 맞대고 있던 밑돌들 중에 하나를 어렵사리 빼내니 두 번째부터는 일도 아니었다. 이미 틈이 벌어진 데다 며칠 내내 쏟아진 비로 땅까지 물러져서, 한꺼번에 수십 명이 달려들어 쇠막대기로 들쑤시니 어렵지 않게 빼낼 수 있었던 것이다. 성벽을 떠받치고 있던 초석 몇 개가 빠지자 그동안 용케도 버티고 있던 성은 어처구니없이 허물어지기 시작했다.

이를 지켜본 적의 주력 부대가 하늘을 짜갤 것 같은 함성을 내지르며 개미 떼처럼 무너진 성벽을 타고 넘어 성안으로 돌진해 들어왔다. 살이 터지고 피가 튀기는 치열하고 격렬한 백병전이 한동안 벌어졌다. 이종인과 김준민이 선두에 서서 활을 놓고 칼과 창을 휘둘러 종횡무진 좌충우돌하며 적군을 쳤다. 일격필살의 용력이었다. 두 장수의 용전분투에 힘을 얻은 수하의 정병들도 모두 하나로 똘똘 뭉쳐 미친 듯 적을 베고 찔렀다. 논개와 결인 정예병들도 죽을힘을 다해 창으로 적을 찔렀다. 어느새 적군의 시체가 쌓이기 시작했다. 기세가 꺾인 적군은 주춤주춤 뒤로 밀리더니 이내 물러갔다. 마치 성이 무너지기를 기다렸던 듯 맹렬하게 쏟아지던 비는 어느새 거짓말처럼 그쳐 있었다.

동문 쪽은 다행히 물리쳤으나 적군은 다시 서쪽과 북쪽을 치고 들어왔다. 성안에서는 동문 쪽에 정예 병력이 집중되어 있었고, 서쪽과 북쪽은 창의사 김천일의 군사들이 지키고 있었다. 적이 그쪽의 수비가 약한 것을 간파하고, 아군의 저항이 격렬한 동문 쪽을 포기하고 군사를 서쪽과 북쪽으로 돌린 것이었다. 그렇다고 성벽이 허물어진 동문 쪽을 아주 비우고 달려가 지원할 수도 없었다. 적의 대군이 총력을 퍼부어 서문과 북문 쪽의 성벽을 타고 넘어오니 산더미 같은 파도가 일시에 덮치는 기세였다. 허망하게도 성의 함락은 순간이었다. 미처 손

쓸 새도 없이 적군이 순식간에 성을 점령하고 말았다. 김천일을 비롯한 장수들과 수하의 군사들이 혼비백산하여 흩어지기 시작했다. 서예원이 제일 먼저 허겁지겁 도망치고 나머지 장수들과 군사들도 촉석루 쪽으로 달아났다. 적군은 남녀노소 백성과 군사를 가리지 않고 눈에 띄는 대로 마구 죽였다. 성안 골목마다 시체가 쌓이기 시작했다. 적군의 함성이 천지를 진동했고 죽어 넘어지는 인마의 비명이 고막을 찢었다. 피비린내가 코를 찔렀다. 적의 기세에 하릴없이 밀리면서도 이종인과 김준민은 용맹스럽게 칼을 휘둘러 적을 쓰러트렸다.

"대장님, 뛰시오! 여기서 개죽음당하모 안 됩니더. 뒤를 도모합시다."

식칼과 털북숭이가 논개를 에워싸 보호하면서 소리쳤다. 그러나 논개는 어금니를 꽉 물고 잡아먹을 기세로 눈빛을 번득이며 양손에 창과 칼을 휘둘러 적을 쓰러트렸다. 어디서 그토록 무서운 힘이 뿜어져 나오는지 날렵하게 솟구치고 빙글 돌고 적의 칼날을 피해 몸을 빼내며 그녀는 사방의 적들을 찌르고 베어 넘겼다. 시간이 흐를수록 걸인 정예병들과 기녀들도 속절없이 쓰러졌다. 모든 군사들이 저마다 뿔뿔이 흩어져 도망치는데 이들은 논개를 핵으로 사생결단 적과 맞서 싸우면서 희생되고 있었다. 하지만 대책이 없는 중과부적이었다.

"촉석루 방향으로 흩어져 피하라."

논개는 그들을 위해 비명을 지르듯 소리쳤다.

비로소 걸인들과 기녀들이 뿔뿔이 흩어져 달아나기 시작했다. 식칼과 털북숭이만 끝까지 남아 여전히 논개를 보호하면서 걸인 정예병들을 뒤쫓는 적군들을 막으며 싸웠다.

한편, 남문의 촉석루에는 김천일을 비롯한 십수 명의 장령들이 후퇴하여 모여 있었다. 호위하던 좌우의 군사들은 이미 모두 흩어져 없고, 김천일 주변에는 그의 장자인 상건象乾과 양산숙梁山璹 등 막하의 친병 몇 명과, 경상 우병사 최경회, 의병장 고종후 등의 장수들과 향리의 충성스러운 의혈지사 몇몇뿐이었다. 그들의 얼굴과 옷은 온통 피로 벌겋고, 억울함과 분노에 일그러진 낯빛들로 고개를 떨구고 서성거렸다. 화살은 이미 다 떨어지고 창날과 칼날은 이가 빠지고 무뎌져 있었다. 전세를 돌이킬 수 없음을 알고 모두 체념한 듯 어느 장수의 얼굴에도 전의는 찾아볼 수 없었다.

장수 하나가 붉게 충혈된 두 눈에 눈물이 그득 고인 채 김천일을 쳐다보며 말했다.

"일이, 끝난 것 같사옵니다. 어찌하시렵니까?"

그러자 김천일이 지친 얼굴에 잔잔한 웃음을 머금고 말했다.

"나는 창의倡義하던 날부터 이미 나라에 목숨을 내놓은 바이지만, 젊은 그대들이 오로지 가련할 따름이오."

그때 적들이 촉석루를 향해 개미 떼같이 돌격해 오고 있다는 전갈이 왔다. 양산숙을 비롯한 주변의 군사들이 김천일에게 어서 이 자리를 피하라고 권유했다.

김천일이 고개를 저으며 담담히 말했다.

"내가 죽을 자리는 이곳이오."

모두들 숙연했다. 나라를 위해 한목숨 바친 것은 오히려 기쁜 일이나, 적을 물리치지 못하고 성을 저들의 손에 내주고 만 것이 못내 원통하고 한스러울 뿐이었다. 그들은 들고 있던 병기를 강물 속에 집어던지고 모두 북쪽을 향해 재배를 올렸다. 이어 김천일은 아들 상건과 서로 부둥켜안고 벼랑 아래의 강물에 몸을 던져 목숨을 끊었고, 최경회와 고종후 등 함께 있던 사람들도 모두 뒤따라 몸을 던졌다. 김천일의 막하인 양산숙은 힘이 세고 수영에 능해 도강하여 뒷일을 도모할 수도 있었으나, 모시던 장수에 대한 의리로 끝내 함께 죽었다.

장수들이 모두 스스로 몸을 던지니 도망치던 군사들과 백성들도 줄줄이 강물 속으로 떨어졌다. 뒤에서는 적들이 닥치는 대로 도륙하며 돌격해 오고 앞으로는 벼랑 아래의 강물뿐이니, 적의 총알이나 창검에 죽임을 당하기보다는 차라리 남강으로 뛰어든 것이다. 무수한 시체가 강물에 떠내려가고 강변에도 수북이 쌓였다. 강물에 실려 흘러가며 건너편으로 헤엄쳐 달아나는 사람도 간혹 있었다. 총알과 화살을 맞고도 끝까지 적과 맞서 싸운 김준민은 어디서 죽었는지 알 수 없었다. 이종인은 뒤로 밀리면서도 단신으로 수많은 적을 해치웠는데, 끝내 남강 근처까지 밀린 그는 양 옆구리에 두 명의 적을 끼고 호기롭게 외치기를 "김해 부사 이종인이 여기서 죽는다." 하고는 강물에 몸을 던졌다.

성안에 있던 모든 군사들과 백성들이 하나같이 남문의 촉석루 쪽으로만 도망을 치니, 미친 야수로 돌변한 적병들은 칼날에 피바람을 일으키며 그들을 뒤쫓았다. 적의 잔혹함은 이루 형용할 수 없을 정도였다. 이미 죽은 군사와 백성들을 다시 목을 베고 배를 찌르는가 하면, 코를 베어 자루에 넣었다. 철천지원수에게 처절한 복수를 하듯 시신을 마구 짓이기고 난도질을 했다.

한편 논개와 식칼과 털북숭이는 동문과 북문 사이의 관영 부근에 숨어 있다가, 옆길로 흩어져 아군을 쫓는 소수의 적병들을 베었다. 광란하며 남문으로 질주하는 적군의 주력을 단지 셋이서 맞상대를 하는 것은 섶을 지고 불로 뛰어드는 것과 다름없었기에 소수로 움직이는 적의 측면을 노렸던 것이다. 그러나 소수라 해도 상대는 그들보다 두세 배는 되었다. 또한 논개와 식칼의 능란한 칼부림에 비해 털북숭이는 그들의 수준에는 미치지 못했다. 난투 중에 털북숭이의 바른팔이 적의 칼날에 순식간에 잘리면서 그는 비명과 함께 땅바닥에 나뒹굴었다. 그 순간 논개의 눈에 불이 번쩍했다. 그녀는 기성을 내지르며 털북숭이를 벤 적병의 목을 단숨에 쳐 버렸다. 그녀가 휘두른 칼날에는 선혈의 자취도 없이 푸른 섬광만 번득였다. 일곱 명의 적군들이 주춤 뒤로 물러섰다. 그녀는 그 순간을 놓치지 않고 비호같이 앞으로 내달아 세 명을 창으로 찌르고 칼로 베어 버렸다. 식칼도 두 명을 넘어뜨렸다. 그러자 남은 두 명의 적병들이 뒷걸음질로 달아나면서 비명을 내질러 자기편 군사들을 부르려 했다. 논개는 가슴의 비수를 뽑아 소리를 지르는 적병의 심장께를 향해 던졌다. 칼을 맞은 자는 숨을 컥 멈추면서 앞으로 고꾸라지고 다른 한 명은 혼비백산하여 달아났다.

"숨어야 합니다! 저놈이 떼를 몰고 올 것이오."

식칼이 논개의 팔을 잡아끌었다. 아니나 다를까, 도망쳤던 적병이 적군을 떼로 몰고 오는 듯 건물의 후면이 소란스러웠다. 논개와 식칼은 관영의 건물 속으로 들어갔다. 관아의 안채인 듯 보였으나 사용하지 않는 건물인지 낡고 어수선하고 을씨년스러운 것이 마치 폐가 같았다. 그마저도 구조가 단순해서 마땅히 숨을 곳이 없었다. 두 사람은 방 안의 다락 위에 올라가 지붕 아래의 큰 대들보 주변을 살폈다.

"대들보 위에 엎드리십시오. 더 숨을 만한 곳이 없습니다. 어서요."

식칼이 낮은 목소리로 다급하게 재촉했다.

"털북숭이가, 목숨은 붙어 있을 텐데…."

팔이 잘려지는 충격으로 기절하여 쓰러진 그를 두고 창황 중에 둘만 몸을 피한 것이 마음에 걸렸던지 논개가 낮게 중얼거렸다.

논개를 서둘러 대들보 위에 엎드리게 한 후 식칼이 몸을 일으켰다. 그는 성큼 다락으로 내려서면서 창과 칼을 찾아 들었다.

"어디 가려 하는가?"

논개가 놀란 눈빛으로 그를 내려다보면서 화급하게 말한다.

"대장님을 우선 숨겨 드리고, 털북숭이를 데려올 생각이었습니다."

"안 돼! 놈들이 집 앞까지 왔어."

"소인이 이 집을 나가야 대장님이 안전하십니다."

식칼이 정한 가득한 눈을 들어 논개를 지그시 바라보았다. 논개가 당황하여 팔을 뻗는다.

"안 돼. 나가지 마. 나와 같이 있어!"

"부디, 살아남으셔야 합니다! 만에 하나 소인이 목숨을 부지하게 되면, 세상 끝까지라도 대장님을 찾아갈 것입니다. 대장님은, 소인의 생명보다 더 귀하신 분입니다."

매섭게 치켜진 식칼의 눈이 촉촉이 젖어 있었다. 그는 홱 몸을 돌려 문밖으로 뛰어나갔다. 이어 문 앞에 닿아 있는 적군들의 무리 속으로 뛰어드는 듯 짐승 울음같이 터트리는 식칼의 기성이 들려왔다.

"안 돼, 안 돼."

논개는 하늘이 무너지는 듯한 낭패감으로 눈앞이 어지러웠다. 그녀는 다락의 덧창문 틈서리를 비집고 그곳에 눈을 박았다. 문틈 사이가 워낙 좁아 바깥 정경이 제대로 눈 안에 들어오지는 않았다. 하지만 식칼이 적군들에게 쫓기며 건물로부터 멀어지고 있다는 것은 점점 작아지는 함성과 뛰어가는 발자국 소리들로 알 수 있었다. 논개는 대들보에 주먹을 두 번 세 번 짓찧으며 괴로워했다. 그리고 "살아 있어라. 살아 있어라." 간절하게 읊조렸다. 그러나 식칼의 무술과 용맹성이 아무리 뛰어나다 해도 수만 명 적진 속의 한 명일 뿐이니 신출귀몰한 도술이 있지 않고서야 살아남기는 어려울 것이었다.

논개는 적막강산 속에 홀로 박혀 있는 막막함을 느낀다. 임진년 진주 대첩 때부터 이번 계사년 전투에 이르기까지 식칼과 털북숭이와 돼지코는 그녀에게 식구나 다름없는 동지들이자 전우들이었다. 모두가 그녀보다는 연상이었지만 그들은 그녀의 명령을 어긴 적이 없는 충직한 부하들이었고, 또한 걸인 정예병들을 잘 다룬 훌륭한 대장들이었다. 집도 식구도 재물도 없는 그들의 의식주를 논개가 전적으로 책임지고 있기도 했지만, 그들은 대장 논개를 대모처럼 연인처럼 존경하고 흠모하고 의지했었다. 천민인 그들에게 논개가, 인간은 등급이 없는 다 같은 사람임을 일깨워 주었고, 또한 그렇게 대해 주었기 때문이다.

특히 세 명의 결인 대장 중 식칼은 말이 없고 무뚝뚝했지만, 생각이 깊고 예리하고 신중했으며 논개를 위하는 마음도 각별했었다. 논개 또한 그를 가장 신뢰했었다. 그런데 이날 오전 녘에 돼지코가 성가퀴에서 적의 조총을 맞아 전사했고, 끝까지 논개를 호위하며 싸우던 털북숭이는 팔이 잘려 쓰러졌으며, 식칼은 논개의 안전을 위해 방금 전 홀로 적진으로 뛰어들고 말았다. 나머지 결인 정예병들과 기녀들은 논개의 후퇴 명령으로 진작에 모두 흩어졌기에 당장은 그들의 생사를 알 수가 없었다.

식칼이 적군을 몰듯이 유인하여 멀리 벗어나 버려서인지 논개가 숨어 있는 건물 주위는 물을 끼얹은 듯 갑자기 조용해졌다. 그러나 그것은 그녀의 느낌일 뿐이었다. 바로 앞의 소란스러움이 사라져 순간적으로 고요한 듯 느껴졌지만, 애써 귀를 기울이지 않아도 함성과 비명 소리는 여전히 멀리서 가까이서 끊임없이 터지고 있었다. 시간이 흐를수록 적군의 함성보다 단말마의 비명 소리가 더 높아졌다. 논개는 두 주먹을 불끈 쥐고 부르르 떨었다. 아수라장의 찢어지는 비명 소리들은 하나같이 조선 군사와 백성들의 것이었기 때문이다. 눈으로 보지 않아도 뻔한 일이었다. 처음에 흉흉하던 소문대로 왜놈들이 성안의 모든 백성들을 아주 씨를 말리고 있는 것 같았다.

논개는 대들보 위에 엎드렸던 몸을 일으켜 다락으로 내려섰다. 활을 움켜쥔 채 다락을 서성거리다 두세 바퀴 빙빙 돌기도 했다. 마음으로는 당장에 문을 박차고 뛰어나가 잔혹한 살인귀들을 닥치는 대로 죽이고 싶었다. 쏘아 죽이고 찔러 죽이고 베어 죽이고 그러다 끝내 적의 손에 죽을 상황이 되면 스스로 자결해 버리면 그만이었다. 마음은 백번이고 그러고 싶었지만 당장은 성급하고 무모한 행동일 것 같았다. 놈들은 지금 성을 함락하여 살기가 하늘을 찌르는 데다 피맛을 보고 살인 충동에 취해 미쳐 날뛰는 중이었다. 이런 판국에 무작정 나선다는 것은 계란으로 바위를 대적하는 것으로 결국 개죽음만 당하고 말 것이 불 보듯 뻔했다. 마음을 눌러 기회를 노리면 분명 할 수 있는 일이 있을 것 같았다.

그런데 멀지 않은 곳에서 적장인 듯한 자의 알아듣지 못할 고함 소리가 들렸다. 무언가를 명령하는 것 같기도 하고 유인하는 것 같기도 한 억양에 논개는 다락에서 다시 방으로 내려와 소리 나는 방향의 벽 위쪽으로 붙어 있는 작은 창문을 조금 열어 보았다. 바깥 정경이 한눈에 들어왔다. 놀랍게도 얼굴형이 역삼각형인 적장 하나가 도망치는 조선 군사와 백성들을 손짓하여 불러들이고 있었다. 그는 논개가 숨어 있는 건물에서 대략 2백 보쯤 떨어진 곳에 세워져 있는 곳집 같은 곳을 손가락으로 가리키며 그곳으로 사람들을 들어가게 했다. 말을 알아들을 수는 없었지만 억양과 몸짓으로 보아 '저곳으로 들어가면 살아날 수 있다'고 외치며 유인하는 것 같았다. 살인마들에게 도살되지 않으려고 허둥지둥 달아나던 조선의 군사와 백성들은 그 사내가 가리키는 곳으로 다투어 들어갔다. 서로 먼저 들어가기 위해 밀고 당기고 치고받기도 했다. 인정 있는 적장이라 생각해서인지 아니면 눈앞의 도살에 다급하여 달리 생각할 겨를이 없어서인지 누구도 일 푼의 의심 없이 분초라도 먼저 들어가려고 안간힘을 썼다. 사람들이 일시에 몰려들자 창고의 좁은 문은 들어가지도 나가지도 못하게 막혀 버렸다. 적군들이 역삼각형 사내의 지시에 따라 막혀 버린 입구 앞에서 창검을 휘둘렀다. 그러자 양보 없는 다툼으로 막혔던 문이 뚫리고 마치 터진 방죽으로 봇물이 쏟아지듯 사람들은 한꺼번에 창고 속으로 밀려들어갔다. 그들에게는 오로지 살아남겠다는 일념뿐 자존심이나 염치나 체면 같은 것은 찾아볼 수 없었다. 역삼각형의 사내가 그런 조선 백성들을 보면서 뱀처럼 싸늘한 냉소를 흘리고 있었다. 저들끼리 소리 내어 욕지거리를 내뱉으며 키들거리기도 했다. 창고 안이 금방 꽉 차 버린 듯

들어가던 사람들이 밀려나왔다. 적군들이 창고 문을 닫으려 했으나 안이 너무 들어차서 닫히지 않았다. 그러자 그들은 또다시 칼을 휘둘렀다. 입구 쪽에서 안으로 들어가려 용을 쓰는 조선 백성 네댓 명을 나뭇가지를 치듯 가차 없이 베어 버렸다. 문이 닫히자 놈들은 밖에서 쇠통을 채우고 빗장까지 질렀다.

논개는 눈을 감고 머리를 흔들었다. 진작부터 뇌리를 스치던 불길한 예감대로 저들이 그 짓을 행하려는 것이 틀림없어 보였다. 놈들은 마치 먹이를 앞에 놓고 축제라도 벌이는 악마들처럼 끊임없이 키들거리면서 창고 주변을 몇 겹으로 포위했다. 곧 놈들은 기름통을 들고 와서 곳집 위로 흩뿌리기 시작했다. 사방으로 골고루 빈틈없이 뿌렸다. 사람들을 창고로 유인해 몰아넣은 것은 살려 주거나 포로로 잡아 두기 위함이 아니라 필시 불을 질러 떼죽음을 시키려는 것이었다.

논개는 화살을 뽑아 조준했다. 앞뒤 분별할 여유가 없었다. 거리가 적당치는 않았으나 곳집을 에워싼 놈들을 향해 화살을 날렸다. 그러나 화살이 시위를 벗어나는 순간 이미 곳집에는 불이 붙어 버렸다. 비 그치고 구름 낀 날씨에 바람까지 불어서인지 창고에 붙은 불은 순식간에 활활 타올랐다. 작은 섬 하나가 통째로 불이 붙은 듯했다. 곳집 속 백성들의 비명과 아우성이 하늘과 땅을 찢어 놓을 것처럼 처절했다. 곳집 둘레를 몇 겹이나 포위한 왜놈들은 사뭇 펄쩍펄쩍 기뻐 날뛰며 괴성을 내질렀다. 주변 민가를 부수고 뽑아낸 나무 기둥과 성벽 밑에 쌓였던 땔감들을 끌어다 불더미 위로 던졌다. 쇠통이 채워지고 빗장까지 걸린 곳집의 문짝이 불에 타면서 어느 순간 밖으로 무너졌다. 그러자 온몸에 불이 붙은 백성 몇 명이 불구덩이에서 뛰쳐나와 미친 듯이 나뒹굴었다. 살기에 눈이 뒤집힌 왜놈들은 불붙어 뒹구는 조선 백성들에게 조총을 난사했다.

놈들의 잔인함과 무자비함에 논개는 치를 떨었다. 그녀는 화살을 뽑아 강궁에 메긴 후 조총을 발사한 놈들 두세 명을 순식간에 쏘아 쓰러뜨렸다. 연이어 화살 여섯 개가 시위를 떠나 곳집을 둘러싼 놈들을 정확히 맞혔다. 하지만 사람 불태우는 구경에 넋이 나간 놈들은 제 옆에 선 놈이 죽어 넘어져도 몰랐다. 논개는 두 개밖에 남지 않은 화살을 움켜쥐고 난감해했다. 그녀는 조선 백성들을 곳집 속에 몰아넣어 태워 죽일 발상을 한 역삼각형 얼굴의 적장을 두 눈을 부릅뜨고 찾았다. 남은 두 개의 화살은 그자의 몫이기 때문이었다. 그러나 적장은 보이지 않았고 여전히 곳집을 에워싼 적군은 야수처럼 기성을 내지르며 광란했다. 놈들은 계속 불더미에 나무를 던지고 기름을 들이부었다. 시뻘건 불꽃이 치솟고 시커먼 연기가 피어올랐다. 불더미 속에서는 더 이상 꿈틀거림도 없고 뛰어나오는 사람도 없었다. 이런 불지옥이 한두 군데가 아닌 듯 성안은 온통 인육 타는 냄새와 매캐하고 자욱한 연기로 숨을 쉬고 눈을 뜨는 것조차 힘들 정도였다.

논개는 억울함과 분노로 방바닥에 털썩 주저앉았다. 임금이며 도원수며 벼슬아치들에 대한 원망과 증오가 머리끝까지 뻗쳐올랐다. 백성들은 바다를 건너온 흉악한 도적놈들에게 처참하게 난자당하고 불구덩이에서 비명을 토하며 타 죽고 있는데, 백성의 어버이라는 임금이며 국록을 먹는 재상들과 장수들은 모두 어디에 처박혀 있는지, 이 나라는 누구의 나라이고 죽어 가는 사람들은 어느 나라 백성들인지 기가 막히고 열통이 터져 기진할 지경이었다. 남의 일인 듯 두 손 놓고 앉아 있는 등신 같은 몰골들을 떠올리며, 눈앞에 있으면 머리로 들이받아 버리거나 차라리 창칼로 찔러 버리고 싶은 극도의 흥분 속에 휩싸이기도 했다. 뜨거운 눈물이 그녀의 양 볼을 타고 줄줄 흘러내렸다.

바깥의 소란이 점차 잦아드는 듯했다. 논개는 다시 몸을 일으켜 밖을 내다보았다. 불더미를 에워싸고 광란하던 놈들이 남문 쪽으로 떼지어 몰려가고 있었다. 창고 안의 모두가 죽었음을 확인한 이상 놈들도 그것을 지켜보며 계속 즐길 여유는 없는 것 같았다. 타들어 가는 건물 잔해 속 거대한 시체 무더기는 계속 악취와 연기를 뿜어내고 있었다. 곳집의 지붕이 폭삭 내려앉고 문짝이 타 버리고 없을 뿐 돌벽은 그대로 버텨 선 채 그 안에 빼곡히 들어차 불타고 있는 시신들을 꼼짝없이 가두고 있었다. 많은 무리가 남문으로 몰려간 후에도 이따금씩 그곳을 지나가던 적군들이 아직도 지글지글 타고 있는 인육의 불무더기를 향해 코를 싸쥐고 얼굴을 찌푸리며 침을 뱉기도 했다.

하늘이 어두워지기 시작했다. 논개는 숨어 있던 건물 밖으로 나갈 준비를 했다. 곳집의 시체 더미는 완전히 재가 되지 못한 채 계속 연기를 뿜어 올리고 있고, 적군들의 모습은 이제 거의 보이지 않았다. 어둠이 더욱 짙게 내려야 성 밖으로 나가기가 그나마 조금은 더 수월할 테지만 그때까지 마냥 기다릴 수 없었다. 남문 쪽으로 몰려간 적군들이 곧 관영이 있는 이곳으로 되돌아올 것 같은 예감 때문이었다. 진주성의 중심인 관영의 건물들을 그들이 가만히 내버려둘 것 같지는 않았던 것이다.

논개는 서둘러 숨어 있던 곳을 벗어났다. 성벽은 이미 허물어졌기에 성 밖으로 나갈 수는 있었지만, 그녀는 발걸음마다 부딪히는 아군의 시체들을 피하느라 쉽게 빠져나갈 수가 없었다. 게다가 간간이 적군들이 보일 때마다 그녀는 급히 몸을 숨겨야 했다.

"죽일 놈들이, 인간의 씨를 말리는구나. 이럴 수는 없어."

그녀는 발밑으로 끝없이 널린, 코를 베인 아군의 시체들을 보며 치를 떨고 이를 악물었다. 옮기는 걸음마다 분노를 곱씹었다. 그러다 성벽이 허물어진 부근에서 젊은 여자의 사체를 능욕하고 있는 적군을 목격했다. 사체의 두 다리를 벌려 놓고 가랑이 사이로 엉덩이를 들썩거리며 헐떡이고 있는 시간屍姦 현장이 눈에 들어왔던 것이다. 논개의 눈에 번쩍 불꽃이 튀었다. 그녀는 반사적으로 화살을 뽑아 올려 놈의 벌건 엉덩이를 향해 분노의 시위를 당겼다. 화살은 정확하게 놈의 항문을 꿰뚫었고 놈은 머리를 쳐들지도 못한 채 그대로 엎어지고 말았다. 또 다른 한 놈은 시체 더미 속에 몸을 숨기고 있던 살아 있는 부녀자의 하체를 겁탈하고 있었다. 허연 두 다리가 하늘로 쳐들린 채 강간을 당하던 여자는, 하체를 짓이기는 놈을 향해 두 손을 싹싹 비비면서 울며불며 살려 달라고 애원하고 있었다. 논개는 또다시 화살을 날려 헐떡이는 왜놈의 심장께를 일 푼의 어긋남도 없이 꿰뚫어 고꾸라뜨렸다.

"어서, 성 밖으로 도망치시오."

논개는, 숨을 멈추고 얼이 빠져 있는 여자에게 조급히 그 말을 던지고는, 드디어 동문 쪽의 허물어진 성벽을 따라 걸음을 재촉했다. 거기서 옥봉동 언덕 위의 기와집까지는 그다지 먼 거리가 아니었다. 성 안쪽 성벽 근처의 민가들도 왜놈들의 방화로 성한 집이 거의 없었다. 성호를 메우고 성벽을 뚫기 위해 열흘 가까이나 성 밖에서 진을 쳤던 적들이 주변의 민가를 약탈하고 방화하고 주민을 살상했을 것임은 뻔히 짐작할 수 있었지만, 실제로 눈앞에 펼쳐진 처참한 광경에 논개는 벌린 입을 다물지 못했다. 그런데 그녀의 등 뒤로 갑자기 성안이 대낮처럼 밝아지면서 화염에 휩싸였다. 순식간에 하늘이 벌겋게 물들 정도로 불길이 치솟았다. 그녀의 예감처럼 남문 쪽으로 몰려갔던 적들이 다시 관영 건물이 몰려 있는 곳으로 돌아와 불을 지른 것이었다.

논개는 얼굴을 일그러뜨리고 자조하듯 뇌까렸다.

"오냐, 이 도적놈들아. 이 살인마들아. 깡그리 다 태우고 다 죽여라, 이놈들아."

극도의 흥분 상태여서인지 논개는 불안감도 두려움도 없었다. 허물어진 성벽 외곽을 따라 비틀거리며 걸었다. 하늘은 점점 더 어두워졌지만 그녀는 성 밖 적의 본거지를 찾아 헤맸다. 동문과 북문의 중간 지점에 적의 진지가 사방에 깔려 있었다. 적들은 무모할 정도로 전부 성안으로 들어가 버리고 군막들은 텅텅 비어 있었다. 논개는 화살이 없는 빈 활만 어깨에 걸고 바른손에는 칼을, 왼손에는 창을 움켜쥔 채 적의 총본부일 것 같은 동문 쪽의 대형 막사로 다가갔다. 그곳에는 두 명의 적병이 막사의 앞뒤에서 보초를 서고 있었는데, 그들은 하나같이 넋을 놓은 채 성안의 방화로 붉게 물든 하늘을 쳐다보며 벙글거리고 있었다. 논개는 막사의 후면으로 다가가 키가 유달리 작은 적병의 목을 바른팔로 휘감아 죄었다. 놈이 버둥거리며 저항했으나 그녀는 바른팔에 힘을 주어 놈의 목을 조이며 왼손으로 오른쪽 팔꿈치를 감싸 쥐고 사력을 다해 잡아당겨 순식간에 숨통을 멎게 했다. 그녀는 다시 전면으로 돌아 나갔다. 앞쪽에 서 있는 놈도 불꽃놀이 보듯 하늘에 정신을 팔고 히죽거리느라 그녀가 다가오는 걸 모르고 있었다. 그녀는 굵은 쇠막대기를 집어 들고 뒤쪽에서 적병의 머리통을 힘껏 후려쳤다. 놈은 "헉" 하는 짧은 비명과 함께 그대로 앞으로 고꾸라지고 말았다.

논개는 다시 사방을 둘러보았다. 적병은 더 이상 어디에도 보이지 않았다. 그녀는 막사 안으로 뛰어들어갔다. 예상했던 대로 막사 안은 적장의 침구와 간이 회의장 그리고 조총과 창검, 활과 화살 등의 무기로 가득 차 있었다. 그뿐만이 아니었다. 짐승 가죽으로 만든 수십 개의 자루에 철환이 가득 담겨 있었다. 그녀는 잠시 난감하여 머리를 굴리며 서 있었다. 이 많은 살인 무기들을 어떻게 없앨 것인지 얼른 묘안이 떠오르지 않았기 때문이다. 기름통을 찾았으나 보이지 않았다. 그녀는 다시 막사 뒤쪽으로 뛰어나갔다. 사방을 둘러보며 방법을 찾다가 갑자기 소리가 날 정도로 허벅지를 탁 쳤다. 막사 뒤편으로 비봉산 자락에서 이어지는 커다란 개천이 있는데, 며칠 쏟아진 장맛비로 그곳에 물이 넘치도록 흘러내리고 있을 것이란 생각이 불현듯 뇌리를 스쳤던 것이다. 실제로 개천에는 마치 홍수가 지듯 물이 가득 흘러넘치고 있었다. 논개는 총알 자루부터 밖으로 끌어내기 시작했다. 무게가 상당했지만 사력을 다해 개천 쪽으로 굴렸다. 드디어 개천가에 이르러 자루의 주둥이를 칼로 자르고 탄환을 물속으로 쏟아부었다. 그러기를 수십 차례 되풀이했다. 두 팔과 몸뚱이가 천근만근의 무게로 쓰러지기 직전이었으나 그녀는 이를 악물었다. 밤이 깊어질수록 성안의 불길은 달도 없는 캄캄한 하늘을 더욱 붉게 물들였고, 적군의 조총 소리는 낮처럼 콩 볶듯 성하지는 않았으나 가끔씩 이어졌다. 얼마나 많은 군사들과 백성들을 샅샅이 찾아내어 사살하면 이토록 밤 내내 총성이 끊이지 않을까 싶었다. 그녀는 연신 이를 갈면서 혼신을 다해 총알 자루를 끌어냈다. 탄환 한 개가 조선 군민의 생명 하나를 죽인다 생각하면 잠시도 숨 돌릴 여유가 없었다. 그녀는 삼경三更이 가까워서야 마침내 수십 포대의 총알 자루를 뻘이 많은 깊은 물속에다 기어이 다 쏟아 버릴 수 있었다.

그러나 그것으로 끝이 아니었다. 밤눈이 익어지면서 논개는 몇 군데의 격리된 막사를 발견했는데, 그곳에는 접근을 금하는 팻말이 붙어 있었다. 보초병은 없었으나 그 막사 안에 기름통이 있을지도 모른다는 생각이 문득 들었고, 실제로 그녀의 예감은 틀리지 않았다. 격리된 막사는 세 군데였고, 모두가 바로 기름 저장고였다. 그녀는 기름통을 어깨에 멨다. 총알 자루보다는 크기도 작고 무게도 한결 가벼운 편이었으나 앞서 힘을 많이 소모한 탓인지 간신히 들 수 있었다. 그녀는 그것을 적의 본진인 막사로 메고 가서 총과 활과 창이 무더기로 쌓여 있는 위로 쏟았다. 그렇게 기름 세 통을 더 가져와 무기 더미에 흠뻑 뿌렸다. 그녀는 드디어 허리를 펴고 손을 닦았다. 그리고 칠흑 같은 어둠 속에서 하얀 이를 드러내고 귀신처럼 웃었다. 그녀는 속바지 끈에 매단 주머니를 꺼내 그 속에서 비상용 부싯돌을 찾아냈다. 그리고 그것을 맞부딪쳐 불을 일으켜 짚 뭉치에 불을 붙여 불꾸러미 몇 개를 만들었다. 그런 다음 양손에 불꾸러미 두세 개씩을 나눠 들고 성난 말처럼 뛰었다. 본진의 대형 막사 안으로 불꾸러미 하나를 던져 넣고, 이어 기름 막사 세 곳 모두에도 불꾸러미를 던졌다. 그리고 곧장 어둠 속으로 내달려 죽을힘을 다해 뛰었다. 곧 네 군데 모두에서 펑펑 폭발음을 터뜨리며 시뻘건 불길이 치솟았다. 본진 막사 안의 수많은 무기들이 불타고, 세 곳의 기름 저장고에서는 마치 화산의 용암이 솟구치듯 거대한 불길이 시커먼 연기와 함께 뿜어져 나왔다. 얼마를 미친 듯 뛰었을까. 안전하다 싶은 곳에 이른 그녀는 뒤돌아서서 그 장면을 지켜보았다. 화마의 발광을 보는 듯 대단한 장관이었다. 가슴이 펑 뚫리도록 통쾌했다. 참았던 오열이 터져 나왔다. 그녀는 엉엉 소리 내어 울었다. 조총의 총알을 개천에 다 쏟았을 때부터 목에 차오르던 오열이었다. 그뿐인가, 미친 듯 두 팔을 벌리고 덩실덩실 춤을 추었다. 가락도 없이 가슴에서 솟구치는 대로 펼치는 원초적 몸짓이었다. 켜켜이 응어리져 굳어진 분노와 슬픔과 억울함과 회한을 풀어내듯 어이어이 통곡했다.

"어어-, 어어-."

비명을 지르듯 울어 젖혔다.

*

어느새 동녘으로 희부옇게 미명이 트고 있었다. 논개는 서둘러 옥봉동 언덕 위의 기와집으로 달려 올라갔다. 집은 겉으로 보기에는 방화되거나 파손되지 않아 비교적 온전해 보였다. 그러나 대문은 활짝 열려 있고 집 안은 텅 비어 있었다. 한여름에 썰렁하니 찬 기운이 도는 것도 같았다. 보름 전 기와집을 떠나 성안으로 들어가면서 섭냄이와 초희, 월향이에게 서둘러 산속 절간으로 피란을 가도록 일렀었기에 그들은 지금 당연히 피란 중일 것이었다. 그렇다면 약탈자의 침입이 있었던 것이 틀림없었다. 아니나 다를까, 도끼에 의해 박살난 고방의 쇠통이 마당에 아무렇게나 뒹굴고 있고 고방 문은 활짝 열려 있었다. 고방 안은 바닥이 훤히 드러나도록 텅 비어 있었지만 그나마 벽 쪽으로 몇 가마니의 곡물은 남아 있었다. 논개는 망가진 쇠통을 주워 한쪽 옆으로 치우고 열려 있던 고방 문을 닫았다. 안방 문도 활짝 열려 있었고 장롱 바닥의 엽전 꾸러미는 깡그리 사라지고 없었다. 그러나 돈에 정신이 팔려 다른 것은 눈에 들어오지 않았던 모양인지 옷과 패물 따위에는 손을 대지 않은 것 같았다.

그녀의 휑한 가슴에 한 줄기 쓸쓸한 바람이 지나갔다. 약탈자들이 동네 사람들이었든 왜적들이었든 간에 그저 헛헛할 뿐이었다. 하지만 그녀에게 재물을 약탈당한 눈앞의 사실들은 조금도 중요하지 않았고, 그런 것에 얽매일 마음의 여유도 없었다. 진주성이 함락되던 어저께부터, 더욱 구체적으로는 곳집에 가득한 조선의 군사와 백성들이 새까맣게 숯덩이로 변하던 참상을 목격한 그 순간부터, 논개는 내내 극도의 흥분 상태였다. 가슴은 분노로 터질 듯했지만 그렇다고 마음처럼 마구 행동하지는 않았다. 오히려 머릿속은 유리알처럼 맑고 생각은 차분하다 못해 냉철했다. 그녀는 자신이 마지막으로 무엇을 해야 하는지 분명히 알고 있었다.

논개는 뒤란 목욕간으로 가서 정성 들여 온몸을 씻었다. 열흘 가까이 혈전을 치른 데다 연속된 불면으로 지칠 대로 지쳤지만, 오랜만에 물속에 몸을 담그고 있으니 전신의 피로가 싹 씻겨 나가는 것 같았다. 그녀는 살결이 뽀드득 소리가 나도록 온몸 구석구석의 때와 땀과 피로를 씻어 냈다. 개운했다. 졸음이 왈칵 쏟아졌다. 하지만 필히 해야 할 일이 남아 있었다. 목욕을 마친 그녀는 몸단장을 시작했다. 분가루로 짙게 화장을 하고 볼에 발그레하게 연지도 찍었다. 귓불과 겨드랑이에 중국산 향료도 뿌렸다. 삼단 같은 머리채를 땋아 트레머리를 만들고 그 위에 갖은 장식을 꽂았다. 남색 갑사 치마에 위에는 노란색 갑사 저고리를 입었다. 그리고 금지환 은지환 옥지환 등 반지를 있는 대로 거두어 열 손가락 모두에 끼었다. 최상의 성장을 한 셈이었다. 이날 벌어질 적들의 대승전 연회에 참석하기 위해서였다.

과연 그랬다. 적들의 광기 서린 승전연은 이날 아침부터 촉석루에서 걸판지게 벌어지고 있었다. 적들은 성안 도처에 쌓인 진주 군민軍民의 시체를 그대로 놓아둔 채 아직도 불타고 있는 성안의 가옥들을 승전의 상징처럼 흐뭇하게 바라보면서 퍼마시고 춤추고 기성을 지르고 호탕하게 웃어 젖히며 질탕한 광란의 자축연을 거침없이 즐기고 있었다. 촉석루 정각亭閣 위에는 이미 거나하게 취한 적장들이 조선의 어린 여자들을 하나씩 옆에 끼고 횡설수설 지껄이며 몸을 흔들고 있었다. 임진년에 진주성에서 싸우다 죽어 간 고혼의 맺힌 한과 관백 풍신수길의 숙원을 마침내 풀었다며 입에 게거품을 물고 칼춤을 추는 적장도 있었다. 그때 화사하게 단장한 논개가 어디선가 나타나 치맛자락을 휘날리며 사뿐히 걸어오자 적장들이 모두 그녀를 향해 고개를 돌리고는 입가로 벙긋벙긋 웃음을 지으며 벌린 입을 다물지 못했다.

"기녀 소향이, 승전을 축하드리옵니다."

논개가 소맷자락을 나부끼며 선녀처럼 날아갈 듯 절을 올리자 모두들 그녀에게 눈을 박은 채 서로 자기 옆으로 오라고 다투어 손짓들을 했다. 그녀는 교태를 머금은 요염한 눈빛으로 좌중을 슬며시 둘러보듯 하다가 이내 자리에서 일어나더니, 바른쪽 난간에 팔을 걸치고 몸을 기댄 채 왼손을 들어 손목을 까불며 이리 오라 손짓하는 적장에게로 다가간다. 곳집에 백성들을 처넣고 불을 질러 산 사람들을 통째로 숯덩이로 만들어 버린 바로 그 역삼각형 얼굴의 적장이었다. 술 취한 적장들이 손뼉을 쳐 대며 소리 높여 그에게 축하 인사를 건네자, 그는 자신이 진정한 승자라도 된 것처럼 의기양양했다. 논개는 너무나 쉽게 그를 찾아내어 전신이 팽팽하게 긴장되었으나 짐짓 교태를 부리며 그에게 나붓이 절을 올린다. 그리고 수줍은 듯 말끝을 흐리며 "어쩐지 연緣인 듯 느껴져서…." 하고 유혹의 말을 흘린다. 옆에 통역을 맡은 듯한 종자가 그녀의 말을 옮겼다. 그러자 역삼각형 얼굴의 적장이 우쭐하여 희색이 만면한 채 크게 고개를 끄덕이고는 "네가 사람 볼 줄을 아는구나, 으하하!" 하고 기세 좋게 웃어 젖히면서 와락 그녀를 끌어안았다. 논개는 그의 팔 안으로 안겨 들면서 부끄럼을 타듯 얼굴을 붉히고 어깨를 움츠린다. 곧 얼굴의 열기를 식히려는 듯 손부채질을 하다 저고리 앞섶을 가볍게 펄럭이다 하며 부러 몹시 덥다는 시늉을 한다. 그러더니 이윽고 적장의 품에서 살포시 몸을 빼내면서 강가로 내려가 강바람을 쐬자는 몸짓을 보인다. 적장이 벙글거리는 낯빛으로 고개를 끄덕이면서 그녀를 따라 일어났다.

논개는 너무 쉽게 자신의 뜻이 이루어지고 있다는 생각에 약간의 불안감을 갖는다. 그러나 마음 깊은 곳에서 반사적으로 솟구치는 알 수 없는 자신감이 불안감을 쫓는다. 사지에서 살아남아 식칼 일행과 도망쳐 비어 있는 관영 건물의 다락과 대들보 위에 숨었을 때부터, 겁간하는 왜놈들을 수월치 않은 공간에서 화살로 사살할 수 있었던 일과, 왜적의 막사에서 수천수만 개의 철환을 물속으로 폐기하고 창검과 화살 등의 무기를 기름을 부어 폭파시킨 엄청난 일들이, 그녀 혼자만의 힘으로 된 것이 아니라는 생각에 용기가 솟는다. 이 모든 일들이, 전장에서의 짧은 잠 속에 나타났던 강동찬 어른의 비호 아래 이루어지고 있다는 느낌이었다. 확신감이었다.

'어르신…, 기다리소서….'

논개는 주연상에서 술두루미 하나와 술잔 하나를 챙겨 들고는 연신 요염한 교태를 부리며 앞서 걷는다. 이미 만취한 적장은 비틀비틀 휘청거리며 그녀를 뒤따랐다. 잡힐 듯 잡히지 않고 촉석루 아래의 바위 비탈을 버선발로 사뿐사뿐 앞서가면서 술두루미를 흔들어 손짓하는 그녀의 뒤를, 그는 사랑놀이를 하듯 흥에 겨운 목소리로 "멈추거라. 멈추거라." 외치며 따라왔다. 논개는 '잡아 보라'는 듯 돌아보며 술병 든 손을 흔들면서 웃는다. 적장이 잡을 듯 손을 뻗자 그녀는 애태우듯 또다시 몇 발짝 앞서 걷는다.

"멈추거라. 멈추거라."

적장이 다시 소리치며 가슴을 활짝 펴고 두 팔을 휘두른다.

논개는 완만하게 경사진 바위 벼랑을 춤추듯 걸어 내려가서는 강물 속으로 떨어져 앉은 크고 평평한 바위로 날렵하게 건너뛴다. 두 사람이 마주 앉아 술잔을 기울이기에 안성맞춤인 바위다. 논개는 퍼질러 앉으며 적장에게 손짓을 한다. 그리고 바위 가운데에 술두루미와 술잔을 내려놓고 적장을 향해 어서 건너오라 다시 손짓한다. 술에 취해 바위로 건너뛰기가 불안했던 것인지 적장이 잠시 멈칫거렸다. 그러자 적병 두어 명이 적장 가까이로 다가서고 있었다. 말리려는 것인지 도우려는 것인지 몰라 그녀는 속으로 바싹 긴장하며 온갖 몸짓 교태로 그를 유혹한다. 적장의 손을 잡아 주려 일어서다 넘어지는 시늉으로 갑사 치마가 밀려 내려와 속바지가 드러나고, 고개를 갸웃이 기울여 적장을 향해 눈을 흘기며 간드러지는 교성으로 사내의 귀를 홀린다. 살짝 허리를 비튼 채 뽀얗게 분칠한 길고 매끈한 손을 내밀어 요염을 풍긴다.

그러자 넋을 놓은 적장이 그녀의 손을 마주 잡을 듯 두 팔을 뻗치며 바위로 건너뛰었다. 논개는 양손을 내밀어 얼른 그의 팔을 잡는다. 그리고 함께 춤이라도 출 것처럼 그의 팔과 허리를 감아 얼싸안듯 풀듯 하는 몸짓과 함께 잽싸게 양손을 걸어 깍지를 끼운다. 순식간에 그들은 마주 보며 얼크러졌다. 그녀는 적장을 안고 두세 번 빙글 돌더니 앞뒤로 살짝살짝 걸음을 옮기며 바위 끝으로 이끈다. 적장은 이미 그녀에게 정신을 빼앗겨 그녀가 이끄는 대로 몸을 내맡긴 채 따를 뿐이었다.

장마로 불어난 강물은 여전히 거세게 흘렀다. 바위의 가장자리에 다다른 순간 논개는 적장의 가슴을 파고들듯 상체를 지그시 앞으로 기울인다. 곧이어 뼈를 도려내는 신음을 토하며 죽을힘을 다해 그를 강물 쪽으로 밀어붙인다.

"네놈을 죽이려고…, 내가 못 죽었나니!"

논개가 눈에 쌍심지를 켜고 이를 갈며 쏘아붙이고는 코앞에 닿는 적장의 얼굴에 침을 뱉는다. 비로소 정신을 차린 적장이 뒤늦게 허리에 힘을 주며 버텨 보려 했지만 만취한 몸을 뜻대로 가누지 못했다. 적장이 비명을 내질렀다. 짐승 울음 같은 기성을 발작하듯 터뜨렸다. 완만한 바위에서 사랑놀이하듯 얼크러진 그들을 흘끔흘끔 바라보며 주변에서 서성거리던 적병 두 명이 심상찮은 느낌을 받았는지 바위 가까이로 다가왔다.

논개는 마지막 일격으로 있는 힘껏 몸을 솟구쳐 머리로 적장의 턱을 부서져라 들이받곤 사력을 다해 그를 밀어붙인다. 둘은 그대로 얼크러진 채 황톳빛 강물 속으로 미끄러져 들어갔다. 적장이 헤엄을 치려 몸부림을 쳤으나 열 손가락에 반지를 끼고 피가 나도록 오지게 깍지를 낀 논개에게 팔이 죄여 그저 버둥거리기만 할 뿐 소용이 없었다. 적병 두 명이 물속으로 뛰어드는 것 같았다. 그러나 성난 파도처럼 범람하는 황톳빛 강물 속에서 그들의 얼크러진 짚동 같은 몸통을 붙잡지는 못했다.

적장이 입과 코로 밀려드는 흙탕물을 삼키지 않으려고 수차례 용을 쓰며 고개를 물 밖으로 쳐들려고 버둥거렸다. 그럴 때마다 논개는 양팔과 열 손가락에 바짝 힘을 주어 더욱 세게 놈의 몸통을 조이고 놈을 물속으로 몰아붙인다. 이윽고 적장의 몸에 힘이 빠지며 축 늘어지는 것 같았다. 결국 살려고 애쓰는 자가 죽기를 각오한 자를 당해 내지 못했다.

논개도 점점 정신이 아득해졌다. 콧속이 싸하니 매웠다. 물은 진작부터 콧속으로 목구멍으로 밀려들고 있었다. 아니, 그녀가 들이켜고 있었다. 점점 몸속으로 물이 들어차 숨을 쉴 수가 없었다. 놈을 놓아 버리고 싶어졌다. 하지만 마지막 한 가닥의 정신줄로 버티며 끝내 깍지 낀 손의 힘을 풀지 않는다. 그리운 사람들이 떠올랐다. 낳아 준 오매와, 가르치고 길러 준 설매 어머니와, 지극한 사랑을 준 강동찬 어르신! 이제 곧 그들을 다시 만날 수 있겠지. 다시 어르신 품에 안길 수 있으리라…. 다음 생은 아귀다툼이 없는 세상에서 꽃으로 살아야지…. 그렇게 꿈꾸듯 강물에 실려 그녀는… 꽃이 되어 그들 곁으로 흘러갔다.

물 위로 몇 차례 엎치락뒤치락 떠오르던 남녀의 얼크러진 몸뚱이는 서서히 시야에서 스러져 갔다. 장마가 끝난 후 햇살이 쨍쨍한 칠월 초하루의 한낮이었다. 스무 살도 채우지 못한 조선의 한 여인이 그렇게 한 많은 일생을 마감했다.

사위는 조용했다. 강 건너 대숲은 이날따라 더욱 짙푸르고, 벼랑 위의 돈짝나무는 핏빛처럼 붉었다. 강물은 여전히 도도히 흐르고, 외부의 방치 속에 처참하게 도륙된 진주 군관민의 원혼이 하늘을 떠돌 뿐, 순간 세상은 너무나 조용했다.

(끝)

• 참고문헌

1. 『경남문화연구』(1995), 경상대학교
2. 『임진왜란』(1994), 서필량
3. 『진주목 읍지』(1991), 진주문화원
4. 『조선의 성풍속』(1998), 정성희
5. 『晉州牧正史(진주목 정사)』(1994), 진양문화원
6. 『晉州義岩別祭誌(진주의암별제지)』(1987), 성계옥
7. 『논개사적연구』(1996), 경성대 한국학연구소(김무조, 조갑상 외)